COLLECTION FOLIO

Abdulrazak Gurnah

Près de la mer

Traduit de l'anglais
par Sylvette Gleize

Denoël

Titre original :
BY THE SEA

Abdulrazak Gurnah est né en 1948 à Zanzibar, en Tanzanie. Spécialiste des études postcoloniales, il a longtemps enseigné à l'université du Kent, en Angleterre où il vit toujours. Il est l'auteur de dix romans, dont cinq traduits en français : *Paradis, Près de la mer, Adieu Zanzibar, Les vies d'après* et *Mémoire du départ.* Il a reçu le prix Nobel de littérature en 2021.

À Denise

Reliques

1

Elle a dit qu'elle viendrait plus tard, et parfois quand elle le dit elle le fait. Rachel. Elle m'a envoyé un petit mot parce que je n'ai pas le téléphone à l'appartement, je refuse de l'avoir. Dans le mot elle demandait que je l'appelle si sa visite posait problème, mais je ne l'ai pas fait. Je n'avais pas de raison. Il est tard à présent, et je ne crois pas qu'elle viendra en fin de compte, pas aujourd'hui.

Pourtant, le mot disait bien aujourd'hui après six heures. Peut-être était-ce un de ces gestes qui se suffit à lui-même, pour me montrer qu'elle avait pensé à moi, avec la certitude que j'y trouverais du réconfort, ce qui fut le cas. Cela n'a pas d'importance, simplement je ne veux pas qu'elle débarque en pleine nuit et trouble le silence fécond par un tohu-bohu d'explications et de regrets, qu'elle gâche les heures qui restent d'obscurité.

Je m'étonne que les heures d'obscurité me soient devenues si précieuses, et le silence nocturne si plein de chuchotements et de murmures quand il était auparavant si terriblement calme, si tendu par l'absence inquiétante des bruits qui planent au-dessus des mots. Comme si venir vivre ici avait refermé une porte étroite et en avait ouvert une autre sur un espace toujours plus grand. Dans le noir, je perds la notion d'espace, et dans ce nulle part je ne me sens plus complètement moi-même, j'entends plus nettement jouer les voix, comme si elles existaient pour la première fois. Certaines nuits j'entends de la musique au loin, que l'on joue en plein air et qui m'arrive comme assourdie. J'attends la nuit dans l'aridité de chaque jour, même si je redoute le noir, ses salles sans fin et ses ombres mouvantes. Je crois parfois que mon destin est de vivre le naufrage et le chaos de maisons qui tombent en ruine.

Il n'est pas facile de comprendre exactement comment les choses en sont arrivées là, de dire avec certitude que ça a été d'abord ceci, qui a ensuite conduit à cela et au reste, et que voilà où nous en sommes aujourd'hui. Les instants me filent entre les doigts. Même lorsque je les évoque pour moi, j'entends l'écho de ce que je supprime, de ce que j'ai omis, et qui rend alors le récit si difficile quand je ne souhaite pas qu'il le soit. Mais il est possible d'en dire quelque chose, et il y a pour moi nécessité à rendre compte, à rendre compte des drames mineurs auxquels j'ai assisté en témoin, et de ceux auxquels j'ai pris part et dont les tenants et les aboutissants m'échappent. Je ne crois pas que ce besoin soit noble en soi. Ce que je veux dire par là, c'est que je n'ai pas de vérité suprême et douloureuse à transmettre, que je n'ai pas non plus vécu une expérience exemplaire susceptible d'éclairer notre condition et notre époque. Bien que j'aie vécu, que j'aie vécu. Ce n'est pas à ce point différent ici que j'aie le sentiment qu'une vie est finie et que j'en vis une autre maintenant. Ainsi peut-être devrais-je dire de moi que j'ai un jour vécu une autre vie ailleurs, et qu'aujourd'hui cela n'est plus. Pourtant je sais que cette première vie existe et palpite, déborde de santé derrière et devant moi. J'ai du temps sur les mains, je suis entre les mains du temps, alors autant que je m'explique. Tôt ou tard il faut en venir là.

J'habite une petite ville près de la mer, comme je l'ai fait toute ma vie, bien que ce fût longtemps près d'un océan chaud et vert loin d'ici. Je mène à présent la demi-existence d'un étranger, je devine les intérieurs aux écrans des téléviseurs, et pressens l'inquiétude inlassable des gens que je croise dans mes promenades. Je n'ai pas la moindre idée des difficultés qui sont les leurs, même si je garde les yeux ouverts et que j'observe comme je peux – mais je crains de ne pas comprendre grand-chose à ce que je vois. Non que ces gens me soient mystérieux, mais leurs bizarreries me désarment. Je saisis si mal l'effort qui semble accompagner leurs actes les plus banals. Ils sont comme rongés, égarés, ils ont les yeux rougis, ils se débattent au milieu de remous que je ne m'explique pas. Peut-être que j'exagère et ne résiste pas au désir de revenir sans cesse sur ce qui me sépare d'eux, que je ne résiste pas au spectacle de notre différence. Peut-être qu'ils luttent simplement contre le vent froid qui souffle de l'océan gris, et que j'essaie par trop d'interpréter ce que je vois. Il n'est pas facile, après toutes ces années, d'apprendre à ne pas voir, d'apprendre à être discret sur le sens de ce que je crois voir. Leurs visages me fascinent. Ils me narguent. Je le crois.

Les rues me crispent, elles m'énervent, et même dans mon appartement où je m'enferme, quelque chose m'empêche de dormir ou de rester tranquillement assis, des bruissements, des chuchotements qui agitent l'air d'en bas. L'air d'en haut est toujours plein de turbulences, parce que Dieu et ses anges l'habitent, qu'ils débattent de haute politique et chassent à grande eau la trahison comme la révolte. Ils n'accueillent pas bien le tout-venant des curieux, ou des informateurs, ou de ceux qui ne pensent qu'à eux, le sort de l'univers leur fronce les sourcils et leur blanchit le poil. Par précaution, les anges déversent de temps à autre une douche d'acide afin de décourager les indiscrets malintentionnés, en menaçant de les défigurer. L'air du milieu est le lieu des disputes où les clercs et les ifrits d'antichambre, les djinns verbeux et les serpents flasques frémissent, s'affolent, enragent, en quête de conseils de leurs supérieurs. Tacatac, tu as entendu ce qu'il a dit ? Quel sens cela peut-il avoir ? Dans les vapeurs de l'air d'en bas, vous trouverez les opportunistes dépourvus de venin et les illuminés qui croient n'importe quoi et s'inclinent devant tout, les foules crédules et lâches qui emplissent et contaminent les espaces de plus en plus exigus où elles se rassemblent. C'est là que vous me trouverez. Nul autre lieu ne me convient mieux. Peut-être devrais-je dire nul autre lieu ne me convenait mieux. C'est là que vous m'auriez trouvé du temps de ma splendeur, car depuis que je suis ici je n'ai pas réussi à me débarrasser de l'inquiétude et de l'agitation que je perçois dans l'atmosphère et les petites rues de cette ville. Pas partout, cependant. En fait je ne sens pas cette agitation en tout lieu ni tout le temps. Les magasins de meubles le matin sont tranquilles, des endroits coûteux où je me promène avec une certaine sérénité. Seules me gênent les infimes particules de fibres artificielles dont l'air est empli, qui m'irritent les muqueuses des narines et des bronches, et finissent par me faire fuir.

Je suis tombé sur les magasins de meubles par hasard, les premiers jours où l'on m'a conduit ici, encore que je me sois toujours intéressé aux meubles. Au moins pèsent-ils de tout leur poids et nous gardent-ils les pieds sur terre, comme ils nous évitent de grimper aux arbres en hurlant d'effroi, nus, quand l'inanité de l'existence qui est la nôtre nous submerge. Ils empêchent d'errer dans les solitudes sans chemins, d'être cannibale dans les clairières et les cavernes humides. Je parle pour moi, même si j'ai la prétention d'intégrer celui qui se tait à ma sagesse ordinaire. Quoi qu'il en soit, les personnes qui s'occupent des réfugiés m'ont trouvé cet endroit et ils m'y ont accompagné depuis le logement que j'occupais, le *bed and breakfast* de Celia. Le trajet a été bref mais tout en tours et détours dans des rues courtes aux alignements de maisons semblables. J'avais l'impression qu'on m'emmenait me cacher. Les rues n'auraient pas été aussi calmes ni aussi rectilignes qu'elles auraient pu appartenir à cette autre ville où j'ai vécu. Mais non, impossible. C'était trop propre, trop clair, trop ouvert. Trop silencieux aussi. Les artères étaient trop larges, les réverbères trop régulièrement espacés, les trottoirs tout d'une pièce, et l'ensemble en parfait état de marche. Non que la ville où je vivais avant ait été tellement sale et sombre, mais les rues s'enroulaient sur elles-mêmes, s'entortillaient au plus près des détritus viciés, ferments d'intimités. Non, elles ne pouvaient pas appartenir à cette ville d'avant, mais quelque chose y ressemblait parce que j'ai eu ici le sentiment d'être enfermé et observé. Aussi, dès qu'ils m'ont laissé seul, je suis sorti pour voir où j'étais et si je pouvais trouver la mer. Voilà comment je suis tombé sur le petit ensemble de magasins de meubles, au coin, tout près, six magasins, chacun grand comme un entrepôt, disposés en carré avec des places de parking dessinées sur le sol. Ça s'appelle

Middle Square Park. En général, le matin, c'est tranquille et désert, et je me promène au milieu des lits et des canapés jusqu'à ce que les fibres m'en chassent. J'entre chaque jour dans un magasin différent, et quand j'y suis déjà passé une ou deux fois, les vendeurs ne cherchent plus à croiser mon regard. Je déambule au milieu des sofas et des tables, des lits et des buffets, je me prélasse quelques secondes sur un article, je fais fonctionner les mécanismes, vérifie les prix, compare les tissus. Inutile de dire que certains de ces meubles sont hideux et surchargés, mais il y en a parfois de raffinés et d'ingénieux, et j'éprouve par moments dans ces entrepôts une sorte de contentement et le sentiment possible de miséricorde et d'absolution.

Je suis un réfugié, un demandeur d'asile. Ces mots ne sont pas simples, même si l'habitude qu'on a de les entendre les fait apparaître comme tels. J'ai débarqué à l'aéroport de Gatwick en fin d'après-midi le 23 novembre de l'an dernier. C'est un point culminant, mineur et familier de nos histoires que de quitter ce qu'on connaît pour arriver dans des lieux étranges, emportant avec soi pêle-mêle des bribes de bagages, bâillonnant des ambitions secrètes et embrouillées. Pour certains, comme moi, c'était le premier trajet en avion, la première arrivée dans un endroit aussi monumental qu'un aéroport, bien que j'aie voyagé sur mer et sur terre, et dans mon imagination. J'avançais lentement dans ce que je prenais pour des tunnels vides et silencieux éclairés par une lumière froide et dont je sais maintenant, après coup, qu'il s'agissait de rangées de sièges, de grandes baies vitrées et de panneaux d'information. Ces tunnels, l'obscurité ruisselante du dehors où tombait une pluie fine et la lumière du dedans m'ont fait me replier sur moi. Ce que l'on sait nous renvoie sans cesse à ce que l'on ignore, et nous amène à voir le monde comme si nous étions encore accroupis dans la flaque tiède des terreurs de l'enfance. Je marchais lentement, inquiet, surpris qu'à chaque détour un panneau m'attende pour me dire où aller. Je marchais lentement pour ne pas manquer un tournant ou mal interpréter une information et risquer d'attirer trop tôt l'attention sur moi en me laissant gagner par l'affolement. Ils m'ont coincé au contrôle des passeports. « Passeport », a dit l'homme, après que je fus resté devant lui un moment de trop, je m'attendais à être découvert, à être arrêté. Il avait un air sévère, même si le vide du regard visait à ne rien révéler. On m'avait conseillé de ne rien dire, de ne pas prononcer un mot d'anglais. Je ne savais pas très bien pourquoi, mais je savais que j'allais suivre ce conseil parce qu'il était astucieux, ce genre de ruse précieuse que les faibles utilisent. On te demandera ton nom et celui de ton père, et le bien que tu as fait dans ta vie : ne dis rien. Quand il a répété « Passeport », je lui ai tendu le document, crispé par l'appréhension des insultes et des menaces. J'avais l'habitude des fonctionnaires qui vous dévisagent et vous invectivent au moindre accroc, qui s'amusent de vous et vous humilient pour le seul plaisir d'exercer leur autorité sacrée. Aussi j'attendais du *hamal* de l'immigration derrière son guichet qu'il exprime quelque chose, qu'il prenne un ton hargneux ou qu'il secoue la tête, qu'il lève lentement les yeux sur moi et me fixe avec la superbe du nanti face au suppliant. Mais, ayant parcouru mes faux papiers, il m'a regardé avec une joie contenue, comme un pêcheur qui a senti la touche. Pas de visa d'entrée. Il a décroché son téléphone et conversé un moment. Ouvertement satisfait à présent, il m'a demandé d'attendre sur le côté.

Debout, les yeux baissés, je n'ai pas vu approcher l'homme qui venait me chercher pour m'interroger. Il m'a appelé par mon nom et m'a souri quand j'ai levé les yeux – un sourire aimable, celui de quelqu'un qui connaît sa partie et d'un ton assuré vous dit : Accompagnez-moi, voulez-vous ? Nous allons régler ce petit problème. Il marchait à grands pas devant moi : j'ai remarqué qu'il était lourd et en mauvaise santé. Le temps de trouver une salle pour l'entretien que déjà il soufflait copieusement et tirait sur sa chemise. Il s'est assis sur une chaise et, mal à l'aise, a aussitôt changé de position. J'ai alors pensé qu'il était piégé, en sueur, dans un état déplaisant pour lui, et j'ai craint que cela ne l'indispose à mon égard, mais il m'a de nouveau souri et s'est adressé à moi d'une voix douce, polie. Nous étions dans une petite pièce sans fenêtre, au sol nu, une table nous séparait, un banc courait le long d'un mur. La lumière crue des tubes au néon rapprochait les murs couleur d'étain que je surveillais du coin de l'œil. L'homme s'est présenté, Kevin Edelman, a-t-il dit en montrant le badge fixé au revers de sa veste. Que Dieu te donne la santé, Kevin Edelman. Il a souri une fois de plus, il souriait beaucoup, peut-être à cause de la nervosité qu'il sentait chez moi malgré les efforts désespérés que je faisais pour la cacher, car il souhaitait me rassurer, ou bien peut-être que dans son travail il ne pouvait pas ne pas prendre plaisir au malaise de ceux qu'il croisait. Il avait un bloc de papier jaune devant lui sur lequel il a écrit pendant quelques instants, relevant le nom qui figurait sur mon faux passeport, puis il m'a demandé :

« Je peux voir votre billet, s'il vous plaît ? »

Le billet, ah oui.

« Vous avez un bagage enregistré, je vois, a-t-il dit en montrant du doigt le billet. Votre étiquette-bagage ? »

Je jouai l'idiot. On peut comprendre billet sans parler l'anglais, mais étiquette-bagage, c'est en savoir beaucoup.

« Je vais aller le récupérer. »

Il a gardé le billet à côté de son bloc. Puis il a de nouveau souri, et abandonné le sujet. Visage long, un peu gras aux tempes, surtout lorsqu'il souriait.

Peut-être souriait-il à l'idée du plaisir ambigu qu'il aurait à fouiller mon bagage, et que ce qu'il y trouverait certainement lui fournirait l'information qu'il cherchait, avec ou sans mon aide. On éprouve du plaisir, j'imagine, à cet examen-là, celui qu'on a à contempler un logement avant qu'il n'ait été rangé en vue d'une visite, avant que son aspect quotidien et révélateur n'ait été transformé en décor. On éprouve aussi du plaisir, j'imagine, à savoir qu'on va découvrir les codes secrets que les gens cherchent à dissimuler, l'herméneutique du bagage, c'est comme remonter une piste archéologique ou étudier une carte de navigation. Je restai silencieux, accordant ma respiration sur la sienne, de façon à sentir chez lui l'approche des ennuis. Pour quelle raison voulez-vous entrer au Royaume-Uni ? Vous êtes touriste ? En vacances ? Des devises ? Avez-vous de l'argent, monsieur ? Des chèques de voyage ? Livres sterling ? Dollars ? Connaissez-vous quelqu'un qui peut se porter garant ? Avez-vous un contact ? Une personne chez qui vous pensiez séjourner dans le pays ? Ah, bordel, bordel de Dieu ! Vous avez de la famille au Royaume-Uni ? Vous parlez anglais ? Je crains que vos papiers ne soient pas en règle, monsieur, je vais devoir vous refuser l'autorisation d'entrer. À moins que vous puissiez me fournir quelques informations. Avez-vous des documents qui permettraient de préciser votre situation ? Des papiers, vous avez des papiers ?

Il a quitté la pièce, je suis resté calmement assis sans bouger, retenant un soupir de soulagement, et je me suis mis à compter à rebours en partant de cent quarante-cinq, nombre auquel j'étais parvenu pendant qu'il me parlait. J'ai évité de me pencher pour inspecter son bloc et voir s'il m'avait percé à jour, car j'ai craint que quelqu'un ne me surveille à travers un judas dans l'attente précisément de ce mouvement qui me trahirait. C'est sans doute la gravité du moment qui m'a fait penser cela. Comme si l'on pouvait se soucier que je me cure le nez ou que je cache des diamants dans mon rectum. Tôt ou tard ils sauraient ce qu'ils avaient besoin de savoir. Ils avaient des appareils pour ça. On m'avait mis en garde. Leurs fonctionnaires avaient été formés à grands frais pour détecter les mensonges de gens comme moi. Ils possédaient en outre une grande, une longue expérience. Aussi n'ai-je pas bougé et ai-je continué de compter calmement, fermant les yeux de temps en temps, mimant la détresse et la réflexion, avec une pointe de résignation. Fais de moi ce que tu veux, ô Kevin.

Il est revenu avec le petit sac de toile vert que j'avais emporté comme bagage et il l'a déposé sur le banc.

« Vous voulez bien l'ouvrir, s'il vous plaît ? » a-t-il demandé.

Donnant l'impression – je l'espérais – de m'agiter sans comprendre, j'ai attendu plus d'explications. Il m'a lancé un regard furieux et il a désigné le sac. Avec force sourires de soulagement montrant que j'avais saisi et hochements de tête visant à l'apaiser, je me suis levé et j'ai ouvert le sac. Il a sorti les vêtements un à un et les a installés délicatement sur le banc, comme s'il déballait des objets de valeur : deux chemises, une bleue, une jaune, toutes deux délavées, trois T-shirts blancs, une paire de pantalons marron, une demi-douzaine de sous-vêtements, deux paires de chaussettes, un kanzu, deux sarunis, une serviette de toilette et une petite boîte en bois. Il a soupiré en saisissant cette dernière, qu'il a tournée et retournée dans sa main avec intérêt, puis qu'il a humée. « Acajou ? » Je n'ai rien répondu, évidemment, un instant ému par les réminiscences dérisoires d'une vie étalée sur le banc de cette pièce privée d'air. Mais ce n'était pas ma vie qui s'étalait là, rien que les signes que j'avais choisi de donner d'une histoire. Kevin Edelman a ouvert le coffret et a eu un mouvement de surprise devant son contenu. Peut-être s'attendait-il à trouver des bijoux ou quelque objet de prix, des stupéfiants. « Qu'est-ce que c'est ? » a-t-il demandé avant d'approcher avec précaution le coffret de son nez. Ce n'était guère nécessaire, la petite pièce s'était emplie d'un parfum puissant aussitôt la boîte ouverte. « De l'encens. C'est ça ? » Il l'a refermée et l'a déposée sur le banc, ses yeux las pétillaient d'aise. Intéressant butin sorti de la touffeur nauséabonde d'un bazar. J'ai pris place sur la chaise tandis qu'il parlait et j'ai attendu. Il a regagné le banc, armé de son bloc, et a dressé la liste des objets pas très nets qu'il avait déposés là.

Il a continué d'écrire de retour à la table, il avait déjà rempli deux à trois pages. Puis il a posé son stylo et s'est laissé aller en arrière dans son siège, grimaçant légèrement quand le dossier a meurtri ses omoplates fatiguées. Il semblait satisfait de lui, presque joyeux. Je le sentais sur le point de prononcer sa sentence et n'ai pu empêcher le découragement et la panique de me gagner. « Monsieur Shaaban, je ne vous connais pas, je ne sais rien des raisons qui vous ont amené ici, et j'ignore quelles dépenses vous avez engagées à cet effet. Je suis donc désolé de ce que je vais devoir faire, mais je crains d'être dans l'obligation de vous refuser l'entrée au Royaume-Uni. Vous n'avez pas de visa valide, vous n'avez pas d'argent, ni personne qui puisse se porter garant de vous. J'imagine que vous ne comprenez pas ce que je suis en train de vous raconter, je dois néanmoins vous le dire avant de tamponner votre passeport. Un tampon comme celui-ci, cela signifie que la prochaine fois que vous vous présenterez devant nos services, l'entrée vous sera automatiquement refusée, à moins que vous ne soyez en possession de papiers en règle, évidemment. Avez-vous compris ce que je viens de vous dire ? Non, je ne crois pas. Je suis désolé, mais il me faut procéder à ces formalités. Nous essaierons de trouver quelqu'un qui parle votre langue afin qu'on puisse vous expliquer tout cela plus tard. Et nous vous renverrons d'où vous venez par le prochain vol de la compagnie sur laquelle vous avez voyagé. » Il a feuilleté mon passeport à la recherche d'une page vierge, puis il a saisi le petit tampon qu'il avait placé sur la table en arrivant.

« Réfugié, ai-je dit. Asile. »

Il a levé les yeux, et j'ai baissé les miens. Son regard était plein de colère.

« Ainsi vous parlez anglais. Vous m'avez mené en bateau, monsieur Shaaban.

— Réfugié. Asile. »

Je l'ai regardé en disant ces mots et j'ai voulu les répéter encore une fois, mais Kevin Edelman m'a interrompu. Son visage s'était quelque peu assombri et sa respiration avait changé, elle était devenue plus difficile à suivre. Il a inspiré profondément à deux reprises dans un visible effort pour se contrôler, quand il aurait aimé en réalité pouvoir actionner un levier et me précipiter dans une trappe sans fond. Je sais, j'ai souhaité cela à de nombreuses occasions durant ma vie d'avant.

« Monsieur Shaaban, vous parlez anglais ? »

Sa voix s'était radoucie, mais elle était à présent plus contrainte qu'onctueuse, et douce officiellement, laborieusement. Est-ce que je parle anglais ? Peut-être que oui, peut-être que non. J'avais retrouvé le rythme de sa respiration.

« Réfugié, ai-je dit, pointant un doigt sur ma poitrine. Asile. »

Il a eu un sourire forcé comme si je le persécutais et il a posé sur moi un regard interminable que je lui ai cette fois retourné, de même que son sourire. Il a soupiré, comme découragé, puis il a lentement secoué la tête et il a gloussé. Peut-être que mon air d'incompréhension l'amusait. Son attitude m'a donné le sentiment d'être, face à lui, un prisonnier stupide et assommant qui, à un moment de l'interrogatoire, avait joué sur les mots avec l'intention de le tromper. Je me suis souvenu, inutilement, qu'il fallait me méfier d'une attaque surprise. Inutilement parce qu'il avait le choix entre un grand nombre d'options et que je n'en avais qu'une : m'assurer que Kevin Edelman ne se mettrait pas en colère et ne prendrait pas une décision brutale. Sans doute était-ce l'exiguïté du lieu et la duplicité courtoise avec laquelle il me parlait qui me donnaient cette impression d'être un prisonnier quand nous savions tous deux que j'essayais d'entrer et qu'il cherchait à m'en empêcher. Il a parcouru mon passeport d'un air las et je me suis de nouveau senti le gêneur, l'importun qui cause aux êtres raisonnables d'inutiles ennuis et désagréments. Puis il m'a laissé seul encore une fois afin de demander conseil et de procéder à des vérifications.

Je savais qu'il allait apprendre que le gouvernement britannique avait décidé, pour des raisons qui ne me sont pas tout à fait claires encore aujourd'hui, que les personnes qui venaient d'où je venais satisfaisaient aux conditions d'asile si elles déclaraient que leur vie était en danger. Les Britanniques entendaient faire savoir au monde qu'ils considéraient notre gouvernement comme dangereux pour ses propres citoyens – ce qu'eux-mêmes et tout un chacun savaient depuis longtemps, mais les temps avaient changé, et tout représentant bouffi d'orgueil de la communauté internationale devait à présent montrer qu'il n'acceptait plus les débordements de la racaille indisciplinée, querelleuse à souhait, qui pullule dans cette savane désolée. Trop c'est trop. Qu'a fait notre gouvernement de pire que ce à quoi il s'était déjà livré jusqu'ici ? Il a truqué les élections et falsifié les chiffres au vu et au su des observateurs internationaux, alors qu'il n'avait fait auparavant qu'emprisonner, violer, tuer et avilir ses citoyens par toutes sortes de moyens. En raison donc de ce comportement coupable, le gouvernement britannique accordait l'asile à tous ceux qui faisaient valoir que leur vie était en danger. Une manière peu coûteuse de montrer sa sévère désapprobation, car nous n'étions pas si nombreux dans cette petite île relativement pauvre, et rares étaient ceux qui parvenaient à débourser l'argent du voyage. Quelques dizaines de jeunes gens avaient pourtant réussi à trouver cet argent en convainquant des parents proches et moins proches de puiser dans leurs réserves secrètes ou d'emprunter, ayant l'assurance qu'une fois à Londres ils obtiendraient le statut de demandeur d'asile en raison des menaces qui pesaient sur leur vie. Je craignais pour la mienne, et cela depuis des années, bien que mes craintes n'aient atteint un seuil critique que récemment. Aussi, lorsque j'avais appris que les jeunes obtenaient une autorisation de séjour, j'avais décidé d'entreprendre le voyage moi aussi.

Je savais que Kevin Edelman allait revenir d'ici quelques instants avec à la main un autre tampon, et qu'on allait alors me placer dans un centre de rétention ou quelque autre lieu de séjour. À moins que le gouvernement britannique n'ait changé d'avis entre-temps et décidé que la plaisanterie avait assez duré. Ce qui n'était pas le cas, car Kevin Edelman est réapparu un moment plus tard, le visage empreint d'une ironie désabusée ; il semblait amusé en même temps que vaincu. J'ai compris qu'il n'allait pas, finalement, me remettre dans l'avion qui me ramènerait à mon point de départ, cet autre endroit où les opprimés réussissent à survivre. J'en ai été soulagé.

« Monsieur Shaaban, pourquoi vouloir une chose pareille, un homme de votre âge ? » a-t-il demandé, l'air triste et préoccupé. Il a repris maladroitement son siège dans lequel il s'est laissé glisser et a fait lentement jouer ses épaules. « Votre vie est-elle à ce point menacée ? Vous rendez-vous compte de ce dans quoi vous vous lancez ? Celui qui vous en a persuadé ne vous a pas rendu service, laissez-moi vous le dire. Vous ne parlez même pas la langue d'ici, et sans doute ne la parlerez-vous jamais. Il est très rare que les personnes âgées apprennent une langue nouvelle. Le saviez-vous ? Votre dossier prendra peut-être des années avant d'être réglé, et il est possible alors qu'on vous renvoie chez vous. Qui va vous donner du travail ? Vous serez seul, malheureux, sans le sou, et quand vous tomberez malade il n'y aura personne pour s'occuper de vous. Pourquoi ne pas être resté dans votre pays où vous pouviez vieillir en paix ? L'asile politique, c'est bon pour les jeunes, parce que ce qu'ils veulent c'est trouver du travail et gagner de l'argent, non ? Rien de moral à tout cela. La cupidité, c'est tout. On ne craint pas pour sa vie ou sa sécurité, il n'y a que la cupidité. Monsieur Shaaban, un homme de votre âge devrait se montrer plus avisé. »

À quel âge est-on censé ne pas devoir être inquiet pour sa vie ? Ou ne pas vouloir vivre avec la peur ? Comment pouvait-il décréter que je courais moins de danger dans mon pays que ces jeunes gens qu'ils laissaient entrer ? Et en quoi était-il immoral de vouloir vivre mieux et en sécurité ? En quoi y avait-il là de la cupidité ou du calcul ? Sa sollicitude cependant me touchait, et j'aurais bien aimé rompre mon silence et lui dire de ne pas s'inquiéter. Je ne suis pas né d'hier, je sais ce qui est bon pour moi. Je vous en prie, gentil monsieur, tamponnez ce passeport et envoyez-moi dans un centre de rétention où je serai à l'abri du danger. J'ai baissé les yeux de peur d'être trahi par l'intensité de mon regard.

« Monsieur Shaaban, regardez-vous donc, regardez les affaires que vous avez emportées avec vous, a-t-il repris visiblement agacé, désignant mes biens d'un geste de la main. C'est tout ce dont vous disposerez si vous restez ici.

Que pensez-vous trouver dans ce pays ? Laissez-moi vous dire une chose. Mes parents étaient des réfugiés, ils sont venus de Roumanie. Je vous aurais volontiers parlé d'eux si nous avions eu davantage de temps. Je sais ce que c'est que le déracinement, ce que c'est que de partir vivre ailleurs. Je sais les difficultés qu'on rencontre quand on est étranger et qu'on n'a pas d'argent, parce que mes parents sont passés par là en arrivant, je sais aussi les bénéfices qu'on en tire. Mais mes parents sont européens, ils ont un droit, ils font partie de la famille. Alors que vous, monsieur Shaaban… Cela m'attriste de vous le dire, parce que vous n'allez pas comprendre et que j'aurais aimé que vous compreniez. Les gens comme vous affluent en Angleterre sans savoir le moins du monde les dommages qu'ils causent. Vous n'êtes pas d'ici, vous n'avez pas les mêmes valeurs que nous, vous n'en avez pas payé le prix sur des générations, et nous ne voulons pas de vous. Nous vous rendrons la vie difficile, nous vous ferons subir des affronts, peut-être même commettrons-nous des violences contre vous. Pourquoi vouloir cela, monsieur Shaaban ? »

Chair trop massive, laisse-toi attendrir. Ah, si tu pouvais fondre, t'évaporer[1]. Il avait été facile

1. Allusion assez fréquente, dans la langue anglaise, aux vers d'Hamlet lorsqu'il contemple le suicide : « Chair trop massive, oh ! si tu pouvais fondre, t'évaporer, te résoudre en rosée ! » Shakespeare, *La Tragique Histoire d'Hamlet*, acte II, scène II, traduction d'André Gide, *Œuvres complètes II*, Paris, Gallimard, « Bibliothèque de la Pléiade », 1980. *(Toutes les notes sont de la traductrice.)*

d'accorder jusqu'au bout ma respiration sur la sienne tandis qu'il parlait, parce que le plus souvent le ton était paisible, ordinaire, comme l'énoncé d'un règlement. Edelman, était-ce un nom allemand ? Un nom juif ? Ou un nom fabriqué de toutes pièces ? C'était en tout cas le nom de quelqu'un qui fait partie de l'Europe, qui connaît ses valeurs et en a déjà payé le prix sur des générations. Mais le monde entier a payé le prix des valeurs de l'Europe, même si bien souvent l'on s'est contenté de payer et de payer encore, sans pouvoir profiter de rien. Considérez-moi comme un de ces objets que l'Europe a emportés chez elle. J'ai songé à dire quelque chose de ce genre, mais évidemment je ne l'ai pas fait. J'étais demandeur d'asile, j'étais en Europe pour la première fois, dans un aéroport pour la première fois, bien que ce ne fût pas la première fois que j'aie été soumis à un interrogatoire. Je connais la valeur du silence, le danger des mots. C'est pourquoi j'ai gardé ces mots pour moi. Vous rappelez-vous le catalogue sans fin des objets emportés en Europe parce que trop fragiles et délicats pour être laissés entre les mains malhabiles et peu soigneuses des indigènes ? Je suis fragile et précieux moi aussi, un objet sacré, trop délicat pour qu'on le laisse entre les mains des indigènes, alors vous feriez bien de me prendre moi aussi. Je plaisante, je plaisante.

Quant aux affronts et à la violence, j'aimerais simplement pouvoir tenter ma chance – même s'il n'y a guère d'endroits où l'on puisse échapper aux premiers, et que la seconde peut vous tomber dessus n'importe où. Enfin, pour ce qui est de trouver quelqu'un qui s'occupe de vous lorsqu'on est vieux et sans le sou, mieux vaut ne pas trop compter là-dessus. Ô Kevin, puisse le gouvernail de ta vie rester toujours bien orienté, et la grêle ne jamais te frapper en plein champ. Puisses-tu ne pas perdre patience avec ce suppliant et avoir la bonté d'apposer ce tampon sur mon faux passeport afin que je respire les valeurs de générations d'Européens, *alhamdulillah.* Ma vessie a un besoin urgent d'être soulagée. Je n'ai pas osé le dire. Le silence vous impose des inconforts inattendus.

Il a continué de parler, de froncer les sourcils, de secouer la tête, mais j'ai cessé d'écouter. C'est une chose que j'ai apprise au fil des ans : me ménager un peu de répit, échapper aux mensonges criants que j'ai dû endurer durant ma vie d'avant. J'ai alors obstinément rivé les yeux sur mon passeport pour rappeler à Kevin Edelman que ce document m'avait été soustrait et que s'il pouvait arrêter son petit manège et m'accorder cette autorisation… Il s'est brusquement interrompu, stoppé dans son louable élan ; et il a renoncé à me convaincre de reprendre l'avion, de laisser l'Europe à ses propriétaires de droit. Il a feuilleté mon passeport, il tenait à la main l'autre tampon, le bon tampon. Puis il s'est souvenu de quelque chose qui l'a fait sourire. Il est retourné à mon sac et s'est emparé du coffret. Alors, comme il l'avait fait un moment plus tôt, il l'a ouvert et il a humé son parfum. « Qu'est-ce que c'est ? a-t-il demandé avec gravité en me fixant d'un air sombre. Qu'est-ce que c'est, monsieur Shaaban ? De l'encens ? » Il m'a tendu le coffret, l'a respiré encore intensément, avant de me le tendre une nouvelle fois. « C'est quoi ? » Il se voulait rassurant. « C'est un parfum que je connais. Une sorte d'encens, non ? »

Peut-être était-il juif, en effet. J'ai posé sur lui un regard vide, et j'ai baissé les yeux. J'aurais pu lui dire que c'était de l'*ud* et nous aurions ainsi eu sans doute une agréable conversation sur le souvenir qu'il avait de ce parfum, lié à un rituel de sa jeunesse – qui sait ? –, du temps où ses parents attendaient encore de lui qu'il participe aux prières et aux cérémonies religieuses, mais il n'aurait pas tamponné mon passeport, il aurait voulu savoir en quoi exactement ma vie se trouvait menacée sur mon petit bout de savane désolée, peut-être m'aurait-il même renvoyé par le vol suivant, menottes aux poignets, pour avoir prétendu ne pas parler anglais. Aussi n'ai-je pas dit qu'il s'agissait d'un *ud-al-qamari* de la meilleure qualité, tout ce qui me restait d'un arrivage reçu plus de trente ans auparavant et que je n'avais pas eu le cœur d'abandonner quand j'avais entrepris ce voyage vers une nouvelle vie. En relevant les yeux, j'ai compris qu'il allait me le voler. « Il va nous falloir le faire analyser », a-t-il déclaré dans un sourire. Il a attendu un long moment afin de voir si je comprenais, et il a emporté le coffret vers la table. Il l'a placé à proximité de lui, à côté de son bloc jaune, il a tiré sur sa chemise pour être plus à l'aise, puis il s'est remis à écrire.

L'*ud-al-qamari* : son parfum me revient par moments sans que je m'y attende, comme un fragment de voix ou le souvenir du bras de ma bien-aimée sur mon cou. Pour la fête de l'aïd je préparais toujours un encensoir que je promenais en envoyant des nuages de parfum dans les recoins les plus obscurs de la maison. J'oubliais ainsi le mal que je m'étais donné pour posséder d'aussi belles choses et je jouissais du plaisir qu'elles m'apportaient, à moi et à ceux que j'aimais, l'encensoir dans une main, un plat de cuivre empli d'*ud* dans l'autre. Le bois d'aloès, *ud-al-qamari*, ou bois de lune. Telle est l'origine que je lui attribuais, mais l'homme qui me l'a fourni m'a expliqué que le terme « *qamari* » est une déformation de « *qimari* », « Khmer », « Cambodge », l'un des rares endroits de la planète où l'on trouve la bonne espèce d'aloès. L'*ud* est une résine que l'aloès sécrète lorsqu'il est parasité par un champignon. Un aloès sain ne donne rien, mais s'il héberge le parasite, il produit ce parfum délicieux. Encore une facétie de Qui vous savez.

L'homme qui m'a fourni l'*ud-al-qamari* était un marchand perse de Bahreïn venu dans nos régions avec le *mausim*, le vent de la mousson, comme des milliers d'autres marchands partis d'Arabie, du golfe Persique, d'Inde et du Sind, ainsi que de la corne de l'Afrique. Tous les ans ils font le voyage. Dans les derniers mois de l'année, les vents soufflent, réguliers, de l'océan Indien en direction de la côte africaine, où des courants obligeants les dirigent vers le bras de mer qui leur fournit un abri. Quand commence l'année nouvelle, les vents tournent et soufflent dans la direction opposée afin de ramener les marchands chez eux. Tout se passe comme si les vents et les courants avaient été conçus pour n'atteindre la côte qu'entre la Somalie et la baie de Sofala, au nord de ce qu'on appelle aujourd'hui le canal de Mozambique. Au sud, les courants sont mauvais et froids, et les navires qui s'y égarent disparaissent à jamais. Passé la baie de Sofala, c'est une mer infranchissable, baignée de brumes étranges et creusée de maelströms de près d'un mille marin, où des raies pastenagues géantes et luminescentes remontent à la surface au plus noir de la nuit, où des calmars monstrueux obscurcissent l'horizon.

Pendant des siècles, d'intrépides marchands et matelots, sans aucun doute pour la plupart barbares et miséreux, ont fait le voyage annuel jusqu'à ces rivages de la côte orientale de l'Afrique qui s'était incurvée il y a bien longtemps pour recevoir le vent de la mousson. Ils arrivaient ainsi avec leurs marchandises, leur Dieu et leur façon de voir le monde, avec leurs récits, leurs chants, leurs prières, en laissant entrevoir ce précieux savoir qu'ils avaient acquis à force de travail. Ils arrivaient aussi avec leurs appétits et leur cupidité, leurs idées bizarres, leurs mensonges et leurs haines, abandonnant certains des leurs à jamais, s'emparant de ce qu'ils pouvaient obtenir contre paiement mais aussi par le troc ou le vol, y compris les hommes et les femmes qu'ils achetaient ou enlevaient et revendaient ensuite pour qu'ils travaillent et s'avilissent sur leurs propres terres. Après quoi, les populations de ces côtes surent à peine qui elles étaient, mais elles le savaient suffisamment pour s'accrocher à ce qui les distinguait de ceux qu'elles méprisaient, qu'ils se soient trouvés parmi elles ou aient appartenu à d'autres lignées de l'intérieur du continent.

C'est alors qu'ayant contourné l'Afrique, les Portugais ont fait irruption en ces lieux de façon imprévisible et catastrophique, portés par cette mer impossible que personne n'avait jamais franchie, et qu'ils ont mis fin à la géographie d'avant avec les canons que transportaient leurs navires. Religieux fanatiques, ils ont semé la désolation dans les îles, les ports et les villes, triomphant avec cruauté des habitants qu'ils dépouillaient. Puis sont venus les Omanais qui ont chassé les Portugais et ont pris le pouvoir au nom du vrai Dieu, faisant entrer l'argent indien. Les Britanniques n'ont pas tardé ensuite, bientôt suivis par les Allemands, les Français et par tous ceux qui en possédaient les moyens.

De nouvelles cartes furent établies, des cartes précises qui prenaient en compte chaque pouce de terrain, et chacun sut désormais qui il était, ou tout du moins à quoi il était rattaché. Ces cartes ont tout changé. Ainsi, les gros bourgs disséminés le long des côtes africaines se sont-ils retrouvés faire partie d'immenses territoires qui s'enfonçaient sur des centaines de kilomètres à l'intérieur du continent, des territoires où grouillaient des populations considérées comme inférieures, et qui l'heure venue se sont empressées de prendre leur revanche. Parmi les nombreuses sanctions imposées à ces localités du bord de mer, il y eut l'interdiction du commerce lié au *mausim*. En fin d'année, l'on ne vit plus alors les innombrables navires marchands ancrés bord à bord dans les ports, les eaux grasses de leurs rejets scintillant entre les coques. L'on ne vit plus non plus les rues emplies de Somaliens, d'Arabes suris ou de Sindhis qui se livraient à l'achat et à la vente et déclenchaient d'obscures querelles. Ils campaient la nuit sur les terrains restés inoccupés où ils chantaient des chansons pleines d'entrain tandis que le thé infusait et, étendus à même le sol dans des haillons crasseux, ils échangeaient d'une voix rauque des paillardises. Pendant un an ou deux, les rues et les lieux qu'ils avaient l'habitude d'investir s'emplirent du silence que laissait leur départ, et la pénurie se fit sentir de ce qu'ils avaient l'habitude d'apporter, le beurre clarifié et la gomme, les étoffes et les colifichets de métal martelé, le bétail et le poisson salé, les dattes, le tabac, les parfums, l'eau de rose, l'encens, et des brassées d'autres merveilles de toutes sortes. La gaieté brouillonne qu'ils donnaient à la ville nous manquait. Mais ils furent ensuite assez vite oubliés et l'on eut bientôt du mal à les imaginer dans le cadre nouveau de l'existence qui devint la nôtre dans les années qui ont immédiatement suivi l'indépendance. Peut-être d'ailleurs n'auraient-ils pas continué encore très longtemps à faire le voyage. Car pourquoi parcourir des centaines de milles marins pour aller vendre des étoffes et du tabac quand on peut mener une vie de luxe dans les riches États du Golfe ?

Voici l'histoire du marchand qui m'a fourni l'*ud.* Je la raconterai ainsi parce que je ne sais plus qui peut bien écouter. Il s'appelait Hussein, c'était un Perse de Bahreïn, comme il s'empressait de le rappeler à qui le prenait pour un Arabe ou un Indien. Il comptait parmi les marchands les plus aisés, portant le kanzu brodé de couleur crème des Perses du Golfe, toujours bien tenu, parfumé et immanquablement courtois, ce qui n'était pas le cas de tous les marchands qui arrivaient par le *mausim.* La courtoisie était chez lui comme un don, une manière de talent, une élaboration des formes et des gestes qui les transformait en une chose abstraite et poétique. Il était dans le négoce des parfums et de l'encens et, à vrai dire, cette courtoisie et cette aisance combinées aux onguents lui donnaient l'image d'un personnage insaisissable et secret. Pour une raison que j'ignore il m'accorda son amitié. Je ne veux pas dire par là que je n'ai pas la moindre idée de ce qui l'a poussé à me fréquenter, mais Hussein n'était pas homme à se livrer sur un tel sujet, et je crains de passer pour immodeste en émettant des hypothèses. J'ai peur d'en arriver peut-être à me flatter et à rendre grossière cette façon subtile qu'il avait de cultiver notre relation.

C'était le *mausim* de 1960 et je venais tout juste de m'installer dans les affaires, officiellement. Depuis déjà quatre ans environ je pratiquais un petit commerce marginal, en même temps que j'occupais des fonctions administratives à la direction du ministère des Finances. Mais les Britanniques n'aimaient pas que leurs fonctionnaires gèrent parallèlement un commerce privé, surtout lorsqu'il avait un lien avec les services financiers, ainsi quand des occasions se sont offertes à moi, j'ai dû agir clandestinement, le temps de réunir des capitaux. En 1958 mon père mourut, me laissant suffisamment de biens pour gagner ma vie dans les affaires. Le monde des affaires est cruel, sans pitié, rapace, sujet aux méprises et à la rumeur. Je l'ignorais à l'époque où j'ai débuté. Ma belle-mère s'éteignit peu de temps après. Je les enterrai l'un et l'autre avec tout le respect qui leur était dû et dans l'observance des rites, comme je le raconterai l'heure venue, contrairement aux ragots qui ont couru à ce sujet. J'avais trente et un ans lorsque j'ai connu Hussein, je venais de perdre mon père puis à quelque temps de là ma belle-mère, je vivais seul dans une maison confortable et beaucoup m'enviaient la bonne fortune qui m'était échue. L'on se mit à jaser à mon sujet, ce qui dans un lieu confiné comme celui où je vivais était le signe immanquable d'un pouvoir croissant, pensais-je. Ma vanité me faisait perdre de vue la malveillance qui gagnait autour de moi.

Des années auparavant, les autorités britanniques avaient été assez bonnes pour me sortir du lot des écoliers désireux de poursuivre plus avant leurs études, bien que je ne pense pas que nous ayons tous su ce qu'un tel désir signifiait. C'était certes pour apprendre – et cela nous le respections, et l'enseignement du Prophète nous incitait à le respecter –, mais il y avait chez nous une fascination pour cet enseignement qui représentait une ouverture au monde moderne. Je pense aussi que nous admirions les Britanniques en secret, pour leur audace à se trouver ici, très loin de chez eux, à prendre des décisions avec autant d'assurance, nous les admirions de savoir faire toutes ces choses qui comptent : soigner les maladies, piloter les avions, tourner des films. Peut-être le terme admirer ne rend-il pas compte de la complexité de ce que nous éprouvions, car il s'agissait davantage, je pense, d'une manière de soumission à ce qu'ils exigeaient de nous dans la vie de tous les jours, et d'une soumission de l'esprit également, car nous cédions devant leur stupéfiant aplomb. Dans leurs livres, je lisais des récits peu flatteurs de l'histoire qui était la mienne. Et parce que peu flatteurs, ils paraissaient plus vrais que la version que nous en donnions de notre côté. Je lisais ce qu'ils écrivaient des maladies qui nous tourmentaient, de l'avenir qui nous attendait, du monde dans lequel nous vivions et de la place que nous y occupions. C'était comme s'ils nous remodelaient d'une façon qui ne nous laissait d'autre issue que de l'accepter, tant était juste et précis le tableau qu'ils brossaient de nous. Je ne pense pas qu'ils aient montré en cela du cynisme, car à mon sens ils croyaient eux aussi à cette vérité. C'était ainsi qu'ils nous comprenaient et qu'ils se comprenaient. Et peu de choses dans l'accablante réalité où nous vivions nous permettaient de leur apporter la contradiction, du moins tant que cette version parut novatrice et ne fut pas remise en question. Les épisodes que nous connaissions de notre histoire avant qu'ils ne nous prennent en charge semblaient relever du Moyen Âge et de la fantaisie, des mythes sacrés et secrets, des métaphores liturgiques et des rites d'initiation, un savoir qui entrait dans une tout autre catégorie que le leur et qui, malgré la force de nos pratiques, ne pouvait rivaliser. Voilà donc à quoi ressemble le souvenir de ce que j'étais, enfant, sans aucun recours possible à l'ironie ou à la conscience d'une histoire plus complète du monde dans sa diversité. Car à l'école il n'y avait guère, ou pas du tout de place pour ces autres récits. Seule comptait l'accumulation bien ordonnée du savoir réel qu'on nous délivrait – dans les livres qu'on mettait à notre disposition, dans la langue qu'on nous enseignait.

Mais les Britanniques laissaient trop d'espaces vacants contre lesquels ils étaient impuissants en raison de la nature des choses, et c'est ainsi qu'à la longue sont apparus des trous béants. L'histoire s'est peu à peu effilochée puis défaite sous les coups de boutoir. Leur départ est alors devenu inévitable, et ils sont partis la mort dans l'âme. Bien que cela n'ait pas marqué la fin de l'histoire. Il y avait encore Suez à venir, et les atrocités du Congo et de l'Ouganda, et tant de sang cruellement versé en d'autres lieux sans importance. Il semblerait ainsi que les Britanniques ne nous aient apporté que du bien, comparé aux brutalités que nous fûmes capables de nous infliger à nous-mêmes. Ce bien, cependant, avait de quoi étonner. Ils nous parlaient à l'école de la grandeur qu'il y avait à résister à la tyrannie, puis décrétaient le couvre-feu une fois le soleil couché et envoyaient en prison pour sédition ceux qui prônaient l'indépendance. Qu'importe, car ils ont drainé les cours d'eau, amélioré le système des égouts, apporté les vaccins et la radio. Leur départ a paru finalement si soudain, si précipité qu'il a quelque peu donné l'impression d'avoir été décidé sur un coup de tête.

En tout cas, ils m'ont sorti du lot, ainsi que trois autres étudiants passionnés cette même année. Nous avons tous les trois obtenu une bourse pour le Makerere University College de

Kampala, qui était alors bien autre chose que ce qu'il est devenu par la suite. J'avais dix-huit ans, et je me rends compte aujourd'hui de la chance que j'ai eue de pouvoir porter un autre regard sur le monde et de voir de cette façon à quoi nous ressemblions sous cet angle-là. À de pauvres bougres, des loqueteux.

Hussein. Le *mausim* de 1960 fut exceptionnellement faste : des vents paisibles et réguliers, des navires richement chargés arrivant par dizaines à bon port, aucun n'ayant fait naufrage, aucun n'ayant été contraint de rebrousser chemin. La moisson aussi avait été bonne cette année-là, le commerce était florissant et il n'y eut quasiment pas de ces violentes querelles qui opposent les compagnies maritimes et éclatent parfois entre marins frustes. C'était le troisième *mausim* d'Hussein, et il vint voir au magasin de meubles que je venais d'ouvrir ce que j'avais à proposer. Le magasin n'était pas vraiment nouveau, c'était l'échoppe de halva de mon père reconvertie, repeinte et éclairée différemment afin d'y vendre des meubles et autres beaux objets. En dépit de tous mes efforts, l'odeur de beurre clarifié imprégnait encore les murs, et aux heures de découragement je ne voyais pas de différence avec l'antre miteux et sombre où mon père vendait ses halvas en coupelles. Je savais pourtant que tout avait changé, que mon découragement n'était dû qu'à un accès de mélancolie et de faiblesse, et que ces moments d'abattement étaient inévitables. J'essayais ainsi de me raisonner. Je savais que le magasin avait fière allure et que les objets que j'y présentais parlaient d'eux-mêmes. Je me suis toujours intéressé aux meubles. Aux meubles et aux cartes de géographie. Aux beaux objets compliqués. J'engageai deux ébénistes et les installai dans un atelier à l'arrière où ils fabriquaient à la commande armoires, sofas, lits, et autre mobilier. Ils faisaient cela très bien, la conception des modèles n'avait pas de secret pour eux et ils connaissaient parfaitement le travail du bois. Mais ce qui me permettait réellement de gagner de l'argent – et ce qui me passionnait dans ce négoce – c'était l'acquisition dans les ventes aux enchères du contenu entier d'une maison, dont je triais les objets de valeur et les antiquités. Un petit coffret de bois de santal fabriqué à Cochin ou à Trivandrum rapportait beaucoup plus, en plaisir et en lucre, qu'un hangar entier de pimpantes et neuves monstruosités d'acajou et de panneaux vitrés de pacotille qui, de toute façon, n'étaient pas non plus d'un grand profit pour les clients et les marchands qui me les achetaient. Lorsqu'un travail de restauration était nécessaire, je m'en chargeais – en tâtonnant un peu le plus souvent, les premiers temps, mais mes clients étaient encore plus ignorants que moi, et cela ne portait pas à conséquence.

Mes clients ? Pour les antiquités et les curiosités, c'étaient des touristes européens et les colons britanniques. Les bateaux de la Castle Line qui reliait l'Afrique du Sud à l'Europe faisaient chez nous une journée d'escale. D'autres compagnies aussi, mais la Castle s'arrêtait très régulièrement, deux fois par semaine, une fois dans le sens de l'aller, une autre dans celui du retour. Les touristes débarquaient, étaient pris en main par des guides accrédités qui, moyennant une commission, en conduisaient un grand nombre à ma boutique. Ils constituaient ma meilleure clientèle et ils étaient les bienvenus, mais je faisais affaire aussi parfois avec les fonctionnaires britanniques, ainsi qu'avec un ou deux responsables des consulats d'autres nations coloniales, les consulats français et hollandais pour être précis. Le gouverneur britannique, le Souverain des Mers en personne, envoya un jour quelqu'un se renseigner sur un miroir au cadre de malacca clouté d'argent datant du siècle dernier. Le prix était, hélas, trop élevé pour lui. Le subalterne fit la moue et passa la main dans ses cheveux avec une expression de dégoût total, comme pour montrer que j'en demandais trop, mais c'était simplement que le coût dépassait ses moyens. Il marcha de long en large un moment, gonflant ses joues brûlantes, répétant pour lui-même « Scandaleux, scandaleux », attendant que je m'incline et reconnaisse le droit dévolu à l'Amiral de fixer son prix, mais je souris avec amabilité et cessai d'écouter. Qui connaît le malacca aurait tout de suite vu qu'on ne pouvait en demander un centime de moins.

Ce n'est pas que mes compatriotes aient été incapables d'apprécier la qualité de ces objets, dont j'exposais les plus beaux afin qu'on vienne les contempler et les admirer au magasin, mais ils ne voulaient, ou ne pouvaient, payer le prix que j'en demandais. Ils n'en avaient pas le même besoin obsessionnel que mes clients européens – ce besoin d'acquérir de belles choses un peu partout dans le monde et de les rapporter chez eux, signes de leur culture et de leur ouverture d'esprit, trophées montrant leur attachement aux biens terrestres et leur conquête d'innombrables savanes désolées. En d'autres temps, l'envoyé du gouverneur britannique n'aurait pas été arrêté par la valeur du miroir au cadre de malacca clouté d'argent, surtout quand je lui aurais indiqué qu'il n'en restait que quelques rares exemplaires dans le monde. Il l'aurait emporté au prix offert par lui, car c'était à prendre ou à laisser, comme un droit que le vainqueur s'arroge et qui en dit long sur la position que nous occupions dans l'échelle des valeurs. C'était un peu ce que Kevin Edelman avait fait avec mon coffret d'*ud-al-qamari*. Non que je ne comprenne pas ce désir.

J'ai reconnu Hussein lorsqu'il est entré dans le magasin, c'était un homme qu'on ne pouvait pas ne pas reconnaître, grand par la taille, l'air de quelqu'un qui promène le monde avec lui. En le voyant, ont défilé dans ma tête les mots de Perse, Bahreïn, Bassora, Haroun Al-Rachid, Sindbad, et bien d'autres encore. Je ne le connaissais pas personnellement, mais je l'avais aperçu dans la rue et à la mosquée. Je savais même son nom parce que les gens parlaient de lui comme du marchand qui, l'année précédente, avait logé chez Rajab Shaaban Mahmud, l'employé du ministère des Travaux publics avec lequel j'avais eu des rapports difficiles par le passé. Il ne logeait pas chez lui en 1960, quelque brouille au parfum de scandale selon la rumeur, mais il vivait non loin et on le disait généreux. J'ai tout de suite su en apprenant cela que les habituels simulateurs lui avaient déjà demandé l'aumône, geignards éhontés auxquels nos usages permettent de vivre en utilisant la faiblesse et l'abjection. Il s'est adressé à moi en arabe, m'a présenté ses courtoises salutations, s'est informé de ma santé et m'a souhaité prospérité en affaires. Peut-être en faisait-il finalement un peu trop. Je me suis excusé de mon arabe pour le moins mal maîtrisé, et lui ai répondu en kiswahili. Il a souri avec tristesse avant de déclarer : « *Ah suahil. Ninaweza kidogo kidogo tu.* » Je ne sais pas dire grand-chose, vraiment pas grand-chose. Puis, à ma grande surprise, il s'est exprimé en anglais. C'était inattendu car les marchands et les marins qui arrivaient par le *mausim* étaient une engeance mal dégrossie, ce qui ne veut pas dire qu'ils n'aient pas eu un savoir-vivre à eux. Bien sûr, Hussein ne leur ressemblait pas, ni dans l'aspect, ni dans les actes, et de plus l'anglais, cela voulait dire l'école, et ceux qui allaient à l'école ne devenaient pas marin ou marchand du *mausim*, voyageant sur des dhows misérables dans la sinistre compagnie de grandes gueules, de gros bras et de demeurés.

Il a pris le siège que je lui ai offert, a lissé sa moustache couleur de jais et a souri, attendant que je l'invite à me dire ce qui l'amenait. Il avait entendu parler de ma boutique, a-t-il expliqué, et appris qu'elle recelait nombre de beaux objets. Il voulait faire un cadeau à un ami, un bel objet raffiné.

« À la famille d'un ami », a-t-il ajouté.

J'ai alors compris qu'il cherchait un cadeau pour une femme, l'épouse peut-être d'une relation d'affaires, mais peut-être pas. Je lui ai montré ce que j'avais et il a d'abord été séduit par une étroite boîte d'ébène qui, lorsque j'en fis l'acquisition, m'avait fait penser qu'elle avait pu héberger le poignard d'un assassin. Puis il s'est arrêté devant un coffret en teck de forme arrondie, gravé d'un motif de cintres et de roues. Mais j'avais vu son regard se porter sur une table basse aux formes délicatement renflées, faite d'un bois d'ébène si finement poli qu'elle chatoyait même à distance. Avant d'en venir à cet objet, il avait longuement contemplé un service de verres à pied striés, de couleur verte, disposés sur un plateau d'argent, il avait promené un doigt sur leur bord doré et soupiré dans un murmure : « Magnifique. Exquis. »

« Et ceci ? a-t-il demandé en arrivant devant la table dont je savais maintenant qu'il la convoitait.

— Cette petite chose ? »

Il a poliment souri quand j'ai annoncé le prix, puis il a hoché la tête. Nous sommes retournés nous asseoir et avons entamé une agréable conversation sur cet objet. Lorsqu'au bout d'un moment il est apparu que nous étions à l'évidence trop loin l'un de l'autre pour nous mettre d'accord, Hussein a abandonné le sujet et a parlé d'autre chose – j'ai oublié de quoi aujourd'hui. C'est ainsi que nous sommes devenus amis, en échangeant très simplement à propos de cette belle table, nous délectant des petites affabilités que nous nous faisions. Peut-être y avait-il aussi entre nous le plaisir de parler anglais. Quelle qu'ait été l'heure du jour, Hussein savait qu'il pouvait franchir la porte de la boutique afin de voir si sa table, comme il l'appelait, était toujours là, et il restait à bavarder un moment. Parfois quelqu'un d'autre était venu passer le temps de la même façon, connaître les nouvelles et en annoncer, faire quelques affaires, selon le rituel quotidien et convivial d'une petite ville. Hussein s'enfonçait alors dans son siège et s'efforçait de suivre au mieux la conversation. Sans qu'il y eût rien d'extraordinaire dans ces bavardages, il écoutait attentivement et m'appelait à l'aide quand quelque chose qui l'intéressait lui échappait. Cela par courtoisie, ou par curiosité d'un détail savoureux. S'il n'y avait personne d'autre à la boutique, il s'installait confortablement, la cheville droite calée sous la cuisse gauche, il se roulait une cigarette et devisait.

C'était son troisième *mausim* en Afrique. Sa famille n'avait jamais auparavant pratiqué ce négoce-là, elle travaillait surtout avec l'Extrême-Orient. Son aïeul, Jaafar Musa, était un marchand de légende. Il avait passé l'essentiel de sa vie en Malaisie et au Siam, où il était parti comme jeune apprenti chez un marchand perse que connaissait son père. Les marchands perses et arabes font du commerce depuis plusieurs centaines d'années en Malaisie, où ceux d'Hadramaout ont porté le message de l'islam au VIIe siècle, époque où furent connues les révélations du Prophète à La Mecque. Il y avait aussi des marchands venus d'Inde et de Chine, et tous rivalisaient entre eux. Mais la parole de l'islam s'est si bien répandue en Malaisie que des États et un empire musulmans ont été créés. Même si les Portugais et les Hollandais ont conquis le pays et l'ont dirigé à leur manière à partir du XVIe siècle, ce n'est que lorsque les Britanniques sont arrivés avec leur arrogance dans les années 1850 que le pouvoir des États malais musulmans a fini par céder. Tous ces événements avaient joué dans le parcours d'Hussein.

Son aïeul, Jaafar Musa, a très vite vu ses efforts récompensés, et il a fait fortune alors qu'il était encore un tout jeune homme. Il a commencé par tâter de plusieurs négoces et par armer des bateaux sur toutes les mers d'Asie. Cette prospérité a coïncidé avec l'époque où les Européens, et notamment les Britanniques, consolidaient leur emprise sur le monde. En matière de commerce avec l'Extrême-Orient, durant les années 1880, ils exploitaient tout un chacun au nom de la civilisation. Ils voulaient l'opium, le caoutchouc, l'étain, le bois, les épices, et cela sans l'ingérence de quiconque – que ce soit des indigènes, des musulmans et autres adorateurs de mille démons –, surtout pas l'ingérence des marchands venus de territoires qui échappaient à leur autorité. Tout laissait à penser qu'ils imposeraient leur loi ici comme ils l'avaient fait partout ailleurs. Aussi Jaafar, qui cherchait à retarder ce moment-là, a-t-il engagé des Européens pour commander ses navires et travailler dans ses bureaux. Usant d'astuces, il a réussi à donner l'impression que ces Européens qu'il employait le dominaient, qu'il était devenu le jouet d'un personnel habile, à son service depuis longtemps, et sans lequel l'affaire se serait écroulée. En apparence la société était européenne, mais en réalité Jaafar Musa dans son vieux réduit de rondins à l'arrière des bureaux faisait le compte des bienfaits que Dieu répandait sur son entreprise, tout en élaborant de nouveaux plans. Ses bateaux commerçaient aussi loin que les Célèbres au sud, le pays des Qimari, c'est-à-dire des Khmers à l'est, et Bahreïn à l'ouest, et tout ce qui se trouvait sur ces routes maritimes était également bon à prendre. Il regardait sans mot dire parader les sociétés européennes qui couraient à leur perte, ces sociétés dont les fringants capitaines et les équipages finiraient par se suicider ou par chaparder sur les quais. Toutes ne firent pas faillite, bien entendu, mais ce fut le cas de bon nombre d'entre elles, et il n'a bientôt plus été possible de ne pas remarquer que Jaafar Musa était en train de devenir l'un des plus riches marchands de Malaisie, malgré l'arrivée des bateaux à vapeur, les pillages à répétition et l'alignement des sultans malais sur le nouvel ordre mondial.

Ce fut une époque de grands périls pour lui, ce qu'il comprit très bien. Les Britanniques intervenaient partout où ils le pouvaient, s'immisçant activement dans la façon désordonnée de gouverner des indigènes, interrogeant avec minutie, rédigeant des rapports, faisant le ménage, imposant des consuls et des gouverneurs, promulguant des règlements douaniers, rétablissant l'ordre en prenant la direction de tout ce qui semblait susceptible de rapporter quelque argent. Mais voilà, il y avait ce riche marchand perse, cet Arabe comme les Britanniques s'attachaient à l'appeler, que la rumeur et les suppositions faisaient beaucoup plus riche qu'il n'était, que l'envie transformait en intrigant mythique et sans pitié, en despote, en négrier, en gardien de harem, en sodomite porté sur les petits garçons, et qui contrôlait habilement un commerce qu'on aurait voulu voir entre des mains plus méritantes. Il fut question d'enquêter sur ses pratiques commerciales, d'engager même des poursuites judiciaires à son encontre pour enlèvement et meurtre. Personne n'évoquait cela devant Jaafar Musa mais il savait, pour sa part, ce qui se disait, il savait aussi à quel point tous ces gens souhaitaient avoir raison. Dans les regards qu'il croisait, quelque chose lui disait que les Européens qui travaillaient pour son compte avaient de plus en plus de mal à ne pas manier l'ironie à son sujet, même si les relations restaient obséquieuses et correctes.

Jaafar Musa avait un fils et deux filles, tous trois nés en Malaisie de la dernière femme qu'il avait aimée, Mariam Kufah, Dieu ait pitié de son âme. Les filles, Zeynab et Aziza, étaient honorablement mariées à l'époque des faits et vivaient l'une à Bombay l'autre à Chiraz auprès de leur mari, issus l'un et l'autre de familles apparentées de loin à Jaafar. Il en allait ainsi depuis des dizaines, des centaines d'années peut-être. Quelle que soit la distance à laquelle on voyageait pour le commerce, on recevait des nouvelles et on en envoyait, et lorsque l'heure était venue de marier ses fils et ses filles, il y avait toujours un choix honorable qui se présentait. C'est ce qui s'était passé pour les filles de Jaafar, et ne se passait plus aujourd'hui. Jaafar Musa sentit que c'était le moment d'amorcer un retrait prudent et discret de Malaisie avant que la cupidité des Britanniques ne soit devenue impossible à contenir. Il envisageait de transférer ses affaires à Bombay et Chiraz en les mettant au nom de ses filles, et de placer ses gendres à leur tête en attendant l'heure de quitter le pays avec son fils et d'emporter tout ce qu'ils pouvaient emporter.

Son fils, Reza, n'était pas de cet avis. Pendant des années il avait déploré les subterfuges de son père qui s'était arrangé pour que ses affaires paraissent être aux mains des Européens, il avait déploré le mépris tyrannique avec lequel il estimait que les employés les traitaient, son père et lui. « S'ils veulent la guerre, ils l'auront », avait-il lancé. Ils pouvaient se passer de ces arrogants-là, engager des Malais, des Indiens, des Arabes, et se montrer alors implacables en affaires. Jaafar Musa, qui toute sa vie s'était montré implacable en affaires, était inquiet et peiné de voir son fils ainsi courroucé. L'on n'était pas en présence ici de sultans de village, mais des maîtres du monde. Il le prit par la douceur, lui expliqua la dure réalité de leur situation et finalement tint bon. Reza céda comme il était de son devoir de le faire mais ne fut pas convaincu, l'injustice le scandalisait.

Au cours de l'année 1899, Jaafar Musa fut victime d'une crise cardiaque. Il se trouvait dans la vaste véranda, à l'étage de sa maison, et s'apprêtait pour la promenade qu'il faisait tous les après-midi dans son magnifique jardin, lorsqu'il reçut comme un coup violent en plein diaphragme. Son cœur éclatait. Le jardinier, Abdulrazak, qui arrosait les plates-bandes en fin de journée et attendait quoi qu'il arrive que le maître apparaisse pour lui donner ses instructions – ces échanges constituant le moment fort de sa journée de travail –, était en train de cueillir du jasmin pour sa femme, un œil en direction de la véranda sur laquelle donnait la chambre du marchand. Ainsi vit-il Jaafar Musa se plier en deux et s'affaler sur le flanc. Un instant figé par cette vision de fin du monde, le jardinier s'élança dans l'escalier en appelant à l'aide, glissa, s'écorcha les tibias, laissant des empreintes boueuses sur les marches de teck poli. Il prit le marchand dans ses bras et le berça comme un enfant, réclamant à grands cris qu'on vienne les aider. Mais personne ne vint. Car il n'y avait personne à cette heure du jour de ce côté de la maison. C'était la terrasse où le marchand s'asseyait autrefois en début de soirée avec sa chère Mariam Kufah pour bavarder ou l'écouter dire des vers. Parfois leurs filles, lorsqu'elles vivaient encore ici, avant la mort de leur mère, les rejoignaient et l'on chantait, riait et conversait. Quand Reza était plus jeune, il s'asseyait lui aussi avec eux. Après leur départ, plus personne ne vint à cette heure du jour de ce côté de la maison, à l'exception du jardinier. Ainsi mourut Jaafar Musa, le légendaire et redoutable marchand arabe, dans les bras d'Abdulrazak, son jardinier, dont le visage s'était couvert de larmes, de morve et du sang des sinus malmenés par le chagrin.

« Alors même qu'il conduisait l'immense procession funéraire, mon père, Reza, songeait déjà aux changements, a indiqué Hussein. C'était perdu d'avance, l'affaire dépérit comme mon grand-père l'avait prédit. Reza se sépara dès qu'il le put de ses employés européens durant l'année 1900, mais ne trouva ensuite personne qui acceptât de travailler pour lui aux postes de responsabilité. L'on avait trop peur des Britanniques. À l'époque, tous les sultans avaient déjà signé le document reconnaissant le protectorat. Mon père dut payer de fortes, très fortes indemnités de départ aux capitaines de navires et aux directeurs qu'il avait licenciés, ainsi que des dédits à toutes les sociétés en attente d'expéditions et de livraisons. Il y fut contraint par les tribunaux. Les assureurs refusèrent de le couvrir. Les douanes, qui fouillaient partout et provoquaient des retards, l'accusèrent de corruption. Sans doute y avait-il eu corruption. Reza avait dû penser que c'était ce qui se faisait. Il n'avait pas trente ans et croyait être aussi doué que n'importe qui, mais il ne l'était pas. Pas autant que les Européens, dans tous les cas. Ainsi l'ont-ils asphyxié petit à petit, et l'affaire s'est effondrée. Il n'a même pas réussi à obtenir de crédits des établissements locaux, sans parler des Britanniques qui ont pris de grands airs. Après 1910, toute la Malaisie leur appartenait, jusqu'à Johor et aux États du nord, et en dix ans la superbe entreprise que mon grand-père avait si habilement échafaudée fut réduite à presque rien, bien qu'il n'y eût pas de dettes. C'était une obsession chez mon père que d'éviter les dettes. Il fut finalement contraint d'envisager de vendre la maison et son magnifique jardin. Le jardinier avait tout ce temps continué à très bien entretenir les lieux. Mais lorsque la maison a été mise en vente, tous les ragots sur mon grand-père ont refait surface – négrier, criminel, etc. Simplement, cette fois, on y ajouta le fait qu'il se payait le jardinier, pardonnez mon langage, c'était la raison pour laquelle on l'avait découvert dans ses bras quand il était mort. Il était temps pour mon père de partir, de fuir la bassesse de ces gens qui les dépeçaient avec tant d'impudence. »

C'est ainsi que Reza lui raconta les événements à lui, Hussein, de même qu'à d'autres parfois qui voulaient connaître sa vie en Malaisie, mais ce n'était pas une période qu'il aimait évoquer. Cela le mettait hors de lui d'en parler, et l'injustice de cette histoire lui donnait quelquefois envie de pleurer. Ce n'était pas un récit qu'il était bon de faire, surtout à un fils, et moins encore à des marchands, ceux auxquels Reza s'était associé à Bahreïn. Il avait perdu la fortune que son père avait si assidûment amassée, dans un pays lointain qui plus est. Jaafar Musa avait réalisé le souhait de tout marchand. Il avait accompli le rêve de celui qui s'en va au loin en emportant ses quelques biens, et qui croise sur son chemin la prospérité et le respect. Ce fut pour Reza l'envers de ce rêve, son cauchemar : une vie entière de savants calculs et de sacrifices qu'il avait anéantie. J'y songeais, moi aussi, quand Hussein me le dit. J'avais même pensé, à peine Reza était-il apparu dans le récit, que tout allait disparaître. De fait, Reza ne perdit pas tout. Il réussit à sauver du naufrage de quoi redémarrer une affaire à Bahreïn dans l'importation de parfums et d'encens ainsi que d'étoffes en provenance du Siam, de Malaisie et d'autres lieux d'Orient plus reculés encore. Bahreïn était également gouverné par les Britanniques, comme une grande partie du monde connu à ce jour, mais leur pouvoir y était quelque peu incertain. Ce pays ne constituait pour eux qu'un avant-poste leur permettant de lancer des attaques contre leurs ennemis et de ravitailler leurs navires. Et les marchands perses, arabes et indiens qui opéraient à partir de Bahreïn depuis des siècles étaient trop roublards pour se laisser intimider par le mépris hautain des Britanniques. Avant qu'on y découvre du pétrole dans les années trente, il n'y avait pas grand-chose de toute façon qui incitât à se battre pour ce territoire, en dehors du commerce d'importation – pas d'étain, pas de caoutchouc, pas d'or, ni aucun autre butin à extirper du sol pour l'envoyer en Europe.

Parfois Reza exploitait le bois précieux lorsqu'il y avait de la demande, quand un agha se faisait construire une nouvelle demeure et que ses charpentiers avaient besoin de teck pour l'escalier ou d'acajou pour les chambres. Ou bien encore lorsque le fournisseur d'un sultan syrien, d'un baron russe ou d'un banquier allemand faisait l'acquisition de matériaux pour un palais où ceux-ci pourraient jouir en paix de leur bonne fortune. De telles transactions sont en fait le fruit de mon imagination, bien qu'Hussein ait effectivement raconté avoir traité avec le représentant d'un baron russe qui s'était établi à Mashad pour préparer la prise du pouvoir en Perse par le tsar, qu'il pensait imminente. J'ai oublié de quel négoce il s'agissait. Peut-être Hussein ne le précisa-t-il pas. Reza avait gardé un modeste bureau en Malaisie qui lui servait à l'acquisition de matériaux et à la gestion des maigres biens qu'il possédait encore là-bas.

Quoi qu'il en soit, le départ pour Bahreïn fut une réussite, comme l'avait été celui de son père pour la Malaisie, encore que pas tout à fait aussi spectaculaire. La guerre contre les Turcs ne lui apporta que du bon, stimulant les affaires sur le passage des odieuses armées anglaises et indiennes en route pour l'Irak. (Malheureux Irak, les Britanniques s'y sont, semble-t-il, battus bien souvent et à tous propos au cours de ce siècle.) Peu après la guerre, en 1918, Reza se maria et fut comblé par la naissance de trois filles avant celle d'Hussein. Sa boutique ne désemplissait pas du matin jusqu'au soir, car on avait l'assurance d'y trouver toujours un bon accueil, que l'on vienne acheter ou vendre, ou bien encore s'asseoir un moment pour bavarder parmi les parfums entêtants. Ses enfants couraient partout, gâtés et loués par tous, acceptant la ferveur qu'on leur portait avec une précoce indifférence.

« Il adorait ses enfants, a ajouté Hussein, dont les yeux s'embuèrent à ce souvenir. Et ceux-ci le lui rendaient bien. Il était très… sensible à ce sujet et voulait, apparemment, que tout le monde les aime aussi. »

Lorsque Hussein eut dix ans, Reza décida d'entreprendre un voyage en Malaisie afin de relancer ce qui lui restait d'affaires sur place, de revoir les lieux du passé et de montrer à tous ceux que cela intéressait que les choses le concernant n'avaient pas si mal tourné. Il emmena Hussein avec lui comme preuve de la bonne fortune qui lui était échue, mais aussi pour que le garçon découvre le monde et apprenne bientôt à l'affronter. Ils passèrent quatre mois en voyage, entre la traversée, les affaires à régler, la visite des lieux et le séjour chez les amis.

« Attendez, attendez, ai-je dit à Hussein. Laissez-moi aller chercher une carte. Je veux que vous me montriez tous ces endroits. Je veux savoir où ils se situent. »

Ils allèrent jusqu'à Bangkok où Reza avait vécu quelques mois quand il était enfant, et logèrent chez un fournisseur de son père à l'époque où leurs affaires n'avaient pas encore décliné. Bangkok était alors une belle et paisible ville portuaire, avec ses canaux et ses boulevards qui longeaient les berges du fleuve, rien à voir avec le monstre grouillant qu'elle est devenue par la suite. Il y avait là des gens venus du monde entier : Chinois, Indiens, Arabes, Européens. Pour Hussein, ce fut un voyage incroyable, un voyage prodigieux, dont les images sont restées gravées en lui pour la vie. Et même si ce n'était pour ma part qu'un récit, elles sont aussi restées en moi depuis. J'imagine encore aujourd'hui la traversée de la cour d'un temple dont il me fit la description dans l'île du roi, la tranquille austérité des lieux et l'écrasante autorité du dôme qui les surplombait. J'en ai vu une photographie depuis que je suis ici, mais n'y ai rien retrouvé de la beauté que Hussein m'avait décrite.

À Bangkok, son père acheta à bon prix un arrivage d'*ud-al-qamari* de la meilleure qualité, en provenance du Cambodge, qu'il fit expédier à Bahreïn par le même bateau qu'eux. C'est le père de Hussein qui avait expliqué que l'*ud-al-qamari*, le bois de lune, se trouvait être en fait le bois des Khmers. La guerre contre le Japon éclata peu après leur retour à Bahreïn, et il devint alors impossible pendant sept à huit ans de s'approvisionner en *ud*, aussi Reza fit-il des années durant un bon profit de son achat.

« Il m'en reste un peu », a précisé Hussein, ravi de voir combien le récit du voyage et l'histoire de l'*ud* m'avaient intéressé, captivé. J'ai alors compris que l'habile Hussein continuait de marchander cette table d'ébène. Il a jeté un rapide coup d'œil dans sa direction, puis m'a amicalement adressé un regard entendu.

« Vous en avez sur vous ? » ai-je demandé.

C'est ainsi que la fois d'après il a apporté un petit coffret d'ébène contenant le plus bel *ud-al-qamari* que j'aie jamais eu le bonheur de humer. Avec l'aide du patron du café d'en face qui a fourni quelques braises, Hussein a préparé un encensoir et parfumé toute la boutique. Les passants s'arrêtaient tout net et venaient s'asseoir auprès de l'*ud* incandescent. Le patron du café a traversé la rue et sur les marches du magasin a lancé « *Mashaallah, mashaallah,* en voilà du bon, *Allah karim.* Vous permettez que je vous serve un café, maulana ? » Sa gratitude ne s'étendit pas jusqu'à moi, car j'avais démoli sa vie. Chacun le sait, on ne déguste pas le halva sans l'accompagner d'une tasse de café, aussi lorsque j'en ai arrêté la vente, je l'ai du même coup saigné à blanc, comme il l'a dit. Je l'ai assassiné. Mais cela ne l'a pas empêché de venir s'asseoir respirer avec nous l'air embaumé du magasin. J'ai cru pouvoir, en imagination, m'emplir de cette lointaine contrée dans le corps condensé du parfum, bien que ce fût uniquement parce que Hussein les avait tous deux liés pour moi dans son récit, et que je m'étais si totalement laissé porter par l'une et l'autre.

J'ai fini, bien entendu, par lui céder la table d'ébène.

« Dites-moi une chose, ai-je demandé au cours de notre négociation, lui laissant d'un sourire la liberté de prendre ma question à la légère s'il le souhaitait. Pourquoi tenez-vous tant à cette table ? La destinez-vous à une personne qui vous est chère ? »

Il a souri évasivement, a baissé les paupières de façon théâtrale et joué l'espièglerie.

« C'est un peu délicat », a-t-il dit.

Je savais, tout le monde savait, qu'il faisait la cour au très beau fils de Rajab Shaaban Mahmud, l'employé du ministère des Travaux publics, chez qui il avait logé lors d'un précédent séjour, et dans la maison duquel il était toujours reçu. Je raconterai l'histoire ainsi, en dépit de toutes les imperfections du récit, car je ne sais plus qui peut bien écouter. Dans tous les cas, la rumeur voulait que Hussein ait fait la cour au très beau fils de Rajab Shaaban Mahmud, l'employé du ministère des Travaux publics. D'après ce que je savais, il l'avait déjà débauché, mais je ne pouvais imaginer que la table d'ébène eût été d'un quelconque intérêt pour lui. Il était plus vraisemblable que des présents sous forme d'argent ou d'étoffes de soie, c'était le bruit qui courait, aient davantage flatté la vanité du jeune homme. Les jeunes gens que la passion dévore n'ont aucun sens de la beauté des objets. Peut-être la table était-elle un présent destiné à Rajab Shaaban Mahmud lui-même, une marque de considération à son égard, une façon de lui faire savoir que souhaiter courtiser le fils ne voulait pas dire ne pas estimer le père. Une façon de l'acheter. Ou peut-être le rusé marchand perse jouait-il un jeu encore plus compliqué, cherchant en fait à séduire la très belle femme de Rajab Shaaban Mahmud, Asha, en faisant semblant de courir après le fils. C'était une très belle femme, en effet, que j'avais trouvée aimable et digne lorsque j'avais brièvement fait sa connaissance avant ces événements. On disait que dans le passé elle n'avait pas reculé devant une aventure ou deux et qu'elle y était encore prête aujourd'hui, à en croire ceux qui possèdent le don de se prononcer sur ces questions. Ce sont des choses qu'il est difficile de savoir, et lamentable de rapporter, bien qu'elles soient monnaie courante dans la vie quotidienne d'une petite ville. Il serait malhonnête de ne pas en parler. En parler, néanmoins, me met mal à l'aise. Et je me sens à présent ridicule et hypocrite de tant protester. Peut-être était-il tentant pour Hussein, au début tout au moins, d'occuper ainsi les longs mois du *mausim*, une fois vendue sa marchandise, en attendant que les vents changent pour le voyage de retour. Rien de cela ne me regardait, mais dans un espace aussi restreint il était impossible d'ignorer ces choses-là.

Nous sommes tombés d'accord, Hussein et moi, pour qu'il me paie la moitié du prix que je demandais pour la table en espèces, le reste avec vingt livres d'*ud-al-qamari*. Il était généreux, ou bien étais-je plus habile négociateur que je ne le pensais. Il me fit cadeau du coffret, le coffret que Kevin Edelman m'avait subtilisé, et avec lui de ce qui restait de l'*ud-al-qamari* que Hussein et son père avaient acheté à Bangkok l'année qui avait précédé la guerre ; ce coffret que j'avais emporté avec moi, unique vestige d'une vie enfuie, et qui devait financer ma future existence.

Kevin Edelman, le *bawab* d'Europe, le gardien des vergers, celui qui a ouvert toutes grandes les portes et lâché les hordes à l'assaut du monde, ces portes vers lesquelles nous rampons dans la boue en implorant qu'on nous laisse entrer. Réfugié. Demandeur d'asile. Pitié.

Mais l'arrangement que nous avions trouvé pour la petite table d'ébène ne marqua pas la fin de mes relations avec Hussein. C'était une mauvaise année pour les vents du retour, qui arrivèrent tard et par à-coups. Toutefois Hussein prolongea ses transactions, peut-être par ennui, ou encore par jeu. Ayant appris à le connaître un peu mieux, j'ai compris qu'il agissait souvent par jeu et par malveillance, et quand la malveillance faisait des dégâts ou provoquait de la rancœur, son rire se doublait d'une jubilation mauvaise. J'ai perçu chez lui, dans ces moments-là, quelque chose de cruel sous la courtoisie et les gloussements jubilatoires, une vraie dureté, un cynisme certain. J'ai pensé qu'il était capable de tuer ou d'infliger une souffrance intolérable à quelqu'un, s'il estimait cela nécessaire pour protéger ce à quoi il attachait de la valeur. Alors que pour ma part, je ne peux pas imaginer que quelque chose ait une telle valeur. Quoi qu'il en soit, je l'ai pensé capable de faire du commerce pour tromper son ennui, pour s'occuper tout simplement, en courant à sa ruine. Ce n'est pas ainsi qu'on fait des affaires, mais il était perse, négociant d'encens et de parfums, et il évoluait, avec ses récits et sa courtoisie, très loin des problèmes dans lesquels nous nous débattions et qui nous rendaient si terre à terre. Qui sait si faire les choses avec style ne lui importait pas plus que d'être sûr d'avoir un curry d'agneau à manger tous les jours ?

Il sous-estimait le coût du style, ce qui n'est pas non plus une bonne façon de faire des affaires, et il m'a demandé un prêt assez considérable que j'ai eu la chance de pouvoir lui accorder. Mon commerce avait été prospère, ce qui veut dire que mes clients avaient été suffisamment fous pour accepter mes prix et que les menuisiers n'avaient pas pensé à réclamer une augmentation de salaire, ou bien que j'avais su saisir les occasions qui s'était présentées et les gérer avec une habile et prudente efficacité. Je me trouvais donc dans l'heureuse et réjouissante position de prêter à Hussein la somme dont il avait besoin. De tels prêts étaient fréquents entre marchands, en particulier entre marchands vivant de part et d'autre de l'océan, ce que personne ne songerait à faire aujourd'hui où chacun grappille tout ce qu'il peut grappiller. À l'époque… Des mots tellement tristes pour un homme de mon âge, et tellement inutiles après tout ce qui s'est passé. Quelqu'un vous empruntait de l'argent ici, partait au loin faire du négoce et vous remboursait par l'intermédiaire d'un de vos associés. L'associé en question achetait la marchandise dont vous aviez besoin et vous l'expédiait par bateau. Chacun s'y retrouvait, l'honneur et la confiance régnaient, des contrats de mariage étaient conclus, les familles se rapprochaient et les affaires prospéraient. De temps à autre, un drame survenait et l'on avait recours à des manœuvres secrètes quand cela tournait mal et que le scandale menaçait, mais les engagements et le respect de soi empêchaient la descente aux enfers. Si le pire se produisait, l'on faisait appel à l'arbitrage des docteurs de la loi et de la religion, qui se trouvaient parfois être les mêmes personnes. Les choses avaient déjà commencé de changer en quelques décennies de gouvernement britannique et, lorsque le pire effectivement se présentait, c'était souvent un juriste de Gujarat qu'on consultait, de Shah & Shah ou Patel & Sons, plutôt que le *qadhi*, qui était en ce temps un homme bon et mesuré, à la différence des énergumènes qui lui ont succédé.

Dans tous les cas, j'étais nouveau dans les affaires et n'avais pas d'associés du type de ceux dont je viens de parler, personne qui ait eu à s'occuper de mon argent comme s'il s'agissait du sien. De tels associés sont, ou bien des parents, ou bien des hommes de confiance, fruit du travail de toute une vie que l'on cultive et laisse ensuite en héritage, ils passent les générations, se succèdent les uns aux autres, engagement après engagement, de façon incontournable, sans possible résiliation. Aussi ai-je dû requérir de Hussein un cautionnement pour le prêt.

« Bien évidemment », a-t-il répondu, soulagé et souriant.

Cela m'a fait me demander si ses difficultés n'étaient pas plus grandes qu'il ne l'avait indiqué. « J'ai un jour commis l'erreur moi-même à Bombay de ne pas demander de garantie. Pour une somme dérisoire, heureusement, mais je n'ai jamais revu mon argent.

— Bombay, ai-je relevé. Que d'aventures ! Que faisiez-vous là-bas ?

— On m'y a envoyé à l'école. Ma tante me

réclamait. Ma tante Eynab, vous vous souvenez d'elle. Elle me réclamait pour m'envoyer en classe, a répondu Hussein en haussant un sourcil gentiment sarcastique au souvenir du sérieux de sa tante. J'ai beaucoup appris à Bombay, c'est une ville d'injustice. J'y ai aussi appris la langue de nos vainqueurs, puisse Dieu leur donner la force. »

Je n'ai pas relevé ces derniers mots que j'ai mis sur le compte de ses provocations. Quoi qu'il en soit, Hussein avait apporté un étonnant document, qu'il me proposait en cautionnement pour le prêt. Ce document fournissait la preuve qu'au cours de l'année précédente, il avait prêté à Rajab Shaaban Mahmud, qui le logeait à l'époque, le montant exact de la somme qu'il souhaitait m'emprunter, et que par cet accord Rajab Shaaban Mahmud s'engageait à le rembourser dans un délai qui n'excéderait pas douze mois. En cas de non-paiement, Rajab Shaaban Mahmud perdait sa maison et tout ce qu'elle contenait. L'engagement avait été pris solennellement, en présence du *qadhi.*

« Pourquoi ne pas simplement recouvrer cette somme auprès de lui ? » ai-je demandé, tout en sachant très bien pour quelle raison il ne le faisait pas. Rajab Shaaban Mahmud était un employé du ministère des Travaux publics qui avait un penchant pour la boisson, ce breuvage du diable, en même temps qu'il était – le document en apportait la preuve – un parfait imbécile. Il avait hérité de la maison de sa tante Bi Sara à peine un an plus tôt et, hormis cela, n'avait pas grand-chose à son nom. Pourquoi avoir accepté comme pénalité de perdre sa maison ? Le toit qu'il avait au-dessus de la tête. Ce n'était pas une maison bien extraordinaire, mais elle permettait de tenir à distance la honte, de donner un abri à ceux qu'il aimait. Où allait-il trouver l'argent pour rembourser ce prêt ? Hussein, qui avait toujours su cela, lui avait sans doute avancé la somme afin de le mettre, pour une quelconque raison, dans une situation de grande dépendance à son égard. Et s'il y avait du vrai dans les rumeurs de séduction qui couraient à propos de son fils, alors cette raison était la satisfaction de ce qui commençait à ressembler à un malsain désir de divertissement.

« Je n'ai pas l'intention de le presser, a répondu Hussein qui avait sans doute deviné mes pensées. Si vous êtes d'accord, j'aimerais vous faire endosser cet engagement afin que vous disposiez d'une garantie jusqu'à mon retour l'an prochain. Alors, je vous rembourserai et vous me rendrez le document. »

J'aurais préféré avoir refusé cet arrangement, parce qu'après les désordres que, entre ce moment-là et la fin du *mausim*, Hussein provoqua dans le ménage de Rajab Shaaban Mahmud, j'ai compris qu'il était peu probable qu'il revînt un jour. Encore que je ne fusse pas sûr de ce dont était capable un marchand perse aventureux et fier, pas sûr de savoir quels djinns et quels démons il avait pour compagnons, de quels déshonneurs, de quelles indignités il pouvait se rendre coupable sans le moindre embarras. Au cours des quelque huit mois qui nous séparaient du *mausim* suivant, j'ai contemplé les possibilités qui s'offraient à moi et j'ai attendu, mais à l'évidence Hussein ne reviendrait pas. Il envoya une lettre par l'intermédiaire d'un autre marchand, avec ses salutations et ses excuses, mais les affaires le retenaient ailleurs, que Dieu bénisse toutes nos entreprises jusqu'à notre prochaine rencontre qui, *inshallah*, aurait lieu l'année suivante. Il envoya également un présent, une carte en l'occurrence. C'était une carte marine de l'Asie du Sud. Elle avait appartenu à son aïeul Jaafar Musa, expliquait-il dans la lettre, et elle ne semblait pas avoir beaucoup servi. Il l'avait trouvée dans les papiers de son père et il avait pensé que j'aurais plaisir à la recevoir. Ce présent me fit sourire. Il se souvenait de mon amour des cartes. Une aussi belle carte. L'argent pouvait attendre un an, et puis j'avais en ma possession le document sur la maison. Mes affaires marchaient bien, *alhamdulillah*. C'était ce que je me disais, sans cependant parvenir à apaiser tout à fait les craintes dont cette histoire m'emplissait.

Je parle aux cartes. Et elles me répondent parfois. Cela n'est pas aussi étrange qu'il y paraît, et ce n'est pas non plus une chose inouïe. Avant les cartes, le monde était sans limites. Ce sont les cartes qui lui ont donné forme et lui ont conféré l'aspect d'un territoire, de quelque chose à posséder, à ne pas laisser à l'abandon, livré au pillage. Les cartes ont permis d'appréhender, d'apprivoiser des lieux situés aux marges de l'imagination. Et plus tard, quand cela est devenu nécessaire, la géographie s'est faite biologie pour élaborer une hiérarchie permettant de classer les peuples qui vivaient, inaccessibles et primitifs, ailleurs sur les cartes.

Ma première carte, bien que j'en aie sans doute contemplé d'autres avant celle-ci sans le savoir, est celle que nous montra le maître d'école, quand nous avions sept ans. J'avais sept ans quant à moi en tout cas, si je ne suis pas sûr de l'âge de ceux avec lesquels j'ai partagé cette expérience. Sept ans, ou à peu près. Car pour une raison que j'ignore, il fallait pour être admis à l'école avoir moins de cet âge-là. Je n'ai jamais songé à l'incongruité d'un tel état de fait, et c'est seulement en y réfléchissant maintenant que je prends conscience de l'étrangeté que cela peut avoir. Passé cet âge, c'était comme si l'on était trop avancé pour recevoir de l'instruction, comme une noix de coco trop mûre dont le lait n'est plus bon à boire, ou comme les clous de girofle restés sur l'arbre trop longtemps et qui ont gonflé. Aujourd'hui encore quand j'y repense, je n'arrive pas à trouver d'explication à cette exclusion autoritaire. Les Britanniques nous ont apporté l'école et les règlements qui la faisaient fonctionner. Et si les règlements disaient qu'il fallait avoir six ans et pas plus pour être admis en classe, c'était ainsi. Non que l'école en eût toujours décidé, car les parents enlevaient quelques années à leurs enfants si nécessaire pour qu'ils soient admis. Un acte de naissance ? Ces gens étaient pauvres, trop ignorants, ils ne connaissaient pas pareil document. C'était la raison pour laquelle ils voulaient que leur fils fréquentât l'école, et ne finît pas en bête de somme comme eux.

Pendant des générations, chacun chez nous était allé au *chuoni*. C'était au *chuoni* qu'on apprenait l'alphabet qui permettait de lire le Coran, là qu'on écoutait le récit des miracles qui avaient jalonné la vie du Prophète, *salallahu-wa-alé*. Et chaque fois que nous avions du temps, ou que la chaleur était trop forte pour que l'on puisse se concentrer sur les agiles volutes que les lettres formaient sur la page, nous écoutions l'exposé de tortures à vous dresser les cheveux sur la tête qui attendaient certains d'entre nous après la mort. Personne au *chuoni* ne s'occupait d'âge. Les enfants y entraient dès qu'ils étaient propres et ils y restaient jusqu'à ce qu'ils sachent lire le Coran de bout en bout, ou qu'ils aient le culot de s'échapper, ou que les maîtres ne puissent plus les supporter, ou bien encore que leurs parents refusent de payer le misérable écot correspondant aux appointements de l'enseignant. La plupart quittaient le *chuoni* vers treize ans. Mais l'école commençait à six, et l'on progressait comme on pouvait, année après année, regroupés par tranches d'âge. Il y en avait toujours qui n'arrivaient pas à suivre et qui étaient contraints de redoubler, un ou deux par classe. Ceux-là vivaient dans la honte toute leur scolarité. Les autres avaient tous le même âge, sur le papier. Nous ne connaissions pas vraiment celui de nos camarades et, en grandissant, les uns avaient la moustache qui leur poussait avant l'heure tandis que d'autres disparaissaient l'espace de quelques jours pour revenir les yeux brillant d'un savoir mystérieux, entourés des murmures et des rumeurs d'un mariage secret. On se mariait jeune à l'époque. J'ignore ce qui se passait pour les filles et j'aimerais bien le savoir aujourd'hui. Peut-être que les filles quittaient tout simplement l'école, un jour ici, parties le lendemain. Et l'on savait qu'elles avaient été mariées. Mariées, cédées, brisées. J'essaie d'imaginer ce qu'on peut ressentir. Je m'imagine faible et femme, privée d'explications, devant l'informulé, l'inexprimable. Je m'imagine vaincu.

Mais je parlais de ma première carte. J'avais sept ans quand le maître nous l'a montrée, même si je ne suis pas sûr de l'âge des autres garçons de la classe. Sept est un chiffre honnête, je suis ici depuis sept mois, ce qui n'est pas la raison pour laquelle je m'accroche à ce chiffre à propos de ma première carte. Je sais que j'avais sept ans parce que c'était ma deuxième année de classe, et que j'ai, pour corroborer mon affirmation, l'Empire britannique et son intégrité, ayant dû commencer l'école à six ans comme l'exigeaient les règlements. Le maître a amené le sujet de façon théâtrale. Il a promené très haut sa main, un œuf de poule entre le pouce et l'index. « Qui peut me dire comment faire tenir cet œuf debout ? » C'est ainsi qu'il nous a présenté Christophe Colomb. Ce fut un moment fabuleux, exceptionnel, comme si j'avais moi-même découvert un continent que nul n'imaginait, que nul n'espérait. C'était l'instant premier d'une histoire. En même temps qu'il racontait, il s'était mis à dessiner à la craie blanche une carte au tableau noir : la côte nord-ouest de l'Europe, la péninsule Ibérique, l'Europe du Sud, le pays des Chamites, la Syrie et la Palestine, la côte d'Afrique du Nord qui forme ensuite saillie puis se creuse pour descendre en direction du cap de Bonne-Espérance. Tout en continuant de dessiner, il parlait, nommait les lieux au passage, parfois s'y arrêtait. Il a tracé des sinuosités en remontant vers le nord, tracé l'avancée du delta du Rovuma, la pointe de notre bout de terre, la corne de l'Afrique, puis la côte de la mer Rouge en direction de Suez, la péninsule Arabique, le golfe Persique, la péninsule Malaise, continuant ainsi jusqu'à la Chine. Il s'est arrêté là et il a souri, après avoir esquissé la moitié du monde en une ligne continue à l'aide de sa craie. Il a placé un point à mi-hauteur de la côte est de l'Afrique, puis annoncé : « Voilà où nous sommes, très loin de la Chine. »

Il a ensuite placé un point au nord de la Méditerranée et indiqué : « Voilà où Christophe Colomb se trouvait, et il voulait aller en Chine, mais en prenant la direction opposée. » Je ne sais plus très bien ce qu'il nous a dit des aventures du vorace Colomb, tant d'autres récits sont venus engloutir ce moment innocent, mais je me souviens qu'il a dit de Colomb qu'il s'était embarqué pour son périple l'année de la chute de Grenade et de l'expulsion des musulmans d'Andalousie. Ces noms-là aussi étaient nouveaux pour moi, comme tant d'autres, mais il les prononça avec une telle vénération et une telle nostalgie – la chute de Grenade et l'expulsion des musulmans d'Andalousie – que cet instant m'est resté à jamais. Je revois aujourd'hui ce petit homme grassouillet, vêtu d'un kanzu, du kofia et d'une veste marron délavée, le visage marqué des cicatrices de la variole avec cependant sur les traits une expression de patience et de tolérance. Je me souviens de la simplicité avec laquelle il a créé pour nous une image du monde, ma première carte.

L'œuf ? En voici l'histoire. Les marins embarqués avec Colomb n'avaient jamais navigué dans l'Atlantique en direction de l'ouest, personne ne l'avait fait. À ce que l'on savait, l'océan prenait fin brusquement, ses eaux se précipitaient dans un gouffre vertigineux où elles cheminaient de cavernes en gorges souterraines pour atteindre un lac sans fond infesté de monstres et de diables. Le voyage fut long et difficile, l'océan était vide, pas de Cathay en vue, quelle qu'ait été l'acuité du regard. Les hommes d'équipage manifestaient leur mauvaise humeur et conspiraient.

Nous voulons rentrer chez nous. Colomb se présenta à eux avec un œuf de poule. « Lequel d'entre vous peut faire tenir cet œuf debout ? » demanda-t-il. Aucun, évidemment, ne le pouvait. Ils n'étaient que des marins superstitieux enrôlés dans un drame qui les dépassait. Des marins qui maugréaient et ourdissaient d'improbables complots. Colomb écrasa doucement l'une des extrémités de l'œuf – le maître fit la démonstration avec le sien – avant de le poser sur le bastingage du gaillard d'arrière. Je ne sais pas très bien aujourd'hui si la morale de l'histoire était que pour manger un œuf il faut en casser la coquille et donc que pour trouver Cathay il faut souffrir, ou bien s'il s'agissait tout simplement de démontrer que Colomb était beaucoup plus intelligent que les marins et avait donc toutes les chances d'avoir raison et de prendre la meilleure décision. Dans tous les cas, les matelots ont immédiatement renoncé à toute idée d'insurrection et continué de naviguer à la recherche du Grand Khan. Comme je l'aurais fait lorsque j'avais sept ans. L'instituteur a délicatement posé l'œuf dur sur son bureau avec l'intention de le consommer plus tard.

Plus jamais nous n'avons eu ce maître qui enseignait pourtant à l'école de façon permanente. Le nôtre étant absent ce jour-là, il nous avait pris pour la matinée. Après quoi, nous sommes retournés dans notre salle de classe, et quand plus tard j'ai jeté un œil en passant devant la sienne pour voir le monde qu'il avait dessiné pour nous, la carte avait été effacée du tableau noir.

Hussein ne savait rien de tout cela, il n'avait pas la moindre idée de la façon dont les cartes avaient commencé de me parler, mais il savait combien j'aimais les regarder et les collectionner. Il m'avait envoyé cette carte ancienne ayant appartenu à son aïeul afin de m'amadouer, parce qu'il me devait de l'argent. J'ai ri de plaisir lorsque le cadeau m'est arrivé, mais j'étais quasi certain de ne pas le revoir. Pourquoi serait-il venu chez nous vendre trois fois rien de santal et d'eau de rose quand il pouvait faire du négoce à Rangoon, Chiraz, et autres lieux du bout du monde qui étaient pour nous difficiles d'accès et beaux pour cette raison ?

2

Elle n'est pas venue. Parfois elle ne vient pas, même lorsqu'elle dit qu'elle le fera. Elle vient me voir quand ça lui chante, du moins semble-t-il, et ce n'est pas toujours comme je voudrais que les choses soient. Faites-vous brancher le téléphone dans ce cas, me dit-elle, mais je ne préfère pas. Je ne l'ai jamais eu et je refuse de m'encombrer d'un téléphone aujourd'hui. Quand elle vient cependant, elle donne l'impression que ses journées sont une folle sarabande de tâches dont elle ne parvient pas à venir à bout. Cela lui convient, la vie trépidante. L'agitation la rend radieuse, elle va et vient entre des moments en suspens. Ses yeux prennent une profondeur, une qualité difficile à saisir, comme s'ils sécrétaient un point caché de convergence, un lieu ou un instant secret qui serait leur centre véritable. Pas ici, pas en ce moment, la vraie vie est ailleurs. Elle s'appelle Rachel. Elle me l'a dit le premier jour lorsqu'elle est venue me rendre visite au centre de rétention. « Je suis conseillère juridique auprès de l'organisation de réfugiés qui s'occupe de votre cas. Je m'appelle Rachel Howard, a-t-elle déclaré dans un sourire en me tendant la main. Ravie de vous connaître. »

Et moi je suis Rajab Shaaban. Ce n'est pas mon vrai nom, mais un nom d'emprunt que j'ai adopté pour accomplir ce voyage-sauvetage. C'est le nom de quelqu'un que j'ai connu des années durant. Shaaban, c'est aussi le huitième mois du calendrier, le mois de la division, celui où les destins se scellent pour l'année à venir et où les péchés des pénitents sincères sont absous. Il se situe avant le mois du ramadan, celui de la grande chaleur et du jeûne. Rajab est le mois qui précède l'un et l'autre, le septième mois, le mois vénéré. C'est pendant le Rajab que la nuit du Miraj est survenue, lorsque le Prophète a traversé les sept ciels et s'est trouvé en présence de Dieu. Comme nous l'aimions cette histoire lorsque nous étions jeunes. La vingt-septième nuit du Rajab, le Prophète était endormi quand l'ange Gabriel l'a réveillé pour lui faire chevaucher Al-Burak, la bête monstrueuse, qui l'a emporté dans les airs en direction d'Al-Quods, Jérusalem. Là, dans les ruines du mont du Temple, il a prié avec Abraham, Moïse et Jésus, puis il est monté en leur compagnie à l'Arbre de la Suprême Limite, *Sidrat al-Muntaha*, où l'on ne peut être plus près du Tout-Puissant. Le Prophète y a reçu de Dieu l'injonction selon laquelle les musulmans devaient prier cinquante fois par jour. Sur le chemin du retour, Moïse lui a conseillé de repartir négocier. Il baignait dans tout cela depuis bien plus longtemps que le Prophète et il savait que Dieu pouvait réduire ses exigences. Le Tout-Puissant est descendu à cinq fois par jour. À cette nouvelle, un grand soupir de soulagement est monté de l'assemblée. Imaginez un peu, prier cinquante fois chaque jour que Dieu fait. Le Prophète est ensuite retourné à Al-Quods où il a de nouveau enfourché Al-Burak qui l'a ramené à La Mecque avant l'aube. Là, il a dû affronter les doutes et les chicaneries inévitables des *djahals* à courte vue de cette ville, mais pour les croyants le miracle du Miraj est l'occasion de joyeuses festivités. Rajab précède Shaaban qui précède le mois du ramadan, tous trois sacrés. Bien que Dieu ait commandé que le seul ramadan soit jeûné, les plus pieux jeûnent trois mois durant. Telle est la sainte plaisanterie que ses parents ont joué à mon homonyme lorsqu'ils l'ont appelé Rajab alors que le nom de son père était Shaaban, comme si on lui avait donné pour prénom Juillet avec un père qui s'appelle Août, ils se sont sans doute bien amusés, mais il l'a cher payé, ce nom. Comme c'eût été mon cas si mes parents me l'avaient donné.

Je n'ai rien dit de cela à Rachel Howard quand elle est venue me voir au centre de rétention. Rien dit du tout. Parler de centre de rétention, c'est un peu faire dans le mélodrame. Il n'y avait là ni verrou aux portes ni gardiens en armes, pas même un uniforme en vue. C'était un lieu dans la campagne, géré par une société privée. Il comportait trois grandes structures qui ressemblaient à des hangars ou à des entrepôts, dans lesquelles on nous avait aménagé un endroit où dormir et nous alimenter. Il y faisait froid. Le vent hurlait et gémissait, avec parfois des bourrasques qui semblaient vouloir soulever le bâtiment et l'emporter. C'était alors comme si mon sang se figeait dans mes veines et passait à l'état de cristaux coupants qui m'entraient dans la chair. Quand je cessais tout mouvement, mes membres s'engourdissaient. Nous dormions dans deux des bâtiments – à douze dans l'un et dix dans l'autre –, des cloisons de bois séparaient les lits mais il n'y avait pas de porte. Chaque bâtiment possédait des toilettes et une douche, ainsi qu'un point d'eau qui portait l'indication « Eau potable ». Je m'interrogeais à ce sujet, cela voulait-il dire qu'il fallait utiliser la douche avec précaution, que son eau n'était pas bonne à la consommation ? Nous prenions nos repas dans le troisième bâtiment. Une fourgonnette les livrait dans de grands récipients métalliques de forme cubique. Le service était assuré par un Anglais d'un certain âge au visage chiffonné et triste comme je n'en avais encore jamais vu jusqu'alors, mais que j'ai rencontrés en grand nombre depuis. De fait, beaucoup de ceux que j'ai croisés durant ces premiers mois m'ont surpris par leur apparence. Ils semblaient si différents de l'espèce raide et peu souriante dont j'avais le souvenir. Notre Anglais s'appelait Harold, il nous servait à manger, et nettoyait également les douches et les toilettes à sa façon. Un autre occupait un bureau dans une petite construction qui abritait aussi un téléphone public, un dispensaire et une salle d'entretiens. Il rentrait en général chez lui le soir, alors qu'Harold dormait dans le hangar où nous prenions nos repas et donnait l'impression de ne jamais être très loin. Il y avait un homme qui le remplaçait de temps en temps la nuit, mais il n'est venu qu'une fois lorsque j'y étais, et il s'est tenu à distance, il nous évitait. Harold faisait l'objet d'incessantes taquineries de la part des détenus, qu'il feignait d'ignorer d'un air sinistre, s'acquittant de ses tâches en silence comme s'il les cochait sur une liste dans sa tête. Il avait dû en voir passer bien d'autres comme nous, tandis qu'il était pour nous le premier Anglais que nous voyions de près.

Les hangars où nous logions auraient aussi bien pu abriter des sacs de céréales ou de ciment, ou quelque autre article de valeur à protéger du vol et des intempéries. Ils nous abritaient à présent, nuisance ordinaire et de peu de prix qu'il fallait endiguer. L'homme du bureau nous avait confisqué notre argent et nos papiers, et autorisés à nous promener dans la campagne si nous avions besoin d'exercice, à condition de garder le camp en vue pour ne pas nous égarer. « Si vous vous perdez, personne n'ira vous chercher, et il fait froid dehors la nuit, et certains d'entre vous n'en ont pas l'habitude. » Il allait faire plus froid encore, je le savais depuis le début. La retraite de Russie n'avait eu lieu qu'en février ou mars, tout était alors gelé et le général Hiver menait l'offensive contre Napoléon. J'étais arrivé en novembre, trois mois avant février. Il faisait déjà un temps épouvantable, mais le pire était à venir. Il allait faire plus froid encore.

Nous étions vingt-deux dans le camp. Sur les douze détenus de notre bâtiment, quatre étaient algériens, trois éthiopiens, deux iraniens – des frères qui avaient à peine vingt ans, ne se quittaient jamais, parlaient à voix basse et sanglotaient la nuit avant de s'endormir dans le même lit –, il y avait aussi un Soudanais et un Angolais – du vif-argent, ne pouvant s'empêcher de donner des conseils, toujours en veine de plaisanterie, très politisé, montant des coups, défendant la cause de l'Unita dans la guerre. Pas de Nigérians ici, nous disait l'Angolais. Ils sont trop nombreux dans les centres de rétention et ils causent des problèmes, si bien qu'on les garde enfermés dans un vieux fort glacial du nord, loin de toute habitation. Ils sont trop nombreux dans le monde, de toute façon. Il s'appelait Alfonso et nourrissait envers les Nigérians une profonde, féroce antipathie pour laquelle il ne donnait pas d'explication mais qui illuminait apparemment chaque jour de sa vie. Il habitait le camp, les baraquements comme il préférait les appeler, depuis des semaines. Et refusait d'en partir, il disait avoir besoin de rester loin du monde et de vivre au grand air pour finir le livre qu'il était en train de rédiger. S'il allait se mêler aux Anglais dans la rue, s'il passait ses soirées dans leurs pubs à regarder le foot à la télé, il perdrait le fil de ses souvenirs et cela enlèverait tout sens à ce qu'il avait fait. Il aimait ces baraquements et ses frères déracinés, merci. Les détenus de l'autre bâtiment venaient tous d'Asie du Sud, d'Inde ou du Sri Lanka, ou bien peut-être venaient-ils d'ailleurs tout en étant d'origine indienne. Je ne sais pas. Ils menaient leurs affaires séparément de nous, s'asseyaient ensemble aux repas, et avaient, semblait-il, pour communiquer entre eux une langue que nous ne comprenions pas.

C'est dans la petite construction qui abritait un dispensaire, un bureau et ce qui servait de salle d'entretiens que l'on m'a convoqué pour rencontrer Rachel Howard.

« Si j'ai bien compris, vous ne parlez pas du tout l'anglais », a-t-elle dit en consultant ses papiers. Puis elle m'a souri dans un grand élan de bienveillance, me demandant avec ardeur de la comprendre même si apparemment je ne connaissais pas la langue. C'était au tout début, et je n'étais pas prêt à ce qu'on m'interroge, à ce qu'on me munisse des papiers nécessaires, à ce que peut-être on m'emmène ailleurs. J'étais au camp depuis deux jours et je m'y trouvais bien, malgré la sensation d'engourdissement dans les jambes. J'aimais le vert spongieux de la campagne qui donnait une impression d'élasticité. J'aimais le grondement, le fracas étouffé que transportait l'air détrempé, qui m'a rendu un peu craintif dans un premier temps car je croyais entendre les coups de boutoir de la mer au loin ; je n'ai compris que bien plus tard qu'il s'agissait du bruit de la route à grande circulation qui passait à proximité. J'appréciais Alfonso et sa joie anarchique, les Éthiopiens et leurs silences fragiles, leurs échanges secrets, les Algériens à la courtoisie affectée, qui gloussaient, se moquaient des autres et ne cessaient de chuchoter, le Soudanais sérieux, intimidé, et les deux jeunes Iraniens plongés dans leur douleur féconde. Je n'étais pas prêt à être si tôt secouru, enlevé à ces existences qui ne m'étaient encore qu'à peine visibles.

Ils se sont poussés pour me faire de la place, m'ont appelé *shebe*, agha, l'ancien, monsieur. Qu'est-ce qui t'a amené à parcourir tout ce chemin, si loin de Dieu et de ceux que tu aimes, *ya habibi* ? Ne sais-tu pas que le climat humide et froid peut faire du mal à celui qui a les os vieux et fragiles comme toi ? C'est ce que j'ai imaginé qu'ils me disaient, parce qu'aucun de nous à l'exception d'Alfonso ne s'adressait aux autres en anglais, Alfonso qui ne semblait pas se soucier de savoir qui l'écoutait et qui le comprenait tandis qu'il agitait les bras, se donnait en spectacle, refusant de voir ce que je percevais parfois comme un rire mauvais de la part des autres, surtout des Algériens pleins de mépris. Je les soupçonnais de se sentir supérieurs à ce Noir loquace qui montrait tellement d'assurance. Alfonso continuait de deviser, indifférent, comme si rien ne pouvait jamais l'atteindre ou le perturber, dans l'incapacité où il se trouvait d'exercer le moindre contrôle sur les misérables petits démons qui le faisaient discourir avec autant de frénésie.

Je ne savais pas très bien, pour ma part, pourquoi l'homme qui m'avait vendu mon billet m'avait conseillé de ne pas m'exprimer en anglais, ni quand il serait sage d'admettre que je parlais cette langue. Je ne savais pas très bien non plus si l'ignorance que mes compagnons avaient de l'anglais était tout aussi stratégique, s'ils connaissaient la raison pour laquelle ils prétendaient ne pas le parler ou si, comme moi, ils agissaient sur le conseil prudent d'un pourvoyeur de billets. Peut-être craignaient-ils que le seul imprudent à parler l'anglais parmi nous fût ni plus ni moins un informateur – une pensée qui m'était venue à moi aussi –, et ainsi ils restaient assis *skut sakit* en attendant que le danger soit écarté. Nous fuyions tous des lieux où les autorités exigeaient une soumission totale et instillaient la peur de façon latente, et comme ces choses ne peuvent s'obtenir sans flagellations quotidiennes ni décapitations publiques, ceux qui servaient ces autorités, la police, l'armée, l'appareil de sécurité se livraient à des tracasseries permanentes pour montrer le danger qu'il y avait à s'insurger inconsidérément. Comment pouvais-je deviner le type de transgression qui mettrait en fureur les gardiens du domaine, ici ? Je ne voulais pas être pris en faute par inexpérience et me retrouver dans un vieux fort glacial du nord, ou pire encore, dans l'avion me renvoyant d'où je venais. Il était somme toute trop tôt pour mettre fin au stratagème, bien que j'eusse adoré voir le sourire lumineux de Rachel Howard redescendre soudain de ses séduisantes hauteurs. Aussi ai-je secoué négativement la tête, haussé lentement les épaules sans agressivité, et posé sur elle le sourire perdu d'un étranger.

Elle avait des cheveux noirs bouclés qu'elle portait dans le style décoiffé et rebelle. Cela lui donnait un air de jeunesse et de gaieté, et l'aspect noiraud d'une étrangère, ce qui était sans doute le but recherché. Elle a froncé les sourcils en consultant ses papiers, tandis que je me taisais. Puis elle a levé les yeux et souri, et j'ai pensé qu'on en resterait là jusqu'à ce qu'elle obtienne un interprète. Elle a hoché vigoureusement la tête pour me rassurer, a rassemblé à deux mains ses cheveux et dégagé son visage. « Donc », a-t-elle repris en me considérant longuement, une fois renvoyée sa chevelure en arrière. J'aurais été bien incapable de dire si elle connaissait cette ruse qui consistait à prétendre ne pas parler l'anglais et qu'elle voulut me le faire savoir, ou si l'air malicieux apparu sur ses traits laissait présager une manœuvre plus compliquée. Elle s'est levée, s'est éloignée de la table, avant de revenir vers moi. J'ai alors compris qu'elle ne me voyait pas vraiment, que son regard aigu se concentrait en fait sur la méthode à utiliser et les moyens dont elle disposait. Elle n'était ni grande ni solidement bâtie, mais la souplesse et l'assurance de ses mouvements donnaient une impression de force physique. Des épaules carrées, une bonne nageuse sans doute. « Nous allons vous envoyer dans un endroit où vous pourrez suivre des cours. Vous sortir d'ici, de toute façon. Je ne pense pas que cela soit trop difficile, étant donné votre âge. Ce sera notre première démarche, nous arranger pour que les autorités locales vous prennent en charge. »

Son front s'est plissé sans qu'elle me voie davantage, ne sachant trop peut-être que décider, dans l'impossibilité de me traduire verbalement ce qu'elle envisageait à mon sujet, soucieuse enfin de me faire sentir qu'elle prenait soin de moi et était efficace. Mais elle continuait de ne pas me voir, son regard était intérieur. Elle devait avoir l'âge de ma fille, la trentaine, l'âge que ma fille aurait eu. Cela paraît absurde de la dire mienne. Elle n'a pas vécu longtemps, elle est morte. Rachel Howard est retournée à la table et s'est assise en face de moi. J'ai levé les yeux vers elle pour lui faire savoir que j'étais là ; elle n'en a pas été troublée, mais elle a pris conscience de ma présence sans rien dire. Puis elle a avancé la main et l'a posée sur mon bras. « Soixante-cinq ans, en voilà un bel âge pour s'enfuir de chez soi, a-t-elle dit dans un sourire. Qu'est-ce qui vous est passé par la tête ? »

J'aimais qu'elle m'ait rappelé ma fille et que cette pensée me soit venue non pas comme le souvenir d'une faute ou d'une peine mais comme un petit plaisir au milieu de tout cet exotisme et de cette étrangeté. Raiiya, c'est le nom que je lui avais donné, celui de citoyenne ordinaire, de banale indigène. Sa mère voyait dans ce nom une provocation, elle était convaincue qu'il lui serait un handicap quand elle grandirait, aussi l'avait-elle appelée Ruquiya comme la fille qu'a eue le Prophète avec Khadija, sa première femme et sa bienfaitrice. Mais elle n'a pas vécu longtemps, elle est morte. *Rahmatullah alaiha.*

« Nous allons voir si nous pouvons trouver un interprète », a dit Rachel Howard, inclinant la tête de façon encourageante parce que j'avais prononcé ces deux derniers mots à haute voix, invoquant la pitié de Dieu pour l'âme de ma fille, quand c'étaient Dieu et ses anges qui l'avaient emportée avant même qu'elle ne soit devenue une citoyenne, et qui ont ensuite emporté sa mère – Dieu ait pitié de son âme – sans que je l'aie su, sans que j'aie été là.

« Vous ne comprenez pas du tout l'anglais ? Qu'importe, vous allez aller à l'école lorsqu'on vous aura fait sortir d'ici. Il n'est pas facile d'apprendre après un certain âge, je crois, fit-elle en souriant de nouveau à la pensée de l'âge que j'avais. Mais nous allons d'abord vous sortir d'ici. Vous aimerez l'endroit, celui où nous irons. C'est une petite ville près de la mer. Nous allons vous trouver un *bed and breakfast* et vous mettre en règle avec les services sociaux et tout le reste. Puis nous contacterons un interprète. Vous avez de la famille ? Des amis ? Oh, je l'espère vraiment. C'est déjà suffisamment difficile, mais à votre âge. »

Une petite ville près de la mer. Oui, cela me plaît, ai-je pensé. Dans quelques jours.

Ils m'ont d'abord emmené au *bed and breakfast*, Rachel et un homme du nom de Jeff qui conduisait la voiture avec laquelle ils sont venus me chercher. Il était beaucoup plus jeune qu'elle, grand, charpenté, il avait les cheveux roux et un ton de voix exagérément sérieux. Je l'imaginais riant bruyamment et mangeant avec appétit quand il n'estimait pas avoir un rôle à jouer. J'étais assis à l'arrière avec, à côté de moi, le sac dont Kevin Edelman avait fait l'inventaire, et où manquait à présent la petite boîte d'*ud-al-qamari* qu'il m'avait volée, mais dans lequel se trouvait une serviette de toilette du camp qu'Alfonso avait glissée au dernier moment. « Il va te falloir toujours rester propre, avait-il dit, le regard brillant d'un certain désarroi. Baba, tu m'entends ? Quoi qu'ils te fassent, reste propre. » J'étais inquiet à cause de la serviette, je craignais que quelqu'un ne me fouille avant mon départ. J'avais vu des gens battus à en pleurer pour avoir chapardé bien moins que cela, un morceau de savon ou une cannette de Coca vide. Là-bas, pas ici, dans ma vie antérieure, ma vie d'avant. Mais personne n'a fouillé mon sac. L'homme du bureau m'a accompagné jusqu'à la voiture et il a attendu patiemment que j'aie serré les mains et échangé des sourires avec tous. *Maasalama*, m'ont-ils dit.

Va en paix. *Kwaheri*, ai-je répondu. Que la bonne fortune soit sur vous. Rachel et Jeff étaient ravis de ce départ et discutaient entre eux des règlements et des lois qui s'étaient améliorés, citant le nom des fonctionnaires et du ministre du gouvernement dont ils avaient déjoué la gestion cynique et opportuniste, comparant la victoire que représentait ma libération à ces cas pour lesquels la décision était toujours en suspens. Peut-être que personne ne les avait informés des directives selon lesquelles ma vie était considérée comme étant en danger à cause de mon gouvernement, ou bien peut-être estimaient-ils que de telles mesures ne suffisaient pas pour obtenir mon admission, ou bien encore qu'en dépit de l'acte moral supérieur que constituait le fait d'accorder, indignés, l'asile aux ressortissants de mon pays, quelqu'un avait entrepris d'évaluer le coût que représentait l'entrée d'un homme de mon âge au Royaume-Uni : trop vieux pour travailler dans un hôpital, trop vieux pour faire un futur joueur de cricket aux couleurs de l'Angleterre, trop vieux pour à peu près tout, sauf pour les allocations sociales, l'aide au logement et une crémation aux frais de l'État. Mais bon, on m'avait laissé entrer et là, dans l'auto, je me suis senti un peu mesquin de m'être moqué de les voir se réjouir et se congratuler, j'ai été désolé de devoir continuer à faire semblant de ne pas les comprendre et de ne pas leur dire, la voix tremblante d'émotion, à quel point je leur étais reconnaissant.

Le *bed and breakfast* se trouvait dans une vieille maison sombre située sur une rue calme qui donnait dans l'artère principale. La femme qui s'en occupait s'appelait Celia – Celia est d'accord pour le prendre, nous y serons tout juste pour le thé, non merci, elle est bizarre, hein ? mais vraiment gentille – et quand nous sommes arrivés devant la porte ouverte et que nous avons sonné, elle nous a, d'une voix claironnante, engagés à monter. Le vestibule était exigu et triste, le sol recouvert d'un tapis râpé dans lequel des bribes de fil rouge étaient encore visibles parmi le gris élimé. L'escalier – à peine quelques marches – opérait un premier virage en angle droit à droite, suivi d'un second virage en angle droit toujours à droite – une bonne position de défense. Le visiteur, qui avait toutes les chances d'être droitier, n'aurait pas eu la place de manier une arme et aurait également été vulnérable à un tir bien ajusté, à un chaudron d'huile bouillante, ou bien d'autres choses encore. Celia était assise dans le séjour et lisait un magazine devant un poste de télévision muet. C'est l'odeur qui m'a d'abord frappé, quelque chose d'à la fois nouveau et familier, que je peux avec l'expérience identifier aujourd'hui. À l'époque, cela m'a fait penser à de la fiente fraîche dans un lieu confiné, comme dans les maisons où on laisse les poules percher dans la cage d'escalier ou sur le rebord des fenêtres, des maisons pas bien différentes de celle-ci, avec les mêmes virages en angle droit dans l'escalier, où j'avais parfois, enfant, été terrorisé par le gloussement furieux d'un volatile que j'avais dérangé en montant à tâtons dans le noir. Je sais à présent que ce n'est pas l'odeur de fiente de poule que j'ai sentie, mais celle des vieilles maisons poussiéreuses jamais aérées – l'odeur des tissus d'ameublement que, des dizaines d'années durant, des détritus liquides ont imprégnés, des carpettes fanées et usées où sont restés piégés touffes de cheveux, poils d'animaux, miettes et pépins de fruits, l'odeur de cendre et de suie des anciens feux de cheminée, les miasmes fétides des vêtements et des sacs qu'on entasse dans les coins. Il y avait d'un côté de la pièce trois cages à oiseaux posées sur des trépieds de cuivre avec à l'intérieur des êtres plus ou moins vivants, à en juger du moins par les restes de nourriture éparpillés autour.

Celia était une femme de grande taille, bien bâtie, aux cheveux longs et fins qu'elle teignait au henné. Elle s'est levée lorsque nous sommes apparus et nous a fait entrer, s'est empressée de nous faire entrer. « Installez-vous et prenez un peu de thé, a-t-elle dit d'une voix sonore et tyrannique, malgré le rire qui perçait. Il fait froid dehors, n'est-ce pas ? La théière est là, approchez-vous du feu, il y a des tasses sur la table. Asseyez-vous. Bonjour, ravie de vous accueillir. Voici Michael, Mick. Dis bonjour à notre nouvel hôte, Mick. »

Elle s'adressait à un homme qui paraissait plus âgé qu'elle – il devait avoir dans les soixante-dix ans – et occupait le siège qui lui faisait face. Il m'a lancé un regard gentil et s'est remis à fixer ses mains. Comme je devais le découvrir par la suite, Mick ne faisait guère que fixer ses mains et sourire gentiment à tout le monde. Quand on le lui demandait, il regardait aussi la télévision ou buvait son thé, ou bien encore il s'exprimait succinctement sur le sujet à propos duquel on l'avait invité à donner son opinion, répondant par oui ou par non, ou disant que tout était au mieux, puis il se retirait dans le lit qu'il partageait avec Celia. « Et voici Ibrahim, et puis Georgy », indiqua Celia en esquissant un geste en direction des deux jeunes gens assis à la grande table qui se trouvait un peu plus loin. Ibrahim portait une chemise verte marbrée de bleu sur un T-shirt noir, et Georgy, le plus noiraud des deux, une veste de cuir marron zippée. Tous deux ont fait un signe de la main avec désinvolture, et j'ai vu dans leurs yeux ce que je n'avais vu ni chez Celia ni chez Mick, de la circonspection, un rien de vanité, un éclair de malveillance. J'aurais compris sans qu'on me le dise qu'ils étaient étrangers. Ils ont salué Rachel et Jeff en les appelant par leur nom et leur ont adressé un sourire radieux, effronté, tout disposés à plaisanter si l'occasion s'en présentait. J'étais sur mes gardes, pour le moins. Des jeunes gens d'abord soucieux de leurs intérêts, cupides, trop évidemment insatisfaits et prêts à tout, peut-être sans pitié, je ne savais pas, mais je me méfiais. Ces moustaches soignées.

« Ibrahim est originaire du Kosovo, il a fui ces terribles, terribles Serbes assoiffés de sang, a dit Celia en regardant dans ma direction. Je pense que ça va aller pour toi, n'est-ce pas, Ibrahim ? Oui, bien sûr. Sa famille a été dispersée un peu partout, on lui a tiré dessus, on l'a poursuivi dans les rues. Affreux. Et voici Georgy chéri. Georgy est rom, il vient de la République tchèque. Il est ici depuis des lustres. Ils ont essayé de le renvoyer chez lui, mais il a quelque chose qui ne va pas là-dedans – Celia a tapoté du doigt sa propre tempe droite – et les médecins ont fait des difficultés, alors l'Immigration le laisse tranquille pour le moment. Ils l'ont drôlement cogné là-bas. Ils lui ont fait du mal. Des coups de batte de base-ball sur la tête, des choses de ce genre. Un comportement méprisable, et simplement parce qu'il est rom. Ces Serbes...

— Tchèques, a corrigé Rachel.

— Tchèques, bon, a concédé Celia avec irritation. Je ne comprends toujours pas pourquoi les gens ne s'acceptent pas les uns les autres, honnêtement je ne comprends pas. On n'a pas fait de différence, nous, quand on les a aidés pendant la guerre. On n'a pas dit, toi tu es tchèque et cet autre-là est rom, et donc on va t'aider toi et pas l'autre. On a aidé tout le monde. Jusqu'ici les gens du ministère de l'Intérieur n'ont pas pu se résoudre à renvoyer Georgy de force dans son pays. Ils continuent de vouloir lui faire dire que ce n'était pas si terrible que ça, et même qu'on ne l'a pas battu du tout. Mais je crois bien qu'ils vont finir par le renvoyer là-bas, pauvre vieux Georgy chéri.

— Non, il y a encore une chance, a protesté Rachel. Nous faisons tout ce que nous pouvons. Nous nous battons vraiment beaucoup pour lui. Les leçons se passent bien, Georgy ? »

Georgy a hoché la tête, suivant cet échange le regard déliquescent. Image d'abjection et d'humiliation que ce corps tragique dont l'existence était suspendue au bon vouloir de ceux qui débattaient de son sort.

« Et voici les perruches : Antigone, Cassandre et Hélène, a dit Celia en s'adressant à moi, avant de désigner d'un geste de la main les cages les unes après les autres. Je ne me souviens plus de qui est qui, mais cela ne semble pas les déranger. Eh bien voilà, vous connaissez tout le monde à présent. Venez donc vous asseoir près du feu prendre une tasse de thé. Vous devez être frigorifié.

— M. Shaaban ne parle pas du tout l'anglais, Celia », a dit Rachel comme s'excusant.

Celia a posé sur moi des yeux incrédules, je l'ai sentie choquée, et j'ai eu l'impression d'être percé à jour. Elle a même légèrement secoué la tête en signe de dénégation et fait la moue, un rien contrariée par la tournure des événements. J'avais commencé à perdre courage dès le moment où nous étions entrés dans cette pièce encombrée, anxieux à la pensée du lit sordide dans lequel j'allais devoir coucher. Les soupçons de Celia m'ont accablé un peu plus encore. Je n'avais jamais auparavant rencontré d'Anglais comme Celia et Mick, elle avec sa façon chichiteuse et imprévisible de vous materner et les connotations sexuelles qui émanaient trop explicitement de sa personne pour qu'on ne les remarque pas, lui et son apparence de doux délabrement. Hormis le triste Harold fripé et l'homme silencieux du bureau du centre de rétention, ainsi que – bien sûr – Kevin Edelman, les Anglais auxquels j'avais eu affaire dans le passé étaient dans l'ensemble des clients de ma boutique de meubles ou bien des touristes, et en remontant plus loin dans le temps, des hauts fonctionnaires de l'administration coloniale, à l'époque où je travaillais pour le gouvernement. C'étaient tous des gens supérieurs et prospères, qui s'offensaient facilement, un peu trop insolents pour qu'on parvînt à les aimer. Conscients de leur importance et bouffis d'orgueil dans chacun de leurs mouvements, ils étaient capables à tout instant de montrer mépris et dureté. Je ne pouvais imaginer à quoi ils ressemblaient parmi les leurs, mais je ne concevais pas qu'ils aient pu être différents de l'idée que j'avais d'eux. Pour la plupart en tout cas, car j'excepte deux de mes professeurs du Makerere College qui, même s'ils traitaient avec certains des personnages les plus hauts placés, savaient aussi se montrer aimables, courtois et passionnés par ailleurs. Depuis mon arrivée en Angleterre j'avais été en contact avec des officiers de police et des fonctionnaires, des personnes qui en fait ne me voyaient pas, des gens soumis aux contraintes de leur métier et dont la vie tout entière était pleine d'histoires de mendiants comme moi. Celia, elle, m'avait vu, semble-t-il. Son regard acéré constituait une sorte de reconnaissance, mais une reconnaissance que je ne désirais pas. Je n'ai pas compris pourquoi sur le moment.

« Eh bien, nous utiliserons le langage des signes et des sons, dans ce cas, a-t-elle dit avec irritation. Ne vous inquiétez pas, Rachel chérie, nous y sommes habitués ici. N'est-ce pas, Mick ? Il parlait une langue étrangère autrefois, vous savez. Mick, quelle langue est-ce que tu parlais ? Le malais, c'est bien ça ? Le malais. Mick, c'était le malais ? Est-ce que monsieur… ?

— Shaaban », a indiqué Rachel en fronçant légèrement les sourcils, mais elle a conservé un sourire las tandis que ses mains couraient nerveusement le long de son pantalon. Cela m'a encore plus inquiété qu'elle soit si pressée de s'en aller.

« Shaaban, Shaaban, Shaaban, a répété Celia pour bien s'en souvenir. Est-ce que M. Shaaban parle malais ? Je ne pense pas. »

Celia s'est dirigée vers la porte du séjour et a appelé Susan à deux reprises, avant de revenir s'asseoir.

« Nous allons demander à Susan de nous refaire du thé. Shaaban, Shaaban. »

Susan était une femme de l'âge de Celia, petite, le visage rond, le geste nerveux, l'air tourmenté, ce qui n'avait rien d'étonnant chez quelqu'un travaillant pour le compte d'un tyran sûr de soi et parlant haut et fort comme Celia. Elle faisait la cuisine et le ménage de la maison alors que Celia s'occupait du travail de bureau, comme elle le disait. Rachel et Jeff ont pris congé quelques minutes plus tard, déclinant l'invitation à rester pour le thé. Et quand Susan est réapparue en apportant du pain grillé, une casserole de haricots blancs et une assiette de jambon en boîte, je compris pourquoi. Nous nous sommes tous installés autour de la grande table et avons pris notre repas. J'ai montré les tranches de jambon et j'ai fait non de la tête à l'intention de Celia.

« Porc, a dit Ibrahim, un sourire jusqu'aux oreilles, en se tournant vers Georgy pour partager avec lui la plaisanterie. Musulman, pas manger porc, pas pisser alcool. Propre, propre, propre, lavé, lavé, lavé. Noir. »

Georgy a éclaté d'un rire sonore en entendant Noir. Je ne sais pas si c'était l'idée d'un Noir musulman qui le mettait en joie, ou le cocasse qu'il peut y avoir à ce qu'un homme à la peau noire veuille être frénétiquement propre, propre, propre, lavé, lavé, lavé, ou bien encore s'il s'agissait d'une plaisanterie entre eux. J'ai su plus tard que Georgy riait à tout ce que disait Ibrahim. Ils ont tous deux rivé sur moi un regard railleur, sans que je parvienne à comprendre la raison de cette méchanceté. Peut-être que la difficulté de leur situation et l'anxiété qu'elle engendrait les avaient rendus acerbes et moqueurs. Peut-être que les mensonges et les subterfuges nécessaires pour supporter l'oppression avaient fait d'eux des êtres cyniques, insensibles à leurs souffrances et aux souffrances de ceux qui avaient le même statut qu'eux. Comment pouvaient-ils être sûrs que je n'avais pas été témoin ou victime d'avilissements et de violences qui auraient au moins requis de leur part un silence plein d'humanité ? Personne ne m'avait frappé au visage avec une batte de base-ball, mais qu'en savaient-ils ? Et j'aurais pu avoir été témoin de pis encore. Quelle que soit l'horreur de ce qu'ils avaient vécu, comment pouvaient-ils ignorer que nul n'est à l'abri de rien ?

Mick a mangé ses haricots à la cuillère tandis que Celia sirotait son thé et bavardait sans hâte, sans crainte non plus d'être interrompue. Elle a parlé des perruches, des hôtes qu'ils avaient hébergés et qui étaient ensuite devenus des amis, de l'organisation des réfugiés – ce sont des gens tellement charmants –, des manifestations en ville contre les demandeurs d'asile, des comptes-rendus exagérés qu'en faisaient les journaux, de son incompréhension des changements que le monde connaissait. Ibrahim a allumé une cigarette, après avoir avalé quelques bouchées de pain grillé, et rapproché de son assiette le cendrier plein à ras bord, qu'il a fait sien d'une certaine manière, comme un plat qui aurait accompagné les haricots et le jambon.

« Il y a une église au bas de la rue, St Peter's, où nous avions l'habitude d'aller. C'était notre église, a dit Celia, chassant machinalement de la main la fumée de cigarette. C'est devenu une boîte de nuit ou un café, quelque chose de ce genre. Une discothèque. Nous n'étions pas spécialement religieux, mais nous allions à l'église les jours de fête. Et voilà maintenant que c'est une boîte de nuit, un café. Ce n'est pas bien qu'un pays chrétien ne prenne pas soin de ses églises. Je parie que pas un temple au pays de M. Naashab n'a été transformé en bar ou en quoi que ce soit de ce genre. Je ne fréquente pas ces endroits, mais je crois que les garçons y vont, vous y allez n'est-ce pas ? Ils n'ont rien d'autre à faire. Ils sont coincés ici, sans autorisation de travailler ou de se trouver un endroit à eux. Le pauvre Ibrahim a dû envoyer sa femme et sa fille à Londres dans la famille de son frère parce qu'on n'acceptait pas la fillette à l'école ici. Les autres parents protestaient, vous voyez un peu. Ils ne veulent pas de ces gens-là dans leurs écoles, qu'ils disent. C'est effrayant. Enfin bon, les garçons fréquentent parfois ce bar, moi jamais. Je ne pourrais pas, ce ne serait pas bien après avoir suivi là les offices et les prières. Il y avait un peintre qui vivait dans le bas de la rue, un vrai peintre, pas un peintre en bâtiment. Ma mère me parlait de lui, mais je crois bien me le rappeler aussi. Il avait son atelier dans une grande pièce du rez-de-chaussée en façade. On pouvait le voir de la rue devant son chevalet, il portait une blouse. Une grande barbe, pas mal de ventre, il est très connu aujourd'hui, je crois.

Il n'y avait pas du tout d'étrangers à l'époque, celle où j'ai grandi, tout juste un Français de temps à autre, pas de vrais étrangers. Ou bien alors on ne les croisait pas, pas vrai, Mick ? Jusqu'à l'arrivée des prisonniers italiens après la guerre. Tu n'étais pas encore rentré, Mick, si ? J'ai oublié. On n'en rencontrait pas, dans tous les cas. Mick était en Malaisie. Maintenant les étrangers sont partout, avec toutes ces horreurs qui se passent dans leur pays. Cela n'a pas toujours été. Je connais mal la question, mais on ne peut tout de même pas les renvoyer chez eux. On ne peut pas leur dire de retourner dans leur affreux pays se faire taper dessus parce qu'on a trop à s'occuper chez nous. Si on peut les aider, je pense qu'on doit le faire. Soyons tolérants. Je ne peux pas comprendre ces gens qui manifestent dans la rue en disant je ne sais quoi des demandeurs d'asile. Et ces défilés du Front national, je ne supporte pas ces fascistes. Il n'y avait pas autant d'étrangers dans le pays avant, mais qu'y peut-on ? On ne va pas les renvoyer dans ces endroits horribles. Je ne sais pas ce qu'on peut faire. »

J'écoutais en baissant la tête, et les autres écoutaient en silence. À la façon mesurée, posée qu'avait Celia de parler, je me suis mis à craindre qu'elle ne continue jusqu'à épuisement, bien au-delà de minuit. J'ai fait signe que je souhaitais aller me coucher et Celia a levé les sourcils avec affectation, comme si je lui demandais beaucoup. Il n'était jamais que six heures passées mais je voulais quitter cette pièce, son atmosphère oppressante, la duplicité et la dissimulation qui y régnaient, ses odeurs, son climat de négligence et de cruauté, son aspect miteux. Je voulais être seul dans le noir et faire le vide dans ma tête.

Celia m'a conduit à l'étage, un nouveau virage en angle droit puis un autre encore, jusqu'à une petite chambre surencombrée, dans un coin de laquelle se trouvait un lit recouvert de ce qui ressemblait à une vieille couverture couleur lie de vin.

« J'habite cette maison depuis presque soixante ans, monsieur Bashat », a-t-elle dit sur le seuil de la pièce, une main appuyée au montant de la porte, souriant à l'idée d'un tel exploit dans la durée. Elle allait me raconter l'histoire de la maison, et comment sa mère, qui s'occupait des fleurs à St Peter's, était secrètement amoureuse d'un artiste au tempérament exalté qui avait fui, désespéré, par une nuit d'orage car elle refusait d'être déshonorée, et qui était ensuite revenu frapper au carreau, implorant son amour. Mais non. « Soixante ans, et toujours bon pied bon œil, comme on dit, c'est pas comme ce pauvre Mick. Encore qu'il prenne plaisir à la vie, le vieux Mick. C'est les Japonais qui lui ont fait ça. Il est rentré dans cet état et je me suis occupée de lui. Toutes ces choses que vous voyez dans la chambre, elles sont toutes chargées de sens pour moi, chacune d'elles. Faites-y bien attention, s'il vous plaît. La salle de bains est juste à côté. Nous la partageons tous, vous veillerez donc à la maintenir propre. Pour le reste, vous avez fait la connaissance de tout le monde et je souhaite que vous parliez bientôt l'anglais afin que nous puissions bavarder un peu. Ah, et puis Ibrahim et ce cher Georgy dorment à l'étage au-dessus. »

Elle s'est éloignée, l'air contrarié, l'œil brillant d'exaspération contenue. Quoi ? Que lui avais-je fait ? « Le petit déjeuner est servi entre huit et dix, a-t-elle ajouté d'un ton un rien hautain, à demi tournée dans ma direction. Nous apprécierons que vous soyez ponctuel. Je ferme à clé la porte d'entrée à dix heures du soir, et donc si vous rentrez plus tard il vous faudra sonner et attendre que quelqu'un vienne vous ouvrir. Bonsoir, monsieur Showness. »

La couverture a produit un léger nuage de poussière quand je l'ai retirée. Les draps avaient l'aspect et l'odeur de draps dans lesquels on a déjà dormi. Il y avait des taches de sang sur la taie d'oreiller. Le lit sentait comme le rez-de-chaussée : la vieille vomissure, le sperme et le thé renversé. Je n'osais même pas m'y asseoir par une peur irraisonnée d'être contaminé, peur non pas simplement de la maladie mais d'une pollution de l'intérieur. Je me suis risqué sur l'élégant divan – élégant dans ses lignes et sa forme – mais son tissu se trouvait être dans le même état rance que la couverture du lit. La salle de bains était figée dans sa crasse : le lavabo portait des traces de ce qui ressemblait à des matières végétales, la baignoire présentait une pellicule grisâtre et la cuvette des W.-C. était un impénétrable trou noir. J'ai eu devant ce trou un haut-le-cœur mais je n'avais pas le choix, conscient à chaque instant de ce que, dans son obscure opacité, vivait un monstre armé de dents que la pesanteur de mes attributs virils pourrait bien tenter. Ceux-ci acquièrent une certaine noblesse avec l'âge. La langue anglaise allait s'imposer à moi le lendemain lorsque Rachel viendrait recueillir mes impressions comme elle a dit. Je n'avais pas fait tout ce voyage pour périr par manque de soin. J'ai passé la soirée à me pencher sur les souvenirs auxquels Celia était attachée, avec un mélange de plaisir et de regret anciens, les estimant, les évaluant comme je l'aurais fait d'un lot que j'aurais acquis dans une vente aux enchères. Il n'y avait pas grand-chose sur le guéridon : un bateau à l'intérieur d'une bouteille, quelques bijoux de pacotille, des photographies dans des cadres disgracieux, une boîte à biscuits en fer-blanc représentant un homme en uniforme de capitaine de vaisseau trônant au centre d'une guirlande de fruits variés en provenance des quatre coins de l'Empire britannique et contenant tout un bric-à-brac de boutons, d'insignes et de plumes. J'ai été par la suite étonné de n'avoir pas ressenti le moindre intérêt pour ces objets, ne serait-ce que de mon propre point de vue, de ne m'être même pas posé la question de savoir en quoi ils étaient précieux pour Celia, de n'avoir pas un instant songé à ce qu'ils avaient pu représenter dans sa vie.

Au mur était fixé un grand miroir doré, trop grand pour cette petite chambre sombre, mais la dorure était en bon état et le miroir lui-même n'aurait eu besoin que de très peu de réfection. Il aurait rapporté quelques piécettes. Dans cette lumière triste, l'image qu'il renvoyait de moi était celle d'un être flottant dans une brume montante ; un halo de lumière sorti de l'ombre dessinait sur mes épaules comme un nœud coulant. Je me suis allongé près du guéridon à même le sol, la tête posée sur la serviette qu'Alfonso m'avait forcé à emporter. Je savais avoir peu de chance de dormir, compte tenu de la dureté de la carpette feutrée sur laquelle j'étais couché et de la faim dévorante qui me tenaillait. Tard dans la nuit, j'ai entendu le rythme sourd et facilement reconnaissable de la copulation, et me suis demandé si c'était Celia qui chevauchait Mick ou les deux garçons qui s'amusaient à faire une blague.

Rachel n'est pas venue le lendemain matin. J'ai utilisé la salle de bains en fermant les yeux, touchant du bout des doigts ce que j'avais à toucher. Puis j'ai ouvert les rideaux de ma chambre et je me suis assis par terre, la serviette d'Alfonso étalée sous moi. La pièce donnait sur l'arrière de la maison et sur un jardin laissé à l'abandon, assombri par des arbres et de hauts buissons. La pluie dégoulinait le long des vitres. Je n'avais pas pu me laver correctement ainsi qu'on le fait dans la grande ablution, et les haricots secs m'avaient donné la courante, comme à l'accoutumée. Je me suis nettoyé comme j'ai pu avec le papier, mais j'avais l'impression qu'assis là sur le sol, j'avais une tache qui s'étendait autour de moi. La maison était silencieuse, tout le monde était encore couché. Plus tard, lorsque j'ai entendu des pas dans l'escalier et le bruit des tasses et des assiettes, j'étais trop énervé au souvenir de l'air de déplaisir qu'avait eu Celia pour m'aventurer hors de ma chambre. J'attendrais Rachel sur le tapis magique d'Alfonso, à l'abri du dédain. Mais Rachel n'est pas venue, et rester assis à même le sol de cette chambre poussiéreuse et surencombrée, sans pouvoir me défaire du sentiment que j'avais de mon inanité, m'a tellement démoralisé que je suis descendu.

Mick occupait sa place habituelle devant le poste de télévision muet, un couteau et une assiette sales posés sur les genoux. Celia était assise à la table, un journal ouvert devant elle. Elle a levé les yeux quand je suis entré, et s'est laissée aller en arrière dans son siège, arborant un large sourire. Elle était encore en robe de chambre, une robe de chambre mal fermée, et de l'endroit où je me trouvais, je pouvais voir que c'était tout ce qu'elle portait. « Bonjour, monsieur Showboat. Vous avez bien dormi, on dirait ? a-t-elle lancé d'un ton jovial, me faisant signe d'approcher. Cela vous aura fait du bien, j'en suis sûre. J'espère que vous avez eu suffisamment chaud. Servez-vous une tasse de thé, allez-y. Ah, j'oubliais : thé, glouglou. Servez-vous, allez-y. » Elle a fait le geste de boire et de verser le thé, puis elle m'a de nouveau gratifié d'un sourire. « Ou bien vous préférez que maman vous le serve ? »

Je me suis servi et suis allé m'asseoir près de Mick. J'ai regardé avec lui la télévision muette, mais en lorgnant en direction de la table, je l'avoue avec honte. Celia se balançait doucement d'un côté et de l'autre en lisant le journal, et sa robe de chambre qui s'arrêtait juste au-dessous du genou s'ouvrait légèrement entre les jambes. À un moment donné, elle a posé une main distraite sur la face intérieure de sa cuisse et s'est grattée. J'ai entendu Mick glousser, mais il avait, je l'ai vu, les yeux rivés sur l'écran. Je me suis détourné tout à fait afin de ne pas me ridiculiser. Nous sommes restés ainsi, Mick et moi, une éternité devant le poste muet, attendant pour ma part Rachel, craignant de bouger, ne sachant où aller ni que faire, tandis que Celia tournait les pages du journal en soupirant de temps en temps. Lorsqu'elle a eu terminé sa lecture, elle a plié le journal et déclaré : « Eh bien, vous me semblez joliment vous entendre, vous deux. Les garçons ont laissé passer le petit déjeuner une fois de plus. Ils dorment une bonne partie de la journée, vous savez, monsieur Showboat. Comme des gosses. Pauvres garçons, ils n'ont rien d'autre à faire. Il se peut très bien qu'ils n'émergent qu'à l'heure du thé. Et qu'ils sautent le déjeuner. Nous n'assurons pas le déjeuner, monsieur Showboat. Uniquement le petit déjeuner le matin, et le thé selon nos accords, sauf le jeudi, comme aujourd'hui. C'est le jour de congé de Susan. Oh, j'espère que vous ne verrez pas d'inconvénient à ce que je vous appelle M. Showboat. C'est ma façon à moi de me rappeler votre nom. J'espère que vous n'en serez pas blessé. Mick, Mick, je vais vite m'habiller pour être présentable. Mick n'aime pas que je reste en robe de chambre toute la matinée quand il y a du monde à la maison. Il est jaloux. Vous vous habituerez à nos usages. Je pense que vous allez rester quelque temps avec nous, comme la plupart des demandeurs d'asile. Nous nous sommes fait de merveilleux amis, venus d'un peu partout. Mais il va vous falloir apprendre un minimum d'anglais, monsieur Showboat. C'est lassant de vous voir me regarder ainsi, sans rien savoir de ce que vous pensez. »

J'ai fui vers la serviette d'Alfonso, et à peine dessus j'ai été comme invisible. J'y suis resté tout l'après-midi à maudire mon pourvoyeur de billet qui m'avait privé du pouvoir de parler et de protester, à maudire Rachel et Jeff de m'avoir arraché au centre de rétention, où j'étais au milieu de gens dont l'existence m'apportait quelque chose, pour me placer dans ce donjon aux escaliers en colimaçon avec ses *bawabs* excentriques chez qui j'éprouvais un sentiment de péril et d'abandon. Je n'avais absorbé aucune nourriture de la journée, ce qui n'est pas une privation si terrible à mon âge, sauf que personne ne s'en préoccupait. Personne ne s'inquiétait de savoir si je m'alimentais ou pas, si j'étais en bonne santé ou malade, heureux ou malheureux. J'ai entendu les garçons se lever et dégringoler ensuite l'escalier comme deux babouins aboyeurs que Celia a accueillis avec son rire rauque et ses remontrances charmeuses. Mes jeunes champions de la justice et des droits de l'homme m'avaient déposé dans un zoo, puis ils étaient allés retrouver leurs amis et collègues auprès desquels ils se vantaient du nombre de ministres qu'ils avaient circonvenus pour arracher un vieil homme à un épouvantable centre de rétention et aux griffes fascistes de l'État, avant de le placer entre les mains miséricordieuses de Celia et de ses acolytes. Rachel, je t'en conjure au nom du Tout-Puissant.

Plus tard dans l'après-midi, j'ai commencé à me sentir souffrant et en proie au délire. J'ai alors estimé que le moment était venu de dire *Ya Latif*, Ô bienveillant, Ô miséricordieux. Nous récitions ensemble cette prière en prison lorsque nous étions dans la peine ou la détresse ; il est mieux qu'elle soit dite ainsi par la communauté pour le compte de celui qui souffre ou qui est plongé dans l'affliction. Mais personne ici ne pouvait la dire à ma place et j'espérais ne pas me montrer irrespectueux en la récitant à mon intention.

Je suis allé à la salle de bains et j'ai procédé à l'*udhu* qui prépare à la prière, en me lavant les mains, le visage, les bras et les pieds. Après je suis retourné sur la serviette d'Alfonso et j'ai commencé. D'abord par la déclaration d'intention de dire *Ya Latif*, puis par la quête du refuge auprès de Dieu afin d'échapper à Satan, le lapidé. Ensuite j'ai dit *Bismillâh* : Au nom de Dieu qui est miséricordieux et compatissant. Après quoi, *Al-Ikhlâs* trois fois : Dieu est un, Il est éternel. Il n'a pas de fils, et pas de père. Il n'a pas d'égal. Et le *Latifum* : Bienveillant est Dieu envers ses serviteurs. Il donne à qui Il veut. Invincible est le Tout-Puissant. Enfin la prière sur le Prophète, une prière aux sonorités magnifiques :

A salatu wa salamu alayka ya sayyidi ya habiba-Llah,
A salatu wa salamu alayka ya sayyidi ya nabiya-Llah,
A salatu wa salamu alayka ya sayyidi ya rasula-Llah,
Bénis sois-tu et paix sur toi, ô bien-aimé de Dieu,
Bénis sois-tu et paix sur toi, ô prophète de Dieu,
Bénis sois-tu et paix sur toi, ô messager de Dieu.

J'ai ensuite dit les paroles de *Ya Latif*, sans précipitation, prenant mon temps, tournant la tête à droite puis la tournant à gauche, et cela mille fois.

Il faisait déjà sombre quand j'ai terminé, je me sentais réconforté et je me suis demandé si j'allais descendre réclamer du glouglou et quelques miettes à manger, ou bien sortir marcher une demi-heure droit devant moi, lorsque j'ai entendu Celia monter l'escalier. J'ai tout de suite compris qu'elle venait me voir et je me suis levé de la serviette pour qu'elle ne m'y trouve pas. Elle a frappé vigoureusement à la porte, exigeant d'entrer, et elle est entrée sans autre forme de procès. Il n'était pas possible de fermer à clé. « Vous aimez dormir, monsieur Showboat, a-t-elle lancé avec gaieté tout en cherchant l'interrupteur à tâtons. Rachel vous adresse un message. Ibrahim est passé au bureau et elle l'a chargé de vous faire savoir… Mais c'est stupide, elle a dû oublier que vous ne parliez pas l'anglais. Bon, tant pis. Puisque vous ignorez qu'il y a un message, vous ne vous inquiéterez pas de ne pas l'avoir. Et donc ça y est, vous voilà installé à ce que je vois.

— Rachel », ai-je dit d'une voix qui m'a paru pathétiquement rauque, celle d'un mendiant qui cherche à amadouer. Une voix enrouée par toutes les prières que j'avais récitées.

« Oui, Rachel a fait passer un message, mon chéri. Tout va bien, surtout ne vous inquiétez pas. Descendez donc regarder la télévision avec votre ami Mick, monsieur Showboat. Vous vous entendiez si bien ce matin. Allons, vous êtes resté enfermé ici toute la journée. Ce n'est pas bon pour vous. Venez vous joindre à nous », a-t-elle dit en ouvrant le bras droit, légèrement déhanchée.

Je l'ai suivie en bas, mais j'aurais voulu l'attraper et la secouer jusqu'à en faire sortir le message de Rachel. Ayant de nouveau oublié que je ne comprenais pas la langue, elle a parlé par-dessus son épaule, se tournant à demi, à un moment donné, pour me regarder de dessous ses sourcils. « Le voilà », a-t-elle annoncé à la planète des singes lorsque nous sommes entrés dans la salle de séjour. Mick m'a adressé un gentil sourire, Georgy a fait un signe de la main, Ibrahim m'a salué de façon parodique. Les garçons faisaient une partie de cartes. « Tenez, installez-vous dans votre siège », a proposé Celia en me montrant ce qui était désormais devenu ma place à côté de Mick. Rachel, au nom de l'Un et de l'Unique, presse-toi.

« Rachel, ai-je dit en regardant Ibrahim.

— Raschel, a-t-il répondu avec un rictus moqueur. Elle dit toi trop vieux. Pas bon. Noir. » Et ils ont ri, tous deux, échangeant un regard brillant à ces mots cruels. « Elle veut homme jeune.

— Je ne sais pas, a dit Celia en gazouillant comme un bébé, mais M. Showboat a l'air d'avoir repris un peu de vie. »

Cela les a de nouveau fait rire. Noir, M. Showboat, lavé, lavé, lavé, propre, propre, propre. J'aurais aimé au fond de moi en savoir plus sur Ibrahim et sur Georgy, les écouter, leur manifester de la sympathie, les entendre raconter les horreurs par lesquelles ils étaient passés, me dire ce qui les avait poussés à faire le voyage qu'ils avaient fait, mais non. Ils ne souhaitaient pas que je sache. Je les soupçonnais de ne pas me juger digne de leur tragédie. Cela m'a fait penser à Alfonso et aux Algériens qui avaient pris pour de la présomption sa témérité de desperado, car il était noir et à leurs yeux fils inférieur d'Adam par rapport à eux, capable uniquement de colère servile et d'accommodements irréfléchis.

Quand ils ont eu fini leur partie de cartes, les garçons se sont levés pour partir et sans que je sache très bien pourquoi Ibrahim a eu pitié de moi. Sur le seuil du séjour, il a lancé : « Raschel, elle vient plus tard. » Puis il a promené un regard souriant sur toute la pièce, satisfait de sa bonté. Une fois passé la porte d'entrée, Ibrahim a appelé Celia. Elle s'est levée, ravie, et les a rejoints au-dehors. Il y a eu des rires et des bruits de bataille, puis plus rien. Mick et moi étions tous deux restés silencieux, fixant l'écran muet. Quelques minutes plus tard, la porte d'entrée a claqué et Celia est revenue, l'œil pétillant. Elle s'est assise en face de Mick et a repris son magazine. Raschel, elle vient plus tard. Mais elle n'est pas venue.

Je suis resté dans le séjour aussi longtemps que j'ai pu le supporter, dans l'espoir qu'un morceau de pain ou une tasse de glouglou ferait son apparition, mais rien. C'était le jour de congé de Susan. À la fin, à moitié mort d'ennui et de faim, je me suis traîné dans l'escalier, un virage en angle droit à droite puis un autre virage en angle droit à droite. J'étais trop fatigué pour me préoccuper de la saleté du lit, et la nuit s'annonçait froide. Je me suis couché tout habillé, après avoir plié la serviette d'Alfonso que j'ai posée sur le dossier d'une chaise. J'ai fait cela par reconnaissance et par respect pour son instinct de conservation, mais aussi parce que je sentais que je n'avais pas été à la hauteur de l'injonction qu'il m'avait faite de vivre dans la dignité. Quoi qu'ils te fassent, reste propre. Je n'en avais pas été capable, je me couchais dans un lit douteux, dans des vêtements que je sentais sales parce que mon corps était sale. Mon premier jour de liberté s'achevait, je me suis endormi sans tarder.

Elle est venue dans la matinée. J'avais pensé sortir marcher une demi-heure droit devant moi, de façon à être sûr de retrouver le chemin du retour, mais j'avais peur de la rater et de devoir ensuite attendre des jours avant qu'elle ne revienne me voir. J'étais piégé. Aussi lorsqu'elle est apparue, séduisante dans son tailleur bordeaux, enjouée, débordée – Je ne peux pas rester longtemps –, j'étais assis à côté de Mick devant la télévision muette, et Celia se trouvait quelque part dans la maison en train de faire la leçon à Susan sur les économies et le gaspillage.

« Vous avez l'air tout à fait installé, monsieur Shaaban », a dit Rachel. J'ai émis un grognement en guise de réponse, non que cela eût changé quelque chose. Elle s'adressait déjà à Mick qui arborait son gentil sourire plein d'indulgence. Celia est arrivée et a pris les choses en mains : elle a déclaré que j'étais tout à fait à mon aise dans la maison, que j'avais déjà sympathisé avec les garçons, que je m'entendais vraiment bien avec Mick et que nous restions toute la journée à regarder ensemble la télévision comme deux coqs en plâtre. C'est ce qu'elle a dit, je crois, à moins que j'aie compris de travers : je ne connaissais pas l'expression. « Il a parfois un peu le cafard, a ajouté Celia. Mais je pense que c'est parce qu'il ne comprend pas tout ce que nous disons. N'est-ce pas, monsieur Showboat ? C'est ainsi que je l'appelle. Nous lui avons donné ce nom. Cela ne le dérange pas, je le lui ai demandé. »

Il a fallu du temps pour que Rachel m'explique qu'elle m'emmenait au bureau afin que nous fassions le point comme promis, que je n'avais pas besoin d'emporter mon sac car je restais avec Celia et Mick pour le moment, et que nous allions faire le trajet à pied. Elle a commencé à marcher à grands pas et j'ai suivi comme j'ai pu. De temps en temps elle ralentissait et s'excusait, disait que ce n'était pas loin. C'était la première fois que j'arpentais des rues anglaises. J'avais imaginé plus d'animation et de bousculade, imaginé je ne sais pourquoi que tout aurait un aspect plus neuf, plus pimpant. Ces rues me rappelaient la maison de Celia, par quelque chose de fané, de pas net, d'étriqué, et nous avons croisé beaucoup de personnes âgées qui se déplaçaient avec lenteur et de jeunes gens qui vociféraient et se frayaient un chemin en jouant des coudes. Mais j'étais quant à moi sur mon petit nuage, j'avançais comme débarrassé de mes chaînes, j'entrais dans une autre vie. C'était un sentiment qui allait grandir en moi, le sentiment que ma vie antérieure était arrivée à son terme, que j'entamais une existence nouvelle et que la précédente avait pris fin à jamais. J'avais l'impression que, pour en arriver là, je m'étais glissé dans un corridor qui s'était refermé derrière moi. Trop de récits des *Mille et Une Nuits* du temps de ma jeunesse, peut-être, dans cette image du corridor. C'est une idée un peu folle, mais le sentiment de la fin d'une histoire reste présent, même si je sais que ma vie d'avant palpite encore en moi.

Le bureau était situé entre un magasin de primeurs et un pub, sauf que je ne savais pas alors que cela s'appelait ainsi. Une taverne. J'aurais bien aimé savoir. J'ai surtout été frappé par l'effigie d'un guerrier d'un autre âge, vêtu de couleurs vives, portant des plumes à son chapeau, et qui se balançait au-dessus de la porte de l'établissement. Le Royal Dragoon. Rachel m'a conduit dans une pièce réservée aux entretiens, un peu à l'écart de la salle principale où deux de ses collègues étaient assis chacun à un bureau. L'un d'eux était Jeff, qui m'a souri machinalement quand je suis passé, avant de baisser la tête comme s'il craignait que je ne m'arrête pour lui parler et ne le dérange dans son travail. Je n'étais plus, j'imagine, le précieux réfugié à soustraire aux griffes de l'État. J'étais devenu un cas. Rachel a retiré la veste de son tailleur et l'a placée sur le dossier de sa chaise. Puis elle a étalé ses papiers sur la table et s'est installée face à la porte. Elle m'a souri, apparemment contente d'elle. Cela m'a troublé l'espace d'un instant, mais je crois simplement que c'était qu'elle aimait son travail et la vie qu'elle menait. J'ai pris place en vis-à-vis, face à la fenêtre, avec vue sur un mur de brique.

« Monsieur Shaaban, je suis désolée de n'être pas venue vous voir plus tôt… mais j'ai été très prise. Un ferry est arrivé hier du Havre avec à son bord cent dix Roms en provenance de Roumanie, tous demandeurs d'asile. Les services de l'immigration voulaient les renvoyer chez eux et nous nous sommes battus pour qu'un certain nombre d'entre eux soient autorisés à entrer. Ils ont tous été renvoyés, si vous voulez savoir, mais je les soupçonne de préparer une nouvelle tentative en direction d'un autre port d'ici quelques jours. Dans tous les cas, j'avais pensé que nous avancerions plus vite si nous avions un interprète, a-t-elle indiqué avec une mimique comique. Je crains néanmoins… C'est désespérant, l'interprète que j'ai cherché à joindre m'a rappelée ce matin. Il serait d'accord, cela reste à confirmer cependant, je vous tiendrai au courant. En attendant, je ne sais pas comment nous allons faire, mais j'avais peur que vous vous inquiétiez. Que vous pensiez que nous vous avions abandonné.

— Je ne crois pas avoir besoin d'un interprète », ai-je déclaré.

Je jubilai intérieurement en prononçant ces mots, évidemment. Même à mon âge, l'on n'est pas exempt de ce genre de sentiment, et ma joie ne différait en rien de celle que j'avais éprouvée enfant et les centaines d'autres fois où, par la suite, j'ai détenu une information sensationnelle ou inattendue. Je ne me souciais plus des maux que le vendeur de billets avait voulu m'éviter par son conseil astucieux, et je commençais à penser que ce type d'astuce relevait de la paranoïa des impuissants. Subir en silence les outrages de la maison de Celia m'avait rendu imprudent, j'avais besoin de la douceur de ce moment de triomphe pour sortir de mon confinement. Il me fallait à l'évidence prendre en charge ma nouvelle vie avant que Celia, Mick et les garçons ne la gâtent par leur existence sordide et leur esprit borné. Car Rachel comme Jeff étaient bien trop pris par les luttes grisantes qu'ils menaient en sécurité dans leur citadelle pour s'en occuper. Entre des mains aussi peu sûres, je serais ballotté de-ci de-là et je perdrais du temps si je me taisais, humilié, devenu l'instrument d'autres combats. Et en plus je mourais de faim. Rachel m'a dévisagé d'un air de stupéfaction et de révolte.

« Très bien », a-t-elle répliqué. Son sourire s'était envolé. « Qu'est-ce que cela veut dire ? Pourquoi avez-vous déclaré ne pas parler l'anglais ?

— Je n'ai rien fait de tel.

— Bon, alors pourquoi ne répondiez-vous pas quand on vous parlait anglais ? a-t-elle demandé après un instant, reformulant sa question avec l'habile précision de la juriste, le ton cassant d'irritation.

— Je préférais ne pas le faire, ai-je dit, regardant rapidement le mur de brique sur lequel donnait la fenêtre devant moi.

— Quoi ! » s'est-elle exclamée, cette fois franchement exaspérée.

J'ai compris qu'elle ne connaissait pas l'histoire de « Bartleby ». Le mur de brique m'y avait fait penser dès l'instant où j'étais entré dans la pièce, et j'étais sûr que lorsque j'ouvrirais la bouche je trouverais le moyen de placer cette phrase, je voulais savoir si le mur la lui avait évoquée à elle aussi. Une histoire superbe.

« Quand je pense au mal que nous nous sommes donné pour vous trouver un interprète, a-t-elle repris, amère, de nouveau révoltée. Nous ne savions même pas quelle langue vous parliez. Nous avons eu quelqu'un à l'université de Londres qui est spécialiste de votre région et qui était prêt à coopérer. Il aurait accepté de donner de son temps en venant jusqu'ici vous aider. Et voilà qu'une fois tout le monde sur la brèche, vous m'annoncez que vous parlez l'anglais. Pourriez-vous au moins m'expliquer… ? »

Elle a écarté ses mèches rebelles et ainsi dégagé son visage, qu'elle avait à présent rouge de déplaisir et renfrogné, puis elle a rapproché d'elle son carnet, prête à noter tout ce qui dans mes déclarations pourrait être retenu contre moi.

« Je suis désolé », ai-je dit.

Un expert de ma région, quelqu'un qui a sans doute écrit des livres sur moi, qui sait tout de moi, plus que je n'en sais moi-même. Il se sera rendu sur tous les sites importants ou présentant un intérêt, connaîtra leur contexte historique et culturel, quand je ne les aurai, moi, jamais vus de ma vie et n'aurai à leur sujet entendu raconter que de vagues mythes et contes populaires. Il se sera glissé à maintes reprises dans ma région, des dizaines d'années durant, afin de m'étudier, de me coucher sur le papier, de m'interpréter, de me résumer, sans que j'aie eu conscience, pour ma part, de son existence affairée.

« Lorsque j'ai acheté mon billet, on m'a conseillé de ne pas dire en arrivant ici que je parlais l'anglais, ai-je expliqué. J'ignore pourquoi, mais j'ai pensé qu'il me fallait attendre et voir venir. Je n'en sais pas davantage aujourd'hui, je crois cependant que j'aurais mieux fait de ne pas me taire. Tout est devenu compliqué et gênant chez Celia, voilà pourquoi je me suis décidé à parler avant de me trouver dans une situation impossible à gérer. Mais j'aurais préféré ne pas le faire. »

Je n'ai pu résister au plaisir de prononcer de nouveau cette phrase pour le cas où Rachel ne l'aurait pas entendue la première fois, mais elle n'a pas eu de réaction. J'ai compris qu'elle luttait intérieurement, que peut-être elle aurait aimé se précipiter hors de la pièce, aller retrouver Jeff et se plaindre auprès de lui de mon odieuse feinte. Mais elle n'en a rien fait, et même si son regard lançait encore des éclairs, j'ai vu s'apaiser sa colère. Cela m'a inquiété pour elle qu'elle ait pris tant à cœur une si petite chose, cette ruse pitoyable qui n'aurait dû rester qu'un mensonge futile à ses yeux. Elle n'avait pas, que je sache, été contrainte d'écouter sans pouvoir dire un mot les propos qu'on tenait à son sujet, elle n'avait eu qu'à téléphoner à un organisme ou deux à la recherche d'un interprète qui parlait une langue dont elle ignorait le nom et sur laquelle elle ne pouvait faire aucune conjecture, connaissant trop mal la géographie culturelle de la planète. Ce n'était même pas de l'ignorance, mais la certitude que dans les circonstances actuelles peu importait la langue que je parlais car mes besoins et mes désirs étaient prévisibles, et que tôt ou tard j'apprendrais à me faire comprendre. Ou que tôt ou tard elle trouverait un spécialiste qui m'aiderait à me faire comprendre. Mais j'étais inquiet à son sujet, c'est la raison pour laquelle je lui ai dévoilé ma supercherie et les petits inconforts qu'elle me causait. J'ai raconté cela en me rendant si comique qu'elle a fini par retrouver le sourire. À présent que je pouvais parler, elle était prête à entendre ma requête. Je lui ai révélé en toute franchise avoir découvert que l'asile politique nous était accordé si nous faisions valoir que notre vie était menacée dans notre pays, et que c'était cela qui m'avait décidé à partir. Elle a hoché la tête en signe d'approbation, ils avaient eu l'information par le bureau de coordination des organisations de réfugiés. Et de nouveau à mes côtés, intelligente et efficace, elle m'a dit avoir besoin de plus de renseignements pour établir à mon nom une demande d'entrée dans le pays. Elle m'a dit aussi m'avoir décroché un rendez-vous auprès des services sociaux, avoir pris contact avec le bureau d'aide au logement par lequel il y avait une chance que j'obtienne très vite un petit appartement, mais il restait encore quelques formalités. Elle m'avait inscrit pour une visite chez un médecin généraliste en raison notamment de mon âge, et avait demandé en urgence des vêtements mieux adaptés au climat que ne l'étaient les guenilles que j'avais apportées. Elle m'avait également inscrit à des cours d'anglais dans le cadre du programme réservé aux réfugiés. « Bien que cela ne soit plus nécessaire à présent », a-t-elle ajouté avec un sourire indulgent qui pétillait.

Puis, d'un ton d'affectation :

« Il faut que je pense à appeler cet universitaire pour l'informer que nous n'avons plus besoin de lui.

— Je suis navré, ai-je dit, de vous avoir causé tous ces soucis. Et d'avoir dérangé un spécialiste de ma région à l'université de Londres. Vous voudrez bien lui présenter mes excuses. »

Elle a écarté d'un geste mes excuses et consulté ses notes.

« Latif Mahmud. C'est son nom. Je l'appellerai plus tard pour le décommander. » Rachel s'est affairée un moment dans ses papiers, qu'elle a rangés avant de mettre fin à notre entretien. Ce fut un choc que d'entendre ce nom. J'y ai réfléchi, ainsi qu'à l'homme qui le portait, un homme dont je connaissais l'histoire. Une partie de l'histoire, et cela très bien, trop bien, mais c'était du temps de sa jeunesse, du temps où il était un fils et portait un autre nom. Du reste de sa vie, de sa vie véritable, je ne savais que ce qu'en disait la rumeur. Je n'ai pu réprimer un sentiment d'anxiété et d'appréhension en pensant à lui. Être parti si loin et se retrouver si près. Comme cela il était spécialiste de notre région ! *Mashaallah*, ça alors, ce n'était donc pas un étranger venu nous résumer en quelques mots, mais l'un des nôtres. Cela m'a fait regretter d'avoir renoncé à me taire.

« Latif Mahmud, c'est extraordinaire.

— Vous le connaissez ? a demandé Rachel, ravie.

— Un peu. Du temps de sa jeunesse.

— Je crois bien avoir mentionné votre nom dans le message que je lui ai laissé sur le répondeur, a-t-elle dit d'un ton joyeux. J'en suis presque sûre. Si vous vous connaissez, il va sans doute donner suite. Ah, c'est incroyable. Et moi qui vous imaginais seul, dans l'incapacité de parler à quiconque, alors qu'en fait… vous vous amusiez bien sous vos airs de tristesse. Je sais que ce n'était pas dirigé contre moi. Mais dites-moi, pourquoi avoir décidé de demander l'asile ? Expliquez-moi. Votre vie n'était pas vraiment menacée, si ? À vous entendre, vous n'avez songé à partir…

— Ma vie a longtemps été menacée. Ce n'est qu'aujourd'hui que le gouvernement de Sa Majesté la reine d'Angleterre le reconnaît et m'offre l'asile. C'est une existence qui vaut peu à l'heure qu'il est, mais qui continue pour moi d'avoir de l'importance. A-t-elle jamais eu d'ailleurs quelque valeur quand j'y attachais à l'époque plus de prix encore ?

— Quel est votre métier, monsieur Shaaban ? » a-t-elle demandé, sans doute intriguée par le caractère sombre que prenait mes propos.

J'avais essayé de parler avec calme, et même avec douceur, cherchant à éviter toute impression d'aigreur ou d'amertume, mais je sentais le poids des mots qui s'échangeaient dans cette pièce baignée de lumière.

« Je n'ai pas fait grand-chose ces dernières années, j'ai vendu des bananes, des tomates et des paquets de sucre. Avant j'étais dans les affaires, j'étais négociant. Entre-temps j'ai passé des années en prison, dans les geôles de l'État. » Pauvre Rachel, assise en face de moi, abasourdie, surprise par la brutalité de ma réponse. « Mais cela va aller maintenant, ai-je repris, bien qu'à court d'arguments aussitôt ma phrase commencée. Cela va aller, ici près de la mer. Dans le petit appartement.

— Il faut que j'y aille à présent, a-t-elle dit en posant sur moi un regard tranquille qui m'a fait songer que je m'étais peut-être trompé en la jugeant abasourdie. J'aimerais bien que vous m'en disiez plus à ce propos. Mais vous m'en direz plus. » Un sourire amical est apparu sur ses traits, un sourire amusé bien que sans malveillance. Et j'ai regretté cet apitoiement sur moi qui m'avait fait m'exprimer avec une telle brusquerie.

Latif Mahmud. J'ai pensé moi aussi que j'aurais de ses nouvelles si elle lui avait laissé mon nom. Car il voudrait probablement en savoir davantage à mon sujet et me faire le récit de ce qui lui était arrivé toutes ces années.

Me voilà installé désormais dans la maison que Rachel et la municipalité m'ont trouvée, une maison dont la langue et les bruits me sont étrangers, mais où je me sens en sécurité. Par moments. À d'autres, j'ai le sentiment qu'il est trop tard, et qu'est venue l'heure du mélodrame. Et dans ces moments-là je prends peur du passage furtif du temps, comme si depuis le commencement je m'étais tenu coi, restant en retrait tandis que tout passait très vite, avec indifférence parfois, ou bien avec une raillerie nerveuse et muette face à l'univers tout entier, transi et abandonné comme moi. Dans ces moments-là je me sens vaincu par le poids impérieux de ces subtilités qui précisent et expliquent tout ce qu'il pourrait m'arriver de dire, comme si ces subtilités-là avaient déjà leur place et qu'un sens leur était donné avant même que je ne les exprime. J'ai le sentiment d'être l'instrument des desseins d'un autre malgré moi, le personnage du récit d'un autre. Pas moi. Comment parler de lui sans le rendre héroïque, sans donner cette impression qu'il est cerné, qu'il défend l'indéfendable et montre de la rancœur face à l'inéluctable ?

Latif

3

Quelqu'un dans la rue m'a traité de moricaud, un qualificatif d'un autre âge. De moricaud hilare. Imaginez. Je marchais à grands pas au sortir du métro, en direction de mon travail. Je me hâtais, car j'aime sortir ainsi de la station, avec l'air décidé que donne l'obligation de se rendre quelque part. Je me hâtais aussi parce que je crains toujours d'être en retard. Je consulte souvent ma montre, mais je ne la portais pas ce matin-là. Le bracelet m'avait lâché quelques mois plus tôt et je n'avais pas eu le temps d'en racheter un autre. De sorte que j'étais encore plus anxieux sans montre et que je m'imaginais être en retard alors que j'étais peut-être parfaitement à l'heure. Je ne sais pas à quoi cela tient, ce souci de l'heure. C'est un peu maladif. Je suis de toute façon un grand anxieux, je déteste faire attendre, devoir me presser, être bousculé, agacer, m'excuser.

J'allais donc à grands pas, un peu inquiet mais sans excès, l'esprit préoccupé par les conneries habituelles, travail, regrets inexprimés, devoirs négligés, tandis que je longeais le côté nord de Bedford Square, de Tottenham vers Malet Street. J'ai fait un écart pour éviter un homme dont je pensais qu'il me laisserait la place de passer sur le trottoir. Je ne l'avais pas vraiment vu approcher et j'estimais n'avoir qu'un léger mouvement à effectuer au moment de nous croiser. Mais il n'a pas modifié sa course, et j'ai dû dévier de mon chemin de façon plus marquée que j'avais cru devoir le faire. Ainsi j'imagine que j'ai un peu exagéré le geste, haussé les épaules et esquissé un petit pas de côté comme dans ces danses de salon idiotes auxquelles on s'essaie, adolescent, en consultant les livres là-bas au pays. C'est alors que l'ayant presque dépassé, j'ai entendu ce sifflement étrange qui peut paraître menaçant et comme venu du fond des âges, à qui comme moi n'y est pas habitué. Sans me retourner, j'ai instantanément revu en esprit celui que je venais de croiser sans le remarquer. Je l'ai regardé attentivement, c'était un homme d'un certain âge, vêtu d'un lourd et coûteux manteau noir, un homme de taille moyenne, au dos légèrement voûté. Il avait eu ce sifflement, ce sifflement venu de temps immémoriaux. Puis il a prononcé les mots de « moricaud hilare ».

Je n'étais pas hilare, pour autant que je sache, et je me suis d'ailleurs bien gardé de l'être en me retournant vers l'importun. Il ressemblait à ces Anglais prospères des films des années cinquante, à un banquier ou à un fonctionnaire, tel que le cinéma britannique les représentait à l'époque, un homme tourmenté par un problème moral insoluble à ses yeux, sévère, la mâchoire carrée, et poursuivant sa route du pas du héros, en marche vers son destin. Mowicaud hila'. Mais sans rire, peut-être l'homme traversait-il une phase autodestructrice, et dans ce sifflement de déplaisir, par cette injure livresque, lançait-il un appel au secours. Quel mot étrange que celui de moricaud. L'habitude, ou le métier, m'a fait me demander à quand il remontait, s'il appartenait au langage courant, au point qu'on l'utilise dans la rue pour apostropher un Noir, ou bien s'il s'agissait là d'une résurrection littéraire, une manière de faire revivre la langue du passé. J'ai consulté mon *Concise Oxford Dictionary* aussitôt arrivé au bureau et n'y ai pas trouvé grand-chose. Moricaud(e) : homme, femme de couleur. On fait mieux. J'ai alors regardé au mot « noir », et son emploi m'a accablé : « bile, humeur noire », « colère noire », « messe noire », « liste noire », « marché noir », « caisse noire ». Si bien que j'ai fini par me sentir méprisable, sali par ce torrent de boue. Je savais, évidemment, que le noir c'était l'autre, le mauvais, le bestial, le perfide, inscrit au plus profond de l'être chez l'Européen même le plus civilisé, mais je ne m'attendais pas à contempler tant de noirceur sur cette page. Tomber là-dessus sans y être préparé a été pour moi un choc plus grand que d'être traité de mowicaud hila' par un homme qui tenait le rôle du grincheux dans un film daté. Je me suis senti haï et brusquement fragilisé par ces odieuses associations. Est-ce là la maison que j'habite, ai-je pensé, cette langue qui m'accuse et me méprise à tout bout de champ ?

Plus tard cet après-midi-là, une fois terminé le dernier de mes trois cours de la journée, mon jour le plus chargé de la semaine, je me suis rendu à la bibliothèque où j'ai consulté le gros *Oxford English Dictionary*, la référence universelle. J'y ai découvert que le mot de « moricaud » remontait à 1583 et qu'on le trouvait sous la plume d'auteurs parmi les plus illustres des lettres anglaises, l'humain Sidney, l'incomparable William Shakespeare, le prudent Pepys, ainsi qu'un certain nombre d'autres, moins célèbres. Cela m'a fait du bien. Car j'ai eu le sentiment d'avoir été, au cours de toutes ces époques mouvementées, non pas oublié, battant la jungle, m'ébrouant dans ses marigots ou m'élançant nu d'arbre en arbre, mais hilare, ici même à travers les œuvres littéraires et depuis des siècles.

Arrivé au bureau, j'ai appelé l'association de réfugiés. Ou en était-ce un autre jour ? On avait laissé un message sur mon répondeur quelque temps plus tôt en me demandant si je voulais bien servir d'interprète à un vieil homme qui venait d'arriver de Zanzibar au titre de demandeur d'asile et qui ne parlait pas l'anglais. La personne qui avait laissé le message avait appris que je connaissais la langue de cette île. J'ai surmonté la terreur qui me gagne à chaque fois que je dois rencontrer quelqu'un du pays. Allait-il m'en faire la remarque, ou penser en son for intérieur que j'étais devenu tellement anglais, si différent, si étranger ? Comme si je ne pouvais qu'être ici ou là-bas, l'un ou l'autre, comme si l'éloignement était une chose si simple, comme si j'avais perdu mon identité et que je n'étais plus désormais qu'un traître, un semblant de moi-même, un pantin fabriqué de toutes pièces. J'ai aussi surmonté l'irritation qui est la mienne lorsque l'on insinue que la langue qu'on parle là-bas ne porte pas de nom ou pas de nom connu, quand davantage de monde parle le kiswahili que le grec, le danois, le suédois ou le néerlandais, et sans doute même toutes ces langues réunies. Peut-être.

J'avais déjà effectué ce type d'intervention pour le compte d'organisations comme celle-ci, et j'aurais été heureux de recommencer, mais un autre message sur le répondeur annulait le premier. J'ai néanmoins noté le numéro de téléphone et je l'ai épinglé au-dessus de ma table de travail où il a rejoint d'autres bouts de papier piqués sur un tableau pour me rappeler une chose ou une autre : idée, poème, rendez-vous, action à mener. Il n'est pas toujours facile de faire son chemin dans le domaine qui est le mien. Plusieurs semaines après – non, plusieurs mois, le trimestre suivant… le jour où le sombre héros des films britanniques des années cinquante m'a traité de moricaud, à moins que ce ne soit un autre jour… un jour de la fin du printemps – j'ai appelé le numéro afin de prendre des nouvelles du vieil homme qui demandait l'asile. Peut-être qu'avoir été insulté dans la rue m'a poussé à rechercher une sorte de solidarité. C'est ainsi que ça a commencé.

J'ai horreur de la poésie. J'en lis et je l'enseigne, mais je l'ai en horreur. J'en écris même aussi. Je l'enseigne aux étudiants (bien sûr pas mes propres scories, Dieu merci) et j'en tire ce que je peux, je la rends concise quand elle est verbeuse ou affectée, sage et prophétique quand elle est maladroite et spéculative. Elle ne dit rien de si élaboré, elle ne révèle rien, ne mène à rien. Pas plus que ne le fait du papier peint, une affichette sur la porte du secrétariat du service. Donnez-moi de la prose bien claire quand vous voudrez.

Ce fut un tel soulagement que ce second message disant que, finalement, je n'aurais pas à faire pénitence pour avoir quitté de façon déloyale le pays. J'ai noté le numéro parce que je n'ai pas cru à ce second message. J'ai pensé qu'on referait appel à moi et j'ai épinglé le papier au tableau pour garder la chose en mémoire, rester sur mes gardes, être prêt quand le coup viendrait, afin de ne pas me retrouver à moitié assoupi et démobilisé, puis totalement pris de court lorsque cela se produirait. Et j'ai fini par appeler, après plusieurs semaines, plusieurs mois, pour n'avoir rien à me reprocher. L'homme que j'ai eu au bout du fil m'a dit avec brusquerie ne pas me connaître et ne rien savoir de l'appel téléphonique qui m'avait été passé. J'avais donné d'entrée mon nom par politesse, non que je me sois attendu à ce qu'il me connaisse ! « Comment cela, vous ne me connaissez pas ? » J'ai rétorqué avec la même brusquerie afin de montrer que j'étais de la tribu, ou du moins familier des étranges courtoisies anonymes du téléphone, après quoi nous avons eu un échange aimable. « Ah, oui, le vieil homme. Cela fait un moment déjà, c'est ancien, mais je me souviens de ce cas. Ce doit être Rachel qui vous a appelé. C'est elle qui s'est occupée de lui. Il va bien, je crois. Un drôle de type, il est apparu qu'il parlait en fait l'anglais mais qu'il préférait ne pas le dire. » À sa façon de prononcer « préférait » on aurait dit une citation.

« Préférait. Comme Bartleby, ai-je répliqué, toujours porté, en professeur de littérature que je suis, sur les références livresques.

— Je vais demander à Rachel de vous rappeler, a-t-il dit, et j'en ai conclu qu'il ne connaissait pas le texte.

— Oh, non c'est inutile. Simple curiosité de ma part.

— Ce n'est pas un problème. » Il rayonnait de bonne volonté, jouait à fond la cause, dansait sur l'air du cha-cha-cha des défenseurs de réfugiés en leurs saintes défroques.

« Ce serait très aimable dans ce cas. J'aimerais beaucoup savoir ce qu'il est devenu. Elle a mon numéro au bureau mais je vous le redonne. » Je ne veux pas de son coup de fil. C'était juste pour savoir si le danger était passé. « Il y a un répondeur, qu'elle appelle quand elle veut. »

Elle a téléphoné quelques minutes plus tard, ou bien le lendemain.

« Rachel Howard », a-t-elle annoncé, affairée, la tête ailleurs, lisant peut-être quelque chose tandis qu'elle me parlait. J'ai essayé de me la représenter à sa voix : jeune, s'efforçant de rester mince, transpirant un peu sous les aisselles à cause de toute cette tension, de tout ce surmenage.

« J'ai appelé au sujet du vieil homme pour lequel vous m'aviez contacté il y a quelque temps, pas mal de temps déjà, semble-t-il, et qui avait besoin d'un interprète, il venait de Zanzibar. Vous aviez laissé un message sur mon répondeur. Je voulais avoir de ses nouvelles, savoir si tout se passait bien pour lui.

— Oui, merci. Il va bien, il a emménagé dans un appartement et tout est pour le mieux en ce qui le concerne. Il se débrouille en fait remarquablement. Je vous ai dit son âge ? Soixante-cinq ans : un peu vieux pour s'enfuir de chez soi, mais c'est ainsi. Lui ne le pense pas. Merci en tout cas d'avoir pris de ses nouvelles. Je lui ferai part de votre appel.

— C'est très aimable à vous, ai-je répondu, préparant ma sortie, déplaçant le poids de mon corps vers l'épaule afin de raccrocher, arrondissant la bouche pour dire au revoir et merci.

— Il sera content que vous ayez téléphoné, a-t-elle indiqué avec gaieté. Vous vous connaissez, je crois.

— Ah bon ? » Trop tard, ce sentiment de sombrer. « Comment s'appelle-t-il ?

— Je croyais vous avoir laissé son nom dans mon message. Pardonnez-moi. Quand j'ai prononcé le vôtre, il a dit vous connaître et j'ai pensé que vous auriez peut-être envie de vous rencontrer. J'étais sûre de vous avoir laissé son nom. » Cela voulait dire que je pourrais passer de temps en temps l'après-midi lire au vieux fugitif une histoire, lui chanter une *qasida* qui lui évoquerait les plaintives mélodies de son moi délaissé. « Il s'appelle Shaaban. Rajab Shaaban », a-t-elle poursuivi d'une voix qui montait un peu du fait de son agitation ou de l'application qu'elle mettait à bien prononcer. Elle aurait dû imprimer plus de dureté au j de Rajab et prolonger le a de Shaaban. « Vous le connaissez ? Ce nom vous dit quelque chose ?

— Non.

— Ah, quel dommage. Mon Dieu, il va être déçu. Je lui ferai part de votre appel en tout cas. »

Je suis un moricaud hilare. Tu es un moricaud hilare. Il est un moricaud hilare. Nous sommes des moricauds hilares. Ils sont des moricauds hilares. Le vague souvenir me revient d'avoir, à l'adolescence, vu un film sur des navires vikings en Méditerranée avec à un moment la rencontre d'un sultan noir originaire d'un royaume d'Afrique du Nord. Le sultan est paresseusement allongé, appuyé sur le coude droit, sa poitrine nue luit d'un noir somptueux, il sourit de toutes ses dents. L'écumeur viking le traite-t-il de moricaud hilare avant de chasser son sourire au fil de l'épée ? C'était, je crois, l'incomparable Sidney Poitier qui jouait le rôle du sultan, et sa pose tranquille fit la couverture du magazine *Ebony*. Je le jure, tout cela me revient, le film s'intitulait *The Long Ships*, et les pillards vikings prononçaient bien les mots de moricaud hilare. Aussi loin de la réalité qu'un moricaud peut l'être du soleil.

C'étaient des perles que ses yeux. Rajab Shaaban était le nom de mon père. Quelqu'un avait emprunté ce nom et ressuscité celui qui l'avait porté. Mais il était aussi possible qu'un autre ait eu autant de droit sur ce nom que mon père. Le nom de mon père n'est pas sacré.

Il craignait plus encore que moi d'être en retard, mon père. Il empoisonnait tout le monde avec ça. D'ailleurs, il ne supportait pas davantage le retard des autres. Il m'a fait prendre conscience du temps que l'on passe à attendre tout au long d'une vie, attendre quelqu'un, attendre de partir en visite, attendre que le muezzin appelle à la prière, attendre l'apparition de la nouvelle lune pour que commence le ramadan, attendre qu'elle apparaisse de nouveau pour que prenne fin le ramadan, attendre l'arrivée d'un navire, l'ouverture d'un bureau. Pour mon père, toute cette attente était un calvaire, impossible d'y échapper, j'ai appris à craindre le retard en raison de l'angoisse qu'il lui causait. Il y avait pourtant beaucoup de choses auxquelles il attachait peu d'importance, au point d'en être presque négligent. Il a souffert si cruellement dans son existence que j'hésite à le juger avec dureté, mais il était effectivement négligent. C'est ainsi qu'il a perdu mon frère Hassan, ainsi qu'il a perdu la maison, ce qu'il aurait pu éviter, et rien de ce qui s'est passé ensuite ne l'a satisfait. Je ne sais pas comment il a perdu ma mère, exactement.

Il m'a fallu du temps pour comprendre que ma mère méprisait mon père. Je crois même ne l'avoir compris que très tard. Je ne pense pas que j'ai employé le terme de « mépris » pour décrire la façon dont elle se comportait à son égard avant d'avoir atteint mes vingt ans bien sonnés et d'être loin de la maison. Mais il y a eu un moment où j'ai compris, à cause de conversations que j'ai surprises, au ton sur lequel elle s'adressait à lui, à la façon dont elle menait sa vie. Je n'ai jamais su comment c'était arrivé, parce que jamais ils ne m'en ont parlé. Les parents ne parlent pas de ces choses-là, j'imagine, tant que le même malheur ne frappe pas leurs propres enfants, et ils ne parlent alors que parce qu'ils pensent en être sortis.

Mon frère Hassan n'y a jamais fait allusion lui non plus, bien que sur presque tout il ait été la sagesse même, détenteur de savoirs secrets, source d'enchantement, gardien des Tables de la Loi. Il n'y avait rien que Hassan n'ait su, ou à propos de quoi il n'ait élaboré de théorie dans le détail. Le plus souvent l'explication ou l'exposé des faits lui venait sans le moindre effort apparent, mais il avait besoin parfois de quelques secondes pour mettre en forme ses idées. Je me souviens de la fois où il m'a récité le discours de Brutus sur le corps de Jules César. Son professeur d'anglais lui avait demandé de l'apprendre par cœur. Enfin, le professeur d'anglais de l'école, pas plus anglais que vous et moi, qui venait faire ses cours en kanzu et kofia, pieux musulman et ardent anglophile sans contradiction ni état d'âme. Il aimait faire apprendre par cœur des passages des grandes œuvres littéraires que les élèves récitaient jour après jour, l'un après l'autre, classe après classe, du beau travail lorsque l'on y parvient. Il s'asseyait alors dans le fond de la classe et, les yeux fermés, un léger sourire sur les lèvres, il les écoutait dire des textes tirés de *Jules César*, de Kipling ou de *La Belle sans merci*. Hassan trouvait que c'était une perte de temps, comme les courses de cross-country ou les débats du samedi matin entre écoles (« Nous pensons, pour notre part, que la place des femmes est à la maison »), mais le maître avait dans sa poche une courte lanière de cuir qu'il utilisait pour punir ceux qui ne montraient pas suffisamment de zèle dans l'étude de ces vers. Et je pense que Hassan aimait vraiment savoir ces vers puissants.

Ayant travaillé ceux de *Jules César*, il me les déclama, assis sur les marches basses devant la maison, le bras sur la poitrine dans l'attitude d'un sénateur de la Rome antique, le menton levé pour se donner l'air avisé.

Romains, concitoyens, amis ! Entendez-moi pour ma cause, et faites silence pour l'entendre ; croyez-moi pour mon honneur, et respectez mon honneur pour me croire ; jugez-moi dans votre sagesse, et réveillez vos sens pour être les meilleurs juges[1].

Bien qu'il m'ait expliqué Jules César et ce qu'on lui avait fait, Marc Antoine et Brutus, les Romains et Shakespeare, ce discours ne produisait à l'époque que peu d'effet sur moi (je devais avoir neuf ou dix ans), à l'exception des vers d'exposition qui me rappelaient le salut des hommes politiques lors des rassemblements qui avaient lieu deux à trois fois par semaine dans ces années-là. Ce début, et le vers « Je garde la même dague pour moi », car j'aimais la sonorité du mot dague.

« C'est quoi une dague ? » ai-je demandé à Hassan. Et pour une raison que j'ignore il a marqué un temps. « C'est un verre de whisky », a-t-il répondu, hésitant. Je n'avais pas la moindre idée de ce qu'était le whisky, je savais simplement qu'il s'agissait d'une boisson. Puis Hassan

1. Shakespeare, *Jules César*, acte III, scène II, traduction d'Edmond Fleg, *Œuvres complètes II*, Paris, Gallimard, « Bibliothèque de la Pléiade », 1980.

a trouvé l'inspiration et m'a tout dit du rôle du whisky dans la culture romaine et du fait que Brutus ait déclaré vouloir en absorber si la foule n'appréciait pas son discours. « Et je garde la même dague pour moi si vous n'aimez pas ce que je dis. » C'était un de ses mauvais jours, et ils étaient nombreux dans ce genre, mais il avait aussi de grands moments. Il parlait alors des djinns et des royaumes anciens, de la vie tragique du monstre de Frankenstein et du soleil de minuit de ce pôle Nord où le malheureux dérivait sans espoir sur les glaces flottantes, de la grandeur de l'Espagne musulmane et de l'effroyable brutalité de l'Allemagne nazie. Toutes ces choses coulaient de lui avec une facilité, une lucidité et une conviction qui vous donnaient la certitude que ce qu'il disait était vrai. Jamais à aucun moment cependant, pour autant que je me souvienne, il n'a parlé du dédain avec lequel ma mère traitait notre Ba, ni de la raison pour laquelle notre Ba, qui pouvait être féroce lorsqu'on était en retard, ne protestait jamais.

Hassan avait six ans de plus que moi et, durant les premières années de ma vie, il fut la source de tous mes désirs. Il me prodiguait amour et réconfort quand il savait que j'en avais besoin. Il me les prodiguait à sa façon, avec des mots durs et des coups qui faisaient mal parfois. Il m'expliquait le sens des choses qui m'arrivaient et qui m'inquiétaient ou me troublaient. Chaque fois qu'il m'y autorisait, je le suivais comme un petit chien, et il improvisait de cet air impassible qui lui avait valu sa réputation de garçon espiègle et plein d'esprit. Souvent il expliquait pour le seul plaisir de se poser face à l'irrationnel, de lutter contre ce qui menace irrémédiablement de nous briser, refusant l'ordre des choses, s'interrogeant, fanfaronnant, comme si le silence menaçait de l'engloutir, débitant son boniment, le sourire pétillant, avec de douces obscénités qui devenaient moins douces avec les années. C'était mon guerrier existentiel, mon desperado, oui, je l'aimais comme un frère, comme un père, comme une bien-aimée. D'autres contemplaient avec convoitise la grâce de sa rayonnante jeunesse. Je le savais. Et à la fin, qui ne fut pas longue à venir, il a fait le glorieux avec insolence, et je l'ai perdu aujourd'hui.

Comme ma mère, comme tous. Ma mère était belle. Elle s'appelait Asha, à l'instar de la troisième femme du Prophète, qu'il épousa lorsqu'elle avait six ans. L'après-midi, quand ma mère s'habillait pour sortir, le regard brillant souligné par le khôl, les lèvres scintillantes comme du sang frais, je la regardais avec fierté et une sorte de crainte. Je ne la craignais pas, pas beaucoup, pas souvent, sauf lorsqu'elle se mettait en colère pour quelque bêtise que j'avais faite, et sans doute craignais-je pour elle. L'idée ne me venait pas à l'esprit quand j'avais neuf ans. J'avais peur simplement en la regardant, et j'éprouvais de la fierté à ce qu'elle fût ma mère, à ce que son sourire fût éclatant et grave, et si complexe. J'avais peur simplement lorsqu'elle passait le pas de la porte, enveloppée d'un lourd nuage de parfum, ses vêtements tout imprégnés d'encens. Elle partait alors voir des amies ou des voisines, et elle ne rentrait pas avant le soir. Certains après-midi elle voyait des hommes. Ma mère avait des amants. Elle couchait avec des hommes. Pas de façon professionnelle, pas en nombre. Peut-être n'y en eut-il qu'un ou deux. Je ne sais pas. Pour le plaisir, ou peut-être pour d'autres raisons. Une liaison par-ci, une autre par-là. Je crois. Bien que par la suite elle ait accumulé de riches présents dont l'origine a toujours été tue. Je l'ai découvert en grandissant, quand la situation s'est peu à peu éclairée pour moi, quand j'ai commencé à comprendre le sens de ce que j'avais vu, et parce qu'à l'école on se moquait de moi et que les filles pour s'amuser me faisaient parfois des allusions dans la rue. Mais je savais avant, c'est juste que je n'étais pas sûr de ce que je savais. Et ce parfum qu'elle portait m'a toujours évoqué les alcôves et les intrigues, et une honte mûre. Plus tard, dans les années qui ont suivi l'indépendance, elle a été moins discrète, et il n'a plus été possible de ne pas savoir. Les persiflages ont alors cessé, parce qu'elle vivait ses transgressions ouvertement, ou peut-être parce que j'étais plus vieux et que ceux qui me tourmentaient étaient plus vieux aussi, ou à cause de ce qui était arrivé à Hassan ou bien encore de toutes les choses qui nous étaient arrivées à tous. Ou alors parce qu'un de ses amants était devenu puissant. Dans tous les cas, pour des raisons que je ne connaîtrai jamais avec certitude, aucun commentaire n'a plus été fait en ma présence dans ces années-là.

Lorsque j'avais neuf ans et Hassan quinze, et que ma mère s'apprêtait pour ses sorties l'après-midi chez des amies ou des amants, mon père Rajab Shaaban Mahmud travaillait au ministère des Travaux publics. Certains l'appelaient bin Mahmud, comme son grand-père, mon arrière-grand-père, dont on gardait le souvenir pour une raison que j'ai oubliée. Non, ce n'est pas vrai, je sais très bien pourquoi on se souvenait de lui : en raison de sa très grande probité et de la ferveur de son âme. Une chose inutile en soi, et sans doute inutile pour lui, mais qui le rendait comme tout un chacun plus humain. Mon père n'était pas pieux, pas encore, pas cette année-là. Il buvait, ce qui selon les lois qui régissaient notre vie faisait de lui un raté fini. Et en dépit de la discrétion qu'il montrait, il n'y avait pas moyen de cacher ces choses-là. Parfois je me réveillais la nuit et je savais qu'il était rentré à l'odeur d'alcool qui emplissait la maison. C'était une maison de quatre pièces, où Hassan et moi avions une chambre à nous que nous fermions en tirant le verrou lorsque nous nous couchions, mais l'odeur me réveillait malgré tout. Il devait empester de la même façon dans la rue. Une fois ou deux, pas plus de deux fois pour autant que je sache, il était allé trop loin et avait dû être raccompagné chez lui, silencieux et en pleurs. Il avait honte, j'imagine. Il n'a pas parlé pendant des jours après ces deux épisodes-là, il rasait les murs les yeux baissés et marchait sans faire de bruit.

Mon père était employé au ministère des Travaux publics. J'ignore ce qu'il y faisait. Tous les matins, il quittait la maison à sept heures, vêtu d'une chemise blanche propre, d'un pantalon brun clair et de sandales de cuir, et faisait à pied le trajet de quelques minutes qui le séparait des locaux du ministère. Je ne pense pas qu'il ait jamais été en retard. À une heure moins cinq, la sirène annonçait la fin de la matinée et mon père rentrait déjeuner. Il avait toujours l'air fatigué et maussade, comme si le travail le déprimait, ou que la marche sous le soleil l'épuisait, ou que quelque chose d'autre lui retirait toute vigueur. À peine arrivé, il nous cherchait, Hassan et moi, et nous appelait s'il ne nous voyait pas. Il caressait alors de sa main nos visages avec un petit sourire triste de triomphe, puis il allait prendre sa douche avant le déjeuner. Ce rituel ne me dérangeait pas, et je ne pense pas qu'il ait tellement dérangé Hassan, même si en grandissant il a eu du mal à ne pas montrer quelque réticence et à ne pas détourner la tête quand mon père avançait la main vers lui. J'essayais très fort de ne pas le faire, il m'est cependant arrivé de ne pas parvenir à réprimer un sourire crispé.

Le *mausim* de mes neuf ans et des quinze ans d'Hassan, un homme est venu s'installer chez nous, qu'on nous a demandé d'appeler oncle Hussein. Mon père avait fait sa connaissance au café, où ils avaient engagé la conversation. Ils s'étaient entendus si bien, semble-t-il, qu'ils étaient devenus de grands amis. C'est ce que j'avais compris, enfant, encore qu'ils aient sans doute dû se croiser plusieurs fois et parler ensemble souvent avant de se lier ainsi. Il est venu prendre un repas chez nous un vendredi, événement rare à la maison où les seules visites étaient celles d'amies ou de parentes de ma mère. Je ne savais pas faire la différence entre les amies et les parentes de ma mère, car toutes prenaient avec moi les mêmes libertés et se comportaient un peu comme si je leur appartenais. Quand oncle Hussein est arrivé ce vendredi après-midi, il était encore *my good friend*, dit ainsi en anglais. C'est en ces termes que mon père s'adressait à lui. Mon père lisait couramment le Coran mais ne pouvait soutenir une conversation en arabe, et oncle Hussein ne savait que quelques mots de kiswahili, aussi communiquaient-ils en anglais. *My good friend* n'est devenu notre oncle qu'après qu'il eut emménagé. C'était un homme de grande taille, il portait un kanzu couleur miel clair, brodé de fils d'argent, dans le style de ceux des marchands du Golfe. Il s'est assis sur le tapis d'un mouvement aisé et fluide, avec aux lèvres un éclatant sourire de nacre. Je vais décrire la maison dans laquelle nous vivions, nous, moricauds hilares. Cela allègera la tension que je ressens à l'évocation du souvenir d'oncle Hussein.

La maison comportait deux niveaux. Il y avait trois pièces au premier, où nous vivions : l'une était notre chambre à Hassan et moi, la seconde celle de mes parents. Nous séjournions, recevions, écoutions la radio dans la troisième, qui était le salon. Il y avait aussi une petite terrasse partiellement couverte où ma mère préparait la cuisine et où, dans la partie découverte, nous étendions le linge pour qu'il sèche. L'espace à l'étage était exigu quand nous y étions tous, c'était intime et chaleureux, même encore aujourd'hui à mes yeux. Au rez-de-chaussée, il y avait une grande salle située près de la porte d'entrée et, tout au fond, une petite cour fermée d'où partait l'escalier extérieur. La cour était à ciel ouvert et surplombée par la terrasse. Un endroit toujours calme et frais. Lorsqu'il pleuvait fort, le sol de béton retenait l'eau et formait un bassin où nous faisions des glissades et nous éclaboussions. La grande pièce du bas servait à la réception des hommes qui étaient étrangers à la famille, les jours de l'aïd et de Maulid Nabi, ou à l'occasion des décès et des mariages. D'où sa situation près de la porte d'entrée, car le regard des hommes ne devait pas pénétrer l'intimité familiale. C'était une pièce dont nous n'avions que peu l'usage, mon père n'invitant pas d'étrangers à la maison et ne recevant pas lors de l'aïd ou de Maulid Nabi, comme d'autres le faisaient. L'on s'en est, j'imagine, servi pour la veillée des femmes et les prières à la mort de la mère de mon père, mais je n'avais que trois ans à l'époque et n'ai pas souvenir de l'événement.

La pièce était en général fermée, volets clos.

C'était un lieu de stockage temporaire, mais il n'y avait pas grand-chose à stocker. Pour une raison que j'ignore, mon père aimait la garder propre et bien rangée, comme s'il envisageait de l'utiliser un jour. Il y avait là un tapis qu'on avait roulé le long d'un mur afin de le protéger du peu de lumière qui passait à travers les volets, ainsi qu'un lit à lattes à l'autre bout de la pièce. Une natte recouvrait ces lattes de bois. C'était une pièce monacale, mais elle avait quelque chose de piquant qui m'évoquait le *mausim,* les boutres balançant dans le port et les marins qui sentaient le poisson séché, les peaux cuites par le soleil et les embruns de l'océan. Elle m'évoquait les lieux déserts et pierreux, la crasse des matelots et leurs haillons trempés de sueur.

Mon père disait du tapis roulé que c'était un Boukhara et il en prenait le plus grand soin. Chaque année au moment du ramadan, nous le déroulions dans la cour et le battions pour en faire sortir la poussière avant de le réenrouler et de le recouvrir d'une toile. Le reste du temps la pièce était fermée à clé, vide le plus souvent, à l'exception de quelques sacs et de quelques caisses, et d'une malle de bois sculptée qui portait un cadenas de laiton. Un jour que j'étais seul à la maison, j'ai voulu à toute force trouver la clé de la pièce. Je l'ai cherchée dans la penderie de ma mère, sa cachette préférée pour les objets de valeur et les secrets, derrière les flacons de médicament, dans le tiroir à bijoux de l'armoire, sous les paillassons, sur le rebord supérieur des fenêtres, dans les vases de fleurs et les poches des pantalons sans jamais douter que je la découvrirais un jour. Ce n'était pas comme s'il y avait dans cette pièce quelque chose de précieux ou de dangereux.

J'ai fini par mettre la main dessus, elle était fichée dans une fente minuscule au-dessus du cadre de la porte d'entrée, et il m'a fallu pour la dénicher placer une chaise sur un banc. La pièce était sombre et fraîche comme à l'accoutumée, mais il y avait cette fois deux grandes jarres de terre cuite qui devaient appartenir à un parent ou à un ami, ou au parent d'un ami ou à l'ami d'un parent. Elles m'ont rappelé ces contes où l'on voit des djinns s'échapper de telles jarres, qui servent aussi à enlever les jeunes femmes, ou à introduire un prince dans la chambre de sa bien-aimée. Je connaissais des histoires de ce genre, celle d'un pêcheur boudé par la chance et qui n'ose plus espérer faire une bonne prise lorsqu'au comble de la joie, il a un jour le sentiment que le sort lui est redevenu faste et qu'il a pris enfin un énorme marlin. Mais au fur à mesure qu'il remonte son filet, il sent peser comme un poids mort et craint de ramener au mieux une carcasse puante, celle d'un âne ou d'un chien. C'est une énorme jarre de terre cuite qu'il y trouve, grosse comme le pauvre bougre tout flétri qu'il est, une jarre que ferme un imposant sceau d'argent. « Ça alors, *alhamdulillah* ! » s'exclame-t-il, pour le cas où Dieu aurait attendu sa réaction devant pareil butin. Il n'est jamais avisé de s'irriter contre le mauvais sort, car le Grand Pourvoyeur est peut-être justement en train d'évaluer la foi qu'on a en Sa Merci, et que, s'irritant de la sorte, l'on risque de faire les frais de Sa Grande Sagesse en attirant sur soi un sort plus mauvais encore. Ainsi le pêcheur s'exclame-t-il *alhamdulillah,* car il pense que le sceau d'argent lui rapportera un petit quelque chose, comme la jarre elle-même si l'intérieur n'est pas en trop mauvais état. Il bataille avec le sceau et finit par avoir raison de lui. Mais s'échappe alors de la jarre un énorme nuage de fumée, noir, jaune, rouge, en même temps qu'une odeur de roussi, de cachot et de chair squameuse. Le pêcheur, qui se retrouve évidemment par terre sous le coup du choc, se relève tant bien que mal et s'enfuit aussi vite qu'il le peut. Mais avant qu'il n'ait été très loin, la haute colonne de fumée, à présent si massive qu'elle obscurcit le soleil, s'épaissit puis se solidifie pour donner naissance à un djinn recouvert d'écailles d'argent et tenant à la main un long poignard courbe dont la lame étincelle. Le pêcheur se fige de terreur et attend que du haut du ciel le djinn se penche vers lui, exhalant son souffle sulfureux venu du fond des âges. « J'ai été prisonnier de cette jarre plus de mille ans, gronde le djinn. C'est le grand Salomon qui m'y a enfermé, à qui Dieu en Sa Sagesse a donné le pouvoir sur les djinns et les animaux. Salomon a jeté un sort puissant sur le sceau, auquel je n'ai pu m'opposer malgré tous mes efforts. Pendant cent ans, j'ai juré d'offrir royaumes, richesses, savoir, sagesse et vie éternelle à celui qui me délivrerait. Les cent années d'après, j'ai émis le souhait de ne plus prodiguer à mon libérateur que royaumes et richesses. Les cent suivantes, j'ai fait le serment de lui ôter la vie pour m'avoir laissé dans cette prison trois siècles durant. Et chaque siècle qui s'est ensuite écoulé j'ai imaginé à son intention une fin de plus en plus atroce. Or voilà que c'est toi, immonde petit rien, qui vient d'emporter la mise. Tu m'appartiens et tu vas mourir d'affreuse façon. » Alors le pêcheur, qui sait qu'il va mourir, prestement improvise un plan et fanfaronne : « Je ne crois pas que tu sois vraiment sorti de cette jarre ni que le grand Roi Salomon t'y ait emprisonné. Parce que, mon bon monsieur, tu es trop grand, trop splendide, trop impérieux pour que puisse y entrer ne serait-ce que ton gros orteil. » À quoi le djinn répond en riant de plaisir : « Je vais te montrer. » Il redevient alors l'énorme nuage de fumée qu'il était et retourne dans la jarre. Le chétif pêcheur se précipite aussitôt et referme le sceau, avant de rouler soigneusement la jarre qu'il renvoie à la mer. « *Alhamdulillah* », s'exclame-t-il en lançant un regard en direction du ciel. Merci bien.

J'ai déplacé l'une des jarres, puis je m'y suis glissé en grimpant sur le lit. Elle arrivait aux épaules de l'enfant de neuf ans que j'étais, mais en m'accroupissant dans sa partie ventrue je disparaissais complètement. La jarre était fraîche et sombre à l'intérieur, elle avait la température agréable d'un puits à sec telle que je l'imagine par un après-midi de chaleur. Quand j'ai parlé pour voir l'effet produit, et prononcé le mot *alhamdulillah*, ma voix, comme répercutée par les parois d'un long tunnel, a pris une matité méconnaissable, on aurait dit que l'espace même exerçait une pression sur ma tête et mon larynx. J'ai essayé d'autres mots, inventé d'autres mondes, et j'ai fini par m'endormir. (Bien sûr, je ne me suis pas endormi, mais Ali Baba, lui, si, et il s'est réveillé dans la caverne des quarante voleurs.) C'est dans cette pièce en tout cas qu'oncle Hussein est venu prendre avec nous le repas du fameux vendredi, et où la semaine suivante il s'est installé.

Je veux aller de l'avant, mais je me retrouve toujours à regarder en arrière, à fouiller un passé lointain qu'estompent tous les événements survenus depuis, des événements tyranniques qui occupent le premier plan et dictent les actes de la vie ordinaire. Pourtant, quand je regarde en arrière, je vois encore certains objets briller d'un éclat malveillant, et chaque souvenir saigne. C'est un lieu austère que celui de la mémoire, un entrepôt sinistre et désolé aux planchers pourrissants, aux échelles rouillées, où l'on passe parfois du temps à fureter parmi les marchandises abandonnées. Ici, l'après-midi glacial s'enfonce dans la nuit qu'illumine déjà la lumière réconfortante des réverbères ; la nuit qu'agitent le grondement sourd de la circulation automobile, la multitude des passants, un bourdonnement d'essaim incessant. L'autre lieu que j'habite est tranquille comme un murmure, la parole y est muette et personne ou presque ne bouge – le silence une fois la nuit tombée. C'est là que je suis sûr de le trouver, mon pauvre père. Un homme de petite taille, paisible et ponctuel, qui chaque jour se rendait à pied à son travail avec une chemise blanche propre, la tête légèrement inclinée sur le côté, les yeux baissés. Il rentrait déjeuner à la maison, caressait le visage de ses deux fils, prenait une douche et faisait sa sieste. L'après-midi il sortait et quelquefois rentrait tard la nuit, fatigué et honteux d'avoir bu. Il m'arrivait de songer que mon père avait un père, et je me demandais ce qu'il avait bien pu penser de ce père. Ou ce que ce père aurait pensé s'il avait vu ce que son fils était devenu. Jamais une seule fois je ne l'ai entendu parler de lui ni même évoquer son existence. Je me demandais si mon père marchait la tête légèrement inclinée parce qu'il savait que son propre père n'aurait pas eu d'estime pour lui, ou parce qu'il craignait que nous n'ayons pas de respect à son égard et que nous refusions de parler un jour de lui à nos enfants, ou parce qu'il savait qu'il avait perdu l'amour de ma mère. C'est plus tard que je me suis mis à réfléchir à ces choses et que, tant d'autres événements étant survenus, plus rien n'a pu ensuite m'échapper, et il n'y a plus rien eu de sacré. J'ai alors su que son père avait déçu mon père, que c'était un homme violent qui buvait et forniquait dans les bordels, et qu'il était mort jeune.

À l'âge qui était le mien à l'époque, jamais je n'aurais songé à considérer mon père comme un pauvre homme, ou comme un homme de petite taille, ou même ma mère comme belle et capable d'aimer mon père puis de lui retirer son amour. Mais il était petit, c'est vrai, trop petit pour oncle Hussein assurément, qui était trop grand pour nous tous. Oncle Hussein était un homme d'appétits et de plaisirs, un véritable moricaud hilare, qui a néanmoins apporté bonheur et vigueur à mon père lorsqu'il est venu vivre chez nous. Mon père qui avait peur du noir.

Je ne me souviens pas du tout de comment cela s'est fait, je me souviens simplement qu'un après-midi nous avons tous entrepris le ménage de la pièce, placé les jarres de terre cuite dans la cour, battu le tapis comme si c'était ramadan, puis que nous l'avons déroulé et qu'il a soudain resplendi de toutes ses couleurs d'ambre profond. Mon père souriait et plaisantait, il taquinait Hassan à propos de son anglais qui allait s'améliorer à présent qu'il pourrait le parler avec oncle Hussein, sans prendre ombrage des réserves émises à voix basse par ma mère sur ces nouvelles dispositions. Ce ne serait que pour un mois, jusqu'à la fin du *mausim*, disait-il. Après oncle Hussein est arrivé. Tous les matins je saluais mon père et ma mère avant le petit déjeuner, ensuite je m'arrêtais en partant pour l'école devant la porte ouverte d'oncle Hussein pour le saluer à son tour. Chaque matin il me donnait sans un mot un shilling – deux à Hassan –, posant un doigt sur ses lèvres afin que nous taisions sa générosité. L'après-midi, mon père déjeunait parfois avec lui, et bavardait une heure ou deux avant de se retirer pour son indispensable sieste. Plus tard, ils allaient ensemble au café ou partaient se promener, puis ils rentraient suivre les programmes en anglais sur le poste de radio qu'oncle Hussein avait acheté pour son usage personnel. Des gens venaient parfois s'asseoir avec eux pour écouter et causer un peu, des gens que je ne connaissais pas et qui se montraient amicaux avec mon père, et tous parlaient haut et fort, mêlant l'anglais, l'arabe et le kiswahili avec une bonne humeur polyglotte, et les rires et le bruit qui s'élevaient de la pièce emplissaient toute la maison. Jusqu'au cafetier qui a commencé à nous inclure dans sa tournée : il passait tous les soirs voir si ces messieurs désiraient boire quelque chose et restait un moment à admirer leur feuh-feuh-feuh – c'était sa façon d'imiter leur anglais. Les séjours de mon père au crasseux Coan Bar situé dans l'ombre de la cathédrale catholique ont alors cessé. J'ignore si c'est là qu'il allait, mais c'était le seul débit de boissons dont je connaissais l'existence, aussi ai-je pensé qu'il le fréquentait. J'ai longtemps cru que tous les bars ressemblaient à celui-ci, avec ses grilles de fer rouillé aux fenêtres. Quand ma mère rentrait le soir, elle lançait un bonsoir en passant, sans regarder dans la pièce, et nous engageait à la suivre lorsqu'elle savait que nous y étions.

Oncle Hussein n'est jamais monté au premier. Rien ne l'y obligeait. Il y avait une salle de bains au fond de la cour. Ou du moins une pièce avec des W.-C. équipés d'une chasse d'eau, une colonne d'alimentation, un seau d'aluminium et une écope improvisée à partir d'une boîte de margarine Blue Band, le tout impeccablement propre, plus propre que ce que l'on pouvait trouver dans bien des foyers. Il y faisait un peu sombre, et c'était effrayant la nuit, on ne l'utilisait que lorsque la salle de bains du premier était occupée et que les besoins se révélaient irrépressibles, mais oncle Hussein, qui avait parcouru des milliers de milles marins sur l'océan pour venir jusqu'ici, ne remarquait guère les ombres fuyantes quand il procédait à ses ablutions. En tout cas, il n'est jamais monté au premier. S'il désirait quoi que ce soit, il se postait au pied de l'escalier et appelait mon père. Si c'était ma mère qui répondait, parce que mon père était sorti ou qu'il faisait sa sieste, elle ne se montrait pas. Si c'était Hassan ou moi, nous nous présentions en haut des marches pour marquer notre respect, ou nous les dévalions afin de prendre réception de ce qu'oncle Hussein avait apporté. Quelle que soit la réponse qui lui parvenait, il exposait son affaire les yeux baissés, pour le cas où ma mère apparaîtrait, car croiser son regard aurait pu l'embarrasser. Il apportait presque tous les jours quelque chose : du poisson que l'on pourrait consommer au dîner, de beaux fruits ou des légumes qui avaient attiré son attention, du café en grains et des dattes, un jour un pot de miel acheté à un marin somalien et enveloppé serré dans de la toile de jute, de la gomme aromatique et de la myrrhe un autre jour, et parfois des objets inattendus qu'il nous tendait sans commentaire, un manuel d'expressions chinoises pour moi, un chapelet pour Hassan.

Il rentrait en général juste avant mon père, après les prières de midi. Il s'asseyait sur le tapis de sa chambre dont il laissait la porte entrouverte, ses lunettes de vue sur le nez, feuilletant ses registres ou lisant le Coran. Les lunettes semblaient toujours être une frivolité. Il donnait en effet l'impression de ne pas en avoir vraiment besoin, de ne pas réellement tenir ses comptes ou lire véritablement, mais de s'accorder un moment de plaisir souriant. Lorsque nous passions devant chez lui pour entrer ou sortir de la maison, nous lui lancions un salut. Il nous interpellait si nous ne le faisions pas. Un rappel à l'ordre qu'on ne ressentait pas comme déplaisant. Si des femmes venaient en visite et le saluaient verbalement, il répondait sans lever les yeux, par respect. Quand mon père rentrait à la maison, il s'arrêtait devant sa porte et échangeait quelques mots avec lui, bien plus que quelques mots le plus souvent, une conversation fleuve incompréhensible car ils parlaient anglais. Ils riaient et plaisantaient tant et tant que mon père en oubliait parfois de nous appeler, Hassan et moi, pour nous caresser le visage avec cette tristesse particulière qu'il montrait. Il lui arrivait de demander que son déjeuner lui soit servi au rez-de-chaussée en même temps que celui d'oncle Hussein, et ils restaient alors tous deux en bas à manger et à bavarder une heure durant.

C'était la mission de Hassan que de descendre son plateau à oncle Hussein. Ma mère le servait généralement en premier, puis la famille prenait le repas à l'étage. Après le déjeuner, Hassan allait rechercher le plateau, avant de retourner chez oncle Hussein pour sa leçon d'anglais. C'était une idée d'oncle Hussein que ces leçons d'anglais. Hassan avait, un après-midi, récité son discours de Brutus à la demande de mon père. Oncle Hussein en fut impressionné au point de proposer des leçons quotidiennes. Il estimait Hassan doué pour cette langue, nous rapporta mon père avec fierté. Ainsi, tous les après-midi, Hassan se hâtait-il de finir de déjeuner, puis il attendait qu'oncle Hussein l'appelle. Si mon père était en bas à bavarder, Hassan donnait des signes d'impatience et faisait les cent pas avec irritation. J'allais à l'école coranique chaque jour après le déjeuner, qu'il pleuve ou qu'il vente, de sorte que je n'ai jamais assisté à aucune de ces leçons dont, j'ignore pourquoi, Hassan n'avait pas envie de parler. Il n'était question, par ailleurs, que d'oncle Hussein par-ci et d'oncle Hussein par-là. Savais-tu qu'il avait fait ceci et vu cela, qu'il s'était rendu à tel endroit ? Et regarde ce qu'il m'a donné aujourd'hui. Un bracelet-montre, un stylo à plume, un très beau cahier, des objets coûteux. J'étais avide de récits – encore qu'ils ne m'aient pas semblé aussi passionnants que ceux sur les marchands et les pauvres gens, les princesses enchantées et les djinns rageurs que me contait ma mère – et j'étais envieux des présents, sans que cela m'ait cependant été insupportable car Hassan était généreux avec les objets, mais surtout j'aurais voulu qu'oncle Hussein m'aime moi aussi, autant qu'il aimait Hassan. J'aurais voulu qu'il m'appelle auprès de lui l'après-midi, j'aurais voulu m'asseoir à son côté pour qu'il me conte des histoires et m'offre des cadeaux de prix.

C'est sans doute à cette époque-là que l'accord par lequel mes parents ont perdu la maison a été conclu. J'étais trop jeune alors pour observer ou comprendre une histoire d'adultes aussi complexe, et j'imagine qu'on n'en a jamais parlé devant moi de peur que je ne lâche quelque chose à ce sujet quand il ne le faudrait pas, comme le font les enfants. Lorsque j'ai appris l'existence de l'accord que mon père avait passé avec oncle Hussein, l'affaire avait atteint une phase critique qui ne permettait pas qu'on en parlât autrement que comme une injustice et un acte déloyal. Je me souviens du bonheur de mon père pendant ce mois et plus où oncle Hussein a vécu chez nous, de l'impression qu'il donnait d'être comblé par cette rencontre et de se comporter davantage en père qu'auparavant : il se montrait sûr de lui, avec des opinions bien arrêtées, péremptoire dans son affection et ses exigences, nous écartant vivement quand ses propres affaires l'occupaient, allant et venant avec une mâle importance en compagnie de ses amis. L'entendre dire des obscénités et rire de la façon tapageuse et brutale qui est celle de la rue fut une révélation, lui qui marchait jusqu'alors la tête inclinée et qui restait parfois silencieux pendant des jours. Ce furent cette joie et cette confiance en soi qui, je pense, lui ont donné l'audace de faire affaire avec oncle Hussein. Peut-être était-ce le sujet de certaines des conversations à voix basse que les deux hommes avaient entre eux, assis sur le Boukhara, appuyés sur un coude, un genou relevé, légèrement penchés l'un vers l'autre, tandis que le brûle-parfum exhalait lentement sa fumée près du lit. Ils parlaient anglais, et ce n'était pour moi qu'un feuh-feuh-feuh ; ils n'avaient donc aucune raison d'échanger à voix basse, mais c'était ainsi, ils murmuraient d'un ton de séduction, craignant d'être entendus. Selon cet accord, je l'ai compris plus tard, mon père apportait dans l'affaire d'oncle Hussein une somme garantie par la valeur de la maison. Lorsque oncle Hussein a déclaré être en faillite, mon père n'avait pas l'argent pour rembourser l'apport consenti, et il a dû renoncer à la maison. Bref. Ce n'est là qu'une supposition, mais j'imagine que l'accord s'est conclu de la sorte, oncle Hussein ayant fait miroiter à mon père des transactions secrètes pleines d'avenir qui feraient de lui aux yeux du monde quelqu'un de téméraire et de perspicace, un homme véritable.

Un après-midi, j'ai obtenu l'autorisation de quitter l'école coranique un peu plus tôt que d'habitude car je souffrais de diarrhée. J'avais dû l'attraper en achetant de quoi manger à un vendeur de rue. J'étais manifestement si mal en point – je me tordais et geignais sans honte, courais aux toilettes sans attendre l'autorisation – que l'on m'avait renvoyé chez moi. Je fus de nouveau pris d'un besoin pressant en arrivant à la maison, mais la salle de bains du premier était occupée. Je me précipitai alors vers celle du rez-de-chaussée, qui se trouvait également être occupée. Je retournai à l'étage et dansai devant la porte, réclamant la place bruyamment. La douche fonctionnait à plein régime, et le volume et le bruit de l'eau vous enveloppaient parfois de telle façon, je le savais, qu'on avait du mal à s'y arracher. Mais je n'en pouvais plus et j'ai tambouriné contre la porte, pleurnichant de façon pitoyable comme peut le faire un enfant de neuf ans dans l'état où je me trouvais. Hassan m'a ouvert, il se tenait là tout ruisselant d'eau, et sa peau scintillait, puis il est sorti de la salle de bains, les yeux baissés. Je me suis rué vers les toilettes et ce n'est que plus tard, une fois la douleur passée et quand j'ai eu fini de me laver, que j'ai ressenti un pincement d'effroi.

En m'ouvrant la porte, Hassan avait arrondi

les yeux avec dans le regard comme un air de détresse, à moins que ce n'ait été de la gêne ou un sentiment de culpabilité. Ensuite, il était passé devant moi sans un mot, tout aux pensées qui l'absorbaient. Cela ne lui ressemblait pas. Et que je sache, il ne prenait jamais de douche à cette heure de la journée. Il était apparu devant moi, miroitant et nu, et était sorti de la salle de bains dans le plus simple appareil, ce qui était contraire à ses habitudes. Si mon père ou ma mère avait été présent, sa nudité leur aurait paru d'une indécence inacceptable. Hassan était bien bâti et tout en rondeurs, c'était un jeune homme à présent et il était, depuis peu, conscient de son corps, car il lui arrivait, même avec moi, de se couvrir le sexe, lui qui n'en avait eu cure jusqu'alors. Et cet air de catastrophe sur ses traits, chez quelqu'un dont les yeux d'habitude brillaient avec froideur et viraient au mépris ou devenaient espiègles ou rebelles au moindre faux pas de son interlocuteur. Lorsque j'ai gagné notre chambre, il en était parti, et j'ai été trop malade ensuite pour me soucier ou me souvenir de son étrange comportement cet après-midi-là. Car mon état s'aggrava, et pendant des jours je délirai sous l'effet de la fièvre et souffris le martyre à chaque évacuation.

Quand j'ai rejoint le monde des vivants, que je suis revenu à moi, que j'ai repris connaissance, émergeant de mon sommeil, je me suis retrouvé seul dans la chambre. Le matelas de Hassan avait été déménagé. J'étais resté inconscient trois jours durant – pourquoi est-ce toujours trois jours ? – et à certains moments l'on avait perdu espoir pour ma vie. C'est la connerie habituelle que disent les parents, à ce qu'il paraît, mais les miens avaient à l'évidence vraiment craint pour ma précieuse vie. Ils ne savaient pas très bien ce que j'avais, et le médecin non plus, bien que cela n'ait rien eu d'étonnant venant de lui. Il faisait une piqûre à tout le monde, parce que cela gonflait un peu la note, et prescrivait une préparation ou des pilules élaborées dans sa propre pharmacie, puisque ainsi les patients revenaient lorsqu'ils n'en avaient plus. Son diagnostic était si incertain qu'on avait éloigné Hassan de la chambre de peur que ne soit contaminé le premier-né, l'héritier du royaume des airs. Il avait été décidé qu'il dormirait sur une natte à même le sol du salon. Mais l'ayant appris, oncle Hussein s'y était opposé. Dormir par terre était inconfortable et Hassan serait tout le temps dérangé. Il allait pour sa part quitter la maison et libérer la pièce du bas. Mon père ne voulut pas en entendre parler. C'est pourquoi le matelas de Hassan fut transporté dans la chambre d'oncle Hussein au rez-de-chaussée. Tu auras davantage de cours d'anglais comme cela, a dû lui dire mon père.

La nuit qui a suivi mon retour à la conscience, Hassan est revenu s'installer avec moi, mais il n'était pas content. Il est resté allongé sur son lit, le visage tourné vers le mur, accordant l'attention la plus sporadique à l'invalide que j'étais. Je l'avais entendu s'opposer à ma mère lorsqu'elle avait pris cette décision, elle s'était montrée sévère, avait insisté, puis s'était emportée. « Tu dormiras dans ta chambre que tu le veuilles ou non, petit dépravé », avait-elle lancé d'un ton furieux si peu habituel qu'il n'y eut rien à ajouter. Je me suis demandé pourquoi cela la mettait à ce point hors d'elle, et si c'était à Hassan ou à l'oncle Hussein qu'elle en voulait. Je m'étais déjà interrogé sur ce qu'elle pensait de l'installation d'oncle Hussein à la maison. Je ne l'avais jamais entendue s'exprimer à ce sujet, mais ses silences étaient parfois éloquents. Quand, à l'étage, mon père nous régalait des histoires d'oncle Hussein, et que le ton qu'il prenait nous invitait à nous réjouir et à participer – l'exigeait même –, ma mère restait assise sans rien dire, le regard impassible. Je pensais qu'elle avait du mépris à l'égard de mon père et de son enthousiasme embarrassant, comme elle en avait souvent à propos d'autres choses, de sorte que l'on ne savait pas très bien si la présence d'oncle Hussein auprès de nous l'irritait ou non. Mais parfois lorsque, restant en retrait au sommet des marches, elle répondait à son appel, ou que le plateau du repas était prêt, elle paraissait soucieuse que tout aille au mieux et qu'oncle Hussein ait le sentiment que nous avions de l'estime pour lui.

Trop faible pour retourner en classe, je suis resté à la maison les jours suivants, bien que n'étant plus alité. Hassan continuait de me manifester de la colère et, dans tous les cas, ne me parlait guère. L'après-midi, il se rendait à ses leçons d'anglais avec le même zèle qu'auparavant, et il en revenait à la fois surexcité et malheureux. Jamais en temps normal je ne le voyais au moment où il en sortait car j'avais mes cours de mon côté, et je me suis demandé si c'était la difficulté des leçons qui le mettait dans cet état. C'est alors que j'ai vu le regard de ma mère, et j'ai su qu'oncle Hussein lui faisait peur. Pendant ces journées que je passais à la maison, je la suivais partout et m'asseyais dans la cuisine pendant qu'elle préparait le repas. J'imagine qu'elle me parlait et me souriait, qu'elle me réconfortait et me taquinait de la façon qu'une mère le fait avec son petit garçon malade. Mais il y a un souvenir qui m'est resté. Nous avions entendu la clé dans la serrure de la porte d'entrée, et ma mère n'a pas bougé de sa chaise, seuls ses yeux ont dévié de côté et se sont agrandis sous l'effet de l'attention. Puis j'ai vu sa gorge se serrer, elle a eu un battement de paupières, et je ne sais pourquoi j'ai eu l'impression qu'elle était en danger ou sur le point de défaillir. Peut-être a-t-elle cherché dans ma direction et souri. Peut-être ai-je inventé ses regards affolés, son serrement de gorge et son battement de paupières. Mais peut-être aussi étais-je ailleurs, quelque part dans la maison, quand l'oncle Hussein est rentré, et ce n'est que plus tard que j'ai imaginé la réaction de ma mère entendant la clé s'engager dans la serrure. Ou bien est-ce un autre jour, pas du tout ce jour-là, que je l'ai vue s'adresser à lui puis le suivre dans sa chambre.

Sans doute me croyaient-ils parti jouer. J'allais suffisamment bien pour sortir à présent, et ils ont dû penser que j'étais chez des voisins. J'y étais allé en effet mais en étais revenu, et je m'étais glissé dans l'une des grandes jarres de terre cuite qu'on avait retirées de la chambre et placées dans la cour. Recroquevillé dans ses paisibles profondeurs, je contemplais le morceau de ciel au-dessus de la terrasse du premier. J'ai émis un petit rire en percevant la voix de ma mère, et j'ai pensé surgir brusquement pour lui faire peur. Mais je l'ai entendue chuchoter d'une voix insistante et j'ai hésité. J'ai lentement risqué un œil hors de la jarre et je l'ai vue tout près d'oncle Hussein sur le seuil de la chambre. « *Unataka niingie ndani ?* » Vous voulez que je vienne ? a-t-elle dit. Elle est entrée, il l'a suivie et il a refermé la porte derrière eux. Voilà ce que j'ai vu et je n'ai rien compris, mais j'ai ressenti comme un malaise et un immense soulagement de n'avoir pas été découvert.

Oncle Hussein est sans doute reparti peu après avec le *mausim* car je n'ai pas d'autre souvenir de lui cette année-là. Les hommes qui venaient à la maison lorsqu'il s'y trouvait ont continué leurs visites quelque temps puis ils ont cessé de venir. Mon père lui aussi a parlé d'oncle Hussein pendant quelque temps, se rappelant l'une de ses gentillesses ou l'un de ses exploits, ce qu'il a ensuite fait de moins en moins souvent. Bientôt la maison est redevenue silencieuse et mon père a retrouvé ses habitudes de discrétion, bien que sujet désormais à des accès de brutalité qu'on ne lui connaissait pas, en particulier à l'égard de ma mère. S'il répondait auparavant à son mépris en détournant la tête, apparemment soumis, honteux et blessé, il grommelait à présent et s'adressait à elle avec hostilité. Dans ces moments-là, sa bouche avait un rictus amer que je ne lui avais jamais vu. Mais si le départ d'oncle Hussein a été vécu par mon père comme une perte, ce fut pour Hassan un abandon, un déchirement. Il ne parlait presque plus à personne et, lorsqu'il était à la maison, il restait allongé sur son lit, le visage tourné en direction du mur, ou bien il écrivait dans le cahier qu'oncle Hussein lui avait offert ou rédigeait des lettres sur du papier-avion. Il partait seul pour de longues courses à pied ou à vélo et paraissait avoir perdu tout intérêt pour la bande de garçons à laquelle il avait appartenu. Les rumeurs commencèrent à courir très vite, les enfants se moquaient de moi à l'école. Ils disaient que notre hôte avait mangé Hassan, qu'il avait mangé son miel. C'était une façon de dire autre chose de plus cru, qu'ils disaient aussi de façon crue. L'un des camarades de classe d'Hassan, qui avait été autrefois un ami, me poursuivit dans la rue sur le chemin de l'école coranique pour me demander s'il était vrai que j'avais un nouveau père. Quand je passais devant des adultes désœuvrés, rassemblés au coin d'une rue, ce qui semblait se produire tout le temps, j'imaginais dans mon dos leurs sourires narquois, et je les redoutais, ces sourires.

Ils n'ont plus jamais laissé Hassan tranquille après cela, ces pilleurs de jeunesse. Rien de joyeux dans ce qu'ils faisaient ou cherchaient à faire. Ils lui enviaient sa grâce, sa beauté légère et naturelle, ils murmuraient sur son passage, lui offraient de l'argent ou des cadeaux avec des sourires carnassiers transparents. Un homme me donna une lettre à lui remettre, une page de cahier d'écolier grossièrement pliée comme celles utilisées pour faire des comptes ou établir une liste de courses. J'ai essayé de la lire en arrivant à la maison, mais elle était écrite en anglais et je n'ai rien compris. Hassan l'a parcourue puis déchirée en mille morceaux, il a mis les morceaux dans une vieille enveloppe et l'a glissée dans sa poche pour la jeter quelque part très loin. Ils ne l'ont jamais plus laissé tranquille – regards, remarques, frôlements, tout était suggestif, entre le jeu cruel et la traque organisée. Et Hassan souffrait. L'impudence et les bavardages ont cessé quand il a ensuite appris à se détourner de ces grossières démonstrations d'amour, de ces gestes de séduction qui ne promettaient que souffrance. Je pensais que tôt ou tard ils auraient raison de lui.

Et puis un jour une lettre est arrivée pour Hassan, par avion. Mon père l'a apportée à la maison à l'heure du déjeuner. Il ne nous appelait plus comme il le faisait autrefois en rentrant du travail pour nous effleurer le visage de la main depuis la fois où Hassan avait violemment repoussé son bras. Mon père avait alors fait un pas en avant et frappé la joue qu'il voulait caresser un instant plus tôt, et plus jamais il ne nous a touchés. Le jour où la lettre est arrivée, il a appelé Hassan une fois en haut de l'escalier et la lui a tendue. L'enveloppe avait été ouverte, et quand elle est passée de la main du père à celle du fils, l'un et l'autre ont soutenu le regard. La lettre venait d'oncle Hussein. Hassan m'a dit cela, mais rien de plus. Il a dû ensuite se faire envoyer son courrier à une autre adresse, car il m'a annoncé peu de temps après qu'oncle Hussein allait revenir au prochain *mausim*, à quelques mois de là.

Lorsqu'il est revenu, la maison vivait déjà sa petite tragédie familiale avec fracas. Mes parents se supportaient à peine, et Hassan s'était fait de nouveaux amis beaucoup plus vieux que lui. Ma mère sortait presque tous les après-midi pour ne revenir qu'en milieu de soirée. Mon père rentrait plus tard, sentant l'alcool. J'ignore ce que Hassan faisait avec ses amis, si ceux-ci l'avaient fait succomber aux tourments qu'ils lui avaient promis. Je n'ai jamais posé la question. Quand oncle Hussein est revenu, il ne s'est pas installé chez nous, mais il a apporté la nouvelle que l'affaire qu'il avait montée avec mon père ne se portait pas bien et qu'il y avait toujours le prêt à rembourser. En attendant, oncle Hussein, qui l'avait garanti, s'en tiendrait aux documents qui hypothéquaient la maison, et peut-être l'entreprise se rétablirait-elle et prospérerait-elle sur le long terme. La situation n'était sans doute pas aussi simple, c'est ainsi cependant qu'on me la présenta : oncle Hussein nous avait volé la maison, car il y avait peu de chance que mon père trouve l'argent pour rembourser. L'assassin. Aussi incroyable que cela soit quand j'y repense aujourd'hui, oncle Hussein est venu nous voir à plusieurs reprises avec des cadeaux, comme il le faisait toujours, du poisson, des fruits, de la gomme, de l'*ud*, des étoffes, et un jour, avec une magnifique table d'ébène pour Hassan, que mon père a voulu briser en mille morceaux et qui a fini dans la pièce du rez-de-chaussée.

Hassan était rarement à la maison à cette époque-là, et lorsqu'il s'y trouvait, c'était le plus souvent pour s'embarquer dans des discussions sans fin avec ma mère. Quand je lui demandais où il se rendait, il disait aller voir des amis, ou bien l'oncle Hussein. Il ne prêtait plus aucune attention à moi. Il ne s'est jamais montré cruel, il vivait simplement dans des sphères lointaines qui m'étaient inconnues, et il ne voulait pas de moi. Puis lorsque les vents du *mausim* ont tourné et qu'oncle Hussein est reparti, Hassan a disparu. Bref. Il s'est affiché quelque temps en sa compagnie et nous n'avons jamais plus entendu parler de lui. Cela fait trente-quatre ans. Ce fut terrible alors et cela l'est encore, semble-t-il, davantage aujourd'hui. Songer qu'il ait pu ainsi de son plein gré suivre un homme, comme l'aurait fait une jeune épousée.

Le départ de Hassan n'a été que le premier acte du drame par lequel notre effarante petite histoire a pris fin. Oncle Hussein céda le document par lequel l'accord avait été conclu et remboursa le prêt avec l'argent tiré de cette vente. Il le céda à Saleh Omar, un fabricant de meubles, parent éloigné avec lequel nous n'avions plus de relations, qui devenait ainsi propriétaire de la maison. Deux ans plus tard, Saleh Omar en prenait possession avec tout ce qu'elle contenait, et nous fûmes contraints de quitter les lieux. Entre-temps mon père, Rajab Shaaban Mahmud, était devenu sobre et pieux, si bien qu'on le comparait maintenant à Mahmud son aïeul vénéré. Il ne portait plus aucune attention à ma mère qui, dans les années qui précédèrent l'indépendance, avait noué de nouveaux liens et trouvé un but agréable à sa vie.

Et voilà que, trente-deux ans après la perte de cette maison, un homme du nom de Rajab Shaaban arrive en Angleterre comme demandeur d'asile et a besoin d'un interprète. Ce n'était pas mon père, mort depuis longtemps, je ne peux d'ailleurs pas l'imaginer entreprenant un tel voyage. Peut-être ce nom était-il vraiment le nom de cet homme, mais peut-être se l'était-il approprié par malveillance, ou pour obtenir de faux papiers, ou par plaisanterie. Peut-être aussi m'imaginais-je tout cela, poussé par la rancœur, les remords et la paranoïa. Ce n'était sans doute qu'un pressentiment. J'étais cependant convaincu qu'il s'agissait d'une plaisanterie, que quelqu'un avait emprunté le nom de mon père pour, dirons-nous, faire de l'esprit. Et je pensais que ce quelqu'un-là était Saleh Omar, qui avait toujours eu une conception détestable de la plaisanterie et dont parfois les facéties n'étaient drôles finalement que pour lui : il avait un tranquille sourire intérieur lorsque le traversait quelque idée de génie. Je n'avais aucune vraie raison de croire qu'il s'agissait de lui, ce n'était qu'une prémonition, la crainte odieuse que cet homme n'en ait pas encore fini avec nous. J'aurais aimé pouvoir me détacher de tout cela, oublier ces histoires qui n'avaient pas de fin, mais je savais que je n'en étais pas capable, que je serais préoccupé, anéanti par tout ce qui pourrait encore arriver, en même temps que honteux de ma couardise et de mon manque d'audace. C'est pourquoi j'ai rappelé le bureau des réfugiés et demandé à Rachel Howard d'organiser rapidement une rencontre avec M. Rajab Shaaban.

4

J'ai rendu visite à Saleh Omar une fois, il y a des années. Et j'ai été surpris de la façon dont il m'a reçu. J'avais imaginé qu'il se montrerait coupant et méprisant, pressé de m'expédier. Je me préparais à cela devant sa porte ouverte quand, me détournant de l'obscurité qui régnait à l'intérieur de la maison, j'appelai d'une voix posée afin d'éviter toute offense. Je m'attendais à ce que quelqu'un émerge de l'ombre et me fixe avec froideur, montrant un dédain silencieux à me voir là, piqué, désemparé, avant de me faire entrer comme l'hospitalité l'exigeait. J'aurais aimé voir Saleh Omar, le marchand de meubles, avais-je pensé dire. Je me serais ensuite trouvé en sa présence malveillante et j'aurais formulé la requête pour laquelle on m'avait envoyé ici, avant de m'éclipser. Partir, partir, les fuir tous.

Un homme grand et corpulent est sorti sans hâte de la pénombre. Et son visage s'est épanoui, comme s'il était heureusement surpris de me voir ici. C'était l'homme de Saleh

Omar. Il veillait à tout ce à quoi il faut veiller, il travaillait à la boutique, ouvrait la porte aux étrangers et aux marchands qui se présentaient à son domicile, balayait les escaliers, faisait les courses, et bien d'autres choses encore sans doute dont n'avait connaissance que celui qu'il servait. Les gens l'appelaient Faru, le rhinocéros, pour des raisons que j'ai oubliées et qui m'indiffèrent aujourd'hui. Je n'avais pas songé que ce serait lui qui viendrait m'ouvrir. Je m'étais habillé avec soin, car je m'attendais à être examiné de près, inspecté avec insolence, mais les yeux de l'homme n'ont pas quitté mon visage. Son regard vif a témoigné de l'intérêt, comme si ma visite avait été prévue, attendue avec impatience. Il a semblé sur le point de sourire, puis son expression s'est faite neutre, polie.

« J'aurais aimé le voir, ai-je dit.

— Vous êtes le bienvenu, a-t-il répondu sans hésiter, m'invitant d'un geste à entrer. J'espère que tout le monde va bien chez vous. »

C'est d'abord l'odeur qui m'a frappé dans l'obscurité, un parfum intense et puissant qui imprégnait les murs et les tapis, et qui m'a suffoqué. Nous avons fait quelques pas, puis il a poussé une porte donnant sur un espace baigné de lumière. C'était une petite cour intérieure aux murs carrelés jusqu'à hauteur d'homme – des carreaux d'un bleu délicat auxquels la patine donnait une profondeur qui rappelait l'émail des tessons de poterie qu'on trouve parfois sur les plages. Face à l'un des murs, deux palmiers nains se dressaient dans de grands pots de terre cuite faits de la même glaise gris cendre que les jarres d'Ali Baba dans lesquelles je jouais des années auparavant. J'ai levé les yeux, ne pouvant réprimer ma curiosité, et j'ai vu qu'un balcon à claire-voie courait tout au long du premier étage en surplomb de la cour. J'ai cru entendre une conversation assourdie de femmes.

« *Tuna mgeni* », a lancé l'homme d'une voix douce mais qui était destinée à porter – une voix extrêmement délicate et cultivée, une voix travaillée, surprenante chez un homme ayant son physique et sa réputation. « Nous avons un visiteur. » La conversation des femmes s'est interrompue un instant puis a repris.

J'ai été introduit dans la première pièce à gauche dans la cour. L'homme s'est incliné et m'a engagé à entrer. Il a baissé les yeux par courtoisie, mais j'ai cru lui voir de nouveau un sourire, et je me suis demandé s'il souriait du ridicule de ma présence ici, ou bien s'il se moquait de lui-même, eunuque à la dérive d'un conte des *Mille et Une Nuits*. Je connaissais cet homme, j'avais vu son regard dans la rue, j'avais vu ce regard sur Hassan il y a des années, j'avais même porté une lettre de lui à mon frère. Et si ce n'était de lui qu'était la lettre, alors elle était de quelqu'un qui lui ressemblait beaucoup. Et si ce regard n'était pas celui que j'avais vu dans ces années, alors il lui ressemblait beaucoup. Ce sourire dissimulé m'a fait frissonner.

La pièce dans laquelle j'ai pénétré était vaste

et carrée, avec deux grands miroirs au cadre doré accrochés à un mur. Je n'ai pu éviter ni les miroirs ni leur reflet. Ils étaient placés côte à côte, face à la porte, et ils m'ont brusquement renvoyé une image qui était destinée à diminuer, à intimider. Avant même que l'on ait eu le temps de détourner les yeux, ils vous disaient : c'est bien toi, en effet ; cette image pathétique est la tienne. Saleh Omar occupait un siège près d'une fenêtre donnant sur la mer. Il était, me semble-t-il, en train de lire lorsque je suis entré. Il s'est tourné vers moi, puis il a de nouveau un instant regardé la mer avant de se lever, et il a attendu que j'approche.

Ainsi étais-je à quelques pas de l'assassin, de l'homme qui après des années de conflit et d'humiliation avait dépossédé mon père de notre maison et de tout ce qu'elle contenait, l'homme dont j'avais entendu évoquer sans fin l'insensibilité et la fausseté, la dépravation, l'avidité et le cynisme. Dans l'étroit voisinage qui était le nôtre à tous, j'avais dû apprendre à ne jamais croiser le regard de Saleh Omar quand je l'apercevais dans la rue, à ne jamais montrer que je l'avais vu. J'étais trop jeune, en effet, pour savoir par moi-même comment on feint d'ignorer quelqu'un. Et si je l'avais vu et reconnu, je n'aurais pas pu ne pas le saluer car c'était ce qu'on nous avait enseigné dès la plus tendre enfance. Mais le saluer, c'était trahir mon père et ma mère. Je me tenais donc devant lui, face à ce visage maigre et résolu, face à ces yeux qui me fixaient avec sévérité, comme s'il attendait un faux pas de ma part. Comme si, à l'instar d'un professeur, d'un père ou d'une mère, il savait que je le décevrais. Comme s'il pouvait rester sans se salir au-dessus du cloaque, et ainsi se moquer, et nous mépriser tous de nous embourber. Comme s'il se posait en maître, en détenteur du Savoir, qui décide du bien et du mal. Comme s'il n'avait pas de façon notoire léché le cul des Britanniques pour lesquels il fouillait dans les biens d'autrui à la recherche des babioles qu'ils pourraient emporter en souvenir de leurs conquêtes. Comme si… Comme s'il n'était pas celui que j'avais vu deux ans plus tôt, agile, élégamment vêtu, fouler aux pieds notre existence et bavarder sans hâte, tandis que ses yeux furetaient partout afin de s'emparer de tout ce qui se trouvait alentour.

Je l'avais vu à l'époque où je suivais les carrioles qui emportaient la totalité de nos biens en direction de cette belle maison. Mon père me l'avait interdit, mais je les suivais quand même. Tout avait été chargé sur trois d'entre elles : les meubles, les tapis – dont le Boukhara –, les vieilles pendules d'argent, la machine à coudre de ma mère, les coupes de verre coloré à motif de cuivre que mon père avait héritées de je ne sais qui, jusqu'aux tablettes encadrées des versets du Coran qui ornaient les murs. On ne nous avait laissé que nos vêtements et nos tapis de prière, ainsi que les ustensiles de cuisine. Même les matelas étaient partis, bien qu'inévitablement souillés et imprégnés de l'odeur des corps qui s'y étaient tournés et retournés des années durant. Leur bourre, étendue au soleil une journée ou deux pour tuer la vermine et la débarrasser de l'odeur de sueur et autres sécrétions intimes, allait servir, j'imagine, à emplir de nouveaux matelas. J'avais attendu le déchargement des carrioles, et c'est ainsi que j'avais vu Saleh Omar se promener au milieu de nos vies dévastées, y choisir quelque chose, puis donner le reste à vendre aux enchères, comme s'il n'espérait en tirer qu'une somme dérisoire.

Quand il a compris que je n'allais pas approcher davantage, il s'est tassé sur lui-même et il est resté sur la réserve. Il a mis du temps à m'indiquer un siège. J'ai fait mine de n'avoir pas compris son invitation de pure forme et j'ai insolemment contemplé la pièce richement meublée qui m'entourait : les fauteuils confortables, les tapis, l'armoire noire ciselée de cuivre, les miroirs dorés. Tous ces objets avaient leur beauté et leur raison d'être, mais ils étaient ici comme des réfugiés, encore debout parce que l'orgueil et la dignité l'exigeaient, mais n'en ayant pas moins ailleurs une existence plus pleine. Ils étaient là comme exposés dans un musée, brillamment éclairés et interdits d'accès, servant à célébrer l'habileté et l'opulence d'un homme. On aurait dit le butin d'un pillage.

« Vos parents vont bien ? » a-t-il demandé avec douceur. Il souriait à présent, amusé par mon silence et mes suppositions déplacées, mais au moins n'affichait-il plus cet air d'austère désillusion. En le défiant, je m'étais hissé à de tels sommets d'indignation que mes lèvres en tremblaient. J'avais peur de parler pour le cas où ma voix tremblerait elle aussi. (Ce n'était pas par crainte de souffrir que je la sentais sur le point de trembler.)

« Ismaïl », a-t-il dit, me pressant d'exposer ce qu'il supposait être le but de ma visite. Et il a répété : « Vos parents vont bien ? En quoi puis-je leur être utile ? » Je m'étais présenté à son domicile, ce n'était donc pas pour parler affaires. Il avait dû penser que j'étais venu tendre la main, demander l'aumône, mendier. Et sans doute était-ce d'une certaine façon ce qui m'amenait.

« Ma mère m'envoie », ai-je commencé, et j'ai senti ma voix flancher. J'avais demandé que me soit épargnée cette démarche pitoyable, ma mère avait cependant insisté, et j'avais dû me présenter devant lui.

La satisfaction a commencé de percer sur ses traits, mais il l'a aussitôt réprimée. « Peut-être, dans ce cas, votre message s'adresse-t-il à la maîtresse de maison, a-t-il dit en se dirigeant vers la porte.

— Ma mère m'envoie vous parler, ai-je repris d'une voix plus ferme à présent que l'on en arrivait au fait. C'est au sujet d'une petite table d'ébène. »

Il a pris place sur un siège qui se trouvait à proximité, pas celui qu'il occupait auparavant, orienté vers la mer. Il s'est penché en avant, le coude droit posé sur le genou, le menton dans la paume de la main. Je me souviens, avec une véhémence qui me fait encore frémir après toutes ces années, d'avoir voulu m'avancer, frapper d'un coup de pied ce coude posé sur ce genou, et envoyer mon poing dans la figure de Saleh Omar. Un petit poing qui n'avait pas l'habitude de cogner, qui n'avait même pas l'habitude d'être un poing. Je me serais sans doute fait plus de mal qu'à lui, ce qui aurait été doublement idiot. Je me souviens seulement de ce sentiment de frustration que j'ai éprouvé à le voir attendre, plein de suffisance, la requête ridicule que j'avais à formuler au sujet de la table d'ébène. « Elle m'a chargé de vous dire que cette table ne nous appartient pas. Qu'elle appartient à Hassan. C'est un présent qu'il a reçu. Aussi demande-t-elle sa restitution. Ma mère aimerait que vous rendiez la table, pour le jour où Hassan reviendra. Elle la réclame. La table est à Hassan. C'est un cadeau. Elle m'a chargé de vous dire qu'elle ne faisait pas partie de leurs biens. Que vous n'auriez pas dû la prendre. Elle appartient à Hassan. »

Il m'a laissé m'empêtrer ainsi jusqu'au bout, puis il a observé à peu près vingt secondes de silence, le temps que lui parvienne l'écho de mes bredouillages, avant de répondre. « Je suis tout à fait désolé de vous dire que je n'ai pas de connaissances juridiques, j'ignore donc quel poids a l'argument que vous avancez. J'ai pris possession de la maison et de son contenu. J'ai vendu celui-ci et envoyé l'argent que j'en avais tiré à votre père, qui l'a refusé. J'ai alors demandé qu'il soit porté à votre mère, qui l'a également refusé. À la suite de quoi j'ai fait don de la somme en question à la mosquée Juma'a, en priant ses responsables de l'utiliser comme bon leur semblerait. J'ai en effet gardé une petite table, qui est celle que votre mère réclame aujourd'hui, mais je suis navré de vous dire qu'elle a été vendue. Je vous prie de l'en informer et de transmettre à vos parents tous mes bons vœux. »

La table était dans sa boutique, et elle était à vendre. Quelqu'un qui l'avait vue chez nous l'avait reconnue au magasin et l'avait signalée à ma mère. Ma mère s'était alors souvenue que cette table appartenait à Hassan, et elle avait souhaité la récupérer. Pauvre Hassan, nous parlions peu de lui, et quand ma mère a commencé à repenser à la table, un flot de tristesse et toutes les récriminations causées par son départ ont resurgi. Il est alors soudain devenu très important pour elle de récupérer cette table. « Il y a peu de chance que l'on y parvienne », lui ai-je dit, mais elle m'a supplié d'essayer. Pour l'amour de Hassan, pour l'amour de ma mère et pour tout ce que je lui devais, j'ai donc fait la démarche et je me suis retrouvé comme un imbécile devant cet homme qui triomphait en affichant un sourire satisfait. Son petit discours d'adieu prononcé, Saleh Omar a appelé Faru qui m'a reconduit. Gauche droite, gauche droite, et mon meilleur souvenir à vos parents. J'étais sur le point de partir de toute façon, j'étais sur le départ, et quand j'y songe aujourd'hui, c'était comme si, en quittant la maison de Saleh Omar, j'avais aussitôt quitté le pays et qu'au fil des années j'avais cherché son autre maison près de la mer. Ce n'était là qu'une idée folle, le fait d'un découragement passager que de penser que les efforts et les épreuves n'avaient servi à rien et qu'on en arrivait, au bout du compte, à ce qui avait été tracé dès le départ.

Partir. J'ai eu des années pour penser à cela, partir et arriver, jusqu'à ce que ces moments aient acquis l'épaisseur d'une écorce noueuse qui les déforme et leur confère une sorte de grandeur. J'avais dix-sept ans quand je suis allé étudier en Allemagne de l'Est. Si cela paraît tellement impensable maintenant, c'est en partie parce que ce pays s'est transformé très vite en no man's land de l'imagination, télé-réalité d'un gouvernement malhonnête et obstiné, une terre aujourd'hui de chômeurs et de néo-fascistes insatisfaits dont les crânes rasés se profilent sur les flammes qui dévorent les maisons des migrants. Ce n'était pas l'idée qu'on s'en faisait alors. C'était pour nous un nouvel ordre radieux dont l'ardente et brutale confiance qu'il avait en soi impressionnait. Les années qui ont immédiatement suivi l'indépendance ont apporté des changements trop nombreux pour qu'on les évoque ici, comme disent les universitaires, dont je suis, lorsque par paresse ils refusent de gravir toutes les petites marches par lesquelles ils atteignent à l'illumination.

Les États-Unis et leur président John Kennedy ont commencé à s'intéresser à nous : ils ont officiellement invité notre président à Washington. Le film de ce voyage, qui le montre souriant sur la pelouse de la Maison-Blanche à côté du maître d'Hollywood et du rock'n roll, a été présenté des semaines durant en ouverture de toutes les séances de cinéma. Les services américains de l'Information ont ouvert une bibliothèque et une salle de lecture climatisées dans une annexe de l'ambassade. Sièges rembourrés, bureaux étincelants, alignements rigoureux de verre armé, contingents de livres et collections de magazines disposés sur des présentoirs. En soixante ans de gouvernement colonial, les Britanniques n'avaient jamais songé à faire cela. Il y avait la bibliothèque du club anglais, strictement réservée à ses membres, avec ses grilles aux fenêtres et son gardien à l'entrée qui vous acceptait ou vous refusait. Après l'indépendance et le départ du Souverain des Mers, ses portes ont été cadenassées et, de la rue, la bibliothèque a ressemblé à un entrepôt ou à un magasin désaffecté. J'ignore ce que sont devenus les livres, s'ils ont été abandonnés, expédiés par bateau, vendus. Certains ont été chapardés, puis remis en circulation, mais j'ai quitté le pays avant que le sort de ce lieu n'ait été définitivement scellé. L'autre endroit privilégié était la bibliothèque de l'école que nous fréquentions ; elle fut, des décennies durant, la préférée des administrateurs sur le départ, qui lui léguaient leur trop-plein d'ouvrages. Peut-être était-ce parce que la plupart des professeurs de l'école étaient européens d'origine – anglais, écossais, rhodésiens, sud-africains – et que les conquérants en partance pouvaient avoir le sentiment de laisser ainsi l'esprit de l'Europe entre des mains responsables. Nous y piochions au hasard, sachant que les livres avaient déjà été triés pour notre usage, et parfois le hasard faisait bien les choses. Une partie de la bibliothèque nous était interdite, mais les regards furtifs du côté de ces ouvrages ne me révélèrent rien – des cartes, de la prose latine, un ton qui vous faisait vous sentir exclus. C'était, j'imagine, la bibliothèque secrète d'un gentleman, avec entre autres la traduction par Burton des *Mille et Une Nuits* dont la savante grivoiserie n'aurait pas dit grand-chose à un adolescent indigène. Les livres avaient un aspect et une odeur bien à eux avec leur dos fané ou noirci par l'usage, ils conservaient un lien avec leurs anciens propriétaires dont le nom, les dédicaces ou les notes en marge semblaient les réclamer. Parfois tout se passait le mieux du monde, mais parfois aussi nous frémissions face aux insultes et au mépris, d'autant plus corrosifs que nous les percevions pour la première fois.

La bibliothèque des services américains de l'Information était tout autre. On pouvait y lire magazines et journaux dans le confort de l'air conditionné, écouter des disques, coiffé d'un casque dans une cabine insonorisée (c'est quoi cette chose qu'ils appellent jazz ?), et emprunter des livres. Les livres étaient beaux : de grand format et lourds, des livres reliés, au beau papier glacé, dorés sur tranche, avec le nom de l'auteur gravé, des noms que nous n'avions jamais entendu prononcer au cours de l'enseignement colonial que nous avions reçu. Ralph Waldo Emerson, Nathaniel Hawthorne, Herman Melville, Frederick Douglass, Edgar Allan Poe, des noms qui éveillaient en nous une noble curiosité, car ne les souillait pas un discours de tutelle et de hiérarchie. Je trouvais incroyable d'être autorisé à emporter ces ouvrages à la maison, de pouvoir les poser sur le cageot qui me servait de table et d'où ils écrasaient de toute leur grandeur le reste de la pièce.

Puis le président déchanta à propos des Américains. En raison notamment du concert grandissant de reproches qu'on entendait alors dans toute l'Afrique à leur encontre. Ils avaient trop ouvertement montré leur rôle dans l'assassinat de Patrice Lumumba au Congo – des vantards de la CIA n'ayant pu s'empêcher de diffuser des informations qui auraient dû rester anonymes. Dans leur pays, on tuait des Noirs pour avoir simplement réclamé le droit de vote et l'égalité des citoyens. Ces aspirations nous étaient chères à tous à l'époque et rejoignaient notre révolte contre l'arrogance et l'oppression qui s'exerçaient sur les peuples non-européens partout dans le monde. Des photographies de la police américaine lâchant les chiens sur des manifestants noirs ont paru dans la presse en miroir d'images montrant la redoutable police de l'apartheid agissant de la même façon. Les Américains et la CIA semblaient vouloir interférer en tout, manipuler et contrôler chaque événement, petit ou grand, qui attirait leur attention. Le comble s'est produit lorsqu'à l'issue de longues discussions, le gouvernement américain a refusé de financer les projets de développement que notre président considérait comme essentiels aux progrès de la nation. La République populaire de Chine a accepté de fournir ces financements. L'Union soviétique a proposé des crédits à l'achat d'armements. La République démocratique allemande a offert des formations dans les domaines de la gestion et des disciplines scientifiques.

Ainsi, à mi-parcours de la première décennie d'indépendance, les Américains nous ont-ils laissé tomber pour avoir flirté avec l'ennemi. Entre-temps, notre président s'est converti au socialisme, devenant l'heure venue le théoricien et le guide d'un socialisme de son cru. Il a prononcé des discours, pris des décrets, puis écrit des livres pour expliquer que tout cela devait élever au bout du compte notre condition d'être humain. Qu'importe. Nous avions désormais la chance de lire Mikhaïl Cholokhov (*Le Don paisible*) et Anton Tchekhov (*Nouvelles choisies*), dont les œuvres avaient paru en édition bon marché, et de feuilleter les ouvrages de Schiller à l'Institut d'information de la RDA (consultation sur place). Ainsi que bien évidemment d'obtenir, à la demande, des exemplaires du Petit Livre rouge et des badges représentant le président Mao.

J'avais été sélectionné pour suivre en Allemagne de l'Est une formation de dentiste. La nouvelle me fut communiquée de vive voix par un fonctionnaire du ministère de l'Éducation où l'on me convoqua avec une dizaine de mes camarades. Quelqu'un de l'ambassade était également présent, chevelure argentée et moue méprisante, qui commença par faire la grimace avant le début de la rencontre, quelque peu impatient apparemment et même agacé, puis tout sourire une fois la réunion commencée. Nous avions posé nos candidatures pour obtenir une bourse en RDA et sur les centaines de demandes reçues, nous déclara le fonctionnaire, c'étaient nous que le ministre avait choisis. Certains allaient devenir médecins, d'autres ingénieurs, et moi je serais dentiste, *daktari wa meno*. Nous avons tous pouffé de rire, y compris moi-même, en apprenant la nouvelle. Le fonctionnaire allemand a froncé un instant les sourcils, puis il m'a adressé un signe de tête ferme et encourageant. Il n'y a pas de honte à être dentiste. On ne nous avait pas demandé d'exprimer nos préférences, aussi étions-nous impatients de découvrir ce que le ministre, ou la personne qu'il avait déléguée à cette tâche, avait décidé nous concernant, quelles que soient les raisons qui avaient motivé cette décision. Dentiste, ce fut d'abord un choc, mais je me suis habitué à l'idée lorsque nous avons commencé à plaisanter entre nous, nous donnant le titre que nous conférait notre future profession. Ensuite le fonctionnaire de l'ambassade a pris la parole et nous a expliqué la façon dont les choses allaient se dérouler : les documents à fournir, le voyage, le cours de langue pendant un an, notre formation professionnelle enfin. Il nous a également transmis le salut fraternel du peuple allemand qui tirait fierté et plaisir, nous a-t-il déclaré, de l'amitié entre nos deux pays.

Ma mère n'était pas contente que je devienne dentiste. Je l'ai bien vu. Elle a, à son corps défendant, montré de la contrariété quand je le lui ai annoncé. Il n'y a pas de mal à être dentiste, lui ai-je opposé, mais cela n'a pas suffi à l'en persuader. Elle a esquissé un faible sourire et a paru comiquement sceptique. Quelques jours plus tard, j'ai été reconvoqué au ministère de l'Éducation, seul cette fois, et j'ai appris du fonctionnaire qui nous avait entretenus précédemment qu'une erreur inexplicable s'était produite. Le ministre, Cheikh Abdalla Khalfan, m'avait en effet lui-même sélectionné pour un diplôme de médecine et sans que l'on sache pourquoi quelqu'un avait inscrit mon nom en chirurgie dentaire. Le fonctionnaire joua la perplexité, il se révéla même un peu suspicieux, comme s'il y avait eu de la malveillance derrière ces événements troublants. Cela ne faisait aucun mystère ni pour lui ni pour moi, et je lui ai été reconnaissant d'avoir joué la comédie par courtoisie. Ma mère était la maîtresse du ministre. L'une des deux ou trois femmes sans doute, plus peut-être, qui lui étaient dévouées. C'était au gouvernement un personnage en pleine ascension, et il était heureux de montrer l'autorité de sa verge à toutes celles qui s'offraient pour répondre à ses désirs. Non, je ne parle pas de ma mère avec dureté, je sais si peu de chose de ce qui l'a conduite sur cette voie. Dans tous les cas, la voiture personnelle du ministre venait la chercher et l'attendait au bout du chemin qui menait à la petite maison dans laquelle nous avions déménagé après que mon père eut perdu celle qui nous appartenait. Sans hâte ni crainte, presque appliquée dans son refus d'agir en secret, ma mère sortait nonchalamment, comme une belle femme qui part retrouver son amant.

C'est cette relation sans doute qui m'a d'abord valu de figurer sur la liste des boursiers, puis orienté vers les études médicales. J'ai haussé les épaules et annoncé au fonctionnaire que je tenais à devenir dentiste. Il a affiché un large sourire et déclaré que le ministre avait pris sa décision et que j'aurais tort de bouder ma bonne fortune. J'ai répété que je tenais vraiment à être dentiste, et le fonctionnaire, qui avait été longtemps dans l'enseignement avant d'entrer au ministère tout récemment, m'a longuement regardé sans un mot, se retenant difficilement, je crois, de me dire que ma mère n'apprécierait pas. Elle n'a pas apprécié ; elle s'est cependant contentée de déclarer qu'à son humble opinion, soigner les corps était plus honorable que soigner les dents cariées, les mains dans la salive et les bouches à l'haleine fétide, mais que si tel était mon souhait, cela me regardait.

Lorsque j'ai annoncé à mon père que j'allais suivre une formation de dentiste en RDA, il a hoché lentement la tête puis il est retourné à sa lecture. Rien ne l'atteignait vraiment là où il était. À un certain moment de la bataille pour la maison, mon père a rencontré Dieu. Il a alors renoncé au Goan Bar pour ne plus se consacrer qu'au repentir, à la prière et à l'étude. Il est devenu cheikh : il guidait les fidèles à la prière, lisait longuement le Coran une fois son travail terminé, restait à la mosquée des soirées entières à étudier, parcourant les ouvrages de droit et de religion. Les chemises blanches propres et les pantalons bruns repassés avec soin ont eux aussi disparu ; il portait à présent le kanzu, le keffieh et les sandales *maqbadhi*, même au bureau. Quand il a finalement perdu la maison et que nous avons été contraints de louer un deux pièces ailleurs en ville, cela n'a pas paru lui importer. Il se rendait à pied dans notre ancien quartier et retrouvait à la mosquée les gens qu'il connaissait, ceux pour lesquels sa dévotion à Dieu forçait le respect. Il restait rarement dans notre nouvelle maison, et lorsqu'il le faisait c'était pour se plonger dans la prière et dans les livres. Il parlait à ma mère sans la regarder et ne s'adressait jamais spontanément à moi. À l'époque où je m'apprêtais à partir pour la RDA, il était devenu imam et dirigeait les prières d'une voix chantante et haut perchée, conduisant les cérémonies de funérailles avec une aisance effrayante, se prononçant avec une incontestable assurance sur les questions de doctrine et de droit qu'on lui soumettait. C'était comme si l'axe de sa vie avait changé et qu'il évoluait désormais dans un tout autre univers, vibrant à des sonorités que lui seul percevait. Aussi, lorsqu'il a hoché la tête avant de retourner à sa lecture, je savais ce qu'il me disait par là. Perds-toi, cela ne peut pas m'être plus indifférent, va, deviens communiste si tu veux. Tu comprendras ce qui t'arrive quand mon Dieu et moi, nous nous occuperons de toi, l'heure venue.

La veille de mon départ, mon père m'a appelé et il m'a demandé de l'accompagner à la mosquée. Nous avons marché ensemble dans la lumière éclatante d'une splendide fin d'après-midi en suivant la promenade qui longe la baie, tandis que la marée montait. Il a passé son bras sous le mien, un geste délicat, d'une discrète intimité. Mon père était un homme de petite taille et, vêtu du kanzu et du keffieh, les yeux en permanence baissés, son bras discrètement passé sous le mien, il paraissait encore plus petit qu'à l'ordinaire. Marchant à côté de lui, le menton levé afin que l'on ne nous prenne pas, à déambuler ensemble ainsi les yeux baissés, pour un couple de philosophes de comédie, je me suis demandé s'il pensait encore à Hassan, et si c'était le départ de celui-ci ou bien la perte de la maison qui lui avait fait renoncer à tout et devenir ce drone qui vrombissait pour Dieu. Ou si c'était à cause de ma mère qu'il avait été cet homme blessé et exigeant que j'avais connu toute ma vie et qui trouvait aujourd'hui secours et apaisement dans la parole de Dieu et la célébration de Son nom. Et je me demandais ce qu'il me dirait lorsqu'il trouverait la force de me le dire. Les gens le saluaient avec déférence en passant, et il répondait avec humilité comme il convient à un homme de Dieu qui dédie à ce Dieu toute sa vie.

« As-tu terminé tes préparatifs ? m'a-t-il demandé.

— Oui, ai-je répondu. Il n'y a pas grand-chose à préparer. »

Il m'a emmené à la vieille maison, devant laquelle nous sommes restés un moment. Elle avait été repeinte en blanc cassé, les fenêtres avaient été réparées et les marches du perron refaites. De l'endroit où je me tenais, j'apercevais l'océan au bout du chemin qui longeait le bâtiment, et je me souvenais qu'on sentait la fraîcheur de la brise marine à cette heure du jour sur la terrasse de derrière. « C'est notre maison, a dit mon père. Elle t'appartient, ainsi qu'à moi et à ta mère.

— Et à Hassan », ai-je ajouté.

Il n'a rien dit.

« Elle était la propriété de votre tante, la sœur de mon père, qui me l'a transmise, a-t-il repris, lorsque le nom d'Hassan se fut évanoui. Et ces gens nous l'ont volée. C'est tout ce que je laisserai quand je serai parti. C'est votre héritage. »

Il y avait de quoi rire, honnêtement. Vas-y, poursuis. Mais sans t'éterniser. Ne rêvons pas, doux prince. Le vieux raseur pieux m'avait conduit ici pour m'initier aux luttes dynastiques, ou à je ne sais quoi. « Tu veux que je n'oublie jamais cette maison ? C'est cela que tu cherches à me dire, Ba ? Et tu aimerais que je vienne un jour en reprendre possession ? »

Il a marqué un temps, puis il a de nouveau glissé son bras sous le mien et s'est remis en route, en me tirant un peu pour être sûr que je suivais. J'ai suivi, mais j'aurais aimé en réalité me dégager de lui, m'éloigner. Le laisser à ce qu'il voulait me conter, à sa mesquinerie et à ses défaites. Je ne pouvais pas supporter, d'abord qu'ils aient laissé partir Hassan, ensuite qu'ils n'aient pas su, ma mère et lui, me montrer comment le pleurer. Mon père m'a emmené à la mosquée et m'a fait asseoir à côté de lui en attendant l'appel à la prière du soir, qu'il a dirigée. Il s'est placé face aux fidèles et, une fois qu'a été rempli le premier rang sur toute la largeur de la mosquée, il a pivoté sur lui-même, a avancé en direction de la qibla, et il a commencé. Après la prière, à demi tourné vers l'assistance, assis jambes croisées, il a énuméré une à une les formules qu'il nous demandait de réciter à la louange du Prophète, de ses compagnons et de sa famille. Tandis que l'assemblée psalmodiait, il s'est penché vers moi et m'a fait signe d'approcher. « Quand tu arriveras sur ces terres où Dieu est absent, n'oublie pas de prier, a-t-il insisté. M'as-tu bien compris ? Quoi qu'il arrive, reste près de Dieu, ne t'écarte pas du chemin. Là-bas ce sont les ténèbres. »

C'était cela aussi mon héritage. Et c'est, je crois, la dernière chose qu'il m'ait dite. Car j'ai quitté la mosquée peu de temps après, et quand je me suis réveillé le lendemain matin, il était déjà parti travailler. J'ai pris l'avion pour Berlin l'après-midi. Ses dernières paroles, à elle ? Je ne m'en souviens pas, rien de mémorable. Sans doute m'a-t-elle conseillé de bien garder mon passeport sur moi, ou m'a-t-elle mis en garde contre les mauvais tours qu'on pourrait me jouer, contre les duperies et les coups fourrés des Allemands. Elle m'avait déjà dit tout cela plusieurs fois, et elle a dû le répéter dans le taxi qui nous a emmenés à l'aéroport, puis dans le terminal où nous nous sommes séparés avant que je ne passe le contrôle de la sécurité. Elle a attiré tous les regards sur elle, avec son beau visage tranquille et le parfum d'*ud* que dégageaient ses vêtements, lorsqu'elle m'a envoyé un baiser d'adieu.

J'ignore ce qu'ont été mes dernières paroles avant de la quitter. J'ignore même si j'ai vraiment pensé à elle, ou à ce qu'elle avait en tête en me voyant partir. Je me souviens d'avoir éprouvé, en entrant dans la zone strictement réservée aux passagers, un sentiment d'appréhension et d'anxiété. Mais c'était parce que je prenais l'avion pour la première fois et que je ne voulais pas me comporter de façon ridicule ou puérile. Je n'ai pas songé à elle, ni à l'ombre durable que ce moment allait porter sur ce qui devait devenir ma vie. Je ne me suis pas dit qu'il me fallait être attentif à tout ce qui se passait autour de moi pour me souvenir plus tard de ces instants qui ont précédé le départ. Je ne me suis pas dit qu'il fallait retenir les images et les senteurs de ce moment-là pour les stériles années à venir, lorsque surgirait du silence, me laissant tremblant d'un chagrin impuissant, le souvenir de la façon dont j'avais quitté ma mère si belle.

Quand je suis parti en octobre, l'année scolaire avait déjà commencé en Allemagne depuis deux ou trois semaines. Étant seul à suivre une formation de dentiste, j'ai été envoyé dans une autre ville que celle de mes camarades. Nous devions tous passer la première année à apprendre l'allemand, mais à proximité de l'endroit où nous allions ensuite poursuivre nos études. Cela paraissait logique, c'était pour nous familiariser avec les lieux. J'aurais cependant préféré rester avec les autres, surtout pendant le voyage en chemin de fer, une fois dans le pays. La ville où je me rendais s'appelait Neustadt, mais je ne garde aucun souvenir de la façon dont j'y suis arrivé. Quelqu'un avait dû me prendre un billet et me mettre dans le train, et tout s'était ensuite passé comme cela devait se passer. J'ai des souvenirs bizarres : il a plu à un moment donné et l'averse qui tambourinait a laissé sur la vitre des traînées de boue. Je me souviens aussi que le train roulait à vive allure, ou du moins c'est l'impression que j'ai eue, à cause du bruit. Le paysage était terne, vert, gris, boueux, mais également bien ordonné et régulier, en même temps que sinistre sous ce ciel bas. On a ouvert une fenêtre quelque part et un vent glacial a traversé tout le wagon. Je ne sais même pas comment j'ai su où je devais descendre. Quelqu'un m'attendait à la gare, mais je n'ai pas le souvenir de la façon dont nous avons gagné mon lieu de résidence, en voiture probablement. J'ai su plus tard que c'était le gardien de la cité universitaire qui était venu me chercher, un homme d'âge mûr qui ne souriait jamais, considérait les étudiants comme des êtres bizarres et s'acquittait des tâches qui lui étaient imparties comme si elles lui étaient injustement imposées. Il me rassurait car, de ce point de vue, il ressemblait au gardien de mon ancienne école, et quand les étudiants faisaient le salut fasciste dans son dos et raillaient son air renfrogné, j'étais ravi de me retrouver en terrain connu. Il conduisait parfois une camionnette pétaradante qui crachait une épaisse fumée, sans doute celle avec laquelle il était venu m'attendre au train. Je suis sûr que nous n'avons pas fait le trajet en autobus, parce que je me souviens parfaitement de mon premier voyage dans un bus est-allemand.

La cité universitaire était un bloc rectangulaire de béton, de verre et d'amiante, qui alignait de minuscules chambres non chauffées à partager à deux. Les couloirs étaient étroits et leurs tournants abrupts, de sorte que l'ensemble, qui de l'extérieur paraissait imposant, était à l'intérieur étriqué et oppressant. Avant de m'habituer à l'endroit, j'avais eu du mal à respirer, paniquant en silence, étendu sur mon lit, aspirant l'air vicié dans un halètement. Les fenêtres restaient toujours fermées car le chauffage était insuffisant dans tout l'établissement. Ouvrir une fenêtre à un bout du bâtiment faisait s'engouffrer par chaque fissure, par chaque lézarde, un courant d'air glacé qui entraînait immédiatement la chasse au contrevenant, et sa punition. Cela m'évoquait cet épisode d'un roman français où le héros va élire domicile, je crois, chez une duchesse, avec la quasi-certitude d'hériter de sa fortune, et chez qui il fume la nuit, accoudé à la fenêtre de sa chambre. Il ignore que la dame déteste l'odeur du tabac, il ne sait pas non plus que sa fenêtre ouverte fait s'engouffrer par chaque fissure, par chaque lézarde de la maison un courant d'air glacé qui le fera repérer, chasser et priver d'héritage. Peut-être *Le Rouge et le Noir*. À moins que ce ne soit *Vanity Fair* ? Dans tous les cas, il est certain que l'ouverture d'une fenêtre ne passait pas inaperçue dans notre bâtiment monumental et que donc nous vivions, respirions, mangions et déféquions dans la puanteur de putréfactions multiples.

Je partageais une chambre avec un étudiant guinéen du nom d'Ali. Tous les résidents de la cité venaient de l'étranger – d'un étranger sombre de peau. Ali s'est pris dans un premier temps d'une aversion railleuse à mon égard. Dans un premier temps uniquement, pour la forme, peut-être aussi pour instaurer une hiérarchie entre nous. Il parlait bien l'anglais et, avant de devenir mon ami, il utilisait cette langue pour mal me renseigner quand je lui demandais de l'aide. Il s'est assis sur son lit le premier soir et il m'a regardé déballer mes misérables affaires. Il riait et posait des questions. Tu as apporté du chocolat avec toi ? Des dollars ? C'est l'Europe de l'Est ici. Il n'y a rien du tout. C'est aussi pauvre que l'Afrique. Tu crois vraiment pouvoir porter ces T-shirts ridicules ? Il gèle tout le temps dans ce pays. Tu as quel âge ? Dix-huit ans ! (J'ai menti.) Tu as déjà été avec une Blanche ? Qu'est-ce que tu attends ? Ici, on a du ragoût à dîner tous les soirs. Ils le préparent avec de la viande séchée, c'est tout ce qu'on sait de cette viande, si tant est que ce soit de la viande, il y a peut-être des crottes de bique ou de l'amiante là-dedans.

Je me suis vite habitué à lui, et quand sa méchanceté ne provoquait pas chez moi l'irritation – et que je me montrais, en fait, tout miel et plein de déférence à son égard – il modérait ses cruautés, les transformait en plaisanteries acérées. Je n'avais pas le choix. Il dégageait une impression d'assurance et d'énergie, m'intimidait par la brutalité de chacune de ses paroles de mépris, par sa raillerie, par ses ruses. Je partageais une chambre avec lui et voulais être aimé de lui. Pas comme un frère, mais je voulais qu'il ne me persécute pas, ne me traite pas de haut, ne me donne pas le sentiment d'être un idiot. Je n'y avais pas réfléchi à l'époque. Mais j'avais remarqué que chacun ici avait un ami et que ceux qui n'en avaient pas paraissaient abattus et apeurés. Je ne sais pas pourquoi je me défends ainsi de m'être montré conciliant, déférent. C'était faire preuve de sagesse, d'autant que je ne l'avais pas prémédité. Peut-être était-ce aussi par intuition. Je sentais sans doute un brin d'exagération chez Ali, qui voulait passer pour plus dur et cruel qu'il n'était en réalité. Dans tous les cas, au bout de quelques jours, il a commencé à m'accepter, et il a tout voulu savoir de mes allées et venues. Ainsi, n'avais-je peut-être pas le choix en devenant son vassal.

Tous les étudiants de la résidence appartenaient au sexe masculin, et ils étaient également noirs, toutes nuances confondues, tous originaires d'Afrique : Égyptiens, Éthiopiens, Somaliens, Congolais, Algériens et Sud-Africains. Nous devions être plus de cent entassés dans ces catacombes, selon un ordre de préséance, d'exclusion et d'aversion précis et circonstancié, malgré le désordre apparent où régnaient vacarme et brutalité. Je n'avais jamais jusqu'alors vécu au milieu de tant de bruit, de violence et de jeu, et au début j'ai savouré cela avec circonspection, sans me poser de questions ni m'étonner. Jamais je n'avais, de ma vie, passé une seule nuit sous un autre toit que celui de mes parents qui, en dépit de leur mode d'existence singulier, dormaient toujours la nuit dans leur lit. Il ne m'est venu, à aucun moment, à l'esprit, quand je suis parti, que plus jamais je ne partagerais leur toit. Je le souhaitais très fort à l'époque, ne plus partager leur toit, ne plus jamais les revoir, les abandonner à leur décrépitude indignée et à leur vie gâchée. J'éprouve de la culpabilité quand j'y repense aujourd'hui, mais c'est ce que j'ai souhaité alors, je l'ai vraiment souhaité.

J'ai pris du plaisir aux cours, j'ai aimé les cours. Je m'éveillais le matin avec un sentiment de joie et d'impatience, et puis je comprenais pourquoi. J'avais cours. Nos salles de classe se trouvaient dans un bâtiment voisin plus petit, elles étaient très bien équipées : cabines pour la pratique des langues, bureaux spacieux, chauffage. Nous y passions de longues heures dans la journée, et l'on avait des devoirs à effectuer le soir. Je restais parfois jusqu'à la fermeture des portes, parce qu'il faisait beaucoup plus chaud dans les salles de cours que là où je logeais. Mon professeur me déclara doué pour l'allemand et possédant déjà un très bon accent. Tous les enseignants étaient allemands, et la seule autre langue qu'ils parlaient était l'anglais que beaucoup d'étudiants ne comprenaient pas, ce qui laissait le champ libre à la confusion, à la méprise, à l'insolence et à la méchanceté. Je n'ai pas l'impression que les professeurs appréciaient leurs élèves. Nous n'étions pas dans l'ensemble, je crois, de bons éléments. Trop dissipés. Étrangement surtout, les étudiants se comportaient en supérieurs des professeurs, comme si nous savions des choses dont ils n'avaient pas la moindre idée – des choses utiles et compliquées, au-delà des chansons qu'on entonne aux mariages, des prières bien senties ou de l'art de jouer de l'harmonica. Je me demandais à l'époque, et je me le demande encore aujourd'hui, pour qui nous nous prenions. Peut-être savions-nous que nous étions de pauvres pions sur l'échiquier d'un autre, des pions qu'on avait pris et placés là. Qu'on retenait là. Peut-être le mépris était-il un refus dissimulé du prisonnier face à l'autorité du geôlier, pour éviter l'insurrection. Ou bien était-ce que nous étions pour la plupart des étudiants contrariés – les étudiants contrariés se comportent toujours ainsi avec leurs professeurs. Peut-être aussi y avait-il chez eux une sévérité, une rigidité, un mépris qui nous poussaient à leur résister. À moins que, comme nous l'a déclaré l'un d'eux, la chaleur de nos pays et les épices qui entraient dans notre alimentation aient tué en nous la volonté et l'énergie, nous rendant prisonniers de nos instincts et d'un penchant pour la facilité. Le seul jour où nous n'avions pas classe était le dimanche.

La vie au quotidien et le sentiment d'étrangeté m'épuisaient au point que je ne quittais la cité universitaire que pour me rendre aux cours, et ce n'est, je crois, que deux semaines après mon arrivée que je suis allé me promener avec Ali un dimanche après-midi. Neustadt était une ville moderne, une ville neuve, avec des alignements perpendiculaires de maisons grises et bleues que séparaient des ruelles sombres balayées par le vent. Trottoirs vides et vastes espaces, également vides. Maisons en crépi aux fenêtres peintes en gris ou bleu foncé, aux toits peu inclinés, surmontés ici et là du squelette métallique d'une antenne de télévision. Un bâtiment de brique de faible hauteur portait trois enseignes distinctes – celle de la poste, celle de l'épicerie et celle de la boutique de primeurs, dont l'entrée basse et sombre donnait l'impression de plonger sous terre. Des cageots vides s'empilaient devant. Les deux autres entrées avec leur porte métallique et vitrée étaient fermées par une chaîne et un cadenas. Aucun signe de vie là non plus, à l'exception du linge à l'étendage que l'on apercevait entre les alignements de maisons.

« C'est dimanche. Voilà pourquoi c'est si désert. Les gens habitent ici et travaillent à Dresde, a expliqué Ali en montrant un arrêt d'autobus. C'est tout près. Nous ferons le voyage un de ces jours, quand nous trouverons l'argent. Juste pour la journée.

— On est près de Dresde ? ai-je demandé. J'ai une amie pas loin.

— Quelqu'un de ton pays ?

— Une amie allemande.

— Quel genre d'amie allemande ? s'est informé Ali avec un sourire incrédule. Tu es là depuis deux semaines à peine, et tu ne quittes ta chambre que pour aller en classe ou aux cabinets.

— C'est une correspondante. Elleke. »

Ali a émis un sifflement d'admiration moqueur.

« Mazette ! Il va nous falloir au plus tôt rendre visite à Elleke. Tu as une photo ?

— Pas sur moi. »

J'avais eu le sentiment de la trahir en prononçant son nom, car j'avais tout de suite su qu'Ali sifflerait comme il l'avait fait et parlerait de s'envoyer une Allemande. Je sentais que si je lui montrais une photographie, il allait se moquer d'Elleke, de ses traits, de sa façon de s'habiller, ou qu'il jouerait avec le portrait de façon obscène. Mais j'avais bien une photo d'elle sur moi, oui. Je l'avais emportée dans mes affaires, ainsi que son adresse, sans imaginer que je me trouverais assez près pour la voir, pensant simplement lui faire la surprise de lui écrire d'Allemagne. J'avais délibérément omis de mentionner que je venais dans son pays, même si j'avais pensé à Elleke dès qu'il avait été question de ce voyage. J'avais la première phrase de ma lettre-surprise déjà prête. Tu ne vas pas me croire : je suis en RDA.

Ses nom et adresse avaient été affichés un jour, avec deux ou trois autres, à l'école que je fréquentais : des étudiants d'Allemagne de l'Est qui cherchaient des correspondants. J'ai écrit à tout hasard, pour passer le temps, et j'ai reçu une réponse charmante et ravie. Elleke était enchantée, ne s'étant pas attendue à recevoir une lettre de si loin. Ainsi pendant près de deux ans avons-nous amicalement bavardé par écrit, de temps en temps seulement, et sans rien nous dire d'inoubliable. Je ne sais plus aujourd'hui, après toutes ces années, de quoi nous avons pu parler, et je ne crois pas que j'aurais été, à l'époque, capable d'en dire plus à Ali. De livres peut-être, ou de ce que nous faisions avec nos amis. La photographie en noir et blanc qu'elle m'avait envoyée représentait un groupe de six jeunes filles posant debout côte à côte, élégamment vêtues, sans doute à l'occasion d'une sortie. « Je suis la seconde en partant de la gauche. » Elle portait un manteau en peau de léopard et avait les cheveux clairs avec une raie qui les partageait en leur milieu. L'épaule gauche était légèrement tournée vers l'appareil, le pied gauche en avant d'un demi-pas sur le droit. Une pose étudiée, à laquelle cependant un sourire gentiment ironique ajoutait finesse et désinvolture, comme si elle savait quel genre de photo elle parodiait. Les cinq autres jeunes filles regardaient soit légèrement à côté de l'objectif, soit droit dans sa direction, maîtrisant la situation, ou échappant au regard scrutateur de l'appareil. Lorsque je lui écrivais, je lui voyais ce sourire en me relisant.

Je prenais plus de plaisir à ses lettres qu'à celles de mes autres correspondants. Car j'en avais d'autres : Adam à Cracovie, Helen à Inverness et Fadhil à Basra. Peut-être parce qu'elle était plus proche de moi par l'âge, ou parce qu'elle écrivait bien. Adam avait tendance à donner des conseils et débattait des mérites de Byron qu'il opposait à Keats (j'avais une préférence pour Keats). Il m'envoyait des photos de lui prises lors de sorties pédestres ou d'escalade. Je me souviens notamment d'une où il était en short, chemise à manches courtes et chaussures de montagne, assis sur un rocher au bord d'un cours d'eau écumant, un sac à dos posé à côté de lui. Il y souriait avec une telle assurance que je lui retournais son sourire à chaque fois que je la contemplais. J'entendais dans le ton pondéré de ses lettres celui du frère aîné, un ton qu'il avait adopté dès le départ en raison de notre différence d'âge. Je ne parvenais pas, à vrai dire, à trouver de la vie dans les lettres et dans les photos qu'il m'envoyait. D'Inverness, Helen décrivait la neige et m'indiquait les dernières chansons pop à succès, elle m'envoyait des coupures de journaux et de magazines qui parlaient de ses stars préférées. Elle m'interrogeait sur les plages et la mer, me demandait à quoi cela ressemblait de vivre dans un pays chaud. Parfois je n'avais pas la moindre idée de ce qu'elle racontait, même après avoir lu et relu certains passages de son courrier. Elle ne s'intéressait pas à Keats. Pas plus que Fadhil, qui n'en écrivait pas moins de belles lettres lyriques à propos de Basra et de l'Existence. Il trouvait aux romantiques quelque chose de mièvre et de factice. Il y avait chez eux un faux idéalisme, un faux absolu. Il préférait les accents sans compromission de Whitman et d'Iqbal. Je connaissais Whitman du temps de la bibliothèque américaine et prétendais sans doute avoir une opinion sur lui, alors que j'avais lu *Feuilles d'herbe* avec ennui et désapprobation. Je préférais les romantiques, à l'époque. Quant à Iqbal, jamais je n'avais entendu parler de lui, c'est triste à dire mais tellement symptomatique de notre ignorance de colonisés. J'aimais les lettres de Fadhil et tentais d'être à la hauteur, tout en m'en sachant parfaitement incapable. Je ne pouvais pas même approcher la beauté lucide et solennelle de sa langue, et je me demandais avec envie comment il avait appris à construire des phrases aussi admirablement équilibrées. Et puis il y avait Elleke : pas de débats sur Keats avec elle non plus, un simple échange agréable, tout juste teinté d'un rien de scepticisme. C'était comme les lettres d'une amie, et j'avais le sourire lorsque je les lisais.

Je ne voulais pas qu'Ali se moque d'elle avec ses plaisanteries de chambrée, qu'il se moque du plaisir qu'elle me procurait. Je ne pense pas l'avoir jamais imaginée réelle, ou l'avoir considérée comme une femme, même si je la trouvais séduisante en contemplant sa photo. Jamais je n'avais songé qu'il ait pu y avoir derrière ces lettres une main à effleurer, un corps à enlacer. C'était une voix que j'entendais, avec ce sourire gentiment ironique et flottant. Je m'attendrissais en pensant à elle. Je suis resté silencieux et Ali m'a observé sans mot dire. D'autant que nous avions vu se diriger vers nous un groupe de jeunes gens qui dribblaient avec un ballon de foot. Je l'ai senti tendu et j'ai vu son visage carré prendre un air mauvais et ses mains s'agiter. Face à cet homme au corps trapu et puissant, j'aurais changé de trottoir à la place de ces jeunes gens. Mais c'étaient des Allemands intrépides, et leurs sourires s'élargissaient au fur et à mesure qu'ils approchaient. Quand ils nous ont croisés, ils avaient du mal à contenir leur hilarité. « Afrikernische », a dit l'un d'eux, et les autres ont éclaté de rire bruyamment. Leur air bravache et ce rire ont avili le mot. C'était choquant, cette raillerie ordinaire, mais j'allais avoir tout le temps de m'y habituer, à cela et à pire, le temps d'apprendre à vivre avec cette suffisance et avec ce mépris.

Plus tard, tandis que nous étions tous deux étendus sur nos lits dans le noir, à quelques centimètres l'un de l'autre, Ali a demandé : « Cette fille, ta correspondante, c'est pour elle que tu es venu en RDA ? » Il a prononcé RDA de la façon dont le faisaient nos professeurs allemands, pour se moquer d'eux, en roulant le R et en accentuant le A, afin d'imprimer de la noblesse au mot.

« Oh non, cela n'a rien à voir », ai-je dit en riant de surprise. C'était par curiosité, pour connaître les lieux et les choses. Même si ce n'était pas la raison de mon départ. J'étais prêt à partir n'importe où. Je voulais prendre le large. Mais cela, je ne l'ai pas avoué à Ali. « Je suis venu en RDA pour étudier, lui ai-je dit, pour apprendre un métier. Dès que j'aurai terminé, je rentrerai dans mon pays et je ferai mon possible pour aider les miens. »

Ali a gloussé dans l'obscurité.

« C'est pour cela que tu es venu, jeune pionnier ? Moi, je ne voulais pas venir ici. Je voulais aller en France, mais les seules bourses qu'on pouvait obtenir étaient celles des pays socialistes frères, c'était ça ou l'Union soviétique et apprendre à conduire un chasse-neige. Je crois que tous les étudiants qui sont ici préféreraient être ailleurs. »

Je l'avais pensé moi aussi, de même que c'était à mes yeux la raison pour laquelle les étudiants considéraient les cours et les professeurs comme n'étant pas à la hauteur. Parce qu'ils n'avaient pas envie d'être là. Nous voulions tous aller au pays du Coca-Cola et du blue-jean, même si ce n'était pas pour ces seuls plaisirs raffinés que nous le voulions. Et je me suis demandé comment cela s'était fait dans mon cas. Parce que ma mère avait commencé à m'en parler. Un matin que je venais de lui traduire une lettre d'Elleke. Elle a dit : « Pourquoi n'irais-tu pas là-bas ? Je sais qu'il y a des bourses d'études, tu pourrais peut-être en demander une ? » Après plusieurs semaines à l'entendre répéter cela, j'ai posé ma candidature. Je voulais partir, découvrir le monde. Elle a facilité mon départ pour la RDA, mais si j'avais eu le choix c'est le Massachusetts que j'aurais choisi. Le Massachusetts, quel nom magnifique.

« Pourquoi est-ce que tu es venu, alors ? ai-je demandé à Ali.

— Parce que ma mère l'a voulu.

— Comme la mienne, ai-je dit, amusé. Pourquoi ? Comment ? » Et nous avons tous deux ri avec gaieté des ruses de nos mères remplies d'énergie. Elles nous manquaient sans doute beaucoup à l'un et à l'autre, et sous le rire nous avions terriblement mal.

« Elle a pensé que ce serait plus sûr ici pour moi », a dit Ali.

Je ne me souviens pas s'il en a dit plus long ce soir-là, mais c'était la première fois qu'il parlait de ces choses avec moi. Son père était dans les geôles de Sékou Touré, comme tant de ceux qui appartenaient à l'intelligentsia. C'est le terme qu'il avait employé, je me rappelle. Ce père avait été professeur d'anglais en France pendant dix ans, à Lyon. Ali était né dans cette ville, tout comme son frère aîné Kabir. Puis en 1960 Ahmed Sékou Touré, lui-même petit-fils de Samory Touré qui, au XIXe siècle, avait combattu des années durant l'envahisseur français, a obtenu une difficile indépendance de la Guinée. Dans un accès de culpabilité post-coloniale, le père d'Ali a alors décidé de rentrer au pays. Avec le temps, l'enthousiasme s'est mué en amertume, et qui sait quelles indiscrétions ont filtré après cela. Sékou Touré n'était pas d'humeur à tolérer la moindre rébellion – il y avait eu déjà trop de tentatives d'assassinat. Comme beaucoup d'intellectuels rentrés au pays, le père d'Ali a fini par être arrêté. Il y avait trois ans de cela. La nouvelle d'une libération leur arrivait de temps en temps, ou bien ils apprenaient par quelqu'un qui travaillait à la prison, et qu'il fallait payer pour obtenir cette maigre information, que le père était toujours en vie. Et puis, deux ans après cette arrestation, le frère aîné a disparu. Il se rendait chez un ami un soir en sortant de son travail, et on ne l'avait jamais revu. Quelqu'un a fait courir le bruit qu'il s'était enfui, qu'il avait quitté le pays comme tant d'autres le faisaient à l'époque pour échapper aux mauvais desseins de l'État. Mais ce n'était qu'une manœuvre des services de sécurité pour le discréditer et camoufler le mal qu'on lui avait fait. Peut-être était-il encore vivant, enfermé quelque part ; peut-être s'était-on déjà débarrassé de lui. Ils n'ont pu obtenir aucun renseignement. C'est alors que sa mère a persuadé Ali de partir se mettre à l'abri, parce qu'à Conakry, tôt ou tard, il allait tomber entre leurs griffes lui aussi. Elle avait de la famille pour s'occuper d'elle ici, s'il le fallait vraiment, a-t-elle dit. Qui, d'ailleurs, irait s'en prendre à une vieille femme comme elle qui ne présentait aucun intérêt ? C'est ainsi qu'il a posé sa candidature pour une bourse en RDA et que voilà.

Oui, voilà, encore qu'une grande partie de son passé ait été effacée par le temps. Il y avait une grand-mère chez laquelle ils avaient emménagé après l'arrestation du père, qui racontait des histoires énigmatiques d'une sagesse insondable et qui a réussi, on ne sait trop comment, à leur insuffler du courage et à transformer leur anxiété en un noble sentiment. Ali a parlé de l'école qu'il avait fréquentée à Lyon jusqu'à l'âge de dix ans – des amis qu'il avait là-bas, Karim, Patrice et Anton (leurs noms me sont restés pour je ne sais quelle raison), d'une jeune fille qu'il voyait à Conakry dans les mois qui avaient précédé son départ. Il a parlé de Conakry, de son grand port, de sa violence et des pluies diluviennes qui tombaient sur la ville. Et de bien d'autres choses encore. Je ne me souviens pas vraiment de ce que je lui ai dit de moi. J'étais sur mes gardes, je crois, par habitude en grande partie. Je ne me souviens pas non plus qu'Ali ait exigé que je me livre à mon tour, j'ai dû dire des choses pourtant, j'en suis sûr, dans l'intimité confiante de nos échanges. Non qu'il y ait eu quoi que ce soit d'important à cacher, mais j'éprouve aujourd'hui de la gêne en pensant à ce que j'ai pu lui révéler de notre ridicule mélodrame familial après son terrible récit de deuil et d'oppression. Je sais ne pas lui avoir dit dans quelles circonstances Hassan était parti. Cependant, lorsqu'il m'a raconté comment son frère avait un soir disparu, j'ai indiqué que moi aussi j'avais un frère aîné que l'on n'avait jamais revu.

J'ai écrit à Elleke au bout d'un mois passé en Allemagne, mais sans obtenir de réponse. Ali a ricané. Elle te voulait là-bas, à des milliers de kilomètres, pas à sa porte, a-t-il commenté. J'ai réécrit quelques semaines plus tard, et j'ai alors reçu presque immédiatement un petit mot poli de bienvenue et une invitation à venir la voir comme je l'avais suggéré, si je le souhaitais. Qu'importe. C'était juste une idée.

L'hiver était bien là maintenant et il faisait un froid glacial. Nous avions fait en début d'année notre voyage à Dresde pour m'acheter des vêtements chauds et passer la journée en ville. Nous n'avions pas beaucoup d'argent, et il n'y avait pas grand-chose à acheter, aussi avions-nous occupé notre temps à nous promener dans cette cité magnifique en essayant de ne pas nous formaliser de la façon dont les gens nous regardaient. Je ne savais rien de Dresde, alors que depuis plusieurs mois je vivais dans ce qui était quasiment l'une de ses banlieues, à vingt minutes d'autobus. Je ne savais rien de ses jours glorieux du Moyen Âge, de sa richesse et de son inventivité, de ses grandes industries, de ses magnifiques édifices. Je ne savais rien de la grandeur des Électeurs de Saxe. J'ignorais jusqu'à leur existence. J'ignorais également que Dresde était un énorme port sur l'Elbe. Je ne savais même pas ce qu'était l'Elbe. Je ne savais rien des destructions de mai 1945. Ni des désastres qui avaient assailli la cité ni des malheurs qu'elle avait infligés à ses ennemis et à ceux dont elle avait fait ses victimes. Je possédais un maigre savoir sur les pêcheurs de Terre-Neuve, le Grand Incendie de Londres et

Cromwell, le siège de Mafeking et l'abolition de l'esclavage, parce que mon éducation de colonisé l'exigeait, mais j'ignorais tout de Dresde, et d'une multitude d'autres Dresde. Qui avaient traversé les siècles en dépit de moi, oublieux de moi et de mon existence. Cette pensée m'atterrait, que j'aie pu en savoir si peu sans que cela m'ait dérangé.

Mais Ali n'était pas aussi inculte que moi. Il m'a montré la ville haute, a nommé les édifices, évoqué les bombardements de 1945 comme s'il les avait vécus. Nous sommes allés au Palais Zwinger où nous avons vu la *Madone Sixtine* de Raphaël. C'était la première fois que j'entrais dans un musée, et j'étais heureux d'être un néophyte tandis qu'Ali déambulait à quelques pas devant moi. Nous sommes passés devant l'Opéra, sans pouvoir cependant pénétrer à l'intérieur. Un garde armé nous en a refusé l'entrée, et il n'a pas cédé aux supplications enjouées d'Ali.

Le lendemain a apporté une lettre d'Elleke. « Viens nous voir, je t'en prie », toutes les indications y étaient données, de l'autobus à prendre au lieu où nous retrouver. Ali n'a cessé de me harceler tout au long de la semaine, il prétendait que j'allais me perdre si j'y allais seul, que je risquais de tomber sur des brutes d'Allemands, que je pourrais avoir besoin d'aide lors de ma rencontre avec Elleke. « Tu es si jeune, si peu expérimenté, disait-il. Pauvre petite chose tout juste sortie de sa savane. Tu vas avoir besoin de conseils avisés face au manteau de léopard. » J'ai réussi à le tenir à distance, même si je lui avais, entre-temps, évidemment montré la photo où le manteau avait attiré son attention. C'est ainsi que le dimanche j'ai pris l'autobus pour le terminal du centre-ville et que j'ai attendu près du guichet de vente des billets, comme j'en avais reçu l'instruction. Elleke devait m'y retrouver et m'emmener ensuite, après un court trajet en bus, jusque chez elle, où sa mère attendait impatiemment de faire ma connaissance. J'espérais qu'elle ne montrerait pas de condescendance à mon égard. J'avais croisé tant d'Allemands qui n'avaient manifestement pu s'en empêcher.

J'ai cherché des yeux le manteau de léopard, je savais pourtant que la photographie datait déjà d'au moins deux ans et qu'il se pourrait bien qu'Elleke ne le porte plus, ou qu'il soit à présent râpé ou fané, relégué à d'autres usages depuis longtemps. J'étais si absorbé par ma recherche que je n'ai pas remarqué la présence d'un homme à un mètre à peine de moi et qui m'a adressé la parole. « Je suis Elleke », a-t-il déclaré.

Non, je n'essayerai même pas de décrire la façon dont j'ai vécu ce traquenard. J'en suis resté bouche bée, ai peut-être émis un petit cri de surprise.

« Mon nom est Jan », a-t-il dit en me tendant la main. Il avait un large sourire, bien qu'un rien d'anxiété dans le regard. Si Ali avait été là, il aurait envoyé promener cette main et déguerpi sur-le-champ. Qu'était-il arrivé à Elleke ? Était-ce là son petit ami, venu se moquer de moi ? Ou encore son frère ? J'ai serré la main qu'il me tendait et il s'est détendu. « Je vais t'expliquer », a-t-il dit.

Nous avons fait quelques pas en direction d'un jardin public où nous nous sommes assis sur un banc. Je n'allais pas partir en compagnie de ce Jan alors que j'attendais Elleke, même si Jan avait le visage aimable et rond, et n'avait pas non plus l'air spécialement réjoui. Voici son récit que j'ai accepté pour ce qu'il valait, et puis j'ai pris avec lui l'autobus, qui nous a emmenés chez sa mère pour prendre le thé. Il n'y avait pas d'Elleke, du moins pas l'Elleke que j'avais imaginée. Un conférencier avait présenté à l'université où Jan étudiait le travail que la RDA accomplissait en Afrique. C'était un fonctionnaire du ministère de l'Éducation, quelqu'un d'ici, qui rentrait d'une année passée au titre de conseiller dans le cadre du volontariat auprès d'un État africain. C'est-à-dire nous. Il a parlé de façon très positive de ce que la RDA réalisait dans ce pays et de l'intérêt que représentait pour de jeunes Allemands le fait d'entretenir des rapports fraternels avec de jeunes Africains. Il a parlé de notre école et encouragé les étudiants à envoyer au directeur leurs coordonnées afin de nouer des liens d'amitié. C'est ainsi que Jan a inventé Elleke, une lubie, sans penser qu'il y aurait de réponse, persuadé que le conférencier débitait les habituelles inepties des politiques sur la fraternité. Quand j'ai écrit à Elleke à son adresse d'Altonstadt, il a été ravi, bouleversé. Sa mère, qui a lu la lettre, a été tout aussi émue. Il m'a répondu et lui a fait lire son texte afin qu'elle en corrige le ton, car il craignait de ne pas savoir parler par la voix d'Elleke. Et elle a joué le jeu. Elle a ensuite relu tous les courriers de Jan avant qu'il ne les poste, y apportant quelques ajouts de temps en temps. Elle lisait aussi les lettres qui arrivaient de moi.

« C'était pour le plaisir tout simplement, a dit Jan avec un sourire d'excuse. J'espère que tu n'en seras pas froissé. » Il me dépassait de deux à trois centimètres et pouvait avoir un an de plus que moi. Rien que de très banal. Il s'exprimait moins facilement que je ne l'avais imaginé venant d'Elleke.

« Tu as envoyé une photo, ai-je dit. Celle du manteau en peau de léopard. »

J'avais réclamé une photographie, et il ne savait trop que faire. Il y réfléchissait depuis la première lettre qu'il avait reçue de moi. Jusqu'où aller dans le mensonge ? Et puis un jour une cousine de Tchécoslovaquie a adressé cette photo de groupe à sa mère. La famille de sa mère vivait dans ce pays. La photo convenait à la perfection. C'était à cette jeune fille qu'il aurait aimé ressembler s'il avait été Elleke. Je comprenais ce qu'il voulait dire, car c'était à cette jeune fille que j'aurais aimé que ressemble Elleke, moi aussi. Je le lui ai avoué, et j'ai proposé d'aller prendre l'autobus. J'ai demandé pourquoi il n'avait pas répondu à la lettre que je lui avais écrite à mon arrivée en RDA, et il a haussé les épaules avec regret, je savais là aussi ce qu'il voulait dire. « Je ne souhaitais pas te fâcher, a-t-il expliqué. Que ce soit moi que tu trouves quand tu attendais Elleke. Mais cela m'a paru ensuite tellement grossier de ne pas répondre et de me montrer aussi peu amical. Alors nous avons décidé de t'inviter à venir nous voir et de tout expliquer. Je suis très heureux aujourd'hui de t'avoir rencontré. »

Nous nous sommes de nouveau serré la main et nous avons passé le reste du trajet à parler de sujets plus anodins. C'est comment à l'université ? Qu'est-ce que tu as vu de Dresde ? Combien d'années dois-tu passer à étudier la langue ? J'ai compris qu'il suivait une formation de designer pour l'industrie automobile dans un institut de technologie. « C'est peut-être dans ce même institut que tu vas aller après l'école de langues. » Ils vivaient dans un appartement au rez-de-chaussée d'un haut immeuble ancien. La cage d'escalier était sale et poussiéreuse, des fils électriques pendaient du plafond. Jan a frappé doucement à la porte et une femme aux cheveux blancs a ouvert peu de temps après. Elle était grande et mince, son visage aux traits nets avait dû être beau dans sa jeunesse. Des yeux bruns paisibles, imperturbables, ou peut-être au-delà de l'anxiété et des tensions. Elle a souri, sa tête délicatement inclinée me souhaitait aimablement la bienvenue. Elle m'a fait signe d'entrer puis m'a tendu la main. J'ai essuyé mes pieds sur le paillasson et découvert alors que du sang le tachait. La mère de Jan l'a vu elle aussi, car elle a poussé une petite exclamation.

Quelque chose avait percé ma semelle et m'avait entaillé le pied, sans même que je m'en sois aperçu. C'étaient les chaussures avec lesquelles j'avais quitté l'Afrique, des chaussures légères à fine semelle, ouvertes sur le devant pour laisser passer l'air des tropiques en marchant, des chaussures à la dernière mode là-bas quand j'étais parti. Elles n'étaient pas faites pour l'Allemagne, pour l'humidité et le froid, et elles étaient dangereuses sur les trottoirs mouillés. C'était une torture que de les porter dehors, car mes pieds glacés s'engourdissaient petit à petit au point de devenir complètement insensibles. C'était une torture ensuite, une fois rentré à la maison, lorsque mes pieds se réchauffaient. Mes chaussettes aussi étaient fines, des chaussettes pour d'autres latitudes, et éculées. Je ne pouvais d'ailleurs rien porter d'épais dans ces mules étroites. S'il pleuvait, l'eau rentrait aussitôt, je pataugeais et je glissais sur le pavé. Au premier jour de neige, dès le premier pas, j'ai dérapé et atterri sur le derrière. Et chaque pas qui a suivi m'a fait atterrir sur le derrière. J'ai appris à marcher dans la neige comme un danseur débute dans le ballet, ou mieux, à ne pas marcher dans la neige du tout. Reste à l'intérieur et contente-toi de regarder par la fenêtre. Le voyage qu'Ali et moi avions fait à Dresde quelques jours plus tôt ne m'avait pas permis de remplacer ces vieilles chaussures dans lesquelles pourtant, selon Ali, mes pieds menaçaient de geler et je risquais l'amputation. Il ne supportait pas non plus l'odeur qui s'en dégageait quand je les quittais. « Il est peut-être déjà trop tard », disait-il. Mais nous n'avions pas trouvé de chaussures à Dresde, nous n'en avions même pas cherché. Nous avions préféré arpenter la ville où Ali m'avait montré les beaux monuments et commenté leur histoire. Wagner adorait l'Opéra de Dresde, et Schiller habita quelque temps en bas de la rue, notre Schiller de l'Institut culturel de RDA ! Ce lieu lui donnait une réalité, ce n'était plus une figure de légende hors du temps. Cependant mes pieds s'engourdissaient, s'engourdissaient, et l'amputation se profilait à l'horizon.

Et voilà à présent que je saignais sur le paillasson de la mère de Jan, j'avais les pieds tellement gelés que je ne sentais plus l'entaille. Elle a fait un pas en avant, puis m'a pris par la main et attiré à l'intérieur. Jan a suivi en marmonnant des excuses et, malgré la gravité du moment, j'ai remarqué qu'il verrouillait la porte derrière lui. Sa mère m'a fait asseoir sur le sofa, le visage peiné, empreint de sympathie. Elle a cherché où placer mon pied et s'est emparée des vieux journaux qui s'empilaient sous une fenêtre aux lourds rideaux rouges jouxtant des étagères emplies de livres. Sur l'une des étagères, deux photographies dans des cadres de bois représentaient, l'une, un homme en chandail sport sur fond de montagnes, et l'autre, une femme de haute taille, vêtue d'une robe ample, avec à côté un petit garçon en culottes courtes, grimpé debout sur un siège, le menton posé sur l'épaule droite de la femme, le regard à demi tourné vers l'objectif. Il y avait d'autres livres près de la cheminée, ainsi qu'un vieux fauteuil de couleur marron. Derrière le fauteuil, une table couverte de papiers, et une petite pile de magazines dans un coin. Au-dessus de la cheminée, le mur portait la trace d'un tableau absent. Mon regard a fait le tour de la pièce, et j'ai remarqué deux autres emplacements où des tableaux manquaient.

Jan a apporté un linge et de l'eau dans un grand bol gravé de motifs entrelacés et au bord festonné. Il a posé le bol à côté de sa mère agenouillée à terre devant moi. « Quel vilain accueil nous te faisons », a dit Jan. Sa mère a murmuré quelque chose à voix basse et délicatement dénoué mes lacets. Quand elle a soulevé mon pied pour retirer la chaussure, le papier journal y est resté collé par le sang. Elle l'a détaché et lentement m'a déchaussé. Jan soutenait ma jambe, et elle a enlevé ma chaussette à deux mains en exprimant sa désapprobation devant ce qu'elle découvrait. Elle a déchiré le linge en trois ou quatre pièces, a trempé l'une d'elles dans le bol empli d'eau et s'est mise à laver le dessous de mon pied. L'eau était froide, mais la sensation apaisante. « Ce n'est rien, a-t-elle dit au bout d'un moment. Rien, je crois. » Après elle a plongé un nouveau linge propre dans le bol et terminé de nettoyer mon pied, entre les orteils, sur le cou-de-pied, derrière le talon. Elle a ensuite déchiré une bande de tissu et m'a confectionné un pansement, puis elle a souri et s'est assise sur les talons lorsqu'elle a eu fini.

« Je savais que je vous rencontrerais, sans savoir que ce serait vous », a-t-elle déclaré.

Je n'ai pas compris ce qu'elle voulait dire, et j'ai probablement froncé les sourcils, mais j'ai su qu'elle exprimait un désir que curieusement j'avais comblé, quelque chose qu'elle avait souhaité et qui s'est révélé être moi. Je savais que je vous rencontrerais, sans savoir que ce serait vous. Des paroles étranges en même temps que pleines de raison. Si un médecin ou le pilote d'un avion dont vous êtes passager vous déclare cela, vous aurez sans doute des sueurs froides, mais si une Allemande d'un certain âge qui a dû être belle autrefois vous le dit d'un ton parfaitement posé et même rassurant, accroupie à vos pieds après avoir lavé votre blessure, alors vous comprenez. Et vous avez, je crois, le sentiment de vivre le début d'une histoire. C'est ce que moi j'ai ressenti en tout cas.

« Je peux... ? » Jan lui a offert sa main pour l'aider à se relever.

« Oui », a-t-elle répondu en saisissant cette main tendue, puis elle l'a remercié d'un sourire. Elle agissait en tout apparemment de façon réfléchie, sans précipitation aucune. Je devinais que quoi qu'il pût arriver, elle aurait toujours ce même sourire dénué de surprise. « Vous souvenez-vous du retour d'Ulysse dans sa patrie, après vingt ans d'absence ? Il ne s'est pas fait annoncer, et Pénélope, son épouse, ne l'a pas reconnu. Vous vous souvenez ? C'est une vieille femme qui le reconnaît, Euriclite, un nom dans ce genre, alors qu'elle lui lave les pieds pour l'accueillir. Comme toujours dans ces récits, une femme a nourri le héros de son lait lorsqu'il était enfant. Vous vous souvenez ? Tous les héros, tous les princes ont eu pour nourrice une vieille femme fatiguée qui reste assise au palais, délaissée, près des cendres du foyer. Euriclite reconnaît la blessure qu'Ulysse a au pied, et elle sait alors que le maître est de retour. Quand vous nous reviendrez un jour, nous vous reconnaîtrons de la même façon. »

J'ignorais tout à l'époque du retour d'Ulysse dans sa patrie, j'ignorais aussi quasiment tout d'Homère, comme de *L'Iliade* et de *L'Odyssée.* Mes connaissances me venaient des films que j'avais vus, *Jason et les Argonautes, Hercule se déchaîne* ou *Hélène de Troie.* Et ce que ces films me disaient d'Ulysse ne me plaisait pas. N'avait-il pas eu l'idée de faire construire par les Grecs un cheval de bois pour pénétrer à l'intérieur de Troie et tuer, mutiler, violer, et tout incendier, une fois dans la cité ? J'étais du côté des Troyens en la circonstance. Mais la mère de Jan a évoqué les faits avec un sourire grandissant, comme si elle prenait plaisir à cette extravagance. Et quand j'ai regardé Jan, je l'ai vu sourire de la même façon, à demi tourné vers la bibliothèque, prêt à tendre le bras et à nous lire le passage à haute voix. Puis, une minute plus tard, il s'est effectivement emparé d'un livre et son doigt a couru le long de la table des matières tandis que sa mère attendait.

« Euryclée, a finalement rectifié Jan, sans se presser, et il a lu : "Dès qu'Euryclée eut pris dans ses mains le pied qui portait la cicatrice, elle reconnut celle-ci et le lâcha aussitôt."

— Parfaitement, Euryclée. C'est la vieille femme accroupie dans l'ombre du jardin de Pénélope. Auerbach écrit des choses merveilleuses à propos de ce passage. Vous connaissez le texte d'Auerbach sur cet épisode ? Ah, je vous le prêterai. Vous lisez l'allemand ?

— Pas encore, ai-je dit. Pas ce qui est difficile. »

Elle m'a adressé une moue de sympathie.

« Bien, quand vous saurez, je vous le prêterai. » Elle parlait couramment l'anglais mais avec une inflexion qui ne m'était pas familière. Ayant emporté les linges et le bol, ils ont servi le café et elle a demandé : « Qu'est-ce qui vous a conduit jusqu'ici ? Qu'est-ce qui vous a fait quitter votre beau pays pour cet endroit ? Cela nous a tant attristés quand votre lettre est arrivée. J'étais plus heureuse de vous savoir là-bas près de la mer, libre, au soleil, quand la moindre chose ici nous inquiète. Il y avait au moins quelqu'un à l'abri. Voyez, Jan s'alarme déjà de ce que je dis, il a peur que vous nous dénonciez.

— Non… », a protesté Jan, qui n'écoutait qu'à moitié, occupé qu'il était à mesurer ma chaussure ensanglantée à l'une des siennes. Il ne me semblait pas spécialement s'alarmer, sauf peut-être de la taille de mes pieds, qui est exceptionnelle. Ils s'étaient fait, je pense, cette idée que je vivais libre au soleil près de la mer à la lecture des lettres enchanteresses que j'écrivais, de même que de mon côté jamais je n'aurais songé que la vie était ce qu'elle était, là où ils habitaient. Je ne les imaginais d'ailleurs pas le moins du monde, je ne savais même pas qu'ils existaient – ils étaient juste une voix, et un sourire dans ce manteau de léopard.

« En avez-vous beaucoup voulu à Jan quand vous avez appris qu'il n'était pas Elleke ? s'est-elle enquise en s'enfonçant dans son siège, souriante, confiante dans la réponse que j'allais lui faire. Avez-vous été très déçu ?

— Dans un premier temps, oui », ai-je dit, buvant à petites gorgées le café amer en essayant de ne pas faire la grimace. Je sentais à présent le sang battre dans mon pied à cause de la douleur autant que des soins qu'on m'avait prodigués et des récits antiques de courage et de cruauté qu'il avait suscités. Je devrais peut-être aller à l'hôpital me faire faire une piqûre, pour le cas où il y aurait une infection.

« Vous savez, je m'appelle Elleke, a déclaré la mère de Jan. C'est la vérité. Jan était trop paresseux pour chercher un autre nom. Ce n'est pas la même chose, mais si l'on s'en tient aux apparences vous pourrez dire que vous avez fait la connaissance d'Elleke, ce ne sera pas faux.

— Et comment s'appelle la femme en manteau de léopard ? ai-je demandé. Votre cousine de Tchécoslovaquie. Jan m'a dit que vous étiez originaire de là-bas.

— Beatrice, celle qui guide dans l'obscurité. Oui, notre famille vient de là-bas. C'étaient de grands propriétaires terriens de la région de Most, pas de la ville même mais d'un village voisin. Most se trouve juste à la frontière. Vous devriez faire le voyage avec Jan. Voilà des années qu'il n'y est pas retourné.

— On m'a retiré mon passeport quand je suis arrivé. Cela m'a inquiété. Pourquoi l'ont-ils gardé ? Je pourrais en avoir besoin pour partir. Ou pour me rendre à Most. C'est la personne de l'accueil à la résidence universitaire qui me l'a pris, elle m'a donné en échange une attestation d'identité. Cela m'a déplu, cette méfiance à peine débarqué, mais j'étais trop intimidé pour protester.

— Most se trouvait en Autriche lorsque j'étais enfant, a déclaré Elleke. Il y a longtemps. » Elle a jeté un regard en direction de Jan et lui a adressé un sourire triste, comme pour s'excuser. « Il a entendu ces histoires si souvent, il n'a plus envie de les entendre.

— Parle-lui de ce temps, maman, l'a encouragé Jan en hochant la tête avec vigueur. Tu racontes à chaque fois différemment, je ne m'en lasse jamais. Raconte, je t'en prie.

— Non, nous n'allons pas ennuyer notre nouvel ami dès sa première visite, a dit Elleke, riant de ce que Jan venait d'exprimer. C'est vrai ce que tu dis de ces histoires. Elles changent de forme tout le temps, elles s'arrangent pour vous échapper, pour vous filer entre les doigts.

— J'aimerais beaucoup en savoir plus sur cette époque, ai-je déclaré, car la courtoisie ne me donnait pas d'autre choix, en même temps que m'attirait ce quelque chose d'intense qui passait dans leurs échanges.

— Eh bien, il y avait une grande maison avec un magnifique jardin, a commencé Elleke. Plus un parc qu'un jardin, avec un ruisseau qui courait dans un bois et alimentait un étang. Il y avait des pelouses, des plates-bandes toujours fleuries, et un superbe verger. Le verger était un lieu des plus satisfaisants pour le regard, avec ses arbres en fleur au printemps, puis en été ces fruits parfaitement formés. Il y avait un bosquet de rhododendrons d'un rouge profond, si rouge et si profond que la couleur semblait sortie des entrailles mêmes de la plante. Il y avait une allée pour la voiture, et des cochers et des valets de pied, des écuries, des chevaux et des palefreniers, et beaucoup d'autres domestiques ainsi que leurs familles, auxquels incombaient tous les travaux de la maison. L'allée était plantée d'arbres aux essences variées. Un ancêtre avait eu cet amour des arbres trois générations auparavant. Il y avait un cyprès du Cachemire vieux de deux cents ans qui se contorsionnait avant de se déployer comme s'il cherchait à toutes forces à se libérer. C'était l'arbre exotique de notre enfance.

— Le souvenir des choses enfuies, a repris Elleke après un long silence de plus d'une minute, son regard passant de l'un à l'autre d'entre nous, avant de prendre une gorgée de son mauvais café, sans faire la grimace. Il est possible que ma mémoire ait simplifié la réalité. Je me souviens des superbes bouquets que nous avions dans toutes les pièces de la maison, même en hiver. Quand je repense à ces fleurs aujourd'hui, mon âme s'emplit d'un vague désir. Et je revois tous ces domestiques, dont beaucoup accomplissaient des tâches dégradantes et auxquels nous accordions rarement une pensée, eux qui vivaient avec presque rien. C'était avant la guerre. La guerre a été si terrible, il y a eu tant de destructions. Et l'Autriche a perdu cette guerre comme elle a perdu la suivante, puis elle a presque tout perdu. »

Je voyais bien que les souvenirs la déprimaient, qu'ils déprimaient Jan également, mais je voulais en savoir plus. Comment étaient-ils arrivés jusqu'ici ? J'ai regardé en direction des deux photographies de la bibliothèque. « C'est Jan ?

— Non, non, a-t-elle répondu en riant. Pourquoi aurais-je une photo de Jan dans la bibliothèque quand je le vois tous les jours ? C'est ma mère et mon jeune frère, et sur celle de gauche c'est mon père. Ces photos ont été prises juste avant notre départ pour le Kenya, lors d'un voyage dans les Carpates au cours duquel nous avons fait nos adieux à ce qu'avait été l'Autriche.

— Le Kenya ! » me suis-je exclamé. Cela expliquait l'anglais. Mais j'aurais voulu aussi prononcer le mot Carpates, un mot tellement beau, pas aussi souple et insinuant que celui de Massachusetts, selon moi, mais qui était à sa façon sinueux et secret. « Vous étiez des colons ? »

Elle a tressailli.

« Des colons, oui.

— Pourquoi le Kenya ? »

Elleke a marqué un temps avant de répondre, puis elle a froncé les sourcils pour mieux se concentrer.

« Je ne crois pas qu'on m'ait jamais posé la question tout à fait de cette façon. Vous ne dites pas : pourquoi le Kenya plutôt qu'ailleurs. Parce que de ce point de vue, que cela ait été le Kenya ou tout autre endroit importe peu. Nous étions européens, nous pouvions aller où bon nous semblait. La question que vous posez est celle de savoir pourquoi nous avons choisi de prendre à d'autres ce qui leur appartenait, de le faire nôtre et de nous enrichir par la force et la duplicité. Et d'aller jusqu'à combattre et à mutiler pour régner sur ce à quoi nous n'avions aucun droit. C'est cette question-là que vous posez, n'est-ce pas ? Eh bien, c'est parce que l'époque apparemment nous donnait un tel droit, celui d'exercer nos prérogatives sur des lieux qu'occupaient seuls des peuples à la peau sombre et aux cheveux crépus. C'est l'idée qui sous-tend le colonialisme, et tout était fait pour que l'on ne se soucie pas de ce qui rendait possible le fait de s'installer où on l'entendait. Mes parents ont acheté des terres dans les Ngong Hills et ils y ont planté des caféiers. Le pays était pacifié et la main-d'œuvre bon marché. Ils ne se sont pas demandé comment on en était arrivé là, et personne ne les a incités à se le demander, bien qu'il eût été facile de le savoir quand nous vivions là-bas. Vous connaissez les Ngong ? Vous êtes allé à Nairobi ?

— Non, je ne connais rien. Je n'ai été nulle part.

— Tu as été à Dresde, a dit Jan dans un sourire.

— Oui, il y a aussi une version innocente de cette question “Pourquoi le Kenya ?” a repris Elleke sans nous prêter attention, poursuivant son idée, faisant notre instruction. Fuir l'Europe et ses guerres. Mes parents ne voulaient pas rester en Autriche, alors nous avons récupéré la part qui nous revenait de la vente du domaine et nous avons acheté cette ferme dans les Ngong. C'était en 1919, nous y avons vécu jusqu'en 1938, et nous avons cru faire des merveilles, accomplir mille choses. Nous avons voyagé et nous avons appris beaucoup, même si je sais aujourd'hui que ce n'était pas suffisant. Avec le recul, ce que nous avons réalisé et ce que nous avons vécu là-bas apparaissent de moins en moins dignes d'intérêt.

— Ma mère a rédigé une chronique des années qu'elle a passées au Kenya, a dit Jan. En allemand. C'est superbement écrit.

— Ce n'est que mensonge et nostalgie, a répliqué Elleke en souriant, écartant d'un geste les propos de Jan. Si je l'écrivais aujourd'hui, je raconterais des histoires terribles et je saperais le moral de tout le monde, en vieille femme assommante que je suis. Savez-vous pourquoi nous sommes rentrés en Allemagne au moment de la déclaration de guerre ? Parce que les autorités nous ont informés qu'une fois la guerre déclarée nous allions être jetés en prison, et au fil des années mes parents ont d'une certaine manière réappris à être fiers d'être autrichiens. L'Autriche qu'ils connaissaient n'existait plus, évidemment. La région où ils avaient vécu s'appelait désormais la Tchécoslovaquie et le reste du pays faisait partie de l'Allemagne. Ils ont cependant préféré partir pour cette Allemagne des requins de la finance et de l'industrie, cette Allemagne triomphaliste et arrogante, avec ses casquettes à visière et ses uniformes à galons d'argent, plutôt que d'être emprisonnés par les Britanniques au Kenya. Nous avons tous préféré quitter le Kenya pour ne pas perdre notre liberté et notre dignité, et ne pas être l'objet des moqueries des nègres dans notre malheur. Pardonnez-moi, mais c'était le terme que nous employions. Ou ne pardonnez pas si vous pensez que nous ne le méritons pas. Mais c'était ainsi, et je n'entends pas vous faire affront aujourd'hui en m'exprimant de cette façon, je veux simplement donner une idée de l'arrogance qui était la nôtre en plus de notre apitoiement sur notre propre sort. Mon père aimait à dire que notre supériorité sur les indigènes n'était possible qu'avec leur consentement. Tous les Européens devaient respecter la fragile frontière au-delà de laquelle la mystérieuse autorité morale que nous détenions sur ces peuples disparaîtrait. Il nous faudrait alors user de la torture et du meurtre pour la reconquérir. Pauvre papa, il ignorait que c'étaient la torture et le meurtre commis en notre nom qui nous l'avaient donnée, cette autorité. Il pensait qu'il y avait là quelque chose de mystérieux qui tenait du souci de la justice, avec un sens de la mesure dans le comportement, quelque chose que nous avions acquis à la lecture de Hegel et de Schiller, ou en allant à la messe. Qu'importaient les exclusions et les expulsions, les jugements sommaires prononcés avec aplomb et mépris. Qu'importaient les régiments et les geôles. C'était notre supériorité morale qui nous faisait craindre des indigènes. Certes, nous n'allions pas tarder à avoir notre part et à comprendre que la philosophie et la poésie n'avaient fait qu'épaissir le mystère au lieu de le lever. Mais nous ne pouvions pas rester au Kenya et devenir la risée des nègres. Ainsi l'Europe et ses guerres ont-elles rattrapé finalement mes parents, et nous sommes venus vivre à Dresde. Dans cette maison. Non loin de l'ancienne. Mon Dieu, tout se gâte à partir de là, et je ne crois pas avoir envie de poursuivre mon récit. Vous vouliez savoir, en fait, qui était Beatrice, mais dès que je commence à parler du passé, il devient de plus en plus difficile de m'arrêter. C'est l'égotisme de l'âge.

— Je vous interrogeais sur les photographies », ai-je dit. Je me voulais rassurant, mais les mots me sont venus d'une voix lasse, sans timbre. J'ai pensé que j'avais de la fièvre à cause de la blessure. Et le froid gagnait dans l'appartement à présent qu'il faisait noir.

« *Asante*, a-t-elle déclaré en kiswahili, et puis elle a souri. Il y a quelques mots qui me sont restés. Mon cher ami, comment vous appeler ? Ismaïl ? Est-ce ainsi que vous appellent vos amis ?

— Latif. » J'avais pris cette décision dans l'avion. De ne pas me servir du nom qu'on m'avait donné, mais de celui de Latif, pour la douceur, la légèreté de ses sonorités, le nom de Dieu que j'empruntais avec respect sans intention de l'outrager ou de le blasphémer. On m'avait donné celui d'Ismaïl Rajab Shaaban Mahmud, qui figurait sur mes papiers : mon nom, celui de mon père, celui de mon grand-père. Quand j'ai entrepris mon voyage, l'hôtesse m'a appelé M. Mahmud, comme ensuite les fonctionnaires de la RDA. Il n'y avait pas moyen d'expliquer, pas moyen de leur dire qu'au pays d'où je venais on m'appelait Ismaïl Rajab, en me désignant par mon nom et par celui de mon père. Je n'ai pas voulu tout compliquer. Et pour faire bonne mesure, j'ai décidé que désormais on m'appellerait Latif, en raison de la douceur des sonorités. Voilà comment tout a été arrêté. J'étais désormais Ismaïl Mahmud, que ses amis surnommaient Latif. C'était ainsi que m'appelaient Ali et tout le monde à la résidence universitaire, et que pourraient maintenant m'appeler Jan et Elleke. « Ismaïl est mon nom au regard de l'administration. Pour mes amis c'est Latif, ai-je dit.

— Voyez comment vont les choses, s'est exclamée Elleke en riant, le regard brillant d'une sorte de joie. Elleke devient Jan, et Ismaïl Latif, ce que nous nommons rose... »

J'ai relevé la référence à *Roméo et Juliette*[1], et j'ai émis un petit rire vigoureux afin qu'elle le sache.

« Latif, vous n'allez pas, je crois, pouvoir rentrer chez vous ce soir avec un pied dans cet état, pas avant que nous ayons nettoyé et réparé ces chaussures bien légères que vous avez. Il vous faudra en trouver d'autres, à mon avis. Je vous en prie, restez ici cette nuit, demain Jan vous raccompagnera. Il donnera toutes les explications qu'il y a à donner. Nous allons grignoter quelque chose. »

J'ai lu l'inquiétude sur les traits de Jan qui a secoué la tête en signe de dénégation.

« Non, maman, il vaut mieux que Latif rentre ce soir à la résidence universitaire. Je vais le raccompagner. Il lui faudra répondre à trop de

1. « Qu'y a-t-il en un nom ? Ce que nous nommons rose
Sous un tout autre nom sentirait aussi bon. »
Ainsi s'exprime Juliette s'adressant à Roméo à propos du nom des Montaigu. *Cf.* Shakespeare, *Roméo et Juliette*, acte II, scène II, traduction de Pierre-Jean Jouve et Georges Pitoëff, *Œuvres complètes II*, Paris, Gallimard, « Bibliothèque de la Pléiade », 1980.

questions s'il ne rentre pas. Ils sont très stricts avec les étudiants étrangers. Et nous aussi, il nous faudra répondre à des questions. Je vais le raccompagner et m'assurer que tout se passe bien. Peut-être ensuite pourra-t-il revenir un prochain week-end. »

Ali a été ulcéré quand je lui ai raconté qu'Elleke était un homme. Ou plutôt, qu'Elleke était le nom de la mère de l'homme qui m'écrivait en se faisant appeler Elleke. « Ces Allemands ont de curieuses façons de s'amuser, a-t-il dit. Évite-les. Tu ne sais pas ce qu'ils veulent de toi. »

Mais je ne les ai pas évités. Et quand il a appris que j'avais prévu de retourner les voir à Dresde, il m'a lancé un regard de colère, et il m'a fait la tête comme si je l'avais trahi. Ma blessure était à présent guérie, mais par cette froide et triste journée de février, mes pieds demeuraient raides et gourds même en restant à l'intérieur du bâtiment. Ali m'a fait essayer une paire de chaussures à lui et a manifesté sa déception par un froncement de sourcils en découvrant qu'elles m'allaient. « Accompagne-moi, ai-je proposé. Je suis sûr qu'ils seront heureux de te connaître toi aussi. » Mais il a grimacé et secoué la tête en signe de dénégation. « Je ne veux pas être mêlé à leurs divertissements, a-t-il répondu. Prends garde à ne pas t'attirer d'ennuis avec les autorités. Ils me paraissent du genre à vous en faire avoir. »

Il y avait un seul autre passager dans l'autobus, un homme de petite taille à la peau sombre et qui, bien calé dans son siège, m'a fixé près de cinq minutes durant. Il portait un épais vêtement d'ouvrier de couleur foncée, avait la tête dans les épaules et les bras étalés sur la barre d'appui. J'ai regardé par la fenêtre et j'ai été reconnaissant à Ali de m'avoir donné ses chaussures, même si elles me serraient et me blessaient un peu. Le temps était à la neige. À l'intérieur de l'autobus, mon regard a croisé celui limpide de l'homme, posé attentivement sur moi, débrouillant un épais mystère. Il avait une grosse moustache hirsute poivre et sel qui s'est animée d'un léger tic nerveux quand je me suis tourné vers lui. J'ai surpris dans le rétroviseur l'œil du conducteur, où j'ai cru voir de l'amusement. Au bout de cinq minutes, l'homme a émis un grognement et détourné son regard qu'il a fixé droit devant lui. Un moment plus tard, il s'est mis à fredonner un air puis il a chantonné, les épaules secouées d'un rire silencieux. J'ai de nouveau surpris l'œil du conducteur, et j'ai vu qu'il riait lui aussi. Je ne sais pas ce qui les amusait. Le soleil était en train de se lever lorsque l'autobus a traversé le fleuve. Un soleil bas qui ridait l'eau comme une feuille de plomb, projetant l'ombre des bateaux sur les fourrés et les haussières des quais.

Je me rappelle imparfaitement cette seconde visite à Jan et Elleke. Son souvenir se mêle à toutes celles qui ont suivi et qui me sont restées en raison du plaisir qu'ils prenaient à me recevoir, du décorum qui entourait les modestes repas, de la vaisselle raffinée et parfois très belle, de toute cette élégance fanée. Je me souviens de la façon dont ils abordaient chaque question comme si elle mettait en cause leur intégrité, comme s'ils devaient se prémunir contre tout ce qui fausse l'équilibre d'une histoire et la transforme en quelque chose d'héroïque. Je m'étonnais de leur confiance en soi et je me demandais s'il n'y avait pas chez eux l'arrogance et l'apitoiement sur soi dont Elleke parlait à propos de ses parents au Kenya, ou bien s'il s'agissait d'autre chose, d'une croyance illimitée dans la valeur d'idées qu'ils estimaient ne pas devoir être contestées. Je l'aurais mieux compris aujourd'hui, cet engouement obstiné pour des idées que n'avaient pas réussi à entamer la violence du colonialisme, les atrocités de la guerre voulue par les nazis, de même que l'Holocauste, ou bien encore l'avilissant régime autoritaire de RDA. Je connaissais bien peu de choses alors, et je considérais leur manière d'être comme une séduisante excentricité dans ce monde en réduction qu'était l'appartement de Dresde. « Voilà comment la vie nous traite, a dit un jour Elleke. Elle fait de nous ceci, puis elle nous retourne et fait de nous cela. » Ce qu'elle ne disait pas, c'est que l'on arrive à donner un sens à tout.

Surtout, le souvenir des visites que je leur ai faites est empli des histoires racontées par Elleke, et plus tard par Jan, elles lui donnent forme. Elleke avait vingt-huit ans lorsque sa famille s'est installée à Dresde dans la maison qu'ils occupaient encore aujourd'hui, sauf qu'ils l'occupaient alors tout entière, au lieu des trois pièces qu'on leur accordait à présent. Ses parents avaient gagné beaucoup d'argent. Le Kenya manquait à Elleke, de même que l'homme – elle a adressé un grand sourire à Jan – qu'elle y avait laissé. Il s'appelait Daniel, et elle serait restée auprès de lui s'il le lui avait demandé. « Mais alors Jan ne serait pas né, et quel sens cela aurait-il eu ? » C'est à cette époque de regrets et de tourments qu'elle a commencé à écrire la chronique de leur vie au Kenya. Ses parents l'y avaient vivement encouragée. À eux aussi le Kenya manquait, et ce qu'ils découvraient en Allemagne les déstabilisait.

À peine eut-elle le temps de finir la rédaction de sa chronique que la demande de rattachement des Sudètes à l'Allemagne s'intensifiait en août 1938. Les crises succédèrent aux crises jusqu'à la guerre. Elleke ne parlait pas de la guerre, elle se contentait de secouer la tête en détournant le regard. Son frère Joseph avait été tué en Afrique du Nord, et son père était mort avant les terribles bombardements de 1945. Il s'était écroulé dans la rue, et des étrangers l'avaient ramené chez lui. Puis ce fut la RDA en 1949. L'année de la disparition de sa mère, celle où on leur a pris la maison, celle où elle a connu Konrad, le père de Jan.

« Il a obtenu que cet appartement nous soit rendu. C'est quelqu'un d'important dans l'administration aujourd'hui ; il était alors professeur de mathématiques et actif dans le parti, a expliqué Elleke. C'était un homme bon, mais impatient, il ne tenait pas en place. Il se passionnait pour des idées que je ne pouvais pas partager. Peut-être comprenait-il mieux l'époque dans laquelle nous vivions.

— Qu'est-il arrivé à la famille de Tchécoslovaquie ? ai-je demandé.

— Elle a été expulsée après la guerre. Les Allemands ont été expulsés de partout, des Sudètes, de Silésie, de Prusse orientale. Par millions. Dresde n'était plus qu'un amas de ruines où s'entassaient des milliers de réfugiés. Partout ce n'était que désolation, en raison de notre insatiable besoin de destruction.

— Mais Beatrice…

— Son grand-père était tchèque », a répondu Elleke dans un sourire, ravie pour elle.

Elle nous a poussés à faire le voyage, Jan et moi. C'est ainsi que le projet est né. Nous avons pris l'autocar jusqu'à Most puis simplement continué en direction de Prague, Bratislava, Budapest, un beau périple interminable jusqu'à Zagreb, avec un détour ferroviaire angoissé par Graz en Autriche. Je savais avant de nous mettre en route que Jan avait l'intention de fuir, et je l'ai accompagné parce qu'il était mon ami, parce que j'étais jeune et ignorant, et que peu m'importait où j'allais et ce qui m'arrivait. Nous avons voyagé avec l'argent qu'il avait mis de côté avec

Elleke, jusqu'à notre arrivée à la frontière ouest-allemande où nous avons déclaré être des réfugiés de la RDA. On nous a envoyés à Munich où nous avons connu la sécurité d'un foyer pendant trois semaines ; Jan était rongé par la tristesse et la culpabilité à l'égard d'Elleke. J'ai déclaré au fonctionnaire de l'immigration qui m'a interrogé vouloir me rendre en Angleterre, il a souri et m'a obtenu une indemnité exceptionnelle de subsistance qui a couvert les frais du trajet en chemin de fer jusqu'à Hambourg. Jan et moi nous sommes séparés à la gare de Munich, et ensuite nous ne nous sommes plus jamais vus ni parlé. « J'espère ne pas avoir saboté ta vie en t'entraînant dans cette aventure », m'a-t-il dit. Je n'avais même pas fait mes adieux à Ali, de peur qu'il ne me dissuade de partir, et je me demande parfois ce qu'il est devenu. J'ai pensé à lui en 1984, quand Sékou Touré est mort et que le gouvernement qui lui a succédé a ouvert les portes des prisons. Son père faisait-il partie des affamés et des éclopés qui ont survécu à ces sombres cachots et qui ont revu la lumière du jour, titubants, stupéfaits, avant de connaître les nouveaux désordres qui se préparaient. Au cours des trois mois de cet été-là, j'ai parcouru en un immense cercle toute l'Europe centrale, en regrettant de n'être pas allé en Bulgarie.

J'ai débarqué en Angleterre à Plymouth, avec l'impression d'avoir fait le tour du monde en bateau. J'ai quitté le navire en compagnie de l'équipage et franchi sans me démonter le contrôle de l'immigration avec eux. Personne ne m'a causé de tracasseries ni demandé mon nom. J'ai marché des heures dans la ville, conscient de la chance incroyable que j'avais eue jusqu'alors dans mes vagabondages. Personne ne paraissait vraiment s'inquiéter de ma présence. Personne ne se préoccupait de me chasser ou de m'emprisonner dans l'attente d'une expulsion. Personne ne désirait ni mes services ni mon allégeance. Tard dans l'après-midi, une pluie d'été froide s'est mise à tomber et je suis retourné en direction du port, sans trop savoir que faire. Et si je remontais tout simplement à bord du navire afin de poursuivre mon périple ? Je verrais bien où cela me mènerait. Je pourrais continuer ainsi jusqu'à ce que je croise mon destin. C'étaient la peur et le manque de volonté qui me donnaient ce genre d'idée : laisser à quelqu'un d'autre, ou aux événements, le soin de décider de ma vie. Mais quand je suis arrivé sur le quai, le bateau était déjà parti, mon voyage s'arrêtait là. Un gardien m'a demandé si j'avais besoin d'aide. Je lui ai indiqué le nom du bateau que je cherchais, et il m'a conduit au poste de police du port. « Je suis un réfugié », ai-je déclaré au policier de service, cheveux gris coupés ras, moustache impeccablement taillée, air sévère. Il s'est redressé sur son siège et il a pris un air plus sévère encore avant de froncer les sourcils, le regard opaque et suspicieux.

« En voilà de grands mots, monsieur, a-t-il dit. Si j'ai bien compris, vous êtes un matelot qui a manqué son embarquement. Je vais d'abord prendre votre déclaration, nous verrons ensuite comment vous allez pouvoir rejoindre vos camarades.

— Je suis un réfugié, ai-je répété. Un réfugié de RDA.

— D'où ça ? »

Il a légèrement tourné sa tête grisonnante, tendant l'oreille gauche pour bien saisir cette fois le mot que j'avais prononcé et qui lui avait échappé.

« D'Allemagne de l'Est. »

Il a ri alors avec une incrédulité ravie, savourant la délicieuse plaisanterie, et je l'imaginais échafaudant le récit qu'il ferait par la suite de cette manifestation inattendue des petites facéties de la vie. J'ai été amusé moi aussi, et il a apprécié que j'aie ainsi saisi le cocasse de ma situation et que j'accepte la moquerie. « *Guten Tag* », a-t-il dit. J'ai répondu aux questions qu'il m'a posées, et j'ai bientôt compris que quelque chose dans ce que j'avais dit ou fait, ou dans ce que j'étais, l'avait favorablement disposé à mon égard. Peut-être était-ce que lorsqu'il m'avait demandé mon âge j'avais répondu avoir dix-huit ans, car il avait alors secoué la tête et souri – brièvement souri, un rien tendu. On était loin du vrai franc sourire, mais c'était un sourire quand même. De même qu'une brève poignée de main n'en constitue pas moins un signe d'amitié. « Le genre de truc idiot qu'on fait quand on a dix-huit ans », a-t-il commenté. J'ai passé la nuit au poste, heureux de partager ses sandwiches et son café. Je n'avais pas mangé depuis que j'avais débarqué. Il m'a demandé de lui parler de la RDA et de mon voyage en Europe centrale. Le voyage m'est apparu magnifique quand je l'ai raconté, j'ai ainsi découvert que je me souvenais dans le détail de choses que, sur le moment, je n'avais pas remarquées. Peut-être les ajoutais-je à mon récit parce que c'était ce que j'aurais vu si j'avais été plus attentif. Il m'interrompait de temps à autre pour me demander de développer tout en cherchant à orienter mes réponses, bien calé dans son grand fauteuil pivotant. « Comment était-ce, la Hongrie ? C'est de là que viennent les bohémiens, n'est-ce pas ? Ma vieille maman disait toujours que nous avions du sang bohémien, mais toutes les familles prétendent avoir du sang bohémien. » J'ai dû sombrer dans le sommeil, car je me suis retrouvé seul aux premières lueurs du jour, le corps recouvert d'un plaid. J'avais d'ordinaire du mal à m'endormir, mais la peur et les tensions m'avaient sans doute anéanti.

Il s'appelait Walter. Avant la relève du matin, il m'a communiqué le nom et l'adresse d'une organisation qui s'occupait des réfugiés et il m'a conseillé de décamper. « Va trouver ces gens-là, sans traîner dans les rues. Il y a des bains-douches dans l'artère principale, face à l'entrée du port. Récure-toi bien, a-t-il dit avec sévérité. Et fais-toi couper les cheveux. Ces jeunes, tous les mêmes. »

Silences

5

J'étais sur le seuil de l'appartement, le bras gauche tendu, appuyé sur le montant de la porte. C'était une pose étudiée, une posture que j'avais préparée. Je l'ai vu amorcer le dernier virage de l'escalier, marquer brièvement un temps, la main droite agrippée à la rampe. La lumière tombait sur lui par l'immense fenêtre du palier. Le matin, le soleil qui filtrait entre les ruelles entrait directement par cette fenêtre, emprisonnant dans ses volutes sinueuses les particules de poussière en suspension dans l'air. Mais en début d'après-midi, la lumière se contentait de couler le long des murs pour se répandre grêle et grise sur les marches. Il se tenait dans la pâle splendeur de cet après-midi, son visage maigre rasé de près, le corps légèrement porté en avant. Ses traits étaient tirés, fermés, c'étaient ceux d'un homme sur ses gardes. Je l'aurais regardé par deux fois dans la rue, la rue d'Angleterre, en me demandant si je le connaissais, s'il était bien celui que je pensais qu'il était. J'ai si souvent croisé dans les rues anglaises des gens qui m'ont surpris par l'air d'étrangeté qu'ils avaient, me demandant avec un sentiment de culpabilité si je les connaissais quand je savais que c'était impossible. Je pense que le croisant lui aussi, je me serais interrogé sur l'étrange façon dont il me rappelait quelqu'un que j'avais connu autrefois, sans peut-être accorder à cette réminiscence suffisamment d'importance pour mettre un nom dessus. Peut-être que je me serais même empressé d'oublier, avant que le souvenir ne se fige et m'assaille, et fasse resurgir d'autres pensées que j'avais cadenassées afin d'écarter tout danger. Au fur et à mesure que le temps passait, tant de détails nets et précis étaient devenus flous et vagues. C'est peut-être cela vieillir, quand le soleil et la pluie ont effacé les uns après les autres les contours et changé les images en une ombre pelucheuse. Même si tout ce flou et ce vague laissent encore des traces, fragments toujours plus rares de ce qui constituait le tout : le regard chaleureux d'un visage oublié, un parfum, une musique dont la mélodie échappe, une chambre, alors que le souvenir de la maison ou de son emplacement nous fuit, une prairie le long d'une route au milieu du néant. Ainsi le temps démembre-t-il les images du temps qui est le nôtre. Ou, pour user des termes de l'archéologie, c'est comme si les petits riens de l'existence se superposaient en formant des strates et que certaines de ces strates se déplaçaient au gré des événements, tandis que s'attardent des bribes contingentes qui se mêlent par accident.

J'aimerais pouvoir dire que je me rappelais ces yeux qui me fixaient sur le seuil de mon appartement, des yeux qui tentaient en vain de tout dissimuler sous une sérénité muette, mais j'aurais, je pense, passé mon chemin si je n'avais pas su qu'ils venaient pour moi. J'aurais senti leur détermination dans le désintérêt et j'aurais supprimé mon intérêt. J'ai retiré ma main de la porte lorsqu'il a gravi les dernières marches et me suis préparé à son arrivée. Il faisait attention à ne pas trébucher, se hâtant cependant à présent, et il est arrivé vers moi tout sourire, la main droite tendue dans ma direction.

« *Salam alaikum* », a-t-il dit toujours souriant, et sans prendre de risque, repoussant le moment de la confrontation par ce salut des plus engageants. J'ai hoché la tête et lui ai serré la main sans prononcer la formule de rigueur. *Alaikum salam.* Il l'a remarqué et je l'ai soupçonné de vouloir se montrer désormais plus prudent. Peut-être était-il préférable d'avancer avec circonspection. Il a gardé ma main dans la sienne et examiné mon visage, ma main frêle, osseuse et large dans la sienne qui était extraordinairement chaude, comme le corps d'un petit animal captif. Et il s'est présenté : « Latif Mahmud. »

J'ai de nouveau hoché la tête, puis j'ai exercé une pression sur sa main avant de la lâcher. « Bienvenue », ai-je dit en m'effaçant pour le laisser entrer. La cuisine se trouvait devant nous, le séjour à gauche et la chambre à droite, depuis l'endroit où nous étions et qui nous révélait tout l'appartement. Il a jeté un rapide coup d'œil circulaire avant de s'attarder sur la petite reproduction d'un patio andalou que j'avais fixée au ruban adhésif sur le placard juste à l'entrée de la cuisine. Je m'étais moi aussi arrêté un peu plus tôt devant cette reproduction en me demandant si elle n'en disait pas plus que je ne souhaitais révéler, mais je l'avais laissée où elle était avec le sentiment qu'il était vain de persister dans le secret. J'avais, le matin, brûlé de la lavande et de la gomme parfumée pour imprégner l'appartement des senteurs d'autrefois et de celles de la mort qui approche, comme si j'avais récemment ouvert le coffre où mon linceul attendait son heure.

« J'ai tenu à venir vous saluer, à vous présenter mes respects, a-t-il déclaré, debout devant moi dans le séjour exigu, les doigts noués entre eux par leur extrémité. L'organisation en charge des réfugiés a pris contact avec moi il y a quelque temps… quelques mois. On vous l'a dit, je crois. Ils pensaient que vous aviez besoin d'un interprète, ce qui finalement n'a pas été le cas. » Il a souri, pour bien marquer mes torts.

« C'est très aimable à vous, ai-je dit, souriant à mon tour de cet échange d'amabilités. Sur cette question de l'anglais, on m'avait conseillé de ne pas révéler tout de suite que je le parlais. "Fais-leur seulement savoir que tu demandes l'asile, et rien d'autre." Voilà ce que m'a conseillé l'homme qui m'a vendu le billet. Il a insisté là-dessus.

— Pourquoi ? a demandé Latif Mahmud, intéressé, bien que j'eusse aimé savoir si lui détenait la réponse. Sans l'anglais on est encore plus un étranger, un réfugié, je suppose, on est plus convaincant, a-t-il avancé. On devient un cas qui n'a pas de passé.

— Peut-être aussi que l'on parvient ainsi à éviter les questions délicates, ai-je ajouté. Ou bien l'homme qui m'a vendu le billet voulait me créer des ennuis. C'était un homme mauvais, et qui s'en vantait. Mais je ne crois pas qu'il m'ait fait du tort en fin de compte, de plus cela m'aura valu votre aimable visite.

— J'aurais dû venir plus tôt. Il doit y avoir pas loin de six mois que vous êtes ici. »

Pourquoi avait-il tant tardé ? Je l'imaginais luttant contre le désir qu'il avait de venir, repoussant ce désir, en même temps qu'il avait dû être curieux, puis furieux de ma venue et du nom que j'avais emprunté. Il voulait venir, et ne le voulait pas. À la fin, la vie a sans doute imposé sa logique bordélique et chassé l'instant du désir.

« Presque sept mois aujourd'hui, ai-je répondu, sentant que ma voix s'emballait. Vous avez mis du temps, Latif Mahmud. On m'a fait part voilà à peine quelques jours de votre intention de me rendre visite. Rachel. Elle m'a indiqué votre nom et annoncé votre venue. Mais elle m'avait déjà parlé de vous il y a six mois, lorsqu'elle vous a téléphoné, la première fois.

— J'aurais dû venir plus tôt », a-t-il répété, jouant sur le temps qui passe, pensant que peut-être je ne l'avais pas reconnu parce qu'il avait changé de nom, ou bien à cause de ses cheveux à présent clairsemés et qui grisonnaient. Même si j'ai cru saisir dans son regard qu'il savait que je savais qui il était. Nous étions maintenant assis dans le salon, nos fauteuils formant un angle droit l'un avec l'autre, séparés par une banale table basse rectangulaire. J'ai servi deux petites tasses du café que j'avais préparé dans la Thermos, avant de reprendre la conversation.

« Je m'étonne que vous n'ayez pas fait le déplacement plus tôt, par curiosité, pour voir qui avait pris le nom de votre père », ai-je dit.

L'heure était venue de jeter les masques. Nous sommes restés silencieux, nous considérant mutuellement, et je me suis demandé à quoi il pensait, à quoi il pensait que je pensais, assis là devant lui, apaisé et posé. Je me suis demandé ce qu'il pensait être venu faire ici.

« Je savais bien que c'était vous », a-t-il dit.

Il a attendu que je parle, avec un petit sourire résigné, et j'ai attendu que ce soit lui qui le fasse, sans tension ni anxiété, surpris simplement des souvenirs cruels et doux que faisait resurgir l'abandon de nos fausses identités. C'était un soulagement que de voir ce sourire chétif, et la résignation, le calme qu'il abritait. Il n'était pas venu ouvrir les hostilités.

« Qu'est-ce qui vous a fait penser que c'était moi ? ai-je tranquillement, doucement demandé en supprimant toute inflexion de voix, pourtant étonné qu'il se soit montré tellement direct. J'ai du mal à le croire. »

Il a haussé les épaules.

« Je ne sais pas. L'intuition. La malveillance que cela cachait. »

Je n'ai pu m'empêcher de sourire de plaisir à l'entendre me parler aussi ouvertement.

« Ce doit être l'intuition du poète, celle du visionnaire, qui vous donne d'aussi justes soupçons.

— Comment savez-vous ? » s'est-il enquis après un instant, surpris que je connaisse son statut de poète, et songeant que j'en savais peut-être plus qu'il ne pensait. J'aime tellement ces échanges futiles, ces petites saillies, ces pas de deux, une feinte légère par-ci, un mouvement des plus subtils par-là. Insatisfait de l'inutilité de ma pauvre existence, j'entends au moins me divertir de son incommensurable insignifiance.

« Oh, nous savons tous que vous êtes un poète éminent, ai-je déclaré du ton solennel et respectueux qui convenait. Nous avons d'abord eu connaissance de votre réussite académique, de votre position d'enseignant à l'université de Londres. Nous avons ensuite appris que vous aviez le don de poésie, et que vous écriviez sous un nom d'emprunt. Être capable d'écrire une poésie de cette qualité dans une langue qui n'est pas la sienne, quelle oreille vous devez avoir ! Quelqu'un m'a même montré l'un de vos poèmes publié dans une revue qu'un parent lui avait envoyée.

Nous avons tous été très fiers. Quand Rachel m'a annoncé que Latif Mahmud souhaitait venir me voir, je me suis senti honoré. J'ignorais quand vous viendriez, mais je savais qu'un jour vous le feriez.

— Je ne suis pas professeur, et ne suis pas non plus un poète éminent, a-t-il répliqué avec sévérité, hostilité, détournant le regard, visiblement contrarié par ma volonté de le flatter. J'ai publié quelques poèmes médiocres dans une revue modeste, ce qui est très généreux de la part des éditeurs. Je m'étonne que cela se soit su.

— C'est pourtant le cas », ai-je répondu, intéressé de voir qu'il niait sa réussite, qui était bien réelle et bien sienne, au lieu d'accepter avec légèreté ces quelques compliments. Peut-être y voyait-il de la moquerie. Cela m'a fait songer qu'il pouvait être cruel envers lui-même.

« Pourquoi avez-vous pris le nom de mon père ? m'a-t-il demandé en me regardant dans les yeux, exigeant une confession, refusant de laisser la courtoisie le désarmer. Après ce que vous lui avez fait, pourquoi avez-vous emprunté son nom ? Non que son nom soit en rien sacré. Mais pourquoi avoir choisi le sien parmi tant d'autres ? Après ce que vous lui avez fait. »

Je savais qu'il me poserait cette question, et qu'il la poserait sans doute avec une rage contenue, pourtant lorsqu'il l'a fait, j'ai éprouvé peu de disposition à parler. Après ce que vous lui avez fait ? Qu'est-ce que je lui avais fait ? J'étais las de ce que j'avais à dire, las au-delà du supportable de tous les événements qui avaient conduit à ce moment. Mais je savais aussi qu'il fallait lui répondre, sans quoi il verrait en moi un vieillard coupable et malveillant, et quitterait ma maison en pensant de moi ce qu'il pensait déjà avant d'y entrer. Et même si j'avais été coupable et malveillant par le passé, n'est-ce pas le propre de la maturité que de chercher à expliquer et à racheter la folie ainsi que la méchanceté des jeunes années, à apporter réparation, à obtenir l'indulgence ? Il me fallait expliquer, et je ne pouvais pas souhaiter meilleure absolution, car il avait besoin lui aussi de savoir ce que je savais, de remplir les blancs de cette histoire et de faire parler les silences de son existence d'ici, au milieu de nulle part. C'est ce que j'ai pensé.

« J'ai pris le nom de votre père pour me sauver la vie, ai-je dit. N'y a-t-il pas là une savoureuse ironie, après que votre père eut presque réussi à tuer ce nom ? »

Je me suis marié en 1963. C'est l'année où j'ai gagné mon procès contre Rajab Shaaban Mahmud dans l'affaire des droits que j'avais sur sa maison, un an avant le départ des Britanniques qui, à bout de forces, nous abandonnaient au chaos et à la violence qui marquaient la fin de leur règne. Je me suis épris d'elle, ma femme, même si j'étais alors trop timide pour exprimer ce que je ressentais à son égard. Je connaissais sa famille, et je l'avais connue elle aussi dans le temps. Je l'avais vue, enfant, courir et jouer dans la rue avec les autres, faire des courses pour sa mère ou sa tante, et se rendre à l'école dans son tablier couleur rose saumon et son corsage blanc crème. Mais tel était le sort des femmes : ayant atteint l'âge convenu, elles disparaissaient à l'intérieur de la maison, et l'on oubliait alors à quoi elles ressemblaient, on oubliait qu'elles existaient, jusqu'à ce qu'elles réapparaissent des années plus tard épouses et mères. Salha et sa mère vinrent à la boutique avec une pièce de velours vert sombre dont elles voulaient faire recouvrir un siège. C'était, avait expliqué la mère, le présent d'un parent de Mombasa, une étoffe magnifique aux couleurs chatoyantes et d'une grande douceur au toucher. Elles pensaient que ce velours ferait merveille sur un sofa. Salha. J'aimais dans ce nom l'aspiration qu'impose la dernière syllabe, cette nécessité qu'il y a de l'absorber, de l'avaler. Je suis tombé amoureux d'elle, là dans la boutique, bien qu'étant à l'époque bien trop mal dégrossi et bien trop ignorant pour comprendre ce qui m'arrivait. Je n'entends pas m'élever outre mesure contre cet état de fait, mais je ne possédais pas alors les mots pour dire ces choses-là. Les seuls dont je disposais m'auraient fait me sentir immature et honteux. J'avais trente-deux ans, l'âge de Nabi Isa le Nazaréen juste avant qu'il n'accomplisse son ministère de compassion et d'amour sur la terre, mais j'ignorais jusqu'à ces mots qui disent dans leur simplicité les liens qui peuvent unir un homme et une femme. Au lieu de cela, je demandai à la mère si la jeune fille qui l'accompagnait était en visite chez elle. « Non, non, c'est ma fille Salha. L'aurais-tu si vite oubliée ? » Et Salha de sourire à côté de sa mère, tandis que, bégayant, je tentais de retrouver mon bagout de commerçant. Peut-être, ai-je avancé, était-elle partie vivre quelque part au loin. Non, elle était restée là, a répondu la mère, elles étaient même passées devant la boutique assez souvent, mais sans doute seul m'intéressait le commerce en ce temps-là.

Elles étaient peut-être effectivement passées devant la boutique, mais comment le savoir quand les femmes s'enveloppent de kilomètres de voiles pour préserver leur pudeur. Je détourne toujours les yeux quand une femme passe couverte de la tête aux pieds. Car peut-on être sûr que ce n'est pas sa sœur ou la bien-aimée de son frère que l'on regarde avec irrespect ou à laquelle on porte une admiration éhontée ? Je n'ai ni frère ni sœur, mais la crainte est la même. On va jusqu'à raconter que des hommes ont regardé comme cela leur propre fille et formulé clairement leur désir, avant d'entendre la voix moqueuse de leur enfant leur souhaiter le bonjour. Ainsi non, je n'avais pas vu passer Salha et malgré les insinuations de sa mère qui, pour cette raison, ne voyait en moi qu'un anémique boutiquier, j'étais heureux de l'avoir revue de si émouvante façon le jour où elle s'est présentée au magasin et où je suis tombé amoureux.

Elles sont revenues deux fois ensuite, et elle

m'a adressé la parole dans la rue à une autre occasion, simple salutation, rien de déplacé. « *Hujambo, Bwana Saleh ?* » Vous allez bien, Bwana Saleh ? Je ne savais pas que c'était elle lorsqu'elle m'a parlé de derrière son voile au moment où j'allais la croiser. Et puis j'ai reconnu sa voix. Un mois plus tard, le sofa était prêt à livrer, j'ai demandé à la voir et elle m'a reçu. Le mois suivant, en novembre 1963, nous nous sommes mariés. Ce fut le plus beau jour de ma vie. J'ai déjà entendu ce genre de propos, et le caractère incongru, exagéré que je leur prêtais me les rendait gênants, mais je suis sincère, quant à moi, en parlant ainsi de ce jour-là, et peut-être bien que le sont aussi ceux dont je pensais qu'ils ne l'étaient pas.

Je voulais un mariage tout simple, une cérémonie privée avec juste quelques invités et la famille réunis autour d'un repas de fête, mais pour le père et la mère de Salha il n'en fut pas question. C'était à eux, parents de la mariée, de prendre en charge les frais, me dit le père, et pas à moi de décider. Salha était la plus jeune de leurs filles ; ils ne voulaient pas que l'on puisse penser qu'ils ne l'aimaient pas. Ils allaient célébrer ces noces avec magnificence, même si cela devait les ruiner. Il y eut donc trois jours entiers de folie, avec musique, chants et danses, et un banquet biriani après la cérémonie, ainsi qu'un halva commandé tout spécialement pour l'occasion et une procession en musique et en chansons pour accompagner la jeune épousée jusqu'à ma maison. Pour le reste, ces trois journées furent un défilé ininterrompu de mets, *samosas* et *mahamri*, currys et pains de sésame, glaces aux amandes et *jelabis*, et il y eut une foule d'invités, dont certains ne songeaient même plus à rentrer chez eux, des parasites et des pique-assiettes, de mon point de vue. Des milliers de shillings furent ainsi jetés par les fenêtres.

Je craignais également qu'un grand mariage ne me plaçât dans l'embarras, n'ayant pas véritablement de famille de mon côté, ou du moins pas de famille qui m'eût témoigné la moindre sympathie. Je n'avais pas d'amis non plus, car les quelques intimes que j'avais réussi à ne pas négliger au fil des années s'étaient retournés contre moi dans l'affaire de la maison de Rajab Shaaban Mahmud. J'avais gagné mon procès à peine quelques mois plus tôt, et le sentiment général était encore fort que j'avais eu tort de persister dans cette voie puisque la procédure avait abouti à l'expulsion de Rajab Shaaban Mahmud et de sa famille. C'était du moins l'idée exprimée par ceux qui s'en étaient ouverts à moi. Il y a des gens qui ont une opinion sur tout et qui n'hésitent pas à l'exprimer, des gens remplis de sagacité et de superbe dont la sagesse repose sur la conviction que tous les autres sont des imbéciles. Leur point de vue ne m'intéressait pas, mais je craignais que ce ne fût également l'avis de tous ceux qui se taisaient par courtoisie. Il m'était même venu à l'esprit, lorsque j'avais demandé la main de Salha, qu'on pourrait m'opposer un refus en raison de cette hostilité. Mais je m'étais trompé à ce propos, comme je m'étais trompé sur l'importance à donner à la fête. L'heure était aux réjouissances et à la félicité, en ce jour plus qu'en tout autre, car jamais je ne m'étais senti aussi heureux et comblé, aussi proche de ceux parmi lesquels je vivais.

Elle avait dix-neuf ans, et j'en avais trente-deux, ce n'était pas une telle différence d'âge, comme cela peut apparaître à certains aujourd'hui. Elle avait passé dans la réclusion cinq à six ans de sa courte existence, faisant ses preuves et accédant à la maturité en attendant qu'un homme la demande en mariage. Elle n'était jamais allée nulle part, n'avait quasiment rien lu, pas même écouté la radio. Sa vie au cours de ces années se résumait au travail et aux plaisirs de la maison, elle s'habillait et se pomponnait pour recevoir ou rendre visite à d'autres femmes soumises aux mêmes contraintes qu'elle. Pendant que moi je voyageais, acquérais quelques – maigres – connaissances, travaillais pour les Britanniques et comprenais ainsi un peu mieux les mécanismes de notre monde implacable, pendant que je montais également une affaire prospère et devenais propriétaire de deux maisons. Nous avions à peine conversé ensemble avant notre mariage, nous ne nous étions jamais trouvés seuls, je ne l'avais même pas vue sans ses voiles noirs. Pourtant, nous avons été heureux et n'avons pas vraiment connu de difficultés quand notre vie commune a commencé. Elle adorait comme moi la maison, aimait que nous nous installions dans la pièce du haut pour écouter la radio ou jouer aux cartes, la porte ouverte sur la véranda, la mer à quelques mètres de là, l'autre porte donnant sur la galerie et la cour intérieure. Nous bavardions et nous nous disions les choses que nous ne nous étions pas dites jusqu'alors. C'est de cette façon que j'ai compris quel désert avait été ma vie d'avant, et que j'ai appris la douceur que peut avoir le silence entre deux êtres.

Nous n'étions pas seuls tout le temps, il y avait du monde qui allait et venait comme c'est la coutume, des femmes qui demandaient que Salha les reçoive sans moi. La maison n'avait pas connu la visite de femmes depuis des années, depuis la mort de ma belle-mère, et leur présence m'était comme une intrusion sur les lieux de ma vie privée d'où elles m'exilaient. Je devais, lorsqu'elles étaient là, abandonner les pièces du premier et entendre de mon rez-de-chaussée monter et descendre interminablement le son de leurs voix. Salha y était habituée, peut-être même aurait-elle été perdue sans elles et se serait-elle sentie coupée des familles avec lesquelles elle avait grandi, ainsi que des échanges amicaux de ce monde clos. Je ne me moque pas. Alors que de mon côté j'avais le sentiment qu'on me séparait d'elle, qu'on l'éloignait de moi. Je pensais que la présence de ces femmes était préjudiciable à Salha, qui ne parvenait pas à mener une grossesse à terme.

Elle en souffrait. Trois fois en deux ans elle avait perdu l'enfant qu'elle portait, c'était éprouvant, épuisant, déprimant pour elle. Au cours de ces deux ans, je vis sa santé décliner, son visage s'émacier, elle perdait du poids, avait du mal à fixer son attention, restait silencieuse le plus souvent, broyant du noir. Je la suppliais de tout faire pour préserver sa santé, et tant pis si nous n'avions pas d'enfant. Ma bien-aimée. La gynécologue que Salha consulta à l'hôpital avait déclaré que la conformation de l'utérus était telle qu'elle ne pourrait porter un enfant qu'en restant allongée toute la durée de sa grossesse. Je pensais que ces femmes lui faisaient du mal avec leurs bavardages, mais peut-être que je me trompais. Qu'elle désirait cela, qu'elle ne pouvait imaginer sa vie autrement. C'étaient les années d'après l'indépendance, aussitôt suivies du temps de l'austérité, celui de la cruauté et de l'incertitude, pas vraiment une époque pour mettre au monde un enfant. Mais trois ans après notre mariage, Salha tomba de nouveau enceinte et, comme la doctoresse l'avait ordonné, elle resta allongée jusqu'à l'accouchement. Nous avons suivi son conseil le mieux possible, car le médecin n'était plus là pour s'occuper de sa patiente. Elle avait fui le pays, comme tant d'autres l'avaient fait qui pouvaient gagner ailleurs un salaire décent. C'est ainsi que, pour s'occuper de Salha, sa mère s'est installée chez nous.

Salha fut comblée par la naissance d'une fille. Cela avait été très dur, l'enfermement, la grossesse auxquels s'ajoutaient les inquiétudes et les pénuries de l'époque. J'avais craint pour elle, craint que chaque petite rechute ne soit cher payée, sans médecin et sans médicaments autres que les poudres et les écorces que sa mère achetait et lui administrait en cachette de moi. Mais nous avons été comblés. Salha avait été impatiente tout ce temps, elle rongeait son frein, contrainte à l'inactivité, et son corps était devenu irritable de façon inattendue, mais sa santé s'améliora en quelques mois, elle reprit du poids et retrouva son énergie. Ce n'était d'ailleurs pas la compagnie qui manquait. À toute heure du jour et de la nuit, elle avait sa mère à ses côtés ou une autre femme, semble-t-il, qui tantôt bavardait et riait avec elle, tantôt ronflait au pied de son lit, plongée dans un sommeil satisfait. Quand notre fille vint au monde, j'ai voulu l'appeler Raiiya, la citoyenne, afin qu'à travers elle, il soit demandé à nos dirigeants que l'on nous traite avec humanité, en citoyens de la terre qui nous a vus naître. Ce nom avait ses lettres de noblesse, ai-je expliqué à Salha. Au cours des siècles, il a désigné le citoyen des nations soumises par les conquêtes. Il est vrai que, dans l'usage qui en était fait, les musulmans étaient les conquérants et non pas les vaincus, et qu'offrir des droits aux vaincus après leur avoir retiré la liberté de conduire leurs affaires comme ils l'entendaient n'avait rien de vraiment magnanime, mais l'idée des droits du citoyen était généreuse en soi, et nous pouvions l'utiliser comme bon nous semblait. Salha refusa, ce ne serait là que provocation, personne ne connaîtrait le sens véritable de ce nom, et l'enfant serait l'objet de moqueries tout au long de sa vie. Ainsi lui fut-il donné le nom de Ruqiya, celui de la fille qu'eut le Prophète de sa première épouse Khadija. La maison s'était emplie de pleurs et de cris, mais emplie de joie aussi, comme d'imprévisibles transformations. Et les femmes allaient et venaient dans un tohu-bohu de bavardages et de rires.

« Je suis allé chez vous une fois, a dit Latif Mahmud. J'ignore si vous en avez le souvenir. C'était il y a très longtemps. Et voilà qu'une existence entière plus tard je me retrouve ici dans votre autre maison. C'est un peu comme d'être attaché par une courte chaîne à un piquet fiché dans le sol et de continuer à s'y faire les griffes, quand on se croit parti à l'autre bout du monde.

— Je me souviens de votre visite », ai-je dit. J'ai attendu qu'il indique à quoi il voulait à présent que nous passions, mais il n'était pas prêt.

« Vous les évoquiez, j'ai entendu effectivement des voix de femmes le jour où je me suis rendu chez vous. C'était l'année de mon départ pour l'Allemagne. » Il s'exprimait avec lenteur, de la façon pensive qu'on adopte lorsqu'on regarde son moi ancien à la lumière des événements récents, et qu'on contemple ce qu'alors on faisait et ce à quoi on ressemblait. Et l'on souffre de sa naïveté et de ses convictions depuis longtemps perdues qu'on aime à se remémorer quand le courage n'est plus. « En 1966. Je suis venu vous voir juste avant de partir, une douzaine de jours avant de partir. C'était une belle maison, avec une cour carrelée, je me souviens de cela, ainsi que de la galerie à claire-voie qui la surplombait, de la lumière qui filtrait à travers les lattes de bois. Il y avait des palmiers en pot et une plante qui grimpait le long d'un mur. Un jasmin, je crois. C'est bien cela ? Était-ce un jasmin qui grimpait contre le mur ? Oui. Je ne pense pas que j'avais vu auparavant de cour de ce genre, mais en photo depuis, si, accompagnées d'une légende qui disait quelque chose comme : "Cour intérieure traditionnelle, typique des maisons côtières, montrant l'influence de l'architecture mauresque." Je n'avais jamais remarqué pareils carreaux de faïence, ni ce type de galerie à claire-voie, du moins à l'intérieur d'une petite maison comme celle-là, aussi je ne pense pas que cette cour ait été vraiment typique de la région. Peut-être l'était-elle d'autres régions du bord de mer. À votre avis ? Je ne connais pas le reste de la côte.

— Ah bon ! Rachel vous présente pourtant comme un spécialiste de notre région », me suis-je exclamé. Je n'avais pas pu cacher ma surprise, mais avais réussi à retrouver suffisamment vite mes esprits pour terminer sur une pirouette aux dépens de Rachel.

« Je ne suis spécialiste de rien, a-t-il répondu, pratiquant l'autodérision. J'enseigne la littérature anglaise. Je ne voyageais pas quand je vivais là-bas, et je n'y suis pas retourné depuis. Pas une seule fois. Cela fait presque trente ans. Mais, assis là avec vous, je la vois, je la revois cette maison. À présent que je suis dans votre autre maison, qui n'est peut-être pas aussi belle que celle que vous avez été contraint d'abandonner. » Il a dit cela dans un sourire qui ne se voulait pas irrespectueux. « Peut-être que de venir vous voir ici c'est un peu comme retourner dans la maison que moi j'ai dû abandonner. Cela vous paraît inquiétant ?

— Oui, ai-je répliqué, et il a hoché la tête, mais j'ai vu qu'il voulait en dire plus.

— Un homme est venu m'ouvrir. Qui travaillait chez vous, un homme dur, une sorte de factotum. Je ne sais pas si j'emploie le mot juste. On l'appelait Faru. Il se tenait devant moi à la manière de ces *bawabs* renfrognés qui peuplent les contes des *Mille et Une Nuits*, un massif géant noir gardant la porte de son maître.

— Faru, oui. De son vrai nom, Nuhu.

— J'ignore ce qui vous fait sourire », a dit sèchement Latif Mahmud en m'adressant un regard sombre, presque discourtois. Il attendait que j'efface ce sourire de mes traits et je me suis exécuté. « Peut-être gardez-vous de lui un souvenir attendri. Ces *bawabs* des *Mille et Une Nuits* étaient châtrés, afin de veiller sur les biens de leur maître sans connaître la tentation. Ainsi devenaient-ils gras et dociles, car ils avaient perdu ces impatiences que donne le désir ici-bas. Comment cela se passait-il dans les contes, à votre avis ? Cette castration ? Comment pensez-vous qu'ils s'y prenaient ? En usant d'un scalpel ? En écrasant les testicules avec une pierre ? Une pierre, non, cela aurait pu causer des complications, des blessures qui dégénèrent. Le scalpel donc, pour cet art de la castration. Le problème avec Faru, c'est qu'il représentait une menace sexuelle, peut-être auriez-vous dû vous occuper de cette question. Qu'en était-il exactement ?

— Nuhu n'était pas mon esclave, je n'avais pas à le brider ou à le châtrer.

— Pourquoi le brider, en effet, quand l'aspect redoutable qu'il avait vous servait à intimider ? » a-t-il lancé, virulent à présent tant il était furieux. Mais à aucun moment je n'ai eu envie de le faire taire, de lui dire qu'il allait trop loin. D'ailleurs, je ne pensais pas qu'il irait trop loin, car il n'était pas venu pour cela. « Finalement ce n'était pas bien propre, n'est-ce pas ? Que de profiter du malheur des gens en allant chercher ce qu'il y avait à vendre dans leurs biens, et Faru était exactement la personne qui convenait, vous ne pensez pas ? Il s'acquittait des basses besognes et laissait au maître toute sa dignité. »

Et puis, comme s'il était allé effectivement trop loin, il a fait marche arrière et il est resté silencieux un instant, les yeux fixés en direction de la fenêtre. Cette fenêtre qui elle aussi donnait sur la mer, là-bas – une banale bande d'océan sale qu'on découvrait en montant sur la pointe des pieds, mais les jours de soleil la lumière étincelait sur l'eau comme sur du métal. C'était une belle journée, et j'avais envie de le lui dire. De lui dire que s'il se hissait sur la pointe des pieds en regardant par-delà les toits, il apercevrait la mer. « Je ne suis pas venu vous voir après tant d'années pour me quereller avec vous », a-t-il déclaré avec un sourire plein de regret, comme déçu par lui-même. Un sourire étriqué, mais qui portait la contrition en chacun de ses traits, jusque dans le regard. « Je suis venu vous voir pour comprendre qui vous êtes. Vérifier que vous êtes bien celui que je pensais que vous étiez. Pas pour me quereller ou me montrer discourtois dans votre maison, ni pour émettre un jugement. Encore qu'il ne soit pas toujours possible de s'abstenir d'émettre un jugement, même quand on le souhaite. Simplement je me suis souvenu de lui, aujourd'hui en venant ici, de votre Faru. J'ai songé à cette visite que je vous avais faite alors, et je me suis souvenu de lui et de l'adéquation parfaite qu'il y avait entre son nom et le sentiment de répulsion qu'il inspirait. Et j'ai pensé qu'il y aurait toujours des gens comme lui, des *bawabs* et des eunuques, lâches mais zélés dans la méchanceté, et qu'il y aurait toujours des gens qui seraient prêts à les utiliser. »

J'ai entendu tomber la sentence, comme j'en avais entendu tomber d'autres du même genre, sans que j'aie de réponse à lui opposer, sauf que moi aussi, j'avais été mauvais juge. Mais je ne voulais pas non plus qu'il s'emporte, et puis il avait eu ce sourire apaisant à mon égard, c'est pourquoi je me suis adressé à lui avec calme.

Je lui ai offert du café, qu'il a refusé. J'ai proposé de faire du thé, bien que n'ayant aucune envie de me lever. J'étais las, découragé, j'ignorais si j'aurais la force d'affronter toute cette cruauté à laquelle nous semblions résolus, après ces millions d'années. De même que j'avais eu parfois ces derniers temps un sentiment de vacuité, et l'impression de n'avoir à la place des bras et des jambes que des os. Et dans ces moments-là, l'idée même de bouger me paraissait impossible. Mais il a également refusé le thé.

« Il s'appelait Nuhu, c'est mon père qui lui a donné le nom de Faru, ai-je repris en changeant de ton, imprimant à ma voix plus de légèreté. C'était il y a bien des années, du temps où il vendait du halva, le halva qu'il fabriquait avec Nuhu. En réalité, Nuhu s'occupait de tout, il s'acquittait de toutes les corvées. Il coupait le bois pour le feu. Du bois de giroflier, mon père insistait là-dessus, sur la sécheresse que devait avoir le bois pour que la température de cuisson soit exactement celle qu'il fallait et que le halva s'imprègne de cette senteur unique que le giroflier dégage en brûlant. Nuhu pesait le beurre clarifié, la fécule et le sucre, autant d'ingrédients qui entraient en qualité et en quantité différentes dans la recette selon le type de halva qu'on cuisait chaque jour. Il pelait les fruits secs, nettoyait et concassait les épices. Il fallait une journée entière pour tout préparer avant même de passer au stade de la fabrication à proprement parler. Après quoi, Nuhu lavait et graissait l'immense bassine de cuivre de plus d'un mètre cinquante de diamètre qui servait à la cuisson, puis il allumait le feu au pied de l'estrade où mon père s'installait pour remuer le halva en contemplant la rue. Nuhu apportait les ingrédients et les versait dans la bassine pendant que mon père tournait. L'un et l'autre suaient alors déjà abondamment tant ils travaillaient près de la flamme. Parfois, et même souvent, les gens s'arrêtaient dans la rue pour regarder. C'est tout un art que de remuer le halva avec la grande spatule, debout ou assis sur l'estrade au-dessus du foyer rugissant. Il convient de tourner sans arrêt jusqu'à ce que la pâte ait acquis la consistance désirée, à défaut de quoi la fécule et le beurre clarifié se défont en quelques secondes, et il se forme alors des grumeaux. Nuhu avait une telle force que mon père chantait ses louanges en tournant. "Voyez-moi ça, un vrai rhinocéros." C'est de là que lui est venu ce nom. "Regardez-moi ce *faru.*" Et Nuhu tout gonflé d'orgueil faisait le pitre.

« Ce n'était qu'un enfant lorsqu'il a commencé à travailler pour mon père, il était à peine plus vieux que moi, il devait avoir entre neuf et dix ans. C'est moi qui aurais dû faire ce travail, aider mon père à fabriquer le halva à la boutique et, en maillot de corps graisseux, le vendre ensuite dans de petites coupelles, ou en parts d'une demi-livre à emporter dans des paniers d'osier. Mais j'avais d'autres talents, c'est du moins ce que ma mère pensait, Dieu ait pitié de son âme, et elle a tout fait pour que j'aille à l'école. Ainsi Nuhu a fabriqué le halva toutes ces années, et il est resté à la boutique pour le vendre et s'occuper de tout, en pensant à l'époque faire partie de la famille. S'il y avait d'autres besognes à effectuer dans la maison, il s'en chargeait également. S'il jugeait que quelqu'un se montrait offensant ou menaçant à mon égard, il lui réglait son compte. C'est ainsi qu'il concevait son rôle auprès de nous.

« Et puis mon père est mort subitement. Vous étiez sans doute trop jeune pour vous en souvenir, et même si vous n'étiez pas trop jeune, ce n'est pas quelque chose qui vous sera resté après tant d'années. Soudain, au petit matin, il s'est redressé dans son lit, il a vomi violemment sans pouvoir s'arrêter, et il a rendu l'âme. Il n'était pas âgé, pas malade non plus, nous ne nous attendions pas à cela du tout. Il s'était même remarié une dizaine d'années plus tôt, longtemps après la mort de ma mère, Dieu ait pitié de son âme. C'était alors que nous nous étions installés dans la maison où vous êtes venu. Je faisais mes études au loin, et à mon retour j'ai découvert que nous avions déménagé et que j'avais une belle-mère. Quoi qu'il en soit, après la mort de mon père, j'ai arrêté le commerce du halva. J'ignore si Nuhu avait pensé que cela pouvait un jour prendre fin, mais ce jour-là il n'y a plus eu de travail pour lui. Je me suis alors rendu compte que je ne savais même pas où il demeurait ni s'il avait de la famille. Il louait en fait une pièce dans une maison de Mbuyuni et sa famille vivait à Pemba. Toute sa vie il avait travaillé pour mon père et il allait maintenant travailler pour moi, là où j'aurais besoin de lui. Je ne pouvais pas le renvoyer sans autre forme de procès. Il s'est occupé du ménage de la boutique, des courses, de la livraison des meubles aux clients, de leur transport jusqu'à l'entrepôt. Chaque matin il se présentait au travail et trouvait quelque chose à faire, que je le lui aie demandé ou pas. S'il était le *bawab* des biens de son maître, c'est un poste qu'il s'était attribué lui-même.

— Vous avez l'air d'en faire une victime totale, a dit Latif Mahmud en me donnant le sentiment d'être un imposteur, de m'arranger pour mettre Faru en valeur. L'air d'en faire quelqu'un de presque noble dans son oppression. Et vous vous présentez vous-même, qui plus est, comme ayant profité de la situation. Vous avez dû, pourtant, le voir fanfaronner et se livrer à des violences, vous avez dû entendre ses moqueries bruyantes dans la rue en compagnie d'autres brutes. Vous avez dû savoir, c'était notoire, qu'il courait après les jeunes garçons, qu'il les harcelait des semaines durant en leur offrant des pièces de monnaie ou des paquets de halva jusqu'à ce qu'ils finissent par céder, ou que l'intérêt qu'il leur portait force quelqu'un d'autre à les faire céder, après quoi, dans l'humiliation, ils se soumettaient à d'autres. Ils se croyaient, lui et ses comparses, forts et virils parce qu'ils poursuivaient, tourmentaient, intimidaient de jeunes gens qu'ils incitaient, honteux, à se plier à leurs désirs. Vous avez dû savoir cela. Quand je suis venu chez vous il y a toutes ces années, c'est ce que j'ai vu, moi. Non pas la victime à laquelle on avait volé son enfance, qu'on faisait travailler aux fourneaux de votre père pendant que vous alliez tranquillement à l'école. J'ai vu un cannibale qui se vantait de sa cruauté, un prédateur de jeunes garçons déshérités. Mais voilà, mon Dieu, que je m'emporte contre vous.

— Peut-être est-il inévitable que vous vous emportiez contre moi.

— Je préférerais ne pas le faire », a-t-il dit, et il a souri.

Je l'ai fixé un moment afin d'être sûr.

« Bartleby. » Sans le vouloir, ma voix est passée au murmure.

« Bartleby, oui. » Le sourire a gagné l'ensemble de ses traits. Le pourtour de ses yeux s'est plissé, révélant la surprise amusée, un bonheur soudain. « Vous connaissez ce conte ! C'est une belle histoire. Vous aimez ? Vous aimez, vous aussi, je le vois bien. J'adore l'impavide autorité de cet homme vaincu, la noblesse de sa vaine existence. J'ai abordé ce texte avec mes étudiants il y a des années, lorsque j'ai commencé à enseigner. Mais dites-moi comment vous l'avez découvert. En travaillant dessus ?

— En le lisant tout simplement. Il y a longtemps. Je récupérais un nombre étonnant de livres quand j'achetais le contenu d'une maison, à l'époque où les Britanniques ont plié bagage notamment. Mon exercice de ce métier a coïncidé avec leur départ, c'est ainsi que de toutes sortes de façons ils ont été mes meilleurs clients. J'ai beaucoup appris d'eux.

— Oui, on vous disait très entiché des Britanniques. » Il a supprimé le sourire au coin de ses lèvres, laissant entendre qu'il y avait plus derrière ces mots.

« Je sais.

— En fait, on disait pire, a-t-il ajouté avec un rictus, sans pouvoir s'empêcher de répéter ce qu'il avait entendu son propre père raconter. On vous traitait de lèche-cul des Britanniques, de laquais du colonialisme.

— Oui, je sais, ai-je acquiescé, sans souligner le fait que son père, Rajab Shaaban Mahmud, était à l'origine de cette réputation qui était la mienne alors, qu'il avait aussi fait courir le bruit que je procurais des femmes aux Britanniques, que je les renseignais, et bien d'autres choses encore. Je leur ai vendu des meubles et j'ai acheté le contenu de leurs maisons lorsqu'ils ont décidé de partir. Mais je sais, oui, qu'il y a eu des bruits. Quoi qu'il en soit, il m'est arrivé de leur acheter des livres. Pas par centaines, mais une dizaine par-ci, quelques autres par-là. Je pense que certains de ces ouvrages passaient tout simplement des mains d'un fonctionnaire à l'autre, en même temps que le mobilier. Ils ne se défaisaient pas de ce à quoi ils attachaient de la valeur. Ils aimaient les livres, à voir le nombre et la variété de ceux qu'ils ont soigneusement emballés et emportés avec eux. Les livres qu'ils m'ont vendus, peut-être s'en étaient-ils lassés, ou bien les possédaient-ils en double exemplaire. Je les ai tous gardés en pensant qu'un jour, quand j'aurais le temps, je les lirais, ou du moins j'essayerais.

— Quel genre d'ouvrages était-ce ? a-t-il demandé, souriant de nouveau en repensant à ces accusations exaltées.

— Rien que de très attendu : des anthologies de poésie, des romans d'aventure, des livres pour enfants, dont certains faisaient déjà partie de notre éducation de colonisés. Rudyard Kipling, Rider Haggard, G. A. Henty. Beaucoup de Kipling, comme s'ils en avaient assez. Et puis *De l'origine des espèces* – quelques exemplaires –, ainsi que des ouvrages didactiques datant d'une époque plus confiante en elle, *L'Histoire du monde*, des choses de ce genre, quelques vieux atlas aussi. Très intéressants, les atlas, qui cherchaient toujours à en faire plus. C'était à qui utiliserait le plus la couleur rouge, ou présenterait dans les pages d'illustrations, classés par ordre décroissant, la montagne la plus haute de l'Empire britannique, suivie des autres montagnes et de l'empire auquel elles appartenaient, les chutes d'eau les plus spectaculaires, le fleuve le plus long, l'océan le plus profond, le désert le plus aride. Des illustrations qui montraient aussi les habitants de ces montagnes, de ces fleuves et de ces déserts – têtes grisonnantes aux yeux réduits à une fente, se protégeant de la lumière des sommets ; chétifs enfants de la misère au ventre ballonné, à moitié nus dans la savane, une poignée de bâtons à la main ; paysans enturbannés actionnant au bord d'un fleuve une roue hydraulique. Parmi ces livres, j'ai aussi trouvé les récits d'Herman Melville. Je n'avais jamais entendu parler de lui, et je n'ai pas à l'époque réussi à les lire jusqu'au bout, mais j'ai achevé leur lecture plus tard. J'ai lu "Bartleby" et j'ai trouvé cela très émouvant. Quelque chose a dû me rappeler cette histoire quand je suis arrivé ici. Je n'ai pas réussi à me l'enlever tout à fait de la tête depuis. Elle me revient de temps en temps. »

Y avait-il des livres parmi nos biens ? J'ai vu, je crois, cette question lui traverser l'esprit. Je ne me souviens pas s'il y en avait. Il a baissé les yeux et s'est assis face à moi le menton dans la main, une attitude délicate, incroyablement posée.

« Est-ce que d'autres sont venus vous voir pour réclamer leur bien comme je l'ai fait ? a-t-il demandé, enfin prêt. Vous vous en souvenez ?

— Non, personne, jamais. Les gens vendaient parce qu'ils avaient besoin de vendre, ou parce qu'ils voulaient se débarrasser d'un mobilier qu'ils n'aimaient plus. C'était une transaction commerciale.

— La petite table d'ébène qui appartenait à Hassan, mon frère. Vous vous la rappelez ? Je suis venu vous la réclamer. Vous vous souvenez ? » Il avait toujours le menton dans la main.

Il a attendu un moment, puis il s'est redressé dans son siège, il m'a regardé et s'est forcé à plus d'audace. « La table que votre ami Hussein lui avait offerte avant de l'entraîner au loin. Cela fait trente-quatre ans. Tout ce temps à ressasser ces choses. Je n'ai pas eu de nouvelles depuis. Il n'a pas écrit une seule fois, du moins pas quand j'étais au pays. Pourquoi n'avez-vous pas rendu cette table à ma mère ? Pourquoi ne pas l'avoir restituée ? Vous aviez la maison, les meubles et tout ce fatras. Vous aviez aussi votre belle demeure, une femme, une fille à laquelle vous aviez donné le nom de Ruqiya, le nom de la fille qu'a eue le Prophète avec Khadija. Pourquoi fallait-il que vous gardiez cette table ?

— Je ne sais pas. Par cupidité. Mesquinerie. J'étais dans le commerce. Je regrette de ne pas l'avoir rendue. » Ce que j'ai vu dans ses yeux m'a fait soupçonner qu'il en savait moins que je ne le pensais. Ses yeux avaient mal pour lui, à cause de l'embarras que cette démarche lui avait causé. Et ils avaient mal à présent pour son frère, qui avait suivi son amant perse. Ils ne souffraient pas de la mesquinerie que j'avais montrée à propos de cette table, une mesquinerie que je devais cher payer. Ses yeux avaient mal pour lui-même, de n'avoir pas su se soucier davantage de ce qu'il avait dû abandonner en partant. C'est ce que j'ai pensé.

« Trente-quatre ans. Est-il jamais revenu ? Hassan. Jamais personne ne m'a rien dit. Je ne sais même pas si on a eu des nouvelles de lui. »

J'ai attendu un long moment et comme il se taisait j'ai demandé :

« Voulez-vous du café ? »

Il a vu que j'évitais de répondre, et un léger soupir lui a échappé, comme s'il ne voulait pas vraiment savoir ce qui était arrivé à son frère, en fin de compte.

« Non, non, je ne prends pas de café. Merci. Je ne vais pas tarder, a-t-il ajouté. Votre fille Ruqiya, quel âge aurait-elle aujourd'hui ? La trentaine ?

— Elle a disparu avant d'avoir deux ans. Cela paraît absurde de la dire mienne. Elle n'a pas vécu longtemps. Elle est morte en mon absence, tout comme sa mère, Salha. » Ma bien-aimée.

Ruqiya est née le 24 janvier 1967. Ainsi Salha était-elle sans doute confinée à la maison quand il est venu réclamer la table. Les voix qu'il a entendues devaient être la sienne et celle de sa mère ou de l'une des nombreuses femmes qui lui rendaient visite. Je l'ai connue si peu de temps, et j'ai aujourd'hui le sentiment d'avoir toujours su que j'allais la perdre, au point que je crains parfois de l'avoir tout simplement imaginée ou rêvée. Il est arrivé tant de choses invraisemblables après ces quatre années que j'ai vécues auprès d'elle que j'en perds la notion de ce qui s'est effectivement passé, de ce que furent les terreurs qui ont hanté mes cauchemars. Elle paraît plus réelle lorsque d'autres parlent d'elle, lorsqu'ils font allusion à telle ou telle chose qu'elle a faite, à un souvenir qui leur revient de ces années.

Aujourd'hui, après tout ce temps, j'ai été, je trouve, bien mauvais coucheur d'avoir refusé de rendre cette table. Il eût été courtois, généreux, et tout simplement civilisé de restituer l'objet sans ergoter. Ce que j'ai fait, je l'ai fait par dépit, même si à l'époque je pensais être au-dessus de ces choses-là, ayant refusé de prendre part aux sombres querelles qui avaient précédé.

Quand Hussein m'a demandé de lui consentir ce prêt, je pense que j'ai été flatté. C'était un homme qui connaissait des contrées lointaines et magnifiques, qui n'étaient pour moi que des points sur une carte, des contrées magnifiques parce que lointaines et mythiques. Même s'il n'avait pas personnellement voyagé dans tous ces lieux, ce qu'il en disait l'associait à ces mondes fabuleux, l'apparentait à eux. Et puis il me faisait ses récits dans un contexte tellement intime, et en anglais, ce qui rendait plus intense encore le sentiment que nous avions de nous différencier tous deux de l'endroit où nous étions – de ce lieu mesquin, étriqué, misérable, où nous étions. Notre amitié est née, je pense, de cette différence. J'ai été séduit. En me sollicitant pour un prêt, il me sacrait citoyen de ce monde-là, il m'offrait sa confiance, il m'adoptait. Et de plus je disposais de cet argent. J'avais réussi dans la vie, et je n'ai pas résisté au plaisir de le montrer lorsqu'il m'a fait sa requête. Mais, même séduit, je ne crois pas que j'aurais accepté de lui accorder ce prêt si je n'avais pas été persuadé que Hussein reviendrait l'année d'après. Car j'ai cru qu'il reviendrait, du moins un temps, même si la rumeur circulait qu'il faisait la cour à ce jeune homme. La maison de Rajab Shaaban Mahmud ne m'intéressait pas le moins du monde, pas plus que son contenu. Je n'avais pas imaginé le désordre que Hussein allait causer dans cette maison, pas imaginé qu'il ferait disparaître le fils comme par enchantement et contraindrait la mère à une telle humiliation, puis qu'il conterait ses exploits à des hommes que ses fredaines amusaient, des hommes qui à leur tour les conteraient à d'autres en se moquant. Tout cela s'est su quand il est parti après que le jeune homme eut disparu sans rien dire à personne. Peut-être Hussein avait-il exigé de ceux qui l'admiraient qu'ils gardent le secret jusqu'à ce qu'il soit loin et hors de danger, ou peut-être encore, comme toujours lorsqu'il y a scandale, les détails avaient-ils mis du temps à circuler à voix basse, détails qui étaient peut-être aussi pure invention pour certains d'entre eux.

J'avançais pas à pas, m'exprimant par les gestes autant que par les mots et les silences. Il savait en partie ce que j'avais à dire, et je ne me suis pas adressé à lui exactement de la manière dont je le fais ici, mais je n'en ai pas moins avancé pas à pas. Il y a des choses qu'il est insupportable d'entendre. Aussi ai-je attendu et progressé avec lenteur jusqu'au moment où j'ai compris de quelle façon il interprétait mes paroles. Il a hoché la tête à mon intention et j'ai poursuivi.

Voici l'histoire, répétée dans les conversations autour d'une tasse de café, colportée avec vertu et délectation : Hussein avait avec succès poursuivi le jeune homme de ses assiduités quand il logeait dans la famille, et la mère qui soupçonnait quelque chose se serait offerte à lui afin qu'il laisse son fils tranquille. Des rumeurs avaient déjà couru au sujet de cette femme, qui donnaient à sa démarche éhontée une sorte de plausibilité. Hussein avait accepté l'offre. Certains détails étaient même donnés de ce qu'il lui faisait faire, et les détails en la matière ne pouvaient que déshonorer. Ce fut à cette époque qu'il conclut l'accord financier avec Rajab Shaaban Mahmud, dont il avait fait son associé dans une entreprise qu'il projetait de financer par le biais d'un prêt que garantirait la maison. Lorsqu'il revint l'année suivante, ce fut pour annoncer que l'affaire prenait mauvaise tournure mais qu'il ne fallait pas s'affoler. Entre-temps, il avait réussi à séduire le jeune homme, et secrètement obtenu de lui qu'il le suive à Bahreïn. À la fin du *mausim*, il était retourné dans son pays et le jeune homme avait disparu. Telle était l'histoire.

C'était le *mausim* de 1960, l'année où je l'ai rencontré et où nous sommes devenus amis, l'année où il m'a demandé de lui consentir un prêt, m'offrant en échange et comme garantie l'accord conclu avec Rajab Shaaban Mahmud.

J'aurais dû me méfier, mais je ne l'ai pas fait. Je pensais que l'accord serait signé devant témoins, conformément à la loi, et que l'année suivante il reviendrait avec l'argent et reprendrait sa garantie.

Mais quand l'histoire de ses conquêtes s'est sue et qu'on a commencé à jaser, j'ai compris que Hussein ne reviendrait pas et que j'avais été moi aussi séduit et trompé. Selon toute vraisemblance, il n'existait pas le moindre projet d'entreprise, et l'accord conclu avec Rajab Shaaban Mahmud était un acte répugnant de malveillance et de méchanceté, un montage destiné à ridiculiser le cocu en lui faisant signer la perte de sa maison. Hussein était probablement sincère lorsqu'il disait ne pas vouloir réclamer l'argent à Rajab Shaaban Mahmud. Ce n'était sans doute qu'une idée abstraite, une idée folle, humilier cet homme en prenant toutes les libertés avec ceux qu'il aimait. C'était alors qu'il m'avait rencontré, j'étais nouveau dans les affaires, sans relations ni prestige, et un plan a commencé à germer dans son cerveau fertile. Il a agité ce document sous mon nez et m'a délesté de milliers de shillings en promettant de revenir.

J'avais bien démarré dans le métier, mais la chance n'a pas duré et la perte de cet argent m'a gêné. Les élections de mars 1961, par lesquelles les Britanniques nous préparaient à une sorte d'autonomie minimale, ont dégénéré en émeutes et en tueries, et l'état d'urgence a été décrété. Il a fallu envoyer la troupe, et la mieux à même – en l'occurrence l'armée britannique – de rétablir l'ordre et de prêter main forte aux King's African Rifles venus du Kenya. C'était trop, hélas, pour nos dirigeants qui, ayant abandonné leurs griefs, ont entamé les négociations sur l'indépendance. Dans cette atmosphère de départ, personne ne s'intéressait plus à l'achat d'objets de prix, et bien évidemment les compagnies maritimes avaient supprimé leur escale d'une journée chez nous. C'était plus ou moins la fin de mon affaire telle que je la gérais jusqu'alors. J'estimais qu'il me fallait à présent développer la fabrication de meubles, ou tout au moins améliorer la qualité des modèles que je créais à l'intention de ma clientèle. Pour ce faire, j'avais besoin d'investir davantage dans du matériel, dans un savoir-faire et dans de nouveaux locaux. Mes ébénistes travaillaient en artisans. Ils découpaient et polissaient le bois à la main, le peignaient et le vernissaient lentement, parfois maladroitement. Les styles changeaient, et pour obtenir les formes et l'éclat que la mode imposait, j'avais besoin de machines nouvelles. Je me suis donc rendu à Dar es-Salam afin de voir ce que produisaient les grands fabricants. Ils étaient tous indiens et tous pestaient contre la conjoncture économique et politique. Leur existence et celle de leur entreprise étaient, à les entendre, en permanence menacées. Ils me paraissaient, à moi, florissants et peu loquaces, comme à l'accoutumée, si ce n'est pour lâcher des demi-vérités, toujours avec la même obsession du secret. J'en ai cependant suffisamment appris pour mettre sur pied un projet et me faire une idée de la somme qu'il me fallait.

Après les élections de 1961, Hussein n'ayant donné aucune nouvelle, je lui ai écrit à Bahreïn. Je l'ai remercié de la carte de la région qu'il m'avait envoyée, lui ai dit le bonheur qu'elle m'avait procuré, et lui ai demandé quand il pensait pouvoir me rembourser le prêt que je lui avais consenti, exposant les raisons pour lesquelles j'avais besoin de cet argent. Il n'a pas répondu à mon courrier ni à celui que je lui ai fait adresser par un avocat. J'étais bien embarrassé. Aux alentours du mois de juillet de cette même année, j'ai informé Rajab Shaaban Mahmud que je désirais le rencontrer pour discuter d'une affaire. Voici l'idée que j'avais en tête, qui aujourd'hui encore me paraît raisonnable et honnête. Je voulais lui expliquer comment je me trouvais en possession de l'accord qu'il avait conclu avec Hussein. Il ignorait, à mon sens, que j'avais en quelque sorte fait l'acquisition de ce document. Je voulais aussi lui expliquer que je ne souhaitais pas le moins du monde entrer en possession de sa maison ou de son contenu, mais que j'avais besoin d'argent pour le réinvestir dans mon affaire et anticiper ainsi les changements que l'indépendance allait entraîner. Le marché que je lui proposais était le suivant : qu'il accepte de m'aider à obtenir un prêt bancaire avec sa maison pour garantie (la banque ne saurait rien de l'hypothèque que j'avais déjà sur ce bien), et dès que j'aurais obtenu les fonds qui m'étaient nécessaires, je déchirerais l'accord qu'il avait signé avec Hussein et celui que Hussein avait signé avec moi. Je passerais alors la somme par pertes et profits et conclurais un nouvel accord avec lui, Rajab Shaaban Mahmud, par lequel je m'engagerais à rembourser le prêt bancaire qu'il avait pris pour moi, et cela par versements échelonnés sur le nombre d'années qui avait été fixé par contrat, mon affaire servant de garantie. Il reprendrait ainsi possession de sa maison hypothéquée auprès de la banque. Je serais, de mon côté, en mesure d'investir, et je lui rembourserais le prêt. Il ne perdrait rien et récupérerait sa maison sans frais. Il n'y avait aucun tour de passe-passe comptable ni le moindre traquenard dans ma proposition.

Je fis porter par Nuhu un message chez lui, pour dire simplement que je souhaitais m'entretenir avec lui et que je lui serais reconnaissant de bien vouloir passer me voir quand cela lui conviendrait. Nuhu revint sans rapporter de réponse, Rajab Shaaban Mahmud l'avait écouté puis remercié et il avait fermé sa porte derrière lui. Je n'étais pas ravi de devoir traiter avec lui, car ce n'était pas quelqu'un pour qui j'éprouvais de la sympathie ou du respect. Avant le désastre qui avait frappé son foyer, il promenait un air d'humilité, mais avec quelque chose d'aigri dans les traits, comme s'il nourrissait le sentiment que la vie avait été injuste envers lui. Le jour, il donnait l'impression de sursauter au moindre bruit, la nuit, il errait par les rues en quête de femmes prêtes à l'aborder pour de l'argent, et puis il se mit à boire. Consommer de l'alcool ici, après que Dieu l'avait interdit, c'était ne pas craindre l'indignité, se risquer au-delà de toute prudence, à cause des moqueries et des persécutions qui s'ensuivraient. Chacun a, tôt ou tard, des comptes à régler avec Dieu, et c'est là une affaire entre soi et le Créateur, mais se mettre à boire en ce lieu, c'était renoncer au respect.

Shaaban, son père, avait fait de même, mais les gens racontaient qu'il était devenu ce qu'il était parce que le grand-père, Mahmud, avait été un saint, et que parfois les choses tournent ainsi, les enfants d'un homme pieux deviennent le mal incarné, comme si Satan les avait personnellement choisis pour la corruption et le péché afin de montrer la fragilité des choix humains et le pouvoir du malin. Et Shaaban Mahmud a commis le péché sans la moindre apparence de honte, roulant à terre dans les rues, chantant à tue-tête à toute heure de la nuit, fréquentant les bordels et vivant plus ou moins dans l'un d'eux, tandis que le jour il flânait avec l'air suffisant de qui se contemple avec indulgence. Il est mort la quarantaine venue, un an avant son auguste père, faisant tôt sa sortie afin d'épargner à tout le monde les ennuis. Rajab Shaaban Mahmud devait avoir sept à huit ans quand il a perdu son père, un an ou deux de plus que moi. Je me souviens que, pour une raison que j'ignore, j'avais très peur de Shaaban Mahmud. Si je l'apercevais dans la rue, je courais dans la direction opposée sans hésiter ni craindre pour mon honneur, car à six ans, de toute façon, je n'avais que faire de l'honneur. Il savait que j'avais peur de lui. Un jour il s'est approché à pas de loup, alors que je jouais avec d'autres enfants sous le margousier en face du poste de police, et il a posé ses mains sur mes épaules, simplement pour m'entendre hurler de terreur et me voir prendre mes jambes à mon cou. Puis il a ri avec les autres de ma fuite ridicule.

Pourquoi Rajab Shaaban Mahmud a-t-il suivi le même chemin ? Je l'ignore. Cela a dû se faire lentement, en secret. Et il était clair pour tous que ses faiblesses lui faisaient honte. Ensuite quand la rumeur a couru à propos de sa femme, tout le monde a pensé qu'il ne l'avait pas volé. Il avait perdu le respect pour lui et l'avait perdu pour elle aussi. Heureusement son aïeul n'était plus de ce monde pour contempler un tel scandale. J'ignore jusqu'à quel point ces histoires sont vraies. Je ne l'ai jamais vu avec des prostituées, pas plus que je ne l'ai vu boire, mais c'est ce qu'on disait de lui, et j'ai pensé, quoi qu'il en soit, qu'il devait à sa bêtise que de pareils récits courent à son propos, quelle que soit leur véracité. Et puis quand le désastre s'est finalement abattu sur son foyer, il s'est tourné vers la religion avec un zèle tel que cela m'a gêné. Son air d'humilité s'est accentué, sa voix a viré à la plainte, il circulait les yeux baissés, la tête penchée de côté, en victime sacrificielle. Comme si tout ce qui était arrivé l'avait été par sa faute et devenait sa punition. Quel étalage, quelle arrogance. Il restait à la mosquée des heures durant après son travail, à lire et à prier, comme s'il était déjà au purgatoire, vivant sa vie comme un lent suicide. Je me suis demandé depuis si le malheur, l'humiliation, le déshonneur que Hussein lui avaient infligés ne l'avaient pas privé de sa raison, de son sens de l'équilibre entre les choses.

Il n'en avait pas moins été lésé, et ce que j'avais à lui proposer n'était pas acceptable, même si c'était raisonnable. De plus il estimait que je lui avais fait du tort d'autre manière, bien qu'à l'époque je n'aie pas été sûr de ce qui lui en restait. C'est ainsi qu'après plusieurs jours sans nouvelles je lui ai parlé un soir à la mosquée, une fois la prière terminée. Je me rendais à la mosquée quand je le pouvais, et je comptais sur l'indulgence de Dieu pour les fois où je ne répondais pas à sa demande. J'avais de ce fait une énorme dette envers mon Créateur. Je savais trouver ce soir-là Rajab Shaaban Mahmud à sa place habituelle, tout près du mihrab. Je lui ai demandé si je pouvais passer le voir chez lui pour parler d'une affaire qui nous intéressait tous deux, à moins qu'il n'ait le temps de me rendre visite au magasin le lendemain en début d'après-midi lorsqu'il rentrerait de son travail ; car je fermais alors le plus souvent boutique pendant une heure ou deux quand tout le monde faisait la sieste à cause de la chaleur. « *Haya* », a-t-il dit. Il viendrait.

J'ai laissé entrouvert l'un des battants de la porte afin que les passants n'aillent pas s'imaginer que nous chuchotions des choses peu convenables, et pour qu'entre un peu d'air en provenance de la rue. Il s'est assis sur la petite banquette que je réserve à mes visiteurs, une banquette pliante faite de fines lattes de bois qui s'incurvent très légèrement pour épouser la courbe du dos et le saillant des fesses, donnant l'impression de se mouler sur vous quand on s'y assied. Un motif de cuivre repoussé ornait la partie haute du dossier, délicate structure de fonte peinte en noir. Cette banquette avait appartenu à un banquier gujarati, un homme puissant durant les années qui avaient précédé la guerre de 1939, mais dont la prospérité a par la suite décliné. Son nom était gravé sur la plaque fixée en haut du dossier, avec la date « 1926 » qui coïncidait peut-être avec l'époque de sa splendeur. La banquette était entrée en ma possession lorsqu'un des descendants du banquier, devenu agent de voyage, avait décidé de moderniser l'aménagement de ses bureaux ; il me l'avait vendue, en même temps qu'un ou deux autres objets, pour payer une partie du travail que mes menuisiers devaient effectuer dans ses locaux. Rajab Shaaban Mahmud a pris place sur cette magnifique relique, les yeux baissés, détournant un peu la tête. Je me suis installé près de lui, à mon bureau. Son comportement n'avait rien pour m'encourager.

C'était une chaude après-midi, tout juste avant le *kaskazi*, lorsque la mer se fait rude et que les vents tournent au nord-est pour amener bientôt la mousson. Je nous ai servi deux verres d'une eau parfumée à la gomme aromatique que j'avais préparée dans une jarre de terre cuite. J'aimais l'eau ainsi rafraîchie par la terre cuite et à laquelle la gomme apporte sa saveur. J'ai d'abord expliqué comment je me trouvais en possession de l'accord qu'il avait conclu avec Hussein. Comme je m'en doutais, Rajab Shaaban Mahmud ignorait que cet accord était entre mes mains. Il m'a fixé avec surprise et peut-être un peu de terreur, puis l'espace d'un instant j'ai cru qu'il allait pleurer, ou laisser échapper un cri et s'enfuir. Quand j'ai commencé de lui faire ma proposition, il a légèrement froncé les sourcils et de nouveau baissé les yeux. J'étais décidé à exposer mon projet sans détour, et sans rien tenter pour le convaincre ou embellir les faits avant qu'il n'ait apporté sa réponse. Je m'attendais un peu à ce qu'il se rebiffe mais, pour être honnête, j'ai aussi pensé qu'il n'avait guère d'autre choix en fin de compte que d'accepter. Il a refusé, évidemment.

Il est resté assis silencieux, les yeux toujours baissés, une minute ou deux après que j'ai eu fini, et il me fut très difficile de résister au besoin d'en dire plus. Puis il m'a regardé bien en face, avant de déclarer qu'il n'était pas possible qu'il m'ait entendu prononcer les mots que j'avais prononcés. Comment pouvais-je me trouver ainsi à côté de lui et dire ces choses-là après tout ce qui lui était arrivé, à lui et aux siens. Sans doute avais-je tout manigancé depuis le début avec ce menteur immonde, ce chien, ce démon. Il n'a pas prononcé son nom. Nous avions certainement combiné cette affaire entre nous depuis le début. Cela y ressemblait de plus en plus. « Je n'arrive pas à croire que vous m'ayez dit des choses pareilles, je n'arrive pas à le croire. Vous avez dû tout manigancer entre vous. » Chaque fois que j'essayais de parler, il m'arrêtait en levant sur moi un index menaçant. Taisez-vous. La sueur perlait à son front, ruisselait le long de ses joues. Les yeux lui sortaient de la tête, il enrageait devant l'affront qui lui était fait, et entre deux remarques indignées il marmonnait des prières pour se calmer. Quand il a enfin cessé, j'ai tenté d'expliquer que je n'avais pas pu œuvrer pour perdre une telle somme d'argent, et que ce que je proposais ne comportait pour lui qu'un risque insignifiant, puisque dans l'accord qui nous lierait, mon affaire devait garantir le prêt qu'il obtiendrait de la banque. Je crois qu'il n'a pas écouté un mot de ce que je disais.

Lorsque j'ai eu fini de parler, il s'est levé et, avec la raideur d'un prince de mélodrame, a pointé sur moi un doigt accusateur. « Vous êtes un voleur, a-t-il lancé. Vous avez volé la maison de ma tante, et vous voulez aujourd'hui me voler ma maison. Que vous avons-nous fait, à vous et aux vôtres, pour que vous cherchiez à vous venger ainsi ? Peut-être simplement nous considérez-vous comme des incapables, des imbéciles ? Vous êtes un voleur. » Il hurlait à présent, le doigt toujours pointé dans ma direction, m'invectivant, marchant à reculons vers le couloir comme s'il craignait que je ne me lève et ne fonde sur lui. Il a ouvert toute grande la porte d'un coup de pied et il est resté un instant sur le seuil de la boutique, furibond. « Sale voleur, a-t-il répété pour finir. Vous nous avez volé cette maison, et vous voulez à présent nous prendre le peu qui nous reste. Ah, j'ai vraiment du mal à croire que Dieu ait pu concevoir un être aussi vil que vous. » Sur ces paroles, il s'est coulé dans l'éclatante lumière de la rue et il a disparu.

Notre conversation n'avait guère duré, peut-être dix minutes en tout. Il n'avait pas touché au verre d'eau. J'ai pris le verre, je suis allé jusqu'à la porte et l'ai vidé dehors. Il n'y avait pas une âme en vue, mais j'ai eu le sentiment qu'on avait entendu les accusations de Rajab Shaaban Mahmud. Sans doute était-ce dû à la paranoïa que l'on acquiert à vivre si près des gens. Il n'y avait personne dans la rue, mais il n'est pas besoin de monde pour cela. J'avais la certitude que dans son indignation Rajab Shaaban Mahmud allait propager son récit sans tarder. Je m'étais, bien sûr, personnellement rendu à la banque pour tenter d'obtenir un prêt. J'avais fait des démarches auprès des trois établissements que la ville comptait, et j'avais partout essuyé des refus. Les directeurs de banque britanniques nous refusaient toujours les prêts, et ils étaient tous trois britanniques, je crois. Européens, dans tous les cas. Quand je dis nous, je parle des marchands et des hommes d'affaires qui ne sont pas indiens. Je le signale ici simplement. Car c'était leur argent, et ils avaient le droit de désigner qui bon leur semblait pour le gérer, le droit de le confier à ceux qu'ils jugeaient les mieux à même de le mettre en sécurité et de le faire fructifier. Je signale ici simplement que les directeurs de banque européens n'avaient pas confiance en nous, qu'ils ne nous estimaient pas doués pour les affaires, et qu'en conséquence ils nous refusaient toujours les prêts, à ma connaissance. Aussi n'étais-je pas sorti de mes difficultés. Il n'y avait plus désormais d'arrangement possible avec Rajab Shaaban Mahmud, après toutes les accusations qui avaient été portées. Des accusations qui me choquaient, sans me surprendre cependant. Personne ne m'avait jamais parlé aussi directement, mais je me doutais bien de quelque chose, à cause des rumeurs que m'avaient rapportées les sages lorsqu'ils cancanaient.

« Ainsi c'est donc bien l'orgueil qui vous a fait chercher à rentrer en possession de la maison », a dit Latif Mahmud, sarcastique, prenant plaisir à ma déconfiture. J'avais craint qu'il ne supporte pas d'entendre ce que j'avais à lui dire, qu'il s'emporte contre mes mensonges et mes inventions, puis qu'il prenne la fuite. Je ne lui ai pas révélé tout ce que j'ai exposé ici, mais presque, vraiment presque tout. À peu près.

« Oui, c'est peut-être l'orgueil, ai-je dit. Et

l'injustice de ces accusations. Et puis j'avais besoin d'argent, comme je l'ai indiqué. J'estimais ne pas avoir d'autre solution. »

Il a hoché la tête. J'ai pensé qu'il ne tarderait pas à avoir faim et qu'il souhaiterait s'éclipser avant que je n'en dise plus, mais il n'a pas bougé, et il s'est contenté de déclarer qu'il allait devoir partir. Je ne lui ai pas proposé de rester dîner. Je n'avais pas grand-chose, et peut-être pas le genre de chose qu'il aurait considéré comme comestible. Le soir, je me faisais bouillir une banane, un peu de courge, ou une tranche de potiron, que j'avalais en les saupoudrant de sucre. Je buvais un verre d'eau chaude, et cela me suffisait pour la nuit. J'aurais voulu qu'il s'en aille avec ce qu'il avait glané et revienne plus tard, mais j'aurais aussi voulu qu'il reste encore. Il me fallait trouver le moment d'arrêter et de lui dire : ça suffit maintenant, je suis fatigué. Partez et revenez une autre fois.

« Je me souviens de son retour à la maison ce jour-là, a dit Latif Mahmud avec calme, détournant le regard avant de reposer les yeux sur moi. Oui, je me souviens de cette histoire, vous aviez volé la maison de sa tante et vous vouliez voler notre maison. Je ne suis pas sûr de me souvenir du jour où c'est arrivé, mais je me souviens des faits. C'est l'histoire de ma jeunesse. La première fois que j'ai lu "Bartleby", j'ai compris que c'était sous ses traits que je voyais mon père, résigné à son inanité, avec vous pour persécuteur. J'ai appris à lire ce récit différemment par la suite, appris qu'il n'y était pas question que de résignation et d'inanité, mais la première fois c'est lui que j'y ai vu. Vous trouvez cette histoire émouvante. Je me souviens vous l'avoir entendu dire. Émouvante. Pourquoi ne vous a-t-il pas ému, lui ? Mon père. Est-ce qu'il vous a ému ? Cela vous gêne que je fasse de vous son persécuteur ? Bien sûr que cela vous gêne, mais est-ce que cela vous déplaît, est-ce que cela vous paraît déplacé, discourtois au point d'en être insupportable ? »

J'ai fait non de la tête, je me sentais las, je voulais qu'il s'en aille, j'ouvrirais une boîte de haricots rouges quand il serait parti, et je les mangerais froids. Je n'étais pas sûr d'avoir la force morale de continuer à parler de toute cette détresse, à cause de ce que cela remettait en question.

« Il y a un instant, je n'arrivais pas véritablement à croire à ce qui se passait, a poursuivi Latif Mahmud plein de colère et peut-être fatigué lui aussi. C'est tellement invraisemblable. J'ai bien pensé que c'était vous. Je ne sais pas pourquoi. Sans motif véritable, simple hypothèse, une intuition. Et cependant, je ne voulais pas venir. Je n'avais pas de raison de venir, me semblait-il, si ce n'est pour vous dire ma colère, et après tout ce temps je ne le souhaitais pas. Je crois aujourd'hui que je n'ai pas été réellement en colère, mais qu'il fallait que je le sois. Si j'étais en colère contre quelqu'un, c'était contre moi. Encore que je me sois plutôt senti coupable, je crois, et sur la défensive en raison de mon ignorance, de la distance que j'avais réussi à mettre entre ma vie et cette époque-là. Cela vous ennuie que je m'adresse à vous de cette façon-là ? Et finalement je suis venu et vous me parlez si ouvertement, je ne peux pas croire que ce soit arrivé vraiment. Je ne peux pas croire à cette chance-là. Je ne veux pas entendre ce que vous dites. J'ignorais la vouloir cette chance, mais j'ai dû la vouloir puisque je suis venu. Voilà, et en plus de tout cela, je veux m'offrir le luxe d'avoir agi en connaissance de cause. Comme si c'était là mon habitude, au lieu de toujours céder sous la contrainte, au lieu de feindre, de refuser de prendre des risques. Et puis nous avons été francs et courtois, comme je n'avais pas imaginé que nous le serions en venant ici. Je pensais avoir fait de vous une sorte de relique, une métaphore de mes origines indigènes, je pensais que j'allais vous soumettre à examen et que vous resteriez silencieux, que vous dissimuleriez vos pensées, que vous enrageriez en vain comme le djinn venu du tréfonds de l'enfer. Cela vous ennuie que je vous parle ainsi ?

— Si ça vous est nécessaire. Quel djinn avez-vous à l'esprit ? Quel est ce djinn qui reste silencieux, dissimule ses pensées et enrage en vain ?

— Ou plutôt, de quel conte sort-il ? » Il a souri et froncé les sourcils, fouillant sa mémoire. « Je ne m'en souviens pas. C'est une image que j'ai.

— L'image d'une corne ? Le djinn portait-il

une corne ? Une corne unique au milieu d'un immense front ?

— Oui », a-t-il répondu triomphant. Son visage s'est éclairé et l'espace d'un instant il a ressemblé à sa mère, et plus du tout à l'homme sombre se livrant à l'autopunition qu'il avait été tout l'après-midi. Il avait eu quelque chose de la gaieté suicidaire de sa mère. « Vous êtes sacrément savant ! Eh bien, ce conte ?

— *Qamar Zaman.* Il y a là le djinn le plus silencieux et le plus fantasque de toutes les *Mille et Une Nuits.* Avec une corne au milieu du front. Mon djinn préféré, une figure grotesque s'il en est. C'est donc ainsi que vous me voyez ?

— Non, non, ce n'est pas *Qamar Zaman*, absolument pas, je connais très bien ce récit.

— Alors ? C'est vous le spécialiste. Quel est ce conte qui parle d'un djinn venu du fond de l'enfer, qui reste silencieux, dissimule ses pensées et enrage en vain ? C'est bien *Qamar Zaman.*

— Non, ce n'est pas *Qamar Zaman.* Son titre ne me revient pas, mais je vais le retrouver. Je vous le donnerai la prochaine fois. »

Le soir tombait, sinistre, en dépit d'un reste de lumière, avec cette humidité pesante et grise qui plombe le cœur. J'ai regardé par la fenêtre, ostensiblement, pour lui faire comprendre qu'il se faisait tard. S'il revenait un autre jour, il pourrait peut-être à présent s'en aller et me laisser me reposer, rassembler mes pensées. Remettre de l'ordre dans mes catacombes.

« Est-ce que je vous fatigue ? Il va falloir que

je m'en aille, a-t-il déclaré. Dites-moi juste une chose. Vous avez affirmé que vous aviez voulu aller plus loin à cause de l'injustice des accusations de mon père. Quelle injustice ? Pourriez-vous éclaircir cela pour moi ? »

J'ai secoué la tête.

« C'est une longue histoire, que vous aurez peut-être du mal à entendre. N'en a-t-on pas assez dit pour aujourd'hui ?

— Je suis prêt à entendre ces choses si vous estimez être en mesure de continuer », a-t-il répondu, visiblement honteux d'insister, mais avec un petit sentiment de supériorité aussi parce qu'il exigeait de savoir, qu'il me mettait au défi de faire valoir mes droits.

Je savais que je lui raconterais. J'avais besoin d'être absous. Pas d'être pardonné ou lavé de mes péchés – péchés de mesquinerie et de vanité plus que de méchanceté, et dont les conséquences avaient déjà été difficiles à supporter pour moi ainsi que pour les autres. Il n'y avait pas grand-chose qui puisse être fait pour alléger le poids de ces péchés, j'avais besoin d'être absous de ce qui s'était passé, de ce que jamais je n'avais été capable d'expliquer : parler comblerait le désir que j'avais d'être écouté avec sympathie. Il était celui qui pouvait m'absoudre, et je lui dirais ce qu'il m'avait demandé de lui dire. Après quoi je saurais m'arrêter, faire valoir que Shéhérazade réussissait toujours à prendre un peu de repos à l'heure où le soleil se levait. Je faisais juste jouer l'avantage en ma faveur, montrant plus de réticence que je n'en avais en réalité afin d'être bien sûr qu'il s'en irait quand j'aurais répondu à sa demande. Il avait beaucoup parlé de lui, je ne voulais pas donner l'impression de ne pas lui rendre l'amabilité. J'ai donc préparé un thé très fort et très sucré et j'ai repris.

J'ai su qu'il y avait des complications concernant la propriété de la maison à mon retour du Makerere College en 1950. J'avais été absent plus de trois ans, n'étant pas pressé de rentrer une fois mes études terminées. Je m'étais fait, à Kampala, deux très bons amis : Sefu Ali, originaire de Malindi au Kenya, qui étudiait les beaux-arts, et Jamal Hussein qui vivait à Bukoba sur les bords du lac Victoria, au Tanganyika, et qui étudiait la gestion d'entreprise. Sefu se passionnait pour tout et parlait comme s'il n'avait que lui-même et sa conscience à satisfaire, un artiste à part entière. Jamal faisait de la gestion parce que sa famille l'avait voulu. Il était davantage porté à défendre le sens des responsabilités et les savoirs utiles quand Sefu se lançait dans l'une de ses diatribes contre les usages et le devoir. J'étudiais le droit civil et semblais à l'époque condamné à entrer dans l'administration coloniale. Nos chambres étaient situées dans le même couloir de la résidence universitaire, à proximité les unes des autres. Bien que suivant des cours différents, nous faisions tout ensemble. Nous révisions nos contrôles et nos examens ensemble. Nous nous rendions au restaurant universitaire ensemble. Nous n'étions, à l'époque, autorisés à pénétrer dans le réfectoire que revêtus de la toge rouge des étudiants – c'était Oxford sous l'équateur. Nous flânions en ville, jouions au football, traînions sous les énormes figuiers, rompions le jeûne à la fin de chaque jour du ramadan et célébrions l'aïd ensemble. Tout.

C'était un comportement adolescent, peut-être. Certains étudiants nous taquinaient, disaient que nous allions ensemble même aux cabinets ou je ne sais quoi encore. Mais c'était une époque formidable, et nous pensions que ces relations allaient durer toute la vie. Je n'ai pas le souvenir que nous nous le soyons dit, mais je sais avec le recul que c'est ce que j'attendais de ces rapports fraternels, des rapports sur lesquels on ne se pose pas de questions, des rapports immuables. Pardon, mais je n'ai pas eu de frère. Et en parlant de rapports fraternels, je parle peut-être d'un autre de mes rêves, car j'aurais à l'époque souhaité en avoir un et je me plaisais à imaginer ce que ça pouvait être. Quoi qu'il en soit, nous avons eu du mal à nous séparer une fois nos études terminées. J'ai éprouvé plus de tristesse à la pensée de quitter ces amis aimés que je n'en ai eu à aucune autre occasion, si ce n'est à la mort de ma chère mère, Dieu ait pitié de son âme, mais sa disparition lorsque j'avais onze ans fut, davantage qu'une séparation, comme une catastrophe naturelle – un séisme, un raz-de-marée, l'éclipse d'un astre de lumière.

Ainsi, pour retarder quelque peu l'heure de la rupture, avons-nous décidé de nous rendre visite dans nos familles respectives plusieurs mois durant, aussi longtemps que nos parents, ou les organismes gouvernementaux auxquels Sefu et moi étions liés, nous y autoriseraient. Nous avons commencé par rester sur le campus une fois que tout le monde a été parti, faisant la grasse matinée, jouant aux cartes, nous initiant au tennis, et que sais-je encore, avec l'inaltérable frivolité que donne la jeunesse lorsque l'on vit loin de chez soi. Homme bon et compréhensif en temps ordinaire, l'économe a fini par perdre patience et nous mettre dehors. Nous sommes alors allés à Bukoba, où nous nous sommes installés dans la famille de Jamal Hussein. Nous avons pris le ferry à Entebbe et navigué sur le lac, je me souviens que la pluie n'a pas cessé durant toute la traversée, la pluie qui ployait les papyrus des berges à l'infini et donnait à la surface de l'eau l'aspect d'un sombre vif-argent. Les éclairs saturaient le ciel bas et le vent hurlait comme un animal terrorisé. C'est la seule et unique fois que j'ai fait ce voyage, et je m'attriste de n'avoir vu que ce déchaînement gothique, sans parler de la panique qui grandissait chez tous les passagers d'un bateau qui titubait sous le déluge.

La famille de Jamal Hussein tenait une quincaillerie où marmites et casseroles, marteaux et clous, plateaux et bassines émaillées aux motifs fleuris débordaient à même le trottoir d'un vaste et sombre magasin situé sur la grand-rue.

Elle gérait également une affaire de cycles et de matériel agricole dans un spacieux entrepôt aux abords de la ville. Quand vint la prospérité de l'après-guerre, la famille ouvrit près de cet entrepôt un magasin d'automobiles de la marque Austin, ainsi qu'une pompe à essence. C'était soit Austin, soit Morris. Nous étions au Tanganyika britannique, où il n'était pas si facile de devenir concessionnaire de voitures étrangères comme Ford ou Peugeot. Bref, une affaire florissante, peut-être à même de rapporter une fortune. Je n'ai jamais réussi à très bien savoir combien de personnes y travaillaient, et quels liens familiaux unissaient ces personnes entre elles, mais toutes sortes d'oncles et de cousins vaquaient infatigablement à la tâche, s'affairaient en prenant parfois des airs inspirés, ou se réunissaient par petits groupes tapageurs pour échanger potins et nouvelles ou profiter d'un répit dans leurs angoisses sans fin. Il y avait aussi des tantes, et davantage encore de cousines tout aussi agitées à la maison pour s'occuper de la cuisine et du linge. Elles allaient et venaient en s'invectivant, semble-t-il. Je dis semble-t-il car je ne comprenais pas le gujarati et ne pouvais par conséquent savoir si leurs éclats de voix correspondaient à des chamailleries incessantes dans un langage peu châtié, ou à de simples échanges à propos des tâches usuelles, comme de savoir à qui était le tour de balayer la cour. Leurs gestes de mauvaise humeur, cependant, me faisaient souvent pencher pour la première hypothèse.

Toute cette famille élargie vivait dans deux grandes maisons voisines l'une de l'autre qui partageaient la même arrière-cour clôturée par du fil de fer barbelé et une haie de cajans. Dans la cour, que Jamal appelait le jardin, il y avait des bananiers, des buissons de jasmin, un goyavier, une petite plate-bande d'herbes aromatiques située près de la porte d'entrée et un poulailler. Il y avait aussi un coin de sol cimenté et une arrivée d'eau où un dhobi venait faire la lessive tous les jours à l'exception du dimanche. Des cordes à linge traversaient dans tous les sens l'espace de la cour. Sefu et moi occupions une chambre à l'extérieur de la maison. Elle se trouvait dans une annexe qui comportait deux pièces ayant chacune une entrée indépendante et séparées par les lieux d'aisance. L'une de ces pièces était fermée à clé et servait de débarras. Un cousin venait y chercher de temps à autre des provisions pour la maison.

J'ai senti la tension dès le premier jour. Jamal n'avait prévenu personne de notre arrivée, il avait pensé qu'après les récits qu'il avait faits nous concernant, ses proches seraient ravis d'accueillir ses amis. Toujours ce sentiment d'euphorie qui nous avait rendus si heureux les derniers mois à Kampala. Jamal était, à l'époque, le seul de nous trois à habiter suffisamment près de l'université pour retourner régulièrement chez lui, les vacances venues. Il lui suffisait de prendre le ferry, encore que Sefu ait, lui aussi, fait une fois le voyage jusqu'à la côte, en raison d'un deuil familial à la fin de sa première année. J'ai su que Jamal avait parlé de nous car des cousins nous rapportèrent le récit de nos plus folles escapades. Il pensait donc que l'on nous installerait auprès de lui, dans sa chambre ou dans celle qu'il devait partager avec l'un de ses frères ou de ses cousins. Or j'ai tout de suite compris que la présence de jeunes filles dans la maison ne faisait pas de nous les bienvenus compte tenu du mode de cohabitation étroite que la famille s'était choisi. Mais Jamal était peiné que nous soyons logés dans un débarras, car il craignait que nous ne prenions cela pour du mépris.

Ce n'était pas vraiment un débarras, les lieux d'aisances entre les deux pièces en apportaient la preuve, mais ces pièces étaient destinées à loger un domestique ou un jardinier. Simplement, n'employant pas de personnel, la famille les réservait à un autre usage. Nous avons essayé d'en plaisanter devant Jamal, nous émerveillant de pouvoir sortir dans le jardin dès le réveil, d'avoir toute liberté de jouer aux cartes sans déranger personne jusque tard dans la nuit, de posséder un endroit à nous. Mais il y eut d'autres tensions. Nous prenions nos repas seuls de notre côté. L'une des sœurs de Jamal nous appelait et nous allions chercher nos parts, toujours servies dans les mêmes bols émaillés aux motifs fleuris qui semblaient nous être réservés. Quant à Jamal, il devait souvent s'acquitter d'obligations diverses à propos desquelles il ne nous donnait pas toujours d'explications. Surtout, Sefu était peiné qu'en notre présence les tantes et les cousines parlent de nous en gujarati et qu'elles nous dévisagent avec un agacement non dissimulé lorsque nous apparaissions dans la cour. Au bout de quelques jours, Jamal nous annonça que l'on avait besoin de lui quotidiennement dans les divers locaux de l'entreprise familiale, et que nous n'allions pas pouvoir faire les excursions qu'il nous avait promises sur les sites intéressants aux alentours. Nous fûmes cependant invités à nous joindre au pique-nique organisé le dimanche suivant à quelques kilomètres de là sur la route du lac.

Nous n'avons finalement réussi à tenir qu'une quinzaine de jours. Un après-midi, Sefu et moi longions l'arrière des maisons pour gagner la ruelle qui mène au lac où nous avions l'intention d'aller marcher (Jamal n'était pas apparu, bien qu'ayant promis de nous rejoindre s'il parvenait à s'échapper). C'est alors qu'un paquet d'eau chaude nous est soudain tombé dessus. Nous avons levé la tête et tout juste eu le temps d'apercevoir, avant qu'il ne disparaisse, le visage réjoui d'une femme dans l'encadrement d'une fenêtre à l'étage. Nous avons entendu des rires pleins d'excitation, et un instant plus tard trois autres têtes sont apparues à la même fenêtre pour jouir du spectacle. Il n'y avait pas grand-chose d'autre à faire après cela, d'autant que nous étions persuadés que c'était de l'eau souillée qu'on avait déversée sur nous. Nous nous sommes lavés et changés, puis nous avons rassemblé nos modestes affaires. Jamal est sorti en trombe de la maison et a couru dans notre direction tout en vociférant par-dessus son épaule. Il s'est aussitôt lancé dans des explications et confondu en excuses. Sefu a saisi son encombrante valise et il est parvenu non sans mal à sortir de la chambre. Je l'ai évidemment suivi. Nous étions presque arrivés à la route quand il s'est retourné et a crié à l'intention de Jamal : « Vous êtes tous de sales cons prétentieux. » J'ai demandé à Jamal de lui envoyer un mot : « Tu as son adresse. Ne laisse pas les choses finir de cette façon. » Mais il n'a pas écrit. C'était tellement triste. Peut-être avait-il trop honte, ou bien encore a-t-il pensé qu'il n'y avait plus rien à ajouter. Je me souviens des prunes sucrées qu'on cueillait là-bas à Bukoba et de la lumière violette qui planait en fin d'après-midi sur le lac.

Sefu et moi avons pris l'autocar pour Mwanza, puis un autre autocar pour Kisumu, et de là le train pour Nairobi et enfin Mombasa. Quatre jours de voyage à dormir dans les gares routières et les trains. Nous avons passé une nuit à Mombasa chez un parent à lui, avant de reprendre au matin le car pour Malindi. Me retrouver sur la côte, c'était un peu me retrouver chez moi, mieux, c'était savoir que j'avais ici une place qui m'était réservée. Les connaissances que j'avais acquises à Kampala m'écrasaient de leur poids, elles me donnaient la mesure de mon ignorance, de la fragilité de la confiance que j'avais en moi. Me retrouver près de la mer, c'était m'intégrer enfin à quelque chose de noble et de généreux, à un mode de vie qui était le mien et que j'avais trop vite considéré comme inutile et misérable. J'ai passé trois mois avec Sefu chez plusieurs parents à lui, nous avons parcouru la côte d'un bout à l'autre, poussant aussi loin au nord que Pate et Lamu. Nous nous arrêtions là où Sefu avait quelqu'un qu'il connaissait, ou le nom de quelqu'un susceptible de nous loger, avant de continuer en autocar ou en bateau. Partout où l'on nous recevait nous étions traités comme des fils de la famille, nous acceptions l'hospitalité qui nous était offerte, quelle qu'elle soit. Partout, chacun semblait savoir qui était Sefu, même sans l'avoir jamais rencontré. Ce fut une époque incroyable pendant laquelle les gens m'ouvraient les bras à moi aussi. Sefu a tenté de me convaincre de rester au Kenya et d'y trouver du travail, mais il savait que c'était impossible, car la bourse d'études que j'avais obtenue m'obligeait à servir dans l'administration coloniale pour une durée d'au moins trois ans.

Quelques semaines après notre arrivée sur la côte, j'avais écrit à mon père afin de l'informer de l'endroit où je me trouvais et de lui annoncer mon retour par le chemin des écoliers. J'avais écrit sans penser recevoir de réponse. Il n'avait répondu à aucun des rares courriers que je lui avais adressés de façon irrégulière depuis trois ans et plus. Cela ne m'avait pas paru malintentionné de sa part, je ne considérais pas mon père comme quelqu'un de malintentionné. Je lui envoyais de temps en temps de mes nouvelles par devoir, alors que les pères n'écrivent de lettres que lorsqu'ils ont une information à communiquer, des instructions à donner, une interdiction à formuler. Il m'a écrit à Malindi pour me signaler qu'il était temps que je rentre à la maison, qu'un représentant de l'administration était venu s'informer de l'endroit où je me trouvais, car un poste m'avait été attribué que je devais accepter au plus vite, une obligation que j'avais apparemment oubliée. Dans tous les cas, j'étais attendu pour d'autres motifs dont il souhaitait m'entretenir. Il me sommait de lui indiquer le bateau par lequel je comptais arriver, parce qu'il avait l'intention de venir me chercher. Cette dernière injonction visait de façon détournée à m'annoncer son remariage, même si je n'en ai compris le sens qu'une fois rentré.

Mon père s'était remarié deux ans auparavant. J'ai considéré la nouvelle comme de peu d'intérêt lorsqu'il me l'a annoncée. Nous marchions sur les docks en direction de la maison, j'étais dans l'euphorie du retour après une longue absence, et très occupé à saluer des gens que je n'avais pas vus depuis des années. Je n'étais donc pas des plus attentifs à ce qu'il me disait. Mais je me souviens qu'entre deux grands sourires et autres signes de reconnaissance adressés à telle ou telle personne croisée en chemin, j'ai pensé : pourquoi ce vieillard a-t-il eu besoin de se remarier ? Je n'ai rien dit de tel, évidemment. La raclée que sans hésitation mon père m'aurait administrée pour mon insolence m'aurait envoyé de l'autre côté de la rue. Je suis content, de toute façon, de m'être tu, car je pense différemment aujourd'hui. Je sais qu'on ne cesse jamais de désirer la vie, de rechercher la compagnie de quelqu'un, de se donner des raisons d'exister. Il avait dû craindre ma réaction à cause de l'amour que nous portions tous deux à ma mère. Ce qu'il m'a annoncé ne m'a cependant pas troublé, ni à l'époque, ni après. Quand nous sommes arrivés à la maison, la maison où il vivait depuis qu'il s'était remarié, je me suis souvenu de ceux qui l'habitaient avant. « Voici ta mère », a déclaré mon père, et nous nous sommes poliment embrassés, sa femme et moi, avant d'échanger des propos courtois. Je ne devrais pas dire « sa femme » mais « ma belle-mère », pourtant je n'ai jamais pu la considérer comme telle. Elle était la femme de mon père. Je la connaissais jusqu'alors sous le nom de Bi Maryam, et c'est ainsi que j'ai continué de l'appeler, sans lui manquer de respect.

Je me souvenais, ai-je dit, des gens qui avaient habité la maison, et cela peut donner l'impression que je les connaissais de loin. En réalité je les connaissais très bien. L'ancien mari de Bi Maryam était un *nahodha*, capitaine d'un dhow et homme d'affaires à la fois. Tout le monde savait qui il était. Un *nahodha*, cela se remarque dans la rue, c'est un homme de mer qui marche à grands pas, s'occupe de marchandises et de questions techniques, appelle les porteurs, presse les équipages avant que ne s'inverse la marée ou que ne tombe le vent. Quand le mari de Bi Maryam s'affairait ainsi, les gens le saluaient ou le hélaient de loin, ils l'appelaient tantôt par son nom, tantôt par celui de sa profession. Je n'ai pas gardé souvenir de sa mort, qui a dû survenir lorsque je me trouvais encore à Kampala. Mon père a probablement demandé la main de Bi Maryam aussitôt après qu'elle eut quitté le deuil. Je n'ai pas la moindre idée de la façon dont cela s'est passé, pas la moindre idée de ce qui l'a poussé à faire ce qu'il a fait, ni d'ailleurs non plus de ce qui l'a poussée, elle, à accepter. Je peux simplement affirmer qu'au cours des années que j'ai vécues près d'eux, ils ne semblaient pas le moins du monde gênés de la façon dont ils avaient agi. Ils paraissaient aussi fiers d'eux-mêmes et sûrs de leur bon droit qu'on peut l'être. N'aurais-je pas su ce qu'il en était en réalité, j'aurais pu penser qu'ils vivaient ensemble depuis très longtemps, alors que leur mariage datait d'à peine quelques années. Ils donnaient chacun toujours l'impression de savoir ce que l'autre pensait, et jamais je ne les ai vus s'opposer sur des questions d'importance. Quand mon père montait au créneau, l'on pouvait être sûr que Bi Maryam aurait son grain de sel à ajouter et elle aussi sa petite flèche à décocher. Sa méthode était en général plus subtile que celle de mon père qui avait tendance à s'obstiner et à s'offenser lorsqu'il n'obtenait pas satisfaction. Quand il désirait qu'on lui accordât une faveur particulière, ou que c'était elle qui n'était pas contente d'une décision, jamais il ne m'est apparu que l'autre en ait été contrarié, jamais en ma présence tout au moins. Bref, sans vouloir me montrer désinvolte ou blasé en exprimant cela, ils paraissaient satisfaits d'eux-mêmes.

Il y a cependant une chose que je sais. Mon père me l'a confiée quelques semaines après mon retour, afin que j'en sois informé quand la rumeur arriverait jusqu'à moi, ce qui ne manquerait pas de se produire un jour. Je répète ici ce que j'ai compris et ce que j'ai pensé être la vérité. Je rends hommage à mon père sur ce point, même s'il fut, de bien des façons, un homme ignorant et terre à terre, aussi cupide qu'on peut l'être lorsqu'on a grandi dans une époque rude et rapace comme la sienne. Je crois qu'il m'a, de son côté, présenté les faits comme il les comprenait, et qu'il m'a révélé ce qu'il était en mesure de me révéler. Je n'ai pas demandé s'il s'était empressé d'épouser Bi Maryam à cause de sa fortune. Je ne pouvais pas le lui demander. Il aurait trouvé cela irrespectueux. Mais il estimait sans doute avoir été chanceux et bien inspiré d'avoir su prendre pour épouse la riche veuve avant quiconque. J'ignore s'il en était vraiment ainsi, ou s'il éprouvait un sentiment pour Bi Maryam depuis des années et avait avancé rapidement son pion quand l'occasion s'était présentée.

Ce que je sais, dans tous les cas, c'est que le premier mari de Bi Maryam, Nassor le *nahodha,* que tout le monde appréciait et saluait d'un sourire ou d'un geste lorsqu'il passait dans la rue, avait eu son propre lot de querelles familiales. En commençant par être privé de l'héritage de son père. Il n'était pas encore né que la famille avait déjà accaparé tous ses biens pour se les partager. Il baignait alors heureux dans le liquide amniotique, totalement amnésique. Il est né orphelin, après la mort de son père, et les hommes de la famille se sont emparés de ses biens. Ils se sont tout partagé, sans rien lui laisser. Pas même un drap pour lui servir de linceul, comme disent les vieilles gens. Cela se passait dans l'émirat d'Oman, en la ville de Mascate. Sa mère non plus n'avait rien hérité des biens de son époux, mais un frère du défunt avait offert de l'épouser quand elle aurait quitté le deuil. Cet homme avait déjà deux femmes et une foule d'enfants. Il lui proposait toutefois le mariage afin de lui assurer, disait-il, protection et respectabilité. Elle a estimé ne pas avoir le choix si elle voulait dissimuler sa honte et son abandon. Le nouvel époux de sa mère a aussi pris Nassor dans sa maison, qu'il a élevé comme un parent nécessiteux.

Quand Nassor a été assez grand pour comprendre, sa mère lui a expliqué que les droits que lui conférait la naissance avaient été bafoués. Ils avaient tous deux été trahis, sans doute lorsque blottie dans l'ombre elle pleurait son pauvre mari. Ce qu'avait fait la famille allait à l'encontre des lois édictées par Dieu, qui stipulaient dans le détail les règles en ce domaine. Ainsi, quand une personne vient à mourir : 1) ses dettes doivent être réglées, de même que respectés les engagements dans les domaines privé et public ; 2) la moitié des biens restants est répartie à égalité entre les enfants survivants de sexe masculin ; 3) un tiers est réparti entre les épouses survivantes ; 4) le reste est réparti entre les filles. Nassor étant le seul descendant mâle, et de fait le seul descendant que son père ait eu, il aurait dû recevoir au moins la moitié des biens de ce dernier – soit deux maisons à Mascate et un coin de terre planté de dattiers dans le village natal. Quant à l'unique épouse, elle aurait dû avoir un tiers de ce que le défunt avait laissé. La famille la sachant enceinte à la mort du père s'était empressée de distribuer l'héritage afin que l'enfant n'ait droit à rien. La mère de Nassor avait dû par ailleurs épouser un parent, et abandonner ainsi le tiers des biens qui lui revenait. Ils avaient été trahis, dit-elle, et c'était un péché. La loi était claire à ce sujet, le Livre stipulait cela très précisément, même si elle n'en pouvait indiquer le chapitre et les versets. Le Prophète aussi était né orphelin et n'avait pas non plus hérité des biens de son père. Ce qui aurait dû lui revenir avait été réparti entre ses oncles, et l'enfant démuni de tout fut adopté par son grand-père et élevé comme un Bédouin dans le désert. Voilà pourquoi le Livre de Dieu précise quelle part d'héritage doit revenir à chacun, afin d'éviter les injustices du temps de l'ignorance.

Très jeune, vers l'âge de douze ou treize ans, Nassor fit pour la première fois le voyage du *mausim* vers nos régions en qualité de mousse, après quoi il revint chaque année. C'est à cette première occasion qu'il découvrit ses dons pour le métier d'homme de la mer. De retour à Mascate, son oncle le plaça en apprentissage auprès de divers *nahodhas* qui lui versaient la paie du jeune garçon. Cela dura de longues années et aurait pu continuer jusqu'à sa mort, car les fils de son oncle n'auraient vu aucune raison de le traiter différemment lorsqu'ils seraient devenus à leur tour les chefs du clan. Sa mère se trouvait à l'abri du besoin, ayant eu des enfants de son second mariage. Nassor, en revanche, restait un parent à charge et devait se rendre utile du mieux qu'il pouvait. Sans répit, elle l'incitait à faire valoir ses droits sur l'héritage de son père, mais il savait que s'il entreprenait une telle démarche, s'il osait ne serait-ce que soulever pareille question, ses cousins le battraient et le chasseraient, et son existence prendrait mystérieusement fin sans tarder. C'est ainsi que, parti avec le *mausim*, Nassor décida un jour de ne pas rentrer. Il envoya une lettre à sa mère expliquant qu'il reviendrait au pays lorsqu'il le pourrait, autrement dit uniquement s'il le fallait, si tout ce qu'il avait entrepris par ailleurs avait échoué ou si son absence la mettait en difficulté. Il devait avoir alors dix-sept ou dix-huit ans, et il trouva à s'embarquer comme matelot sur des navires qui faisaient du commerce le long de la côte. Il était dur à la tâche, vif d'esprit, et avait peu de besoins. Avant l'âge de trente ans, Nassor fut associé dans plusieurs petites entreprises et devint copropriétaire du dhow sur lequel il était *nahodha.*

Durant toutes ces années, il ne retourna pas une seule fois à Mascate. Un jour il reçut de son oncle une lettre que lui remit un marchand arrivé par le *mausim.* Il le félicitait de sa réussite dont la nouvelle leur était parvenue à Mascate et l'engageait à présent à rentrer au pays afin de se marier pendant que sa mère était encore en vie. On lui avait choisi une femme, l'une de ses cousines, et il était attendu par le *mausim* du retour. Nassor jubilait lorsqu'il répondit qu'il était déjà marié et ne souhaitait pas prendre une seconde épouse, mais qu'il tâcherait de leur rendre visite quand les affaires et la santé le lui permettraient. Autrement dit jamais. Il savait cependant désormais que tous connaissaient sa vie, et il se mit à craindre pour sa nouvelle famille. C'est ainsi qu'il fit l'acquisition d'une maison au nom de Bi Maryam, afin que ce bien-là échappe à la cupidité des siens s'il venait à disparaître inopinément, comme cela peut survenir à tout moment chez ceux qui travaillent en mer. Il avait également le projet de mettre son affaire au nom de ses enfants, lorsqu'il en aurait, pour qu'eux aussi soient à l'abri du besoin. Mais, hélas, il n'y eut pas d'enfants. Et cela aussi, la famille le sut, qui renouvela son offre d'une épouse et lui rappela par l'intermédiaire de sa mère le devoir qui était le sien d'assurer la pérennité du nom que son père lui avait transmis.

Nassor avait vécu heureux auprès de Bi Maryam jusqu'à ce que ses proches le retrouvent, et leurs récentes démarches lui firent prendre une décision. Celle de mettre au nom de sa femme tout ce qu'il possédait, soit l'ensemble de ses affaires, aucune loi ne pouvant l'empêcher de disposer de ses biens comme il l'entendait de son vivant. Ainsi, si quoi que ce soit lui arrivait, la famille aurait beau manœuvrer, son épouse ne manquerait de rien. Mais parce qu'il voulait tenir la transaction secrète afin de ne pas inquiéter ses partenaires et associés, il renvoya la question à plus tard. Et Dieu dans Sa miséricorde emporta finalement Nassor avant qu'il n'ait mis son projet à exécution. Il ne disparut pas en mer comme il le craignait, mais fut victime d'une attaque qui le terrassa très tôt un matin au lever. Bi Maryam portait encore le deuil et ne pouvait en conséquence recevoir de visiteurs de sexe masculin ni opérer de transaction, lorsqu'un cousin arriva de Mascate pour faire valoir les droits de la famille. Comme Nassor n'avait pas de descendant mâle, ses proches purent conformément à la loi obtenir la majeure partie des biens du défunt une fois ses dettes remboursées. À l'exception de la maison. Car la maison appartenait à Bi Maryam, qui reçut également, conformément à la loi, le tiers des biens restants. Mais l'essentiel alla à la famille. En apprenant le dénouement de l'affaire, tous se réjouirent cependant de la bonne fortune de Bi Maryam et saluèrent l'ingéniosité et la prudence de Nassor le *nahodha*, que l'on aima après sa mort plus encore qu'on ne l'avait aimé de son vivant. Personne ne s'insurgea, ne serait-ce qu'à demi-mot, contre la loi de Dieu.

Il me faut à présent expliquer qui était Bi Maryam et à qui elle était apparentée. J'ai préféré ne pas aborder la question plus tôt, pour ne pas compliquer l'histoire de Nassor. Maryam était la plus jeune des filles du pieux Mahmud, qui avait eu trois enfants : Sara, l'aînée, suivie de Shaaban, puis de Maryam. Shaaban le noceur, père de Rajab Shaaban Mahmud. Bref, Bi Maryam, la femme de mon père, se trouvait être la tante de Rajab Shaaban Mahmud.

Quand Bi Maryam a épousé Nassor, son père vivait encore, et beaucoup ont considéré comme une bénédiction pour le *nahodha* l'accord donné à cette union par le vieil homme pieux, en dépit des terribles soupçons qui pesaient sur les hommes de la mer. Quels soupçons ? Ceux qui parcouraient l'océan passaient tellement de temps loin des regards honnêtes que l'on ne savait trop à quelles perversités ils pouvaient se livrer. Et puis la mer dans sa turbulence et son immensité a une façon de vous tourner les têtes et d'exalter les esprits qui rend les gens bizarres, quand ce n'est pas étrangement violents. Mais le pieux Mahmud n'eut pas la moindre hésitation à propos de Nassor le *nahodha*, pas plus que n'en avait eu Bi Maryam.

Son frère Shaaban était encore en vie lui aussi, qui titubait et chantait par les rues quasiment tous les soirs, couvrant son père de honte et de tristesse. Il était content de l'homme que Bi Maryam avait choisi pour époux, un homme connu pour sa générosité et son caractère clément, et qu'on voyait rarement à la mosquée tant ses affaires l'occupaient. Shaaban préférait éviter ceux qui fréquentaient un peu trop les mosquées.

La sœur aînée, Sara, en était à son troisième mariage quand Bi Maryam convola pour la première fois. Elle avait vu mourir en peu de temps ses deux premiers maris. Le troisième était un petit homme paisible et rondouillard qui manifestait un goût prononcé pour le tabac à priser, un homme des plus effacés. Bi Sara, qui n'était que de quatre ans l'aînée de Bi Maryam, avait un tempérament maladivement sombre qui lui faisait toujours imaginer le pire et donner les proportions d'un cataclysme au moindre commérage, à la médisance la plus anodine. Elle n'avait pas eu d'enfant et semblait peu à même d'en avoir jamais compte tenu de tous les maux qui l'accablaient. Ses précédents veuvages néanmoins avaient été plutôt lucratifs et, après la mort de son second mari, elle avait hérité la petite maison dans laquelle elle vivait. Il serait peu aimable de laisser entendre que c'est cette maison qui lui valut son troisième époux, mais, hormis sa piété, elle possédait peu de charmes susceptibles d'attirer un homme, et son penchant mélancolique en aurait découragé plus d'un. C'est cette même petite maison, héritée par Bi Sara de son second mari, qui allait être au cœur du conflit qui m'opposa à Rajab Shaaban Mahmud.

À la mort subite de Nassor le *nahodha*, Shaaban n'était déjà plus de ce monde, il avait été emporté par une courte maladie restée inexpliquée. Son père Mahmud le suivit dans la tombe quelques mois plus tard. Le troisième mari de Bi Sara s'était éteint lui aussi, et elle renonça à en chercher un autre, à moins que la réputation qu'elle avait de collectionner les maris ait découragé quiconque de prendre le risque d'une fin précoce en l'épousant. Bi Sara invita Rajab Shaaban Mahmud, sa très belle épouse Asha et leurs deux enfants à venir s'installer chez elle. Elle le leur aurait demandé plus tôt si elle n'avait dû attendre le décès de la mère de Rajab Shaaban Mahmud. Car Bi Sara ne voulait pas de cette femme dans sa maison, en raison de ce qu'elle appelait ses habitudes répugnantes et peu hygiéniques qui lui faisaient lâcher des pets nauséabonds sans apparemment la moindre retenue, puis s'esclaffer en voyant ses gaz vigoureux provoquer la fureur de ses voisins et les faire tous fuir. Je n'ai pas eu l'occasion de la connaître personnellement, mais son comportement était légendaire. Elle devait avoir une maladie de l'intestin, et l'on disait son cerveau un peu dérangé.

C'est ainsi qu'à la mort de Nassor le *nahodha*, qui eut sans aucun doute jusqu'au bout le souci de conserver ses biens à sa chère épouse, le seul parent au monde de sexe masculin qu'ait eu Bi Maryam était Rajab Shaaban Mahmud. Or, dans de telles circonstances, la présence d'un homme est indispensable, pour participer aux négociations, donner son accord lorsqu'il y a à prendre une décision, et aussi ne serait-ce que pour veiller à ce que les règles de la courtoisie soient respectées. Rajab Shaaban Mahmud approchait alors de la trentaine, il était marié et père de deux enfants, mais il avait un caractère faible et indolent, et fut probablement intimidé par le cupide parent de Nassor. C'est Bi Sara qui l'enjoignit de consulter mon père, qui était au moins un homme d'affaires solvable, connu pour son sérieux dans les questions délicates.

Bi Sara avait été une amie de ma mère il y a des années, et jusqu'à la fin elle avait insisté pour que je la considère comme ma tante ou, quand son émotion était grande, que je la considère comme ma mère. Après la mort de ma mère, elle avait consulté mon père sur diverses questions dont on ne me tint pas informé en raison de ma jeunesse. Peut-être l'a-t-elle même considéré à un moment donné comme l'un de ses possibles maris de remplacement, à garder au chaud pour le jour où l'occasion se présenterait. Peut-être. Il n'y a pas de limite aux innombrables façons que nous avons de manœuvrer et de manipuler les autres et nous-mêmes. Dans tous les cas, Bi Sara a envoyé Rajab Shaaban Mahmud demander conseil à mon père, qui a probablement fait ce qu'il a pu pour se montrer avisé et concret, ce qui n'a pas suffi à empêcher la famille de repartir avec l'essentiel des biens de Nassor. C'est peut-être ainsi que mon père s'est trouvé être le premier sur la liste des prétendants lorsque Bi Maryam a quitté le deuil, elle lui était sans doute reconnaissante de l'aide qu'il avait apportée, à moins que Bi Sara ne se soit empressée de jouer les marieuses. Je n'ai jamais demandé à mon père ni à Bi Maryam de me dire pourquoi ils s'étaient mariés. Peut-être se sont-ils tout simplement choisis l'un l'autre. Il avait alors cinquante ans et elle presque quarante, elle était sans enfant après plus de dix ans passés auprès d'un homme que tout le monde jugeait bon et méritant. Il n'y avait pas chez elle le moindre désespoir quand je l'ai rencontrée. Elle possédait des biens et avait atteint la maturité, ce n'était pas une enfant sous la coupe de ses parents, elle avait fait son choix en toute connaissance de cause. Tels que je les ai trouvés à mon retour de Kampala, ils paraissaient heureux, et ils vécurent ainsi pendant les neuf années qui leur restaient à vivre ensemble. Si je n'ai jamais demandé pourquoi ils s'étaient mariés, c'est qu'à les voir se couler chacun dans le désir de l'autre, l'on imaginait bien que c'était là ce qu'ils avaient souhaité.

La maison que nous habitions avant mon départ pour Kampala était celle où j'étais né et où ma mère était morte en 1941 de façon tellement atroce. Enfant, on ne m'avait pas dit quel mal l'avait emportée, mais je me souviens de la soudaineté de sa fin, de la souffrance qui se lisait sur ses traits, des gémissements insoutenables qu'elle poussait. Plus tard, rentré de Kampala, j'ai demandé à mon père à quoi elle avait succombé et il m'a répondu qu'elle avait eu une déchirure de l'appendice. Étant totalement ignorant de ces choses, il avait pensé que ses maux de ventre provenaient d'une occlusion de l'intestin, et il lui avait administré un laxatif. L'on croyait beaucoup dans les laxatifs à l'époque. Il avait voulu aller chercher un taxi pour l'emmener à l'hôpital, mais elle avait refusé, disant qu'il fallait laisser agir le médicament. Elle s'était efforcée de se battre, jusqu'à ce qu'il soit trop tard et que le poison se propage en elle et la tue dans de terribles souffrances. Mon père a fini par l'emmener à l'hôpital, où le médecin, un Anglais, s'est emporté contre lui avec des mots qu'il ne comprenait pas. Il comprenait néanmoins que ces mots avaient trait à son ignorance et à sa négligence. L'infirmière ne les a pas traduits afin de l'épargner, elle s'est montrée compatissante, mais il savait que le médecin était furieux qu'il ait laissé mourir sa femme dans de telles souffrances. « Voilà comment ta mère est morte, a-t-il conclu, ravalant ses sanglots. Dieu ait pitié de son âme. »

Nous louions deux pièces à l'étage avec une entrée indépendante et un escalier extérieur. Ce type de construction n'était pas rare à l'époque. C'est là que j'ai vécu avant de partir pour Kampala. Du vivant de ma mère, la porte restait ouverte toute la journée, et les femmes du voisinage allaient et venaient, ou envoyaient leurs enfants porter des messages. Après sa mort, mon père prit l'habitude de la cadenasser ou de la verrouiller de l'intérieur, et lorsque je rentrais à la maison il me fallait aller le débusquer là où il se trouvait, ou bien frapper pour qu'il vienne m'ouvrir. Il occupait la pièce de devant qui donnait sur la grand-rue, et moi celle de derrière qui avait vue sur une crique crapoteuse où les pêcheurs venaient chercher leurs appâts en fouillant dans la vase. Quand la lune était pleine, la marée haute transformait ce bras de mer nauséabond en un lagon scintillant.

Après son mariage avec Bi Maryam, mon père renonça à notre vieille location pour s'installer dans la maison de sa femme où il transporta toutes nos affaires. Ainsi me fit-il en quelque sorte moi aussi déménager avant même que de m'avoir informé de mon changement d'adresse. Ils dépensèrent beaucoup d'argent pour arranger cette maison au fil des ans, de l'argent qui venait sans doute pour une bonne part de mon père car, hormis la maison, Bi Maryam n'avait pas hérité grand-chose de son mari. Cette maison fut la nouvelle passion de mon père. Il ne s'était pas le moins du monde auparavant intéressé au cadre dans lequel il vivait, et je ne me rappelle pas que les pièces chez nous aient jamais été repeintes, ou que rien n'ait été remplacé avant d'avoir cessé de fonctionner, quand encore c'était remplacé et dans ce cas d'ailleurs toujours avec retard. À mon retour de Kampala, mon père était devenu pointilleux et exigeant pour tout ce qui touchait au logement qu'il partageait avec Bi Maryam. L'ancien mari de cette dernière, estimé pour sa générosité envers les autres, ne s'était en revanche guère montré généreux envers lui-même et son épouse. La maison n'avait pas l'électricité. La salle de bains était sombre et mal aérée : deux étroites ouvertures pratiquées en hauteur dans le mur assuraient la ventilation de ce lieu clos, nécessaire et honteux. Certaines poutres des plafonds étaient mangées aux vers et les peintures auraient eu besoin d'être rafraîchies. Bi Maryam et mon père apportèrent de nombreuses modifications qui modernisèrent les lieux. Ils percèrent des fenêtres, installèrent des jalousies, placèrent un peu partout des plantes en pot, ce qui rendit la maison plus claire et plus légère d'aspect, plus belle.

Toutes les angoisses qu'avait eues Bi Maryam lors de la succession de Nassor le *nahodha* avaient dû, je pense, lui rester lorsqu'elle vécut avec mon père. À moins que leur mariage n'ait été si heureux qu'elle ait souhaité le marquer du sceau de la confiance et de l'amour. Car la maison que Nassor lui avait si ingénieusement léguée, elle la fit mettre à leurs deux noms, celui de mon père et le sien. Je ne l'ai su qu'après sa mort à lui, quand Bi Maryam, submergée par le chagrin et le choc de cette seconde perte, me fit part de sa démarche. Elle avait agi de leur vivant à tous les deux afin que ni l'un ni l'autre ne soient jamais tourmentés par la famille, quel que soit celui qui partirait le premier. Elle n'avait pas un instant songé que cela se produirait si tôt et de façon si soudaine, sans le moindre signe annonciateur.

La nuit où il est mort, je l'ai entendue crier et appeler à l'aide, et j'ai su avant même de monter à l'étage que c'était pour lui, et qu'il mourait. Le visage de mon père était encore mobile quand j'arrivai. Bi Maryam était agenouillée près du lit et faisait courir frénétiquement ses mains sur lui, comme si elle avait voulu tirer, fermer, boucler quelque chose. Le visage de mon père était encore mobile, mais il ne respirait plus. Les couvertures et les draps étaient couverts de vomissures. Je me suis moi aussi agenouillé près de lui et je lui ai pris la main. Son visage était encore mobile, mais il était mort, et j'ai été ému par l'étrangeté de ce qui venait de lui arriver, le fait qu'il se soit simplement arrêté de vivre, qu'il soit passé, parti. Je me suis occupé des formalités des funérailles, et des voisins sont venus apporter leur aide avec cette disponibilité que seule la mort inspire. Nuhu et moi avons aidé à la toilette du défunt dont la minceur, la sveltesse m'ont étonné. Ce corps paraissait ferme et vigoureux. J'ignorais alors que la mort revêt souvent cet aspect-là. Nuhu sanglotait sans retenue. L'après-midi du lendemain, il y a eu la mise en bière à la mosquée et les prières ont été dites. Nous les avons récitées en silence, et les gens se sont en grand nombre rangés devant le cercueil, et ils ont repris quatre fois le *takbir*, *Allâhu Akbar*, sans s'agenouiller ni se prosterner. Puis le corps a quitté la mosquée, nous avons chanté des cantiques à la gloire de Dieu, et tout le monde dans la rue s'est levé sur notre passage puis a rejoint pour un moment la procession, de sorte que la foule a grossi et que nous étions plus de cent en arrivant au cimetière. Bi Maryam est ensuite retournée une fois de plus à la réclusion et à l'abstinence du deuil pour quatre mois et dix jours, comme le requiert la loi divine.

Il n'avait pas été un père particulièrement bon pour moi et je n'avais pas été un bon fils. Nous étions indifférents l'un à l'autre, c'est l'habitude qui nous réunissait, mais chez Bi Maryam il avait touché quelque chose qui prenait à présent les dimensions d'un chagrin inextinguible. Pendant le deuil, une veuve ne peut recevoir que la visite des femmes et celle des parents de sexe masculin les plus proches, aussi ne puis-je juger du chagrin de Bi Maryam par rapport à d'autres, mais les femmes qui venaient lui rendre visite ressortaient souvent en pleurs, et lorsqu'elle se retrouvait seule, elle s'asseyait en silence près de la fenêtre, enveloppée dans son châle, le regard tourné vers l'intérieur. Bi Sara, qui souffrait comme à son habitude de maladies mystérieuses, se traîna tous les jours jusque chez nous au cours de ces mois-là, mais même elle qui avait l'expérience de telles tragédies ne réussit pas à sortir sa sœur de la mélancolie. Bi Maryam m'abandonna totalement la conduite de ses affaires. J'étais dorénavant propriétaire avec elle de la maison que Nassor le *nahodha* lui avait laissée, et elle était propriétaire avec moi de la boutique de halva que Nuhu continuait de faire tourner en notre nom. Mon père s'était également constitué des économies sous forme d'espèces qui furent partagées entre nous conformément à la loi, même si nous refusions l'un et l'autre de toucher à cet argent pour le moment. C'est à cette époque que j'ai commencé à songer à fermer la boutique de halva pour la transformer en magasin de meubles. Bi Maryam n'a manifesté aucun intérêt pour cette question et m'a engagé à faire ce que je pensais devoir être le mieux.

Pendant les trois premiers mois du deuil, son neveu Rajab Shaaban Mahmud n'est pas venu la voir une seule fois, alors qu'il était son seul parent de sexe masculin. Certains jours, son épouse Asha accompagnait Bi Sara, et une fois ou deux elle a amené avec elle leur plus jeune fils, mais pas le moindre signe de Rajab Shaaban Mahmud. Peut-être pensait-il que sa visite plongerait sa tante dans la perplexité, ou que, recevant quotidiennement des nouvelles par Bi Sara, dans la maison de laquelle il vivait avec sa famille, il n'avait pas besoin d'aller en prendre personnellement. Et puis un soir, tandis que je me trouvais au rez-de-chaussée en train d'écouter la radio, Bi Maryam a été saisie de panique. Depuis la mort de mon père, elle n'aimait pas rester seule à l'étage la nuit. D'ordinaire après avoir écouté les nouvelles, je montais dormir dans la chambre d'amis au premier. Peut-être ce soir-là ai-je tardé un peu, peut-être s'est-elle sentie plus vulnérable. Dans tous les cas, elle m'a appelé d'une voix déchirante et j'ai grimpé l'escalier aussi vite que j'ai pu. Elle était assise dans le salon sur une natte, adossée au mur, le regard vide, comme perdu. « Je pars, a-t-elle articulé. Je n'ai plus de forces. »

Je me suis agenouillé devant elle et l'ai réprimandée. Je lui ai expliqué qu'il ne fallait pas parler ainsi, que cela ne faisait que l'attrister et m'attrister aussi. Je lui ai dit que j'allais chercher un médecin, me souvenant que mon père avait trop attendu pour ma mère, et je notai quelque part dans ma tête de demander l'installation du téléphone à l'avenir. Mais je ne parvins pas à la rassurer. Elle était convaincue d'être à l'agonie et elle souhaitait que j'aille tout de suite demander à sa sœur Bi Sara de bien vouloir venir, si elle le pouvait, afin de lui faire ses adieux avant de partir. J'ai fait ce qu'elle demandait, j'ai couru chez Bi Sara où j'ai trouvé la maison en pleine effervescence. Rajab Shaaban Mahmud était rentré ivre. Il évitait normalement de croiser quiconque lorsqu'il était dans cet état, semble-t-il, mais Bi Sara l'avait cette fois surpris. C'est elle qui est venue m'ouvrir, très remontée contre son neveu. Un propre à rien aussi méprisable que son père, un ivrogne. Qu'aurait dit son aïeul s'il avait été encore de ce monde et s'il avait pu voir une chose pareille ? Rajab Shaaban Mahmud avait disparu quelque part à l'étage et Bi Sara arpentait la cour sombre en s'appuyant de temps en temps sur l'escalier extérieur pour se lamenter et exprimer son dégoût. Elle s'est arrêtée net quand j'ai parlé de Bi Maryam et s'est précipitée à l'étage pour prendre son *buibui*. Avant de redescendre, elle a de nouveau laissé exploser sa colère sur le palier, et a lancé pour finir que sa sœur était mourante et qu'elle se rendait à son chevet afin qu'il lui soit au moins épargné de vivre avec cette nouvelle honte.

Bi Maryam ne mourut pas, pas cette fois-là. Peut-être en fut-elle empêchée par l'indignation de Bi Sara devant ce qui venait de se passer et qu'elle n'avait apparemment pu taire, bien que venue accompagner sa sœur dans ses derniers instants, moments de réconciliation empreints de solennité en temps ordinaire. Ayant pour sa part si souvent joué avec l'idée de la mort, elle n'avait pas cru que Bi Maryam réussirait sa sortie dès la première tentative, pas aussi facilement. Bi Sara passa la nuit auprès d'elle, où je l'ai entendue des heures durant déverser son indignation. Le lendemain, en me rendant à mon travail, j'ai fait un détour par le cabinet du Dr Balboa pour lui demander de passer voir Bi Maryam dès qu'il le pourrait, car elle avait eu dans la nuit une sorte de crise. À mon retour, j'ai su que le docteur était venu et avait prescrit un sédatif, qu'il avait également fait à Bi Maryam la piqûre habituelle. Bi Sara m'attendait pour rentrer chez elle où, selon ses propres termes, régnait la dépravation. Le Dr Balboa avait réussi, de sa façon aimable et ferme, à calmer Bi Maryam qui, le moment de panique passé, semblait dorénavant, plus qu'abandonnée au chagrin, lucide et réfléchie.

Quelques jours plus tard, alors que je me trouvais à la boutique l'après-midi, ce que je faisais à présent pour soulager un peu Nuhu, Rajab Shaaban Mahmud s'est présenté en mon absence à la maison, à la demande expresse de Bi Maryam. Elle m'a par la suite expliqué l'avoir fait venir parce que Bi Sara lui avait dévoilé certaines informations dont elle voulait l'entretenir. Dans son emportement, Bi Sara avait en effet déclaré que Rajab Shaaban Mahmud était non seulement malfaisant, dissolu et alcoolique, mais qu'il faisait courir des bruits calomnieux et racontait que mon père avait grugé et piégé Bi Maryam en lui faisant signer un document par lequel elle lui cédait sa maison. Cette manigance faisait de moi le propriétaire de la maison et l'héritier de tous les biens de Bi Maryam à la mort de cette dernière. Il allait, disait-il, lui, Rajab Shaaban Mahmud, son neveu et légitime légataire, me traîner en justice le jour où sa tante disparaîtrait, et il réclamerait tout ce que mon père et moi lui avions dérobé. Bi Maryam exposa les faits à Rajab Shaaban Mahmud, elle lui révéla tenir le renseignement de sa sœur, et lui demanda de confirmer ou de nier. À en croire Bi Maryam, Rajab Shaaban Mahmud bégaya et protesta, il affirma n'avoir fait que penser à elle et au bien de la famille, mais il ne nia pas.

Bi Maryam me rapporta cette conversation quelques semaines après. Elle avait eu le temps de s'attrister à l'idée de revivre les querelles familiales par lesquelles elle était passée du temps de Nassor le *nahodha*. Elle avait eu le temps aussi de réfléchir à ce qu'elle souhaitait. Elle sortait à peine de son deuil et avait l'intention de consulter un homme de loi afin de faire mettre dès que possible la maison et l'affaire entièrement à mon nom. Ainsi n'y aurait-il pas de chamailleries au moment de sa mort. Son neveu s'était, disait-elle, mis à boire comme son père. Et elle craignait que les biens qu'elle lui laisserait, il ne les dilapide, de toute façon, dans la boisson. La part que j'avais dans la maison aujourd'hui me revenait de plein droit, selon elle. J'avais par ailleurs été tout ce qu'un fils peut être depuis que j'étais revenu vivre auprès d'eux, ainsi n'avait-elle d'autre souhait que de me léguer sa part lorsqu'elle ne serait plus. La seule façon pour elle de s'en assurer, la loi de Dieu régissant très clairement la répartition des biens entre parents, était de tout faire mettre à mon nom de son vivant. Bi Maryam jugeait insupportables les médisances de son neveu à propos de mon père, et injustes celles me concernant. Je ne devais en aucun cas, après sa mort, être victime d'outrages immérités.

Tout cela me prit totalement par surprise. Je n'avais pas imaginé un seul instant que Rajab

Shaaban Mahmud médisait à mon sujet, bien qu'en l'apprenant certaines choses me soient revenues que les gens m'avaient dites, ainsi que certaines allusions et certaines questions qui m'avaient été faites dans l'intention de voir si je n'avais pas quelque chose à ajouter qui aurait rendu ces ragots plus savoureux, plus corsés. Ma première réaction a été de faire marche arrière, de conseiller la prudence à Bi Maryam. Je ne voulais pas avoir sur les bras une querelle qui allait durer des générations. Mais après réflexion, je me suis montré moins délicat. Ma vanité, ma cupidité ont été flattées de ce qui m'était proposé, et je me suis arrangé pour me le rendre acceptable en dépit de mes scrupules initiaux. Bi Maryam et mon père avaient réglé entre eux ce qu'ils avaient voulu régler, mus par la confiance et l'affection. Et mon père avait payé sa part dans les aménagements qui avaient embelli la maison. Si aujourd'hui Bi Maryam souhaitait que me revienne à moi, plutôt qu'à son neveu, sa propre part de la maison, c'était à elle d'en décider. Pourquoi refuser cette chance qui m'était offerte de façon si inattendue ? Nous sommes parvenus à un compromis : Bi Maryam ferait préparer les papiers mais ne les signerait qu'après s'être accordé un nouveau temps de réflexion.

Ce n'est cependant pas ce qu'elle a fait, comme je l'ai découvert par la suite. Bi Maryam a signé les papiers quelques jours plus tard, après la nouvelle nuit que Bi Sara passa chez nous.

C'est Bi Sara qui vint de son propre chef cette fois, affolée par le retour à la maison d'un Rajab Shaaban Mahmud ivre et larmoyant, déversant reproches et accusations, appelant ses fils pour les emmener loin de cette maison de luxure où régnaient le mensonge et les intrigues, les emmener vivre dans un endroit propre. Asha avait fermé à clé de l'extérieur la chambre des enfants afin qu'ils ne voient pas leur père dans cet état, tandis que Bi Sara se tenait, petite et frêle, en haut de l'escalier pour empêcher Rajab Shaaban Mahmud d'approcher. Il faisait les cent pas à quelques centimètres d'elle, criant, hurlant, vitupérant, éploré, tenant des propos diffamants. À la fin, Bi Sara n'a pas supporté plus longtemps l'effroi qu'elle ressentait à voir son neveu égaré de la sorte, elle n'a pas supporté le vide et la détresse qui les attendaient. C'est ainsi qu'elle a abandonné Asha à son mari et qu'elle est venue pleurer auprès de sa sœur dont elle a réveillé les terreurs. Quelques jours après, Bi Maryam voyait son notaire et matérialisait son projet.

Ni l'une ni l'autre des deux sœurs ne vécut longtemps après cela. Trois mois plus tard, un matin, Bi Sara dérapa sur les marches du front de mer et se brisa la hanche. Qui sait ce qu'elle était allée chercher à cet endroit, peut-être acheter du poisson aux pêcheurs, à moins qu'une lubie ne l'ait prise et qu'elle se soit souvenue du temps où elle faisait ces choses-là, ou que, poussée par la curiosité, elle n'ait voulu descendre sur la grève sans se rendre compte à quel point ces marches étaient humides et glissantes. Elle n'a pas repris connaissance après l'opération. Le chirurgien a expliqué que le choc avait été trop grand pour son organisme affaibli. Une foule a suivi sa dépouille mortelle comme s'il s'était agi d'un personnage adulé, d'une sainte. C'est à se demander à quelles activités se livrait Bi Sara en secret. Bi Maryam succomba deux mois plus tard à une fièvre typhoïde, très rapidement et sans faire de bruit, après avoir acheté dans la rue une boisson qui l'a contaminée, non loin du cabinet du Dr Balboa. Elle était venue consulter son médecin ce matin-là, il lui avait prescrit une nouvelle dose de sédatif et lui avait fait sa piqûre habituelle. À son enterrement, ses amis ont pensé que ce n'était pas un hasard si Bi Maryam était partie si vite après sa sœur et son mari. Sans lui vouloir de mal – mais tout était immanquablement entre les mains de Dieu –, il leur avait paru préférable qu'elle n'ait pas survécu à ceux qu'elle aimait et qui lui avaient été ravis si soudainement. Pour moi ce fut une manière de tragédie, car Bi Maryam était presque remise de la plus grave de ses dépressions et n'avait pas encore eu le temps de réfléchir aux décisions qu'elle avait prises. Je l'enterrai avec tout le respect qu'elle méritait, et la pleurai, elle qui avait été si malheureuse durant les derniers mois de sa vie.

Rajab Shaaban Mahmud hérita de Bi Sara la maison dans laquelle il vivait avec sa famille, ainsi que quelques bijoux en or qui avaient très certainement constitué sa dot lors de ses précédents mariages. Lorsque l'on a appris que Bi Maryam avait mis avant de mourir tous ses biens à mon nom, les rumeurs et la méchanceté ont redoublé, au point que je l'ai su. On a dit que mon père et moi avions dupé Bi Maryam, que nous avions obtenu d'elle par la ruse qu'elle nous lègue tous ses biens, que nous avions déshérité la famille du pieux Mahmud en profitant de la sottise d'une femme qui ne connaissait rien à rien. Mais j'ai continué la réfection de mon nouveau magasin de meubles et j'ai fait décorer la cour de la maison de beaux carreaux de céramique bleus, de ceux que j'avais vus au cours de mes voyages avec Sefu bien des années auparavant dans le nord du Kenya.

Latif Mahmud a glissé dans son siège, son visage émacié s'est tendu en affectant la fermeté, il a pincé les lèvres et esquissé un étrange rictus. Il ne savait pas, j'imagine, s'il fallait répondre avec hargne au récit que je venais de faire des insuffisances de son père, ou sourire en personne bien élevée qui ne peut que trouver mesquines nos querelles domestiques, et méprisables mes efforts pour me disculper. La pénombre a gagné la pièce, une pénombre de fin d'après-midi d'été anglais, qui m'avait d'abord rendu anxieux et indécis, mais que j'apprenais à apprivoiser. J'apprenais à résister au désir de fermer les rideaux et d'inonder la pièce de lumière afin, précisément, de chasser l'obscurité plombée de ce début de soirée. J'ai pensé qu'il fallait me lever, aller refaire du thé, allumer l'électricité dans la cuisine, briser le silence qui nous étreignait depuis quelques instants. À peine cependant ai-je amorcé un mouvement que Latif Mahmud a décroisé les jambes et s'est penché en avant. J'ai attendu qu'il parle, mais il n'a rien dit. Il a émis un soupir et s'est enfoncé de nouveau dans son siège. Je me suis levé en faisant attention à ne pas tituber de fatigue, je ne voulais pas qu'il me croie en état de faiblesse, et je suis allé à la cuisine. J'ai allumé l'électricité en évitant de regarder la silhouette cadavérique qui se reflétait dans les vitres, en évitant la tranchante amertume qui s'attardait en permanence sur mes traits, s'y attardait comme une grave faille qu'aucun subterfuge ne parvenait à dissimuler. J'ai tiré les rideaux en détournant la tête et contemplé fixement l'évier, tremblant sans parvenir à me contrôler, faible finalement, submergé par des souvenirs qui paraissaient ne pas vouloir se dissiper, et par l'apitoiement sur moi ainsi que sur tant d'autres auxquels avait manqué, au bout du compte, la force de lutter, vaincus par les insuffisances et le délabrement de nos âmes. Tant de morts, et tant de morts encore et de mutilations à venir, et de souvenirs qu'il n'est pas en mon pouvoir de repousser, et qui vont et viennent dans un ordre que je ne puis anticiper. J'ignore combien de temps je suis resté ainsi, sans doute un peu trop longtemps.

Peut-être ai-je fait du bruit. Dans tous les cas j'ai entendu Latif Mahmud s'ébrouer dans la pièce à côté, et je me suis hâté de remplir la bouilloire et de rincer les tasses pour le thé. Je l'ai entendu arriver dans la cuisine, j'ai senti sa présence dans cet espace confiné, et quand je me suis retourné, j'ai vu son regard immense et lumineux, brillant, blessé. Il a posé les yeux sur moi et j'ai baissé les miens par peur de ce qu'il allait exprimer, las des plaintes et de cette amertume qui m'avaient usé.

« Je vous ai fatigué », fit-il doucement.

J'ai lutté pour ne pas pleurer pendant ce répit qu'il m'accordait, même s'il n'a été que d'un instant. Faible, finalement. J'ai levé de nouveau les yeux et lui ai vu un sourire contraint, et j'ai pensé qu'il avait besoin d'un répit lui aussi.

« Je vous ai mis à rude épreuve en vous imposant certaines choses que j'ai dites. Cela a dû être très dur.

— J'en avais oublié tellement, a-t-il dit, fronçant les sourcils puis les défronçant, et son visage s'est éclairé, a essayé de s'éclairer. Délibérément, je pense. Je veux dire que j'ai délibérément tout oublié. En vous écoutant je me suis dit, mon Dieu, mais c'est bien à cela que ressemblaient les choses. Exactement à cela. Ces chamailleries et toute cette mesquinerie. Toutes ces insultes. Les vieillards et leurs rancunes, et leurs méchancetés sans fin. C'était l'impression que j'avais, enfant, l'impression de murmures et d'accusations, d'indignations compliquées qui remontaient toujours plus loin dans le passé. Cette impression m'est revenue pendant que vous parliez. Et Bibi, je n'avais pas repensé à Bibi depuis des années, Bi Sara comme vous l'appelez. Nous disions Bibi à la maison – grand-mère. Je l'avais oubliée. Non, ce n'est pas possible. Si ? J'ai dû m'arranger pour l'oublier. Elle ne nous aimait pas beaucoup, même si elle nous a invités à venir vivre chez elle les derniers temps. Mais je me souviens bien de cette nuit, celle dont vous parliez. Enfin, je m'en souviens maintenant que vous me la rappelez, que vous me forcez à me la rappeler, que vous me la remettez en mémoire. J'ai détesté vous entendre parler de cela. Je croyais que c'était une chose qui s'était passée en famille et dont personne ne savait rien. Pourtant vous savez depuis toujours et qui et quoi. J'avais peut-être sept ou huit ans. Je n'ai absolument aucun souvenir de la nuit où Bibi s'est opposée à Ba. Absolument aucun. Je devais dormir. Je ne sens pas du tout, à ce sujet, les coups de boutoir de ce que la mémoire a supprimé, juste un intérêt quelque peu stupéfait. Je me souviens, en revanche, de la nuit où mon père hurlait pour que nous descendions. Ma avait fermé notre porte à clé et nous ordonnait de dormir. Je me souviens de cela, de mon père qui hurlait des insultes et qui sanglotait. Il ne criait jamais d'habitude, vous savez. Ces sanglots ce n'était pas imaginable, son propre père qui sanglote, effondré, si vous n'en aviez pas parlé je n'aurais sans doute pas été capable de me le rappeler. Mais ces insultes qu'il lançait, c'était choquant, et Ma qui hurlait elle aussi, qui le traitait d'ivrogne, et Bibi qui pleurait et demandait à mon père de se taire, de partir, de partir loin, parce qu'il était un moins que rien. Oui, je m'en souviens à présent. Tout ce tapage à cause de l'alcool, tout ce tapage dément pour absolument rien. J'avais oublié que Bibi avait quitté la maison, sa propre maison, mais je me rappelle les cris. Elle ne cédait jamais, Bibi, il lui fallait toujours trouver la faute, et tout régenter, relever la moindre négligence. Je sentais bien que nous la décevions. Je sentais bien qu'elle ne nous aimait pas. »

La bouilloire s'est mise à siffler et j'ai pivoté sur moi-même pour m'occuper du thé. Je l'ai préparé à l'anglaise parce que l'on n'avait pas le temps de faire bouillir le lait et d'y mettre le thé à infuser.

« Peut-être vaudrait-il mieux ne pas revenir là-dessus, a-t-il dit derrière moi. Je suis resté trop longtemps. Je ferais mieux de m'en aller. »

Je me suis retourné avec un grand sourire.

« Je ne crois pas que vous partirez jamais.

— Moricaud hilare, a-t-il lancé après un temps, souriant à demi. Je vais prendre mon thé et je vais vous quitter. Mais je reviendrai. Si vous le permettez. Ne sommes-nous pas parents, finalement ?

— Par alliance seulement, ai-je répondu du même ton badin qui avait été le sien. Et il n'y a pas eu de descendance.

— Oui, mais vous avez pris le nom de mon père. Est-ce que tout cela ne fait pas de nous des parents ? Et nous nous trouvons en terre étrangère. Cela devrait plus ou moins naturellement nous rapprocher, c'est ce que les gens me disent lorsqu'ils m'appellent pour me demander un service. Vous ne m'avez toujours rien dit à ce sujet, vous ne m'avez pas dit pourquoi vous avez pris son nom. Tout cela, qu'on le veuille ou non, c'est du passé. Et sans importance, en réalité. Je ne dis pas que le passé soit sans importance – savoir ce qui est arrivé pour comprendre où nous en sommes, comment nous sommes devenus ce que nous sommes, et ce que nous révélons de nous, c'est important. Mais je ne veux pas de récriminations ni de toute cette affaire de famille, de toutes ces rumeurs sourdes qui remontent toujours plus loin dans le passé. Avez-vous remarqué comme l'histoire de l'islam est liée aux querelles de famille ? Je vais présenter cela autrement, car je crains de vous offenser. Je sais combien nous sommes susceptibles, nous les musulmans. Avez-vous remarqué les incroyables conséquences des querelles de famille dans l'histoire des sociétés islamiques ? Les Omeyyades déposent Hassan, le petit-fils du Prophète, et mènent la grande vie pendant un siècle à Damas. Puis la famille d'Abbas Abulmutallib, l'oncle du Prophète, part en guerre au nom de ce dernier pour chasser les Omeyyades et règne à partir de Bagdad pendant cinq cents ans. En fait, elle ne règne pas véritablement cinq cents ans – les généraux et les mercenaires turcs vont s'emparer des rênes du pouvoir après deux siècles, mais ils le font pour le compte de la famille d'Abbas. Pendant ce temps, en Afrique du Nord, il y a les Fatimides, qui descendent de Fatma, la fille du Prophète, et de ses fils Hassan et Hussein. Puis viennent les Ottomans, descendants d'Uthman, qui, pour un temps très bref, vont diriger la moitié du monde et réussir à s'accrocher à de vastes pans de ce monde-là jusqu'au XXe siècle. Enfin, aujourd'hui, ce sont les enfants d'Abdul Aziz-Ibn Séoud qui trônent sur un océan d'or noir, dans un territoire qu'ils ont appelé l'Arabie Saoudite, du nom de la famille. Je hais les familles. »

Je lui ai tendu une tasse de thé, il y a immédiatement trempé les lèvres, comme s'il ne pouvait pas attendre que le liquide refroidisse un peu. Il a grimacé, a eu un mouvement de recul et s'est détourné de moi un instant. J'ai pensé qu'il voulait peut-être s'accorder une pause après l'éclat qu'il avait fait, et je l'ai précédé dans le séjour.

« Qu'est devenu votre ami Sefu ? a-t-il demandé. Le grand artiste. S'est-il avéré être un vrai artiste ?

— Il est entré dans l'enseignement, ai-je répondu, et je l'ai vu sourire de toutes ses dents, comme s'il savait depuis toujours que ma réponse serait celle-ci. Pour commencer en tout cas. Nous nous sommes écrit pendant un temps, et il est venu nous rendre visite, il a séjourné à la maison. Je ne suis jamais retourné au Kenya. Et puis quelques années plus tard, juste après l'indépendance, il a obtenu une bourse d'études pour les États-Unis, et je n'ai plus eu de nouvelles de lui. Je pense qu'il vit là-bas. Je ne sais pas s'il y est devenu un artiste, ou s'il est aujourd'hui rentré au pays. Peu de gens rentrent au pays. »

6

Elle est arrivée à l'improviste, tard un samedi après-midi. Rachel. Sans prévenir. Quelle drôle de façon de voir les choses, quelle idée absurde, quand on y pense, que de devoir prévenir de sa visite pour être bien élevé. Arriver à l'improviste, c'est se passer des valets de pied, des sous-palefreniers et aides-caméristes, quel que soit leur titre, de même que du majordome, et débouler dans le salon, tout écumant, sans se soucier d'être poli, sans craindre d'essuyer une rebuffade. Comme des gens qui se singeraient eux-mêmes, singeant la manière dont ils devraient se comporter. Rachel a sonné et s'est annoncée. Parfois elle prévient et ne vient pas. Cette fois elle est venue sans prévenir. Mais son insistance, qui se veut charmeuse, je crois, est toujours courtoise et donc presque supportable.

« Vous devriez faire installer le téléphone, a-t-elle dit pour riposter au froncement de sourcils involontaire qui a trahi mon irritation.

— J'ai failli l'avoir une fois. Dans ma vie d'avant. »

Elle a attendu de voir si j'en disais plus, ne sachant s'il fallait insister. Je faisais bien sûr allusion à l'époque où j'ai demandé le téléphone après la crise de panique de Bi Maryam. J'ai alors été mis sur une liste d'attente sans qu'ait jamais été donnée suite à ma demande. Rachel est restée à l'entrée du séjour, adossée à l'encadrement de la porte, plutôt que de prendre le siège que je lui offrais, une façon peut-être d'indiquer qu'elle ne restait qu'une minute, ou qu'elle venait avec l'intention de m'entraîner quelque part. Elle faisait cela de temps en temps, essayer de m'entraîner quelque part. Et ce samedi après-midi, c'était son but. Voilà pourquoi sans doute elle n'avait pas montré sa mauvaise humeur habituelle à propos du téléphone que je refusais d'avoir. Son regard mordoré, avec comme une transparence qui faisait penser à de l'ambre, était vif et plein de projets ; mais il était aussi parfois paisible et voilé, vigilant dans sa tranquillité. Elle savait écouter quand elle voulait. « Ma mère est chez moi ce week-end et nous serions ravies toutes les deux si vous veniez dîner. C'est elle qui cuisine, le repas ne peut donc qu'être délicieux. » Elle s'est renfrognée en achevant sa phrase, elle m'avait vu déjà secouer la tête pour dire non. Elle a légèrement haussé les sourcils, m'invitant à m'expliquer.

« Je préférerais ne pas le faire, ai-je dit.

— Ah, vous revoilà avec votre Bartleby. »

Elle a émis un soupir de résignation exagéré. « Mon Dieu. J'espère que cela ne va pas durer aussi longtemps que la dernière fois. Dites-moi s'il vous plaît pourquoi vous refusez. Ce n'est pas une réponse très aimable à une invitation des plus honnêtes et des plus désintéressées : vous faire rencontrer ma mère et goûter à sa cuisine exquise. J'aimerais vraiment que vous acceptiez. Vous ne la connaissez pas mais vous l'apprécierez, je crois. »

Je lui avais parlé du texte et elle l'avait lu, et s'était dit sceptique quant à la dimension qu'on lui attribuait. Trop de mélancolie et de résignation pour elle, et un symbolisme oppressant, les murs, les tombes, les pyramides, et cette herbe maigre qui pousse dans la cour ombreuse de la prison. Trop d'apitoiement sur soi à son goût, tout le mélodrame du XIXe siècle. Peut-être craignait-elle que je ne me considère comme une sorte de Bartleby, porteur d'un secret, d'une histoire écrasante, et qui cherche à expier en silence.

Je l'ai devancée en lui demandant si elle ne se reconnaissait pas un peu en lui, s'il ne lui parlait pas, d'une manière ou d'une autre. N'y avait-il rien dans ce personnage qui lui soit proche, rien qu'elle ait désiré, rien d'héroïque ?

« Pas le moins du monde, a-t-elle répliqué. Il m'est apparu comme quelqu'un de dangereux, quelqu'un qui est capable en permanence de petites cruautés envers lui-même et envers plus faible que lui, quelqu'un qui trompe son monde. »

Je n'avais jamais songé à Bartleby sous cet angle-là, bien qu'il ait été cruel envers lui-même, effectivement.

« Peut-être qu'aujourd'hui l'on considère ceux qui font le choix de l'humilité et du repli sur soi comme étant des êtres fourbes, ai-je dit. Des êtres perdus que rien ne peut sauver, et donc capables uniquement de désordre et de cruauté. Peut-être ne tolère-t-on plus ce désir d'isolement que la foi dans l'ambition d'une force morale rend héroïque. Ainsi le retrait dans l'automortification qu'entreprend Bartleby n'a de sens que parce qu'il est imprévisible et dangereux. D'autant que l'histoire ne nous dit pas ce qui a conduit Bartleby à cet état d'esprit, elle ne nous autorise pas à éprouver de la sympathie pour lui. Elle ne nous permet pas de dire, oui, oui, nous comprenons ici le sens de ce comportement et nous le pardonnons. L'histoire simplement nous présente cet homme, qui ne dit rien de lui, ni de son passé, qui semble ne porter aucun jugement, ne faire aucune analyse, qui ne nous demande ni répit ni pardon, et souhaite seulement qu'on le laisse tranquille.

— Un héros existentiel, a-t-elle conclu dans un sourire un peu condescendant. C'est pour moi quelqu'un qui ne sait que s'apitoyer sur son sort, se complaire dans sa défaite. »

Après un bref silence, l'un et l'autre étant sans doute retournés en pensée à notre précédente conversation, elle a dit : « Pourquoi ne pas venir dîner ce soir ? » Elle s'est assise enfin et s'est penchée en avant pour essayer de me convaincre. « Ma mère serait heureuse de vous connaître. Je le sais. Je lui avais parlé de vous, et en arrivant cet après-midi elle m'a demandé de vos nouvelles. Alors j'ai pensé que je pourrais peut-être vous inviter à dîner. L'idée lui a plu, et quand je l'ai quittée pour venir ici elle commençait déjà à préparer le poisson. C'est une cuisinière d'exception, et il est rare qu'elle me rende visite, c'est donc l'occasion. Ils sont tellement pris là-bas, dans ce Londres du bout du monde. Mon père, lui, ne vient jamais, il ne répond même pas au téléphone, et il n'appelle pas non plus évidemment. Mais qu'importe… Elle est là aujourd'hui. Et elle a plein de choses à raconter, c'est quelqu'un de brillant, d'extrêmement cultivé. Je lui ai retracé un peu votre histoire, j'espère que vous ne m'en voudrez pas. Elle vous plaira beaucoup. Ne dites pas non comme ça de la tête avant que j'aie fini. Vous vous entendrez bien… je le sais. Et il vous faut sortir, ne pas vous enfermer ici. Allez, chaussez vos baskets, on y va. »

Elle m'avait fait cadeau d'une paire de baskets que je m'étais décidé à porter une fois, mais je m'étais senti empoté et comme le point de mire quand j'avais déambulé sur le front de mer les baskets aux pieds, et je ne les ai plus jamais portées. Pour me les acheter, elle s'y est prise de cette façon qu'elle a de me prodiguer ses gentillesses, par surprise. Elle a réussi à me faire sortir un après-midi et m'a conduit à dessein dans un grand magasin. C'en était un que je ne connaissais pas, car j'ai peu à peu et avec plaisir découvert plusieurs de ces endroits au cours de mes promenades. Je passe toujours par le rayon parfumerie à cause des senteurs astringentes qui y planent, m'étonnant de ses lumières crues qui accusent les traits des jeunes vendeuses. Toujours est-il qu'une fois dans le magasin, elle m'a fait essayer une paire de baskets, comme s'il s'agissait de plaisanter. J'ai fait ce qu'elle me demandait et j'ai dit des choses polies à leur sujet, pour être obligeant, pour ne pas paraître fermé aux facéties, alors elle m'a annoncé que c'était un cadeau de sa part. J'ai d'abord protesté puis, la voyant troublée, j'ai compris qu'il ne serait pas aimable de refuser cette marque d'attention et d'estime à mon égard, et j'ai accepté son présent en la remerciant.

« Je ne sais pas pourquoi vous dites que je m'enferme, ai-je repris. Je sors tous les jours.

— Dans les magasins de meubles. »

Je le lui avais dit dans un moment d'inadvertance, un jour où elle avait probablement voulu m'emmener quelque part pour déjeuner sur le pouce. « Il y a un excellent petit libanais en bas de la rue, vous allez adorer. — Je sors tous les jours, vous savez. Je me rends le matin dans les magasins de meubles de Middle Square Park. » Pour elle, cela faisait sans doute partie de ces choses que fait un vieillard solitaire au bout du rouleau. Peut-être d'ailleurs le serait-ce pour tout le monde.

« Ce matin j'ai marché un quart d'heure le long de la promenade, ai-je dit, souriant à présent de voir la façon dont elle me harcelait. Du centre sportif jusqu'à la jetée. Il y avait un groupe de religieuses vêtues de marron et blanc devant l'hôtel Hampton, qui attendaient sur le trottoir l'arrivée d'un dignitaire, semble-t-il. À côté d'elles, deux *bawabs* imposants, resplendissants dans leur uniforme galonné et casquette à visière, avec pour mission d'ouvrir les portières lorsque la limousine arriverait. Les drapeaux du Hampton se tendaient et claquaient au-dessus de leurs têtes. Les deux mastodontes debout sur le trottoir à côté de cette nuée de femmes minuscules et d'apparence anodine, dont les coiffes voletaient comme les plumes sans grâce d'un troupeau de paonnes… Il y avait dans cette scène quelque chose d'intemporel, ces hommes incapables de résister au besoin de parader.

— Comment les avez-vous appelés ? Les chasseurs de l'hôtel. Quel mot avez-vous employé ? a-t-elle demandé.

— *Bawabs.* Les gardiens qui veillent à la porte, un élément indispensable dans toute culture prospère et civilisée. Quand, à la fin de son premier voyage, Sindbad retourne à Basra après avoir fait fortune, il fait l'acquisition d'une maison puis d'un *bawab*, avant d'acheter des concubines et des mamelouks pour divertir ses amis.

— On parle de portiers en ces temps plus paisibles, a-t-elle indiqué. On attend d'eux toutes ces démonstrations, comme à la parade.

Est-ce que c'était avant ou après les magasins de meubles ?

— Après, sans le moindre doute. Les magasins, c'est toujours mieux tôt le matin, avant que les fibres artificielles ne se baladent partout avec l'agitation de la journée. Ils ont sorti une nouvelle gamme de tables dans le magasin où je me suis rendu ce matin. Rien à voir avec celles qu'on y vend d'habitude. Un bois clair, épais, des lignes droites, brutales. J'aime les petites volutes, les filigranes et les bordures ornementales raffinées. Je reconnais la qualité du bois de ces tables, mais cette volonté affirmée d'utilitarisme, l'exaltation de la laideur me rebutent.

— Est-ce là ce qui a conduit à l'humeur Bartleby ? Et vous avez alors pensé qu'une promenade sur le front de mer vous détendrait. Allez, chaussez vos baskets, je vous emmène en haut des falaises en voiture. Nous verrons le soleil scintiller sur l'eau, et je vous convaincrai de venir dîner. »

J'étais trop fatigué, ai-je expliqué. Je l'ai vue renoncer, et comme toujours avec Rachel, quand ce moment arrive, je me sens un ingrat car elle m'accorde sa bienveillance. J'ai résisté au désir de lui dire : D'accord, je viens. Je me suis senti vraiment las, en tout cas trop las pour démarrer de zéro une conversation avec quelqu'un que je ne connais pas. Ou bien peut-être avais-je simplement besoin de calme, et envie de passer la soirée avec le livre de voyages en Asie centrale que j'avais acheté dans la journée à la librairie d'occasion à côté du fleuriste. Il y a une deuxième boutique de ce type de l'autre côté de la rue, mais le libraire qui la tient donne l'impression de détester les livres. Il les inspecte dans son costume-cravate pas très net, les bras croisés sur la poitrine, l'œil noir, comme s'il montait la garde face à une troupe de babouins récalcitrants. Il met les livres dans des caisses ou bien en piles qui s'effondrent, comme une marchandise acquise à la hâte et qu'il revend au rabais. *Herat*, de G. B. Malleson, 1880. Je l'avais ouvert et y avais lu cette phrase : « De l'épaisseur des tapis montaient des vapeurs d'ambre », et je l'avais acheté. Il me donnait la nostalgie de mon *ud-al-qamari* et des senteurs de gomme parfumée.

Je ressens de l'amour pour Rachel, mais je n'oserais pas le lui dire. Elle vient me voir quand ça lui chante, parfois sans prévenir, et le plus souvent avec l'idée de m'emmener faire quelque chose. Tous ses projets ne sont pas transcendants, et il me faut opposer une vive résistance pour ne pas être entraîné dans une sortie dont je n'aurais pas envie. Mais ce qu'elle propose est souvent surprenant et me pousse à revenir sur la tentation que j'ai de refuser, de préférer rester chez moi à lire ou à me pencher sur une carte. Elle désapprouve mon amour des cartes, je crois, sans que je sache pourquoi : elle ne le reconnaîtra pas, elle m'a même récemment apporté un ouvrage sur la cartographie portugaise au Moyen Âge. Peut-être est-ce parce que cela fait de moi un excentrique, ou que cela me rend trop sédentaire, quand elle préférerait me voir des centres d'intérêt plus stimulants qui prouveraient que demeure en moi une certaine jeunesse en dépit des apparences.

Mais ses visites m'ont fait du bien et m'ont appris beaucoup de choses que jamais je n'aurais connues si je n'avais dû compter que sur moi ; elles m'ont rappelé ce qu'étaient la politesse et l'attention aux autres, elles m'ont apporté l'affection et donné l'occasion d'en dispenser à mon tour. Ce ne sont pas ses cadeaux dérisoires, absolument pas, encore que je craigne d'y attacher trop d'importance, même quand je suis seul, car il se pourrait bien que j'aie mal compris et sottement répondu à un amour qui ne m'a pas été offert. Pourtant je sais que ses visites m'ont fait du bien. J'ignore pourquoi elle vient me voir, pourquoi elle tient à ce que je sorte, à ce que je voie cette vallée, cette falaise, ou que je marche le long de cette plage de galets qui ne présente à première vue pas le moindre intérêt. Je ne lui ai jamais posé la question, et elle n'a jamais abordé le sujet elle non plus. Elle arrive et s'agite, ou bien elle s'assoit et nous bavardons un moment en buvant un café amer ou un thé noir sucré, et si l'idée lui prend et que je suis d'humeur, nous partons marcher au bord de la mer, ou alors elle m'emmène en voiture dans un endroit de son choix, et elle me parle de cette façon fiévreuse et désarmante qui est la sienne. Ses visites m'ont fait du bien, elles m'ont fait l'aimer comme ma fille, ma fille qu'elle m'a rappelée la première fois que je l'ai vue. Parfois, quand je la vois rassembler sa chevelure rebelle et l'entortiller autour de sa main d'un geste machinal, comme elle a l'habitude de le faire, je repense à notre première rencontre au centre de rétention, et sans raison explicable, me vient le souvenir de ma fille Raiiya, de ma fille Ruqiya, qui n'a pourtant jamais eu de chevelure comme celle-ci, qu'elle ait entortillée de cette façon-là. Je n'oserais pas lui dire tout cela. J'ignore pourquoi elle prend la peine de venir me voir, de me tomber dessus, comme elle dit. Elle me reproche de ne pas avoir fait installer le téléphone, ainsi ne peut-elle m'avertir et doit-elle se déplacer jusqu'ici quand elle veut me proposer de m'emmener quelque part, au risque d'essuyer un refus. Il ne lui reste alors qu'à repartir en tornade, vainement affairée, dans une autre direction. Comme aujourd'hui. Mais je ne veux pas du téléphone. Je détesterais l'entendre sonner, je détesterais cette intrusion d'appels non désirés à toute heure du jour ou de la nuit, de gens qui s'adressent à moi, que je le veuille ou non, qu'ils soient d'ici ou d'ailleurs, qui s'adressent à moi sans que je les aie vus arriver et que j'aie eu le temps de préparer une excuse courtoise, je détesterais qu'ils pénètrent chez moi par le biais de ce clairon, de cette chose qui sonne, stridule, grésille, et qu'ils exigent de moi une réponse polie. Je préfère les visites fantasques de Rachel qui, de toute façon – je le crains et le sais – ne tarderont pas à s'espacer et à prendre fin. Et songeant à cela, je me suis demandé si mon refus d'aller dîner ce soir avec elle et sa mère allait hâter la venue de ce jour, et j'ai failli dire oui, je viens.

« Demain alors, à déjeuner, a-t-elle repris, souriante, cajoleuse. Venez déjeuner demain. Il le faut. Si vous ne venez pas, elle dira que je vous ai inventé. Elle adore dire cela, que je suis une rêveuse et que je vis dans un monde imaginaire. Ou du moins elle le disait. Jusqu'à ce que je travaille pour les réfugiés, alors elle a compris que j'avais pris conscience des réalités. "Voilà une chose qui en vaut la peine", m'a-t-elle dit. Elle aime à penser qu'elle connaît les réalités, ma mère. Je dois dire que quand je l'entends raconter l'histoire de sa famille, de ma famille, j'ai l'impression que c'est elle qui vit dans un monde imaginaire qu'elle invente en parlant. Il paraît qu'il y a des siècles nous vivions à Haïfa, puis que nous sommes devenus séfarades en Espagne, d'où nous avons été expulsés vers Trieste plusieurs centaines d'années plus tard, avant de nous installer à Genève, et enfin à Londres, qu'a choisi son grand-père à la fin du siècle dernier. Farfelu, pour le moins.

— Elle en sait long sur ces voyages ? ai-je dit, ou plutôt demandé, toujours avide d'odyssées, de récits d'impossibles périples. Sur l'Espagne de l'époque où les Arabes et les juifs ont été chassés d'Andalousie ?

— J'imagine. Mais pourquoi ne pas le lui

demander vous-même ? Je vous vois très bien évoquer tous les deux les jardins de Cordoue jusqu'à une heure avancée de la nuit. Elle possède un grand nombre d'ouvrages sur les juifs d'Espagne. Elle m'en a montré un sur les chants religieux d'Andalousie, des chants arabes. Comment est-ce qu'on appelle ça ?

— La qasida.

— Oui, c'est un petit livre en mauvais état.

— J'aimerais l'entendre parler de l'Andalousie, mais j'ai moi aussi un invité demain, ai-je dit, sentant que je cachais mon jeu. Latif Mahmud. Vous vous souvenez ? L'homme qui…

— Oui, je sais. Je l'ai eu au téléphone. Il m'a appelée cette semaine, a-t-elle indiqué d'un air entendu, avec aux lèvres un petit sourire satisfait.

— Ah, ai-je fait. Et alors ?

— Il m'a appris que vous étiez parents. Vous ne me l'aviez pas dit. Votre rencontre l'a vraiment beaucoup intéressé, je crois. Toutes ces choses auxquelles il ne pensait plus depuis des années, il y en avait même qu'il ignorait. Il m'a rendu envieuse, d'une certaine façon. Il était tellement enthousiaste. Songez un peu, découvrir des pans de sa propre existence qu'on ne pouvait même pas soupçonner. Ce n'est pas étranger à ce que nous faisons dans notre travail. Nous incitons souvent les gens à se souvenir, pour qu'ils nous donnent des arguments. Et quand ils n'y parviennent pas, il nous faut les aider. Imaginez quelqu'un qui remplit les vides d'une histoire. C'est un peu comme quand les parents racontent ce qu'on faisait, ce qu'on disait lorsqu'on était enfant, et dont on n'a pas gardé le souvenir.

— Il y a des choses qu'il vaut mieux ne pas connaître », ai-je dit.

Rachel a réfléchi un moment, la tête penchée sur le côté, l'air grave.

« Non, cela ne conduit pour moi qu'au mensonge et à la confusion. Il vaut mieux savoir, d'une manière générale. Est-ce que ce sont des choses terribles ? Enfin, je veux dire, est-ce que ce sont des choses tristes que vous devez lui révéler, ces choses qu'il avait oubliées ou qu'il ignorait ?

— Oui.

— Tristes pour vous aussi ? Je suis désolée. Il ne vous ennuie pas, j'espère.

— Non, j'ai envie qu'il vienne.

— Il était si heureux de vous avoir rencontré, il l'a déclaré à plusieurs reprises. Vous n'avez donc pas que des choses tristes à vous dire. Quoi qu'il en soit, il me paraît être quelqu'un de bien. Comment dire ? Je ne sais pas, quelqu'un de calme, de réfléchi, d'intéressant. J'aimerais beaucoup le connaître mieux. La prochaine fois qu'il vient, nous pourrions peut-être faire quelque chose ensemble. Aller en voiture à Water Valley, déjeuner là-bas et marcher sur les bords du lac, par exemple. Ou bien préférez-vous que je reste en dehors ?

— Non, non, ai-je dit. La prochaine fois. »

La sonnette a retenti exactement à l'heure dite, ce qui m'a fait penser qu'il avait peut-être attendu en bas avant de se manifester. J'avais préparé un maigre déjeuner composé de riz et de poisson poché avec des légumes, et dès qu'il est arrivé, souriant, impatient, je l'ai conduit à la cuisine afin de partager ce somptueux festin. Je n'avais pas la moindre idée de l'état d'esprit dans lequel il serait cette fois, en dépit de ce que Rachel m'avait confié. J'ignorais s'il allait ferrailler avec acrimonie, m'accuser d'avoir menti et déformé les faits, ou bien se sentir gêné et ne pas trop savoir que dire. Je m'attendais aussi à être surpris par son aspect. Bien qu'ayant passé avec lui un après-midi entier et une partie de la soirée à peine quelques jours plus tôt, il m'était difficile de me remémorer le détail de ses traits. Peut-être était-ce que j'avais évité de le fixer quand je parlais, évité aussi de croiser son regard lorsque c'était lui qui parlait, mais je m'apercevais qu'en repensant à lui durant la semaine, j'avais été dans l'incapacité de revoir son visage en mouvement, ou l'expression qu'il avait en m'écoutant. Je ne dis pas que je n'aurais pas pu le reconnaître, mais je n'étais pas sûr du tout de ce qu'exprimaient plus subtilement ses traits. Voilà pourquoi j'ai pensé qu'il nous fallait passer à table tout de suite, pour nous laisser le temps de trouver à notre échange un nouveau point de départ.

Il est arrivé en souriant et m'a donné une vigoureuse poignée de main. C'était bien, il n'était pas venu tempêter contre moi. Et nous sommes passés aux politesses. Comment allez-vous ? Le travail ? La famille ? « Je n'ai pas de famille », a-t-il répondu. Le sens de ma question était : « Est-ce que tout le monde va bien chez vous ? » Et sa réponse : « Il n'y a personne chez moi. » Je n'ai rien dit de plus et j'ai vu qu'il avait remarqué mon silence, et qu'il souriait.

« J'ai longtemps vécu avec quelqu'un, a-t-il repris, tandis que je posais le plat sur la table et l'invitais à se servir. Six ans, mais cela devait finir tôt ou tard. Nous n'étions pas heureux. Elle s'appelait Margaret. Nous avons vécu ensemble, nous nous entendions bien, nous partagions des plaisirs mais n'étions pas heureux. Nous nous agacions mutuellement, et je sais qu'il m'est arrivé de la détester vraiment, de la haïr. Nous nous sommes connus pendant nos études, et nous sommes restés ensemble tout naturellement. Notre relation n'avait rien que de très banal, malgré les moments agréables et la tendresse, et nous nous sommes ennuyés l'un avec l'autre bien avant d'oser le reconnaître. J'ai ensuite eu une autre relation qui a duré deux ans et demi. Il n'y a pas très longtemps, cela fait à peu près un an. Nous avons envisagé la vie commune, mais cela ne s'est pas fait. Les semaines passaient sans même que j'y pense, et puis une chose s'est produite et je me suis dit non, jamais. Plus jamais. Plus jamais je ne vivrai avec quelqu'un. Il était plus simple, et plus sûr, de rester comme nous étions. Elle avait une petite maison à Clapham, moi un appartement à Battersea. Vous connaissez Londres ?

— Je n'y suis jamais allé, ai-je dit. Comment s'appelait-elle ? Cette femme dont vous êtes séparé depuis peu.

— Angela », a-t-il répondu en souriant de son oubli. Puis l'ayant nommée, il s'est mis à penser à elle, et son visage s'est tendu momentanément. « Elle était traductrice et travaillait à son compte. Manuels pratiques, articles scientifiques, ce genre de textes. Sa langue était l'italien. Quoi qu'il en soit, elle s'est lassée avant moi du type de relation que nous avions, et elle m'a demandé de prendre une décision. Je n'ai pas pu. Ou plutôt, pas voulu. Une famille. Une chose m'était restée, qu'elle m'avait dite les premiers temps que je la connaissais. Son frère et elle avaient dû un week-end aller dans le Dorset parler à leur mère qui se refusait à leur père. Ce n'était pas bien de sa part, disait-elle à propos de sa mère. Elle était donc allée avec son frère lui parler, lui dire que son attitude était égoïste – et le père les avait soutenus dans leur démarche. Cette histoire m'est restée, surtout quand il a été très sérieusement question que nous vivions ensemble. J'imaginais mes enfants venant un jour en expédition me faire la leçon sur le fait que je négligeais Angela, tandis qu'à quelques pas de là elle les encourageait en maugréant. Je ne pouvais pas supporter cette idée. Ce n'est pas vraiment que je ne voulais pas, mais je ne pouvais pas oublier cette histoire. Elle a alors refusé les conditions qui avaient ma préférence, et nous avons cessé de nous voir. J'ai plus ou moins laissé tomber toutes ces choses depuis. C'est très gentil à vous, ce repas.

— Ce n'est pas grand-chose, juste de quoi s'enlever la faim.

— Vous êtes vraiment très aimable de m'avoir laissé revenir, a-t-il dit. Je vous ai fatigué la semaine dernière, je vous ai fait parler de choses difficiles, et je me suis montré désagréable et mal élevé.

— Non, j'avais envie que vous veniez. Vous êtes le bien-venu.

— Quoi qu'il en soit, j'ai repensé toute la semaine à ce que vous m'avez dit, et j'ai essayé de rapprocher tout cela de ce dont je me souvenais et de ce que je pensais savoir. Je sais que quelque chose en moi résistait à ce que vous disiez, même si c'était passionnant. Alors j'ai repensé à tout cela et j'ai mis ces histoires bout à bout, et j'y ai vu les blancs que je ne comblerais jamais, et ce que nous avons évité d'évoquer l'autre fois. Je me sens usé après tout ce temps, après toutes ces années à repenser à cette époque et à cet endroit. Et de vivre ici dans ce tohu-bohu, avec le passage en revue de ma vie, l'hostilité, l'arrogance et le mépris. Je me sens usé, douloureux, ulcéré. Vous comprenez ce que je veux dire ? Vous devez le connaître ce sentiment. J'ai pensé à tout cela cette semaine, à cette usure après tant d'années à savoir et à ne pas savoir, à ne rien faire et à ne rien pouvoir changer à cela.

Aussi me tardait-il de venir vous voir, de vous entendre raconter, pour que l'un et l'autre nous trouvions le repos.

— Oui, trouver le repos, ai-je répété.

— Dites-moi s'il vous plaît ce qu'est devenu Faru. Je vous ai déjà posé la question.

— Nuhu. Il s'appelait Nuhu. Il est entré dans les douanes. Vous savez, ces gens qui dans les ports fouillent les véhicules et interdisent le passage aux personnes non autorisées, et qui réclament des pots-de-vin à tout propos. Il n'est pas besoin de savoir lire et écrire pour exercer ce métier. C'est un emploi méprisable aux yeux de la plupart, ce qui explique à mon sens que Nuhu l'ait obtenu. Je n'aurais pas pensé qu'un travail comme celui-là ait pu l'attirer, l'uniforme et les godillots. Il a eu ce poste quand j'ai été arrêté, je l'ai découvert plus tard, parce qu'il a d'abord travaillé pour moi au magasin, bien entendu.

— J'ignorais que vous aviez été arrêté », a-t-il dit, stoppant net une cuillerée de riz à distance de sa bouche. Je ne doutai pas qu'il l'ait ignoré à voir le choc se lire sur ses traits, mais j'ai continué.

« Beaucoup de gens ont été arrêtés. Des milliers. En tout cas, après quelques années Nuhu s'est arrangé pour partir, pour s'échapper Dieu sait où. Il était bien placé pour se faire la belle, me direz-vous, mais à l'époque la police portuaire était très vigilante, c'étaient des hommes armés, équipés de puissants bateaux à moteur, et pas les *bawabs* avachis dont Nuhu faisait partie.

Les peines encourues pour fuite étaient sévères. Il a dû s'embarquer en clandestin sur un cargo et, à en juger par la destination des navires qui faisaient escale chez nous, il doit aujourd'hui se trouver quelque part en Russie ou en Chine, ou dans l'ancienne RDA. À moins qu'il n'ait été découvert et balancé par-dessus bord, ou qu'il n'ait réussi à débarquer avant, à Aden, Mogadiscio ou Port-Saïd.

— J'ai vécu en RDA, a-t-il indiqué, secouant la tête à la pensée de nos pauvres existences compliquées. À Dresde. Du moins, tout près.

— Oui, vous m'avez dit.

— Est-ce que je vous ai parlé de ce correspondant que j'avais à Dresde ? Je lui écrivais à l'époque où j'étais au pays, et en arrivant en RDA, j'ai découvert qu'il habitait à deux pas de chez moi. Sa mère m'a appris à lire Homère. Enfin, elle ne m'a pas appris à le lire, à proprement parler, mais elle m'a donné l'envie de le lire. Je suis désolé, vous parliez de Faru.

— Oui, vous m'avez dit être venu me voir juste avant de partir pour la RDA. Il y a une chose que vous avez omise dans votre récit. Vous n'avez pas mentionné que Salha était descendue vous parler. Peut-être l'avez-vous oublié. Nuhu l'avait informée de votre présence, et elle est descendue. Votre mère lui rendait visite à cette époque-là car elle ne pouvait pas sortir, et elle a dû penser que vous étiez porteur d'un message de sa part. Elle n'aurait jamais dû descendre. Salha. Elle devait se reposer et éviter les escaliers, mais elle est descendue parce que votre mère venait la voir, malgré les mauvaises relations que nous entretenions, votre père et moi. Les femmes sont plus indulgentes, elles ont davantage le sens de la mesure. Elles s'entraident, veillent à ce que les rapports ne se dégradent pas au point de mener à une impasse. Salha vous a parlé, elle a demandé de vos nouvelles et des nouvelles de votre mère, et vous êtes allé jusqu'à refuser de poser les yeux sur elle. Puis vous êtes parti sans même répondre à ses politesses. Je suppose que vous avez oublié cela. C'était il y a longtemps.

— Non, je n'ai pas oublié. Mais je ne m'en souvenais pas. Était-ce tellement important, qu'il ait fallu s'en souvenir ? Je suis désolé d'avoir été si grossier envers elle.

— C'était il y a longtemps. Et moi, j'aurais dû rendre cette table. Un objet de rien. Salha m'avait conseillé de le faire, mais j'étais trop exaspéré. Elle était navrée que j'aie pris possession du contenu de la maison de votre père, bien qu'il n'y ait pas eu grand-chose à prendre en réalité. Elle estimait que je m'étais montré rancunier et que j'étais impardonnable. Si elle avait été auprès de moi à l'époque, si nous avions été mariés, peut-être m'aurait-elle persuadé de ne pas le faire. Mais je n'avais alors personne à qui parler, et seuls la frustration et un sentiment d'injustice pour me guider. J'étais furieux des calomnies et avais le sentiment d'avoir le droit de mon côté. Quand la question de rendre la table s'est posée, les calomnies avaient été exacerbées par l'impossible sainteté de votre père, et le fait qu'il ait raconté partout que Dieu me montrerait mes péchés et qu'un jour, honteux, je restituerais tous ces biens à leur véritable propriétaire. Je n'ai pas été capable de rendre la table, alors que j'aurais dû le faire. Cela nous a finalement valu l'hostilité de votre mère. »

J'ai proposé un nouveau compromis après que Rajab Shaaban Mahmud eut refusé ma première offre. L'affaire était alors entre les mains du tribunal colonial britannique. J'ai expliqué que je ne voulais pas de la maison. Je voulais seulement obtenir un prêt, car j'avais besoin de capitaux pour renflouer mon entreprise, et puis j'allais me marier. L'argent m'appartenait devant la loi, mais je ne voulais pas de la maison et je ne leur demandais ni de déménager ni de me payer un loyer. Je demandais simplement de pouvoir obtenir mon prêt et, une fois mon entreprise consolidée, j'entendais légitimement restituer à Rajab Shaaban Mahmud la propriété de la maison. Mais il a refusé tout net et, lorsque le tribunal m'a donné raison, il est parti s'installer avec sa famille dans une modeste location. Les choses étaient allées trop loin, et j'avais perdu le sens de ce que j'avais fait. J'ai loué la maison et négocié un prêt qui s'est révélé être beaucoup moins important que celui que j'avais demandé. Les banques se montraient méfiantes immédiatement après l'indépendance, et elles avaient raison de l'être, comme les faits l'ont confirmé par la suite. L'austérité du gouvernement et les désordres dont il s'est rendu coupable devaient culminer deux ans plus tard avec la nationalisation et le pillage de tous les établissements bancaires du pays. L'opération avait été menée au nom du peuple et de l'autonomie, mais ce ne fut rien d'autre que du pillage, de même que le fut la mise sous séquestre de tout ce qui rapportait des profits. Nos dirigeants ont très peu construit, ils ont surtout volé ceux qui ont construit et puis ils se sont rempli les poches.

La gabegie devait cependant atteindre des sommets à l'époque où j'ai fait l'acquisition de la maison de Rajab Shaaban Mahmud et cherché à obtenir mon prêt, mais les banques avaient déjà senti le danger et elles se montraient circonspectes. Le maigre prêt que j'ai obtenu ne m'a pas permis de réaliser mes projets, il ne m'a pas permis de faire grand-chose en définitive. Mais cela n'a pas eu tellement d'importance. En moins d'un an, le pays a plongé dans le chaos et tous ceux qui le pouvaient ont cherché à mettre leur argent à l'abri hors des frontières. Tout ce que j'ai réussi à faire, quant à moi, c'est à continuer comme avant, sauf qu'il n'y avait plus désormais de marché pour les beaux objets. Lorsque j'ai récupéré la table d'ébène, je l'ai placée dans ma boutique non pas en pensant que je pourrais la vendre, mais parce qu'elle était belle et qu'elle me rappelait au quotidien la vanité de l'amitié et de l'ambition.

Rajab Shaaban Mahmud continuait de fréquenter la mosquée du quartier bien qu'ayant déménagé. Il passait tous les jours devant ma boutique, tête basse, en homme de Dieu vaincu et humilié. Et les gens le regardaient en se désolant de la tragédie qui l'avait frappé, lui et sa famille ; ils me considéraient comme l'auteur de ses maux. Sa femme Asha était alors déjà la maîtresse d'Abdalla Khalfan, le ministre de l'Énergie et du Développement, quels qu'aient été son titre et les odieuses inventions qui couraient à son sujet. La voiture de fonction venait la prendre chez elle pour l'emmener où le ministre le souhaitait, puis elle la ramenait à son domicile. Ils étaient amants depuis des années, si l'on en croit la rumeur, mais Abdalla Khalfan était devenu quelqu'un, et ils ne voyaient plus aucune raison de se cacher. J'imagine que jouait en faveur du ministre le fait qu'il n'ait pas, dans son ascension, abandonné sa maîtresse au profit d'une femme plus jeune. Car Asha ne possédait plus la jeunesse, même si elle était encore belle. Le ministre n'avait plus la jeunesse, lui non plus, mais cela n'a jamais, en la circonstance, empêché les hommes d'agir comme s'ils l'avaient. Une tragédie qui pesait d'autant plus sur les épaules du pieux Rajab Shaaban Mahmud.

Et puis j'ai refusé de restituer la table, après qu'Asha eut rendu visite à ma femme confinée à la maison, et qu'elle se fut montrée conciliante pendant et après le jugement de l'affaire par les tribunaux, et qu'elle eut envoyé son fils Ismaïl réclamer cette modeste faveur. Ma mesquinerie a dû la révolter, car elle m'est ensuite devenue violemment hostile. Et elle a entamé sa propre croisade, qu'elle a voulu mener jusqu'à la victoire. Elle avait pour cela l'appui du ministre, évidemment, bien qu'il ait fallu du temps avant que son intervention ne commence à prendre effet. Quelle qu'ait été l'idée qui l'a poussée me concernant, les choses ont ensuite échappé à tout contrôle, une fois la machine de guerre mise en branle. Pendant les deux années qui ont suivi, j'ai été persécuté. J'exposerai les faits dans l'ordre où ils se sont produits. Mais il me faut auparavant préciser que c'est également au début de ces événements que Salha est sortie de son confinement et a donné naissance à notre fille Ruqiya. Dieu ait pitié de leur âme.

Il m'a interrompu, mais ce n'était pas la première fois. Je ne l'ai pas mentionné plus tôt pour ne pas encombrer mon récit, et parce qu'alors il l'avait fait le plus souvent pour exprimer sa surprise ou demander une précision. Mais là, il a quitté la table ainsi que la cuisine où nous étions restés, le déjeuner fini. Il est revenu aussitôt, manifestement furieux, il enrageait.

« Vous n'allez pas maintenant vous en prendre à elle, s'est-il exclamé, l'œil mauvais, le visage assombri par l'aversion et le courroux. Vous en avez, j'imagine, terminé avec lui. Un homme rancunier, un médiocre qui refuse de voir où est le bon sens. Avec son impossible sainteté. Tout ça, c'est réglé. À elle, à présent. Oui, je savais pour le ministre, tout le monde savait. Mais c'était une femme bien. C'est le souvenir que j'ai gardé d'elle. Je paniquais à chaque fois que je la voyais, l'après-midi, s'habiller pour aller le retrouver. J'étais terrifié. Je ne sais pas pourquoi. Je ne sais pas pourquoi il a fallu qu'elle devienne comme cela. Je vous ai écouté tout ce temps et j'ai pensé, il ment, il ment. Seul lui importe son récit. Il veut que cela fonctionne. Et voilà maintenant que vous en rajoutez, pour tout dramatiser. Et que c'est à son tour à elle, et à son sale ministre, de vous persécuter. »

J'ai évité de le regarder. Ce n'est pas que j'étais à ce point avisé, mais en prison j'avais appris à ne pas croiser le regard d'un homme en colère. J'avais appris à rester assis près de cet homme-là, à regarder dans la même direction que lui. J'ai ainsi attendu qu'il exhale sa rage sur le seuil de la pièce.

« Je ne veux pas en entendre davantage », a-t-il lancé en quittant la cuisine une nouvelle fois. Je suis resté quelques instants sans bouger, puis je me suis levé et j'ai débarrassé la table et fait la vaisselle dans l'évier. J'ai ensuite mis la bouilloire sur le feu et commencé de préparer un thé au gingembre très sucré. Quand je suis arrivé avec le plateau dans le salon, il se tenait debout devant la fenêtre et regardait au loin ma bande de mer. J'ai servi le thé et j'ai attendu qu'il vienne s'asseoir en face de moi.

Voici les événements, donc, tels qu'ils se sont produits. Beaucoup sont difficiles à rapporter sans donner dans le drame, et certains m'emplissent d'angoisse, mais j'ai besoin d'en parler, de les évoquer, pour témoigner de cette époque et de la médiocrité de nos vies hypocrites. Je les raconterai brièvement, car ce sont pour bon nombre d'entre eux des moments sur lesquels j'ai essayé très fort de ne pas m'appesantir, de peur de perdre le peu qui me restait dans l'impuissance et l'amertume. J'ai eu des années pour y réfléchir et bien peser leur importance, et j'ai appris à cet égard que mieux valait vivre sans bruit en acceptant ses petites misères quand d'autres doivent endurer d'intolérables cruautés.

Après la nationalisation des banques en 1967, qui nous fut annoncée à la radio de façon retentissante par le président de la République en personne, le directeur de ce qui avait été la Standard Bank et était devenu la People's Bank m'a mis en demeure de rembourser la totalité du prêt qui m'avait été consenti. Je suis allé sur place plaider ma cause, car bien qu'ayant le droit de mon côté – l'accord prévoyait un remboursement sur cinq ans, et deux ans seulement s'étaient écoulés depuis sa signature –, l'heure était mal choisie pour invoquer le droit et la légalité. Je me suis donc rendu à la banque afin de solliciter l'indulgence du directeur. La nationalisation, cela veut dire que tout le personnel d'encadrement avait été changé du jour au lendemain par crainte des sabotages, l'ancienne équipe étant essentiellement composée d'étrangers. Le nouveau directeur a refusé de me recevoir, et un subalterne m'a expliqué que la mise en demeure n'était pas négociable. Ils agissaient sur instruction de l'administration dont ils dépendaient au gouvernement. L'étranger avait coupé les crédits et la clientèle opéré d'importants retraits au cours des mois qui avaient précédé, ainsi toutes les créances devaient-elles être recouvrées. Pourquoi n'avait-on pas, dans les milieux d'affaires, été informé plus tôt de cette décision ? ai-je demandé. C'était, a déclaré le sous-fifre, que le remboursement des prêts se faisait par étapes et que j'étais parmi les premiers concernés. J'ai indiqué ne pas avoir l'argent pour m'acquitter de la somme dans sa totalité. La banque, dans ce cas, allait devoir entrer en possession de la maison qui servait de garantie.

Un mois plus tard, l'information paraissait au *Journal officiel*, et mes locataires durent quitter sans délai la maison pour laquelle j'avais livré bataille devant les tribunaux contre Rajab Shaaban Mahmud. Celui-ci réintégra aussitôt les lieux en compagnie de sa femme Asha. Après quoi, Rajab Shaaban Mahmud passa tous les jours devant ma boutique en se rendant au ministère des Travaux publics où il avait, depuis, grimpé dans la hiérarchie. Et s'il affichait autrefois son humiliation, marchant paupières baissées, la tête penchée sur le côté, c'est avec colère qu'il regardait désormais dans ma direction. Il avait retrouvé sa maison et j'expiais mes péchés. Bien que ne levant pas les yeux, ce que j'avais appris à faire dès que je le voyais approcher, je sentais son regard s'attarder sur moi. En revanche, je croisais rarement Asha dans la rue, car elle disposait à présent d'une voiture. Lorsqu'il m'arrivait cependant de l'apercevoir, elle passait sans un mot en imprimant, me semblait-il, plus de langueur à sa démarche.

Puis, cinq mois après ces événements, j'ai été convoqué au quartier général du parti. L'avis me fut communiqué par le président de la section locale. Il se présenta au magasin un mercredi matin et prit un verre d'eau en ma compagnie, avant de me faire savoir que ma présence était requise le lendemain après-midi. Il m'expliqua que Rajab Shaaban Mahmud avait porté plainte contre moi pour avoir falsifié le testament de sa tante Bi Maryam et hérité frauduleusement, après sa mort, de la maison que j'occupais sans avoir la moindre parenté avec elle. J'ai indiqué au président que cela était faux, mais il a haussé les épaules et répondu que ce n'était pas à lui d'en décider. J'exposerais les faits au quartier général et je verrais ce qu'en pensaient les membres du parti. Quand j'ai parlé à Salha de cette convocation, elle a été désespérée. Elle s'était attendu à un nouveau coup du sort, mais après tant de mois elle s'était mise à croire que le plus dur était passé. J'avais craint pis qu'une convocation au quartier général. Je redoutais une humiliation et un préjudice innommables, une mutilation. Parfois, entre sommeil et veille, je revoyais en rêve un personnage qui avait hanté mon enfance, c'était un homme au nez tronqué, qui présentait dans l'espace situé entre les yeux et la bouche deux trous de couleur chair donnant accès directement à l'intérieur du crâne. Cette mutilation était la conséquence d'une punition pour viol. L'homme arpentait les rues en haillons, condamné aux railleries des plus débiles d'entre nous qui le tournaient en ridicule, mais il était devenu trop timoré pour seulement songer à se défendre ou à se venger. J'avais craint pis que le quartier général du parti, ce qui ne m'empêchait pas de trembler à la pensée de ce que l'on m'y réservait.

Nous avions entendu parler des jugements rendus en ce lieu par ce qui ressemblait à de véritables tribunaux militaires qui prenaient des libertés avec la loi. Aux audiences, présidées par le secrétaire général du parti, siégeaient tous ceux qui avaient du temps à eux, parfois le président de la République en personne, s'il était d'humeur à jouer parmi ses sujets, mais aussi d'autres fois son chauffeur ou le chef de la police. Lors de ma comparution, le Conseil du parti était composé des personnes suivantes, dont je tiens à divulguer l'identité afin que l'on sache que ce qui m'est arrivé ne l'a pas été par hasard : 1) le secrétaire général du parti, dont le nom est connu de tous et qui présidait la séance ; 2) le ministre de l'Énergie et du

Développement, cheikh Abdalla Khalfan, qui était l'amant d'Asha, l'épouse de Rajab Shaaban Mahmud ; 3) le chef des services de l'immigration, Abdulkarim Haji ; 4) le lieutenant Ahmed Abdalla, de l'armée du peuple ; 5) Bibi Aziza Salmin, la maîtresse d'école. Ils étaient tous assis côte à côte à une table. Je leur faisais face sur une chaise, dans la vaste salle sombre ouverte sur une véranda, à l'arrière du bâtiment qui abritait le quartier général du parti. L'obscurité qui régnait dans la salle était la bienvenue à cette heure aveuglante du début de l'après-midi, mais il flottait dans l'air comme une odeur de cave humide. Le président de la section locale m'avait accompagné et s'était installé à l'écart. Il assistait aux débats avec l'intention de rédiger un rapport destiné à alimenter les cancans du quartier.

Les membres du Conseil ont entrepris chacun leur tour de me sermonner sur les faits qui m'étaient reprochés, à savoir d'avoir abusé de la crédulité d'une femme dans le but de priver la famille d'un homme pieux d'un bien qui lui revenait de plein droit. Le ministre de l'Énergie et du Développement ne parla que très peu, mais parut satisfait de la tournure que prenaient les événements. Je fus malmené par le chef des services de l'immigration, Abdulkarim Haji et par la maîtresse d'école Bibi Aziza Salmin, qui avaient tendance à me considérer comme un de ces hommes dont la profession est de tirer profit des femmes. Je ne connaissais aucun des membres du Conseil personnellement, mais j'avais entendu parler de chacun d'eux.

L'on me demanda de répondre à toutes sortes de questions qui m'accusaient. « Admettez-vous avoir projeté de dépouiller Bi Maryam dès le moment où votre père l'a prise pour épouse ? » Je tentai de répondre, avant d'être réduit au silence. J'expliquai que la maison était devenue mienne du vivant de Bi Maryam, et non par héritage. Le testament ne faisait pas mention de ce bien, qui m'avait par ailleurs été donné en toute légalité dans le but d'éviter accusations et récriminations. Je ne parvins pas à aller beaucoup plus loin, car Bibi Aziza Salmin s'étonna de l'impudent aplomb que je montrais, et le responsable de l'immigration suggéra que le Conseil envisage de formuler à mon encontre un nouveau chef d'accusation – le fait de prendre les membres de l'assemblée pour des imbéciles. Il ne me restait plus qu'à écouter l'exposé de ce qui avait été retenu contre moi, ce que je fis pendant une heure et plus. Le jugement me fut signifié sur-le-champ : Bibi Aziza Salmin parla la première, et les autres lui emboîtèrent le pas avec une animosité croissante, jusqu'à ce qu'enfin le président de séance, le secrétaire général en personne, prononce le verdict. Je devais remettre, dès le lendemain au bureau du secrétaire général, les papiers de la maison, afin que le titre de propriété retourne conformément à la loi à la famille de Bi Maryam.

Je rentrai chez moi accompagné du président de la section locale, qui m'assura que cela aurait pu se passer beaucoup plus mal et que j'avais bien fait de ne rien ajouter après mon éclat peu judicieux. Je conservais mon commerce, je ne mourrais donc pas de faim, et allez savoir ce que Dieu nous réserve ! Nous avons emballé ce que nous avons pu cette nuit-là et, avec l'aide de Nuhu, transporté des brouettes entières chez les parents de Salha et au magasin. Nuhu ne travaillait plus pour moi à l'époque, mais il est venu me donner un coup de main quand je le lui ai demandé. Les voisins regardaient par l'entrebâillement de leur fenêtre, sans rien dire pour ne pas ajouter à notre embarras, certains cependant prononcèrent à voix basse des mots pieux, déplorant la tristesse des temps dans lesquels nous vivions. Nous avons évité la grand-rue au cours de nos allées et venues, tirant et poussant la brouette sur les chemins pleins d'ornières qui longent l'arrière des maisons. J'ai insisté pour que nous restions tous chez les parents de Salha cette nuit-là, au cas où l'on aurait tenté par la force de nous chasser de la maison. Tôt le lendemain matin, j'ai apporté les actes notariés au bureau du parti, où j'ai dû attendre plusieurs heures le secrétaire général qui est arrivé peu avant midi. Il m'a reçu avec un aimable sourire et a posé sur sa table, sans les regarder, les papiers que je lui ai remis. Puis il m'a offert une tasse de café dont il m'a tout juste laissé prendre deux gorgées prudentes avant de faire un signe à l'officier qui se tenait à proximité. Celui-ci s'est avancé vers moi, les mains sur les hanches, et d'un bref mouvement de sa tête épaisse m'a engagé à sortir du bureau devant lui. Il m'a conduit dans une petite pièce éclairée par une lucarne haut perchée et munie de barreaux. Je l'ai entendu verrouiller la porte en partant. L'endroit sentait l'urine, il était strié de raies sombres qui ressemblaient à des traces de douleur.

Ce n'est que beaucoup plus tard, en fin d'après-midi, que deux jeunes soldats armés de mitraillettes sont venus me chercher. J'avais une envie pressante de me rendre aux cabinets et je craignais, la peur aidant, d'être incapable de me retenir et de me souiller, ajoutant la honte à l'indignité. Ils m'ont fouillé au corps et retiré le peu de choses que j'avais sur moi, tout cela en vociférant, en me malmenant et en me frappant par pur plaisir. Puis ils m'ont poussé le long d'une enfilade de couloirs jusqu'à la Jeep bâchée qui attendait devant l'entrée du quartier général du parti, où j'ai émergé à la vue de tous dans le doux soleil de cette fin d'après-midi. Il y avait là des badauds, et je ne sais qui est le pire dans pareils moments, du criminel ou des innocents qui regardent comme si rien ne se passait de grave. Il y avait des gens dans la rue, des gens qui allaient leur chemin dans l'indifférence, qui se dirigeaient vers leur café favori, qui partaient rendre visite à de la famille ou à des amis.

Je ne suis resté que quelques semaines en prison, une prison surpeuplée où nous étions entassés à plus d'une douzaine par cellule.

Exiguës mais claires et bien aérées, ces cellules présentaient toutes un mur muni de barreaux à mi-hauteur, donnant sur une cour centrale. Peut-être d'ailleurs serait-il plus exact de dire que la cour centrale donnait sur toutes les cellules, si bien que l'on n'était jamais certain, même la nuit, que quelqu'un dans la cour n'avait pas un œil sur ce que l'on faisait ou rêvait de faire. Mais nous profitions au moins de l'air frais et pouvions voir les autres prisonniers. Ainsi l'endroit ressemblait-il moins à une prison que je ne le craignais. La cellule que j'occupais était toutefois située dans un angle mal aéré, de sorte que les moustiques nous dévoraient une fois la nuit venue. Il n'y avait aucune végétation, pas la moindre graminée dans cette cour en béton, pas même une mauvaise herbe accrochée à une fente dans le mur.

J'ai croisé là un grand nombre de personnes que je connaissais, car le gouvernement avait rempli la prison au lendemain de l'indépendance. Tous ces gens avaient les traits tirés et paraissaient plus las qu'avant, ils portaient des vêtements décolorés par les lavages à répétition. Malgré la puanteur et les privations, un code de courtoisie avait cours. Nous nous adressions les uns aux autres avec bienveillance, nous nous écartions autant que faire se peut et détournions en silence les yeux pendant que chacun faisait ses besoins, nous prenions réciproquement des nouvelles de nos douleurs et de nos maux, et parlions inlassablement. J'avais très peu de choses à dire et beaucoup à apprendre de ces hommes qui, même enfermés pour certains depuis deux ou trois ans, semblaient si bien informés de ce qui se passait au-dehors. J'écoutais poliment et non sans intérêt leurs conversations passionnées. Certaines étaient extrêmement divertissantes, qui témoignaient de l'incroyable humour dont est parfois capable l'être humain dans l'adversité. Nous étions deux fois par jour autorisés à quitter nos cellules pour faire nos ablutions et prendre de l'exercice dans la cour, et deux fois par semaine le médecin passait. Tous les après-midi les familles apportaient un panier à leurs chers détenus, qui sans cela n'auraient eu pour s'alimenter que la maigre pitance de la prison : manioc, haricots, thé. Des rations tout à fait acceptables, mais les paniers de nourriture avaient le goût de la maison, ils nous rapprochaient des nôtres, donnaient au pain que nous rompions la douceur de l'affection et de l'amour. Une fois par semaine les paniers arrivaient avec du linge propre, un T-shirt et un saruni.

Ils étaient remis aux gardiens à l'entrée. Les familles n'étaient pas autorisées à voir les prisonniers, et les paniers étaient fouillés par les autorités qui voulaient s'assurer qu'ils ne contenaient ni messages ni armes. Tous les paniers, qui portaient une étiquette, étaient ensuite déposés dans la cour où les prisonniers venaient les chercher. Quelquefois les gardiens chapardaient et camouflaient leur forfait en plaisantant. J'ai reçu un panier le troisième jour, ce qui m'a empli d'un stupide sentiment de soulagement. Au moins savait-elle où j'étais, comme si cela pouvait lui apporter du réconfort.

Il y avait parfois des punitions, des coups et des mauvais traitements, et j'entendais les autres raconter les choses terribles auxquelles ils avaient assisté durant leur détention. Des prisonniers frappés avec des tuyaux de caoutchouc ou des matraques, ou que l'on obligeait à marcher pieds nus sur du verre brisé. Ils racontaient ces choses dans le détail, évoquaient à voix basse les conséquences qu'elles avaient eues pour les victimes, comme si cela pouvait leur éviter de déballer leurs propres peurs et leurs humiliations. Les punitions étaient administrées dehors, dans la cour, par des gens qui arpentent encore les rues de cette ville aujourd'hui, tout comme le font certaines de leurs victimes. À l'époque où j'ai été incarcéré, je n'ai été le témoin que de vociférations et d'insultes, ou de corrections administrées à coups de tige de bambou.

Au cours de ma troisième semaine, le président de la République est passé. Il faisait ainsi de temps en temps une apparition pour le simple plaisir de contempler, pitoyables et terrifiés, ses ennemis enfermés à double tour, pour le simple plaisir de les entendre demander grâce et réclamer leur relaxe. Il ne s'attarda pas devant notre cellule, qu'il dépassa nonchalamment en affichant une obscène bonne santé, suivi presque furtivement par le médecin, le directeur de la prison et le garde du corps qui l'accompagnait. Il ne s'attarda pas devant notre cellule car il avait ses prisonniers préférés auxquels il rendait visite sans faillir, des ennemis particuliers qu'il considérait avec satisfaction et avec lesquels il échangeait des plaisanteries. Il demandait au médecin de les examiner régulièrement pour s'assurer qu'ils se portaient bien, et que, dans le cas contraire, il leur serait immédiatement administré un traitement qui leur permette de goûter encore longtemps à la prison.

Il s'arrêta une longue minute devant une cellule où il fixa des yeux l'un des prisonniers, comme s'il le voyait pour la première fois, comme si quelque chose en lui l'intriguait ou le troublait. L'homme était un maître d'école qui avait commis le crime de s'emporter à plusieurs reprises au cours de son enseignement sur la question des droits civiques. Après plusieurs interventions bienveillantes des parents, il était apparu incapable de se contrôler, et un certain nombre d'entre eux avaient fini par le dénoncer aux autorités. Ce grand échalas était si maigre et si faible d'apparence que le président devait se demander qui était cet homme et où il avait trouvé l'énergie et la témérité d'accomplir ce qui l'avait conduit ici. Ou bien peut-être savait-il parfaitement à qui il avait affaire et se posait-il simplement la question de l'imprévisibilité des fils d'Adam. Qui peut savoir ce qui se passe dans la tête du président de la République ? Il s'est attardé encore quelques instants, puis il s'est lancé dans un discours improvisé sur la nécessité de l'union et du travail, selon la devise inscrite sous l'emblème national. Si nous suivions tous ce commandement plein d'humanité, nous a-t-il déclaré en tournant sur lui-même afin de s'adresser à l'ensemble des prisonniers, la nation s'en trouverait renforcée et pourrait aller de l'avant. La visite terminée, il s'est arrêté sur le seuil de la cour pour nous contempler avec satisfaction, le corps secoué d'un rire fracassant.

À la fin de ma troisième semaine, un soir, j'ai été tiré de ma cellule ; nous étions déjà tous enfermés pour la nuit. Le gardien m'a recommandé de ne pas faire de bruit, sachant pourtant que chaque prisonnier pouvait, d'où il se trouvait, observer tout ce qui se passait. On m'a fait traverser la cour centrale, puis une autre cour plus petite. C'était là, je le savais, qu'étaient situées les cellules disciplinaires, là aussi que se trouvait le prisonnier mis à l'isolement, quoique nul n'ait su qui était cet homme. Les gardiens le disaient enfermé depuis trente ans, bouclé par les Britanniques pour un crime qu'il avait commis dans un autre pays, un crime politique probablement. Après tout ce temps, il avait complètement perdu la raison. Dans tous les cas, personne ne comprenait plus la langue qu'il parlait, et la seule solution consistait à le laisser où il était. On m'a placé en cellule disciplinaire et enfermé dans l'obscurité avec l'odeur d'humidité des murs passés au blanc de chaux. J'ai aperçu les étoiles par l'étroite ouverture située en hauteur et garnie de barreaux. Je me suis assis à même le sol et j'ai déplié mes jambes en cherchant à tâtons le seau que je m'étais attendu à trouver, mais qui faisait défaut. Pendant un moment je me suis senti bien, réconforté par la solitude. J'ai essayé, comme je le faisais depuis mon incarcération, de ne pas penser à ce qui m'arrivait, à ce qui était arrivé à ceux que j'aimais et auxquels on m'avait arraché. J'ai essayé, sans y parvenir, puis essayé encore et de nouveau échoué, et j'ai continué ainsi aussi longtemps que mon énergie me l'a permis, tenant mes angoisses à distance en essayant encore et encore. Et, quand j'ai été à bout de forces, la souffrance m'a submergé, je me suis alors enroulé sur moi-même et j'ai sangloté. Les moustiques pullulaient autour de moi.

À l'heure la plus noire de la nuit, j'ai entendu des voix dans le couloir et mon cœur a bondi. Je m'étais endormi, ces voix m'ont réveillé, et l'espace d'un instant je n'ai pas su où je me trouvais. Sans doute me suis-je cru chez moi, et ces voix étaient celles d'importuns qui me voulaient du mal. Des torches ont éclairé la cellule, et un rire a retenti. Quelqu'un m'a donné l'ordre de me lever, approchant la torche de mon visage, ce qui m'empêchait de voir où je mettais les pieds. J'ai entendu un autre rire – ils étaient deux, peut-être plus. L'un de ces rires m'a paru familier, et j'ai eu peur. On m'a fait monter à l'arrière d'une Jeep couverte, dans laquelle on m'a poussé en me plaquant la tête au sol. Les bavardages et les plaisanteries ont continué quelque temps, quelqu'un a ensuite pris place dans la Jeep avant de m'écraser sa botte sur la nuque. C'était, j'imagine, pour m'empêcher de sauter du véhicule et de m'enfuir dans la nuit. La pression qu'exerçait la botte m'a fait monter le sang à la tête, et je n'ai plus entendu, à cause du bruit, le rire familier que j'avais reconnu un moment plus tôt.

Quand les voix se sont tues, quelqu'un d'autre est monté à l'arrière de la Jeep, et mon persécuteur a enfin retiré son pied. Le nouveau venu avait un ton surexcité, il était flatté des attentions que venait de lui prodiguer le supérieur avec lequel il avait conversé. « Tu sais ce qu'il a dit ? "C'est une chose que je n'oublierai pas, jeune homme." Ce sera quelqu'un d'important un jour. Il est déjà plus ou moins le second... » L'homme à la botte l'a interrompu. J'ai compris qu'ils parlaient du ministre de l'Énergie et du Développement, qui était considéré comme un dignitaire au brillant avenir, et déjà plus ou moins le bras droit du président. Ce devait être lui, le rire qui m'était familier, car bien que ne connaissant pas personnellement Abdalla Khalfan, je l'avais entendu prononcer des discours, et le timbre de sa voix était suffisamment reconnaissable pour que je l'identifie dans le noir. J'avais du mal à le croire assez imprudent et assez mesquin pour s'occuper lui-même de mon petit déplacement, alors qu'il aurait pu en confier le soin à tant de mains zélées. Peut-être avais-je sous-estimé ma vilénie à son égard et à l'égard d'Asha, car jamais je n'aurais imaginé qu'il voudrait en personne m'infliger le châtiment qui m'était réservé. Une angoisse irrépressible m'a serré la gorge et j'ai toussé, suffoquant à cause des émanations d'essence et de l'odeur de sueur qui stagnaient dans le fond du véhicule. Je savais qu'on m'emmenait sur une plage déserte où l'on se débarrasserait de moi, comme on l'avait fait pour d'autres tant de fois, à en croire les rumeurs. Mais on ne m'exécuta pas. Quand la Jeep a stoppé, l'aube se levait et nous étions au port. Je me suis quelque peu éloigné des soldats qui m'accompagnaient et, dans un spasme incontrôlable de soulagement, j'ai longuement uriné sur les pavés du quai.

On m'a embarqué dans un canot à moteur amarré à proximité et fait descendre à l'intérieur. Deux hommes s'y trouvaient déjà, les chevilles enchaînées à un rail qui courait à même le flanc du bateau. On m'a mis à terre et enchaîné à ce même rail. Je ne connaissais pas les deux hommes, qui étaient en fait originaires d'une autre île, en partance pour le même lieu que moi. Je devais apprendre plus tard qu'ils étaient frères et qu'on les accusait d'avoir empoisonné un oncle, leur bienfaiteur, par des pratiques de sorcellerie, dans une région où les gens croyaient encore aux pouvoirs magiques. Ils se disaient, bien évidemment, innocents. La vedette a démarré immédiatement et, après quelques heures de navigation, nous avons atteint notre destination en début d'après-midi. Mes compagnons s'étaient montrés pleins d'entrain pendant quasiment toute la traversée, ils avaient commenté avec animation les bouffonnes excentricités des gens qu'ils connaissaient, me fournissant au passage les explications qu'ils pensaient m'être nécessaires, sollicitant mon avis sur le caractère étrange d'actions qu'ils jugeaient peu ordinaires, comme si nous étions à paresser sous le manguier du village par une longue journée peu fertile en événements, ou à tuer le temps en devisant à la terrasse d'un café. On nous a retiré nos chaînes à l'arrivée, et nous sommes montés sur le pont pour découvrir que nous venions d'accoster une petite île. J'avais compris que c'était ce à quoi il fallait m'attendre lorsqu'on m'avait amené sur le quai.

Le gouvernement avait fait de cette île un centre de détention après l'indépendance. Il avait organisé la rafle de familles entières d'origine omanaise, celles notamment qui vivaient dans les campagnes, ou chez lesquelles on portait la barbe et le turban, ou qui étaient apparentées au sultan déchu. Les familles avaient été déportées sur cette île située à quelque distance de la grande terre et elles y étaient restées détenues jusqu'à ce que finalement, plusieurs mois plus tard, des embarcations affrétées par le gouvernement d'Oman les emmènent par milliers. Elles étaient si nombreuses qu'il avait fallu des semaines avant que les bateaux ne cessent leurs navettes. On savait qu'il restait encore des détenus dans l'île, qui était totalement interdite aux visiteurs, de sorte que les informations que l'on avait reposaient sur la rumeur et sur une photographie prise par un inconnu et parue dans un journal kenyan. Elle montrait une scène familière aux photographes de presse accoutumés aux drames humanitaires : des gens en grand nombre accroupis sur le sol, certains courbant le front, ou fixant l'objectif avec un regard las, ou bien montrant un intérêt prudent, des hommes barbus, tête nue, épuisés, des femmes voilées, les yeux baissés, des enfants qui vous dévisageaient.

L'officier en charge de l'île est lui-même descendu jusqu'à la jetée pour nous accueillir. C'était un homme rieur aux traits bouffis. Il nous a hélés d'une voix forte, agitant son calot dans notre direction pour nous souhaiter la bienvenue, comme si nous étions des hôtes attendus qu'il était heureux de voir enfin arriver. Il se comportait toujours ainsi, s'exprimant avec enthousiasme à propos de tout, débordant de vitalité devant les imprévus et les complications innombrables de la vie, jusqu'au moment où brusquement il s'irritait ou s'emportait. Il devenait alors braillard et violent. Il n'était pas toujours facile de prévoir ce qui allait l'agacer ou le mettre hors de lui, et il s'avéra qu'il avait ses victimes favorites qu'il adorait tourmenter. Il a parcouru avec nous le chemin qui grimpait en haut de la côte, parlant avec animation de ce lieu délicieux, merveilleux, où nous avions débarqué, allant jusqu'à nous prendre par les épaules l'un après l'autre. En haut de la montée, sur le plat, s'élevait un bâtiment qui comportait une partie en sous-sol. C'était le poste de police, où il enregistra notre arrivée. Son bureau donnait sur une vaste véranda qui offrait une vue magnifique de l'île et de la mer, et d'où l'on voyait se découper le rivage de la grande terre au loin. Il s'est confortablement installé dans un fauteuil sous la véranda, et nous a contemplés, tout sourire, en promenant lentement une main sur sa panse. Nous étions assis en tailleur au soleil à ses pieds. Puis après un moment d'aimable attention, son sourire a disparu et il s'est penché vers nous pour nous faire la leçon sur les crimes que nous avions commis, et énoncer les règles qui avaient cours chez lui.

Mon crime était apparemment d'avoir été trouvé en possession de documents d'État, qui n'avaient heureusement qu'un intérêt économique mineur et m'avaient simplement permis de me livrer à des arnaques, mais s'ils avaient mis en danger la sécurité du pays, lui, commandant en chef de ce centre de détention, m'aurait exécuté de ses propres mains et jeté en pâture aux requins. « Car oui, ces eaux sont infestées de requins », a-t-il déclaré, se tournant à présent vers les deux frères. Il avait, j'imagine, compris que je n'étais pas de taille à m'échapper en gagnant la côte à la nage, mais les deux autres paraissaient forts et vigoureux, et capables de ce genre d'audace. « Quelle idiotie ! Qu'est-ce que c'est que ces histoires de sorcellerie ? Vous nous mettez dans un drôle de pétrin avec vos agissements. C'est grotesque. Vous voulez qu'on nous prenne partout pour des arriérés qui pratiquent la magie ? Plus de sottises de ce genre, a-t-il lancé. Et finis les entrailles de chèvre et les roustons de grenouille, ou je vous donne moi-même le fouet. Dans notre pays aujourd'hui, les gens ont des certificats et des diplômes. Vous ne croyez quand même pas que des culs-terreux venus de la brousse et des marécages vont faire la loi en maniant le poison et le sang de pipistrelle. Alors c'est bien compris ? Je vous donnerai le fouet et je ne vous laisserai que les yeux pour pleurer si je vous prends à faire ces crétineries. » Il nous a déclaré qu'on nous avait amenés ici parce que nous étions dangereux et bornés, et que l'on nous y garderait jusqu'à ce que nous nous soyons amendés.

Une prison avait été construite sur l'île par les Britanniques au tournant du siècle, un lieu sûr destiné à enfermer les indigènes difficiles qui risquaient de se soulever. Ils ne furent pas nombreux cependant, et la prison ne servit pas longtemps. Une autre geôle en ville, celle dont j'avais été l'hôte quelques semaines durant, avait en effet, dans un premier temps, été jugée propice aux évasions et aux insurrections, avant de finalement se révéler commode et sûre. Elle ne fut le cadre d'aucune évasion ou insurrection. Dans un geste très révélateur de la magnanimité du gouvernement colonial britannique – qui, une fois qu'il s'était assuré la suprématie, ne cessait par la suite de rappeler le haut dessein moral à l'origine de toute leur démarche –, l'île a ensuite accueilli un sanatorium où l'on soignait les tuberculeux. Ses installations n'offraient guère mieux que des cellules, mais elles regardaient la mer et leurs portes sans barreaux ouvraient sur une clairière au milieu des casuarinas. Le bâtiment désaffecté de la prison conserva un gardien qui s'occupait d'entretenir les lieux ainsi que les tombes de trois officiers de la marine britannique enterrés là à la fin du XIXe siècle. Les stèles indiquaient qu'ils étaient morts dans un naufrage. Le gardien, quant à lui, était un ancien malade, qui resta sur place après la fermeture du sanatorium et l'ouverture d'un nouvel établissement en ville. La décision de fermeture avait été prise après qu'eut grandi la conviction des autorités médicales britanniques (deux médecins) que la tuberculose avait été éradiquée du territoire. Quand je suis arrivé, le gardien était toujours à son poste et la prison encore debout, même si ses murs s'écroulaient par endroits. Les chambres du sanatorium étaient en bon état car fermées à clé et régulièrement aérées. Les trois tombes, soigneusement débarrassées des mauvaises herbes et des plantes grimpantes, avaient l'aspect que les familles auraient souhaité leur voir si elles s'étaient souvenues de leurs morts et d'où et de pourquoi ils étaient morts. Le gardien était un vieil homme rabougri mais alerte, au regard rusé, qui menait une existence secrète de veille en entretenant les monuments d'un empire qui, retiré derrière ses remparts, l'avait oublié.

Je n'ai pas subi de mauvais traitements sur l'île. Le commandant, comme il aimait à se qualifier, ne s'intéressait pas à moi, pas plus que ne s'intéressaient à moi les cinq soldats qu'il avait sous ses ordres. Je n'offrais aucune résistance aux instructions et obéissais à l'ensemble du règlement. Les deux frères s'adaptèrent joyeusement, bavardant avec les militaires comme s'ils étaient de vieux amis, se laissant taquiner par eux, donnant un coup de main, chapardant à l'occasion, grimpant aux arbres, s'ébattant et nageant comme deux chenapans. Le regard du commandant pétillait d'aise à les voir se livrer à leurs espiègleries. Parfois, lorsqu'ils lui avaient échappé plusieurs heures durant, il exigeait qu'on les lui ramène, afin, disait-il, de garder un œil sur eux, mais c'était en fait pour les voir folâtrer près de lui. Je ne sais pas pourquoi j'ai pensé qu'ils ne resteraient pas très longtemps en prison. Il y avait onze autres détenus, tous des hommes, tous en attente du départ. Ils avaient manqué les bateaux qui avaient emmené tant des leurs à Oman, car, venus d'autres lieux de détention, ils étaient encore en chemin quand les navires avaient cessé leurs navettes. Ils restaient ici le temps que les autorités d'Oman soient informées de leur situation et que des moyens soient mis en œuvre pour les diriger vers leur pays. En réalité, ils n'étaient pas plus omanais que moi, si ce n'est qu'un de leurs ascendants était né à Oman. Il n'étaient même pas différents de nous physiquement, un peu plus pâles peut-être ou bien un peu plus sombres, avec des cheveux peut-être un peu plus raides ou un peu plus frisés. Leur crime : l'ignoble comportement passé du sultanat d'Oman dans ces régions, auquel ils étaient inexorablement associés. À d'autres égards, ils étaient aussi des indigènes, des citoyens, des raiiyas, ainsi que des fils d'indigènes, mais, après être passés entre les mains de divers commandants de l'armée, ils étaient à présent pressés de quitter les lieux et parlaient de leurs persécuteurs avec autant de mépris que leurs persécuteurs parlaient d'eux. C'est à ces détenus que le commandant en chef et ses troupes vouaient toute leur attention, c'est eux qu'ils tourmentaient, obligeaient à exécuter sans répit des tâches dégradantes, eux qu'ils insultaient, frappaient même parfois. L'un des Omanais avait recensé toutes les persécutions qui leur étaient infligées, cachant les bouts de papier porteurs de ce décompte inutile entre les pages de son exemplaire du Coran.

C'est en considérant le sort de ces scélérats que le commandant en chef a fini par faire un matin cette proposition miséricordieuse inspirée. « Pourquoi ne partirais-tu pas avec eux quand le bateau viendra ? m'a-t-il suggéré. Nous n'avons pas encore reçu d'informations sur son arrivée, mais pourquoi ne pas tout simplement partir avec eux ? Personne ici ne t'en empêchera. » Je me suis demandé si c'était là ce qui était prévu depuis le début, que je demeure sur l'île jusqu'à ce que le bateau vienne chercher le reste des détenus, et qu'on m'embarque dans le lot. « Non, ai-je répondu. C'est très gentil à vous, mais je ne peux pas envisager cette solution. Je ne veux même pas y songer. Ma femme et mon enfant attendent ma libération, je dois me montrer fort et accepter ma punition afin de pouvoir leur revenir l'heure venue. Ils y comptent, ils m'attendent. Je n'ai pas le désir de partir, ni de recommencer une autre vie ailleurs. » Je l'ai vu me jauger, réfléchir à ce que je disais, se demander probablement s'il valait la peine de se formaliser de ce discours moralisateur par lequel je rejetais sa générosité. Puis sa panse a été secouée d'un rire moqueur bien que sans méchanceté. « Les femmes, s'est-il exclamé. Enfin, j'espère qu'elle t'aura attendu quand tu sortiras. »

Je n'ai pas subi de mauvais traitements sur l'île. La prison était bâtie autour d'une cour rectangulaire ouvrant sur la mer. Une plate-forme avançait au-dessus de l'eau, qui servait de latrines au grand air. C'était un endroit sûr, et même agréable lorsqu'on s'accroupissait au-dessus du vide, dos au large, le saruni ramené sur les genoux pour préserver la décence. Le bâtiment de la prison comportait un étage, mais aucune des cellules du premier n'était utilisée. Cinq de celles du rez-de-chaussée l'étaient, et j'en occupais une à moi tout seul. Les deux frères en partageaient une autre, et le reste des détenus se répartissaient les trois dernières. Ils préféraient se regrouper ainsi. Les cellules n'étaient fermées à clé qu'une fois la nuit tombée, le reste du temps nous étions libres de nous déplacer sur l'île ou d'aller nager. C'était une toute petite île où il fallait se trouver un espace à soi et le faire savoir si l'on voulait que les autres vous laissent tranquille. J'allais voir chaque jour le vieux gardien et m'asseyais un moment avec lui pour l'écouter raconter l'époque des Britanniques et les tâches qu'ils lui avaient abandonnées. Les hommes de troupe dormaient au sous-sol et l'officier dans son bureau sur un lit de camp. J'ai demandé pourquoi ils ne s'installaient pas dans le sanatorium. Le vieil homme a eu un sourire mauvais qui révéla une bouche édentée, avant de me confier leur avoir dit que les cellules étaient encore infectées par le bacille de Koch et qu'ils risquaient de l'attraper s'ils y logeaient.

« Pourquoi vouloir qu'elles restent vides ? ai-je demandé. L'humidité du bord de mer va les endommager.

— Non, je les aère tous les jours, m'a-t-il répondu, je les balaie et je refais leur plâtre quand il commence à s'effriter.

— Dans quel but ?

— Qui sait quand les docteurs reviendront.

— Babu, ils ne reviendront pas », ai-je dit.

Ses yeux se sont animés d'un savoir secret, mais il n'a pas répondu.

Des mois ont passé ainsi. Le matin, nous nous acquittions des corvées que l'on exigeait de nous – ménage, lessive, désherbage et sarclage du petit carré de terre qui fournissait en légumes les gardiens comme les détenus. Puis les prisonniers se sont mis à faire la cuisine chacun leur tour, ou ont troqué une corvée contre une autre, et nous avons pris nos repas ensemble, gardiens et prisonniers. En fin d'après-midi, je m'asseyais sur la plage en contrebas du poste, d'où je regardais les outriggers prendre un à un le large au sortir du port, gîtant un peu lorsque la brise gonflait leur voile, belles et fragiles embarcations dans le soleil qui rougeoyait. Des marins venaient pêcher la nuit, avec pour consigne d'éviter l'île, mais ils approchaient souvent suffisamment pour nous voir et nous rendre nos saluts de la main. À tout moment les gardiens pouvaient s'énerver et frapper, et la nuit ils nous enfermaient à clé. Nous arrivaient les odeurs de leur repas du soir. Tous les quinze jours, le canot à moteur de l'approvisionnement apportait des cassaves, des bananes, du riz, ainsi que de la viande destinée aux soldats et qu'il leur fallait cuire et manger le jour même, car il n'y avait pas moyen de la conserver. Nos repas à nous se composaient de riz ou de légumes, et nous n'en faisions qu'un par jour.

Et puis, nous avons vu un jour arriver le canot comme à l'accoutumée, mais il n'apportait pas de provisions. Il venait chercher les prisonniers en attente du départ. Le commandant en chef a envoyé ses hommes rassembler les détenus, auxquels il a donné une minute pour réunir ce qu'ils avaient à emporter, ensuite il les a fait mettre en rang le long de la jetée. Ce fut de sa part une persécution de plus, jusque dans ce moment ultime. Les prisonniers qui n'étaient pas assez rapides à son goût l'exaspéraient et il s'est emporté contre eux, s'esclaffant lorsqu'ils cherchaient à éviter les coups. Une fois la file pour l'embarquement formée le long du môle, il a regardé dans ma direction et m'a fait signe d'approcher. « Tu vas partir avec eux », a-t-il dit, le front plissé, encore tout essoufflé et dégoulinant de sueur de s'être acharné sur les Omanais. Je craignais qu'il ne s'irritât d'un nouveau refus de ma part. J'ai cependant fait non de la tête puis j'ai reculé de quelques pas. J'avais à l'époque trente-sept ans, j'estimais être à mi-parcours de mon existence. Je n'avais aucun désir d'abandonner Salha, la femme que j'avais aimée de façon si inattendue et à laquelle aujourd'hui je ne pouvais penser que seul et dans le noir, de peur d'éclater en sanglots tant elle me manquait. Je n'avais pas non plus envie d'abandonner ma fille, que je désirais aimer pleinement tout le temps qui me resterait à vivre une fois libéré. Si je partais et qu'on leur refusait l'autorisation de me suivre, je serais désespéré, plus désespéré que je ne l'étais aujourd'hui et ne le serais jamais. Si elles pensaient que je les avais abandonnées pour sauver ma misérable peau de quelque façon que ce soit, j'aurais perdu la seule affection que j'avais été capable d'avoir, et ma vie serait anéantie. J'étais décidé à accepter mon sort avec toute la force d'âme que je pouvais montrer, et à souffrir comme Salha avait dû souffrir de son côté, pour qu'un jour, lorsque l'oppression prendrait fin, je puisse lui revenir intact et écouter le récit de ses malheurs avec le sentiment de ne pas avoir finalement souffert pour rien. Le commandant en chef a secoué la tête avec tristesse en regardant dans ma direction. Alors soudain, je me suis demandé avec effroi s'il savait quelque chose que j'ignorais, et s'il n'essayait pas en fait de m'épargner le pire. Mais il a eu ensuite un grand sourire et il a renoncé avec un geste de découragement.

Peu après le bateau s'éloignait, il a dessiné une vaste courbe, puis il a pris de la vitesse en direction du continent. Les détenus ne se sont pas retournés, du moins n'ont-ils pas répondu quand j'ai agité la main en signe d'adieu. J'ai attendu et longtemps regardé dans leur direction, jusqu'à ce qu'ils disparaissent de l'autre côté de l'horizon. Au cours des jours suivants, les soldats n'ont pas fermé à clé les portes de nos cellules la nuit, nous nous sommes même assis le soir avec eux sous la véranda, nous avons partagé leur repas et joué aux cartes en leur compagnie. Le commandant en chef s'est installé non loin pour écouter son transistor, et j'ai su ainsi la date qu'il était et j'en ai été surpris. J'avais été prisonnier sept mois, et de tout ce temps n'avais pas écouté une seule fois la radio. Mes cheveux avaient poussé considérablement, mes vêtements étaient râpés. Et mon corps tout crispé de douleurs.

« Tu aurais dû partir avec tes frères, m'a lancé le commandant.

— Ce sont aussi les vôtres », ai-je répondu. Mais j'ai dit cela à voix basse de peur d'offenser notre maître, à voix si basse qu'il m'a fallu le répéter pour être entendu.

« Oui, a-t-il repris en riant. Les Omanais ont baisé toutes nos mères.

— Et ce pays est autant le leur qu'il est le mien, et qu'il est le vôtre.

— *Sote wananchi*, a-t-il répliqué d'un ton satirique, en éclatant d'un rire entendu. Nous sommes tous des enfants de cette terre. »

Chaque soir, la radio du commandant en chef diffusait le discours de personnages politiques qui s'exprimeraient avec autorité, réécrivant l'histoire, s'arrangeant avec la morale pour justifier l'oppression et la torture. La station de radio ne suspendait la retransmission de ces sermons braillards que pour donner de temps en temps un bulletin d'informations – des informations déformées, formatées, tendancieuses, mais qui n'en étaient pas moins les bienvenues car elles nous rapprochaient de la vie réelle. Il n'y était question que du Nigeria qui était au bord de la guerre civile, et du fait que nous étions le seul pays d'Afrique, peut-être le seul pays au monde, à reconnaître l'existence du Biafra. Le commentateur aimait à prononcer le nom du dirigeant biafrais, le colonel Ojukwu. Chaque fois que ce nom revenait sur ses lèvres, il observait une légère pause comme pour savourer les mots chéris. Kanal Ojukwu. Derrière et tout autour de nous, le bruit de la mer. Parfois, nous arrivaient quelques embruns. Nous jouions aux cartes à la lumière d'une petite lampe à pétrole placée au centre de la planche qui nous servait de table. Par les nuits sans lune de ces quelques jours, le commandant en chef était à peine visible de son côté de la véranda, l'obscurité y était un peu plus épaisse et seule rougeoyait la colère dans ses yeux lorsqu'il tirait sur sa cigarette. De la véranda, on n'apercevait rien d'autre que la mer et les étoiles. La nuit, le ciel disparaissait pour ne laisser que leur masse dense qui fondait sur nous. La mer allait et venait inlassablement, piégeant leur scintillement, comme en filigrane, dans l'écume des vagues. Un soupir, un claquement, puis c'était la course précipitée contre les rochers de notre côte sous le vent. Bas sur l'horizon, les feux de la ville faisaient comme une aurore de l'autre côté de l'océan.

Certaines nuits, de retour dans ma cellule, j'entendais un chant flotter au-dessus de la cime des arbres, léger et irréel, comme un murmure. J'ai pensé au vieux gardien qui peut-être fredonnait, car les bâtiments du sanatorium se trouvaient juste de l'autre côté de l'île, au-delà du bosquet, mais quand je lui ai posé la question, il m'a répondu que non. Un serpent, m'a-t-il dit, vivait près de la mare dans le vallon et sortait la nuit pour se nourrir de grenouilles. Il s'éloignait parfois de ce trou d'eau, peut-être était-ce le bruissement de sa fuite à proximité que j'avais entendu porté par la brise. Il me raconta avoir vu un jour un nuage d'embruns courir à la surface de la mer pour s'arrêter à hauteur de l'île. Quand il était allé voir de plus près ce qui se passait, il avait découvert la longue silhouette noire d'un djinn qui dormait sous un arbre, un grand coffre ouvert à côté de lui. Dans le coffre, il y avait une femme qui chantait en se passant la main dans les cheveux, puis elle a léché un à un ses doigts couverts de bagues, comme si du sucre y était resté. C'était peut-être elle que j'avais entendue, cette malheureuse créature enlevée par le djinn noir qui la gardait dans un coffre pour le plaisir. Savais-je pourquoi elle léchait ainsi ses doigts couverts de bagues ? m'a-t-il demandé. Parce que pendant que le djinn dormait, elle séduisait tous les hommes du voisinage et leur prenait à chacun une bague en souvenir. Ainsi, en se léchant les doigts, revivait-elle les moments heureux passés avec chacun d'eux. J'ai alors compris que pour le vieux gardien, l'île était peuplée d'une vie enchantée, d'officiers de la marine britannique, de médecins anglais et de patients convalescents, de serpents et de femmes emprisonnées qui chantaient dans la nuit, de méchants djinns noirs qui parcouraient sans fin les mers en quête de repos.

Un matin, quelques jours après le départ des détenus omanais, le bateau est revenu pour nous et nous a tous emmenés. Les soldats n'étaient pas pressés de partir, et le temps de charger le canot, nous n'avons quitté les lieux qu'en début d'après-midi. J'ai essayé de trouver le vieux gardien pour lui dire au revoir, mais il avait disparu à la manière de ses créatures enchantées. Sur cet espace exigu on se demande bien où il pouvait se cacher, mais après avoir fait deux fois le tour de l'île, j'ai renoncé à poursuivre mes recherches de peur qu'elles ne le rendent anxieux. Peut-être que, craignant qu'on ne l'emmène lui aussi, il s'était transformé en nuage d'embruns et avait fui sur l'océan, le temps que nous soyons partis. Il faisait noir quand nous sommes arrivés à la ville, le port était désert et silencieux. Rien n'avait changé, et ce fut douloureux de se retrouver là, si près de la maison. Je n'avais même pas osé envisager qu'on puisse me libérer, et on ne l'a pas fait. J'ai reçu l'ordre de monter dans une Jeep qui a roulé quelques minutes, puis j'ai reçu l'ordre d'en descendre. Ce n'est qu'une fois à bord du ferry en compagnie d'une trentaine d'autres prisonniers qu'on emmenait sur le continent que je me suis souvenu n'avoir pas eu non plus le temps de faire mes adieux aux deux délicieux frères.

Le bateau a largué les amarres dans la nuit. Il est arrivé à destination le jour suivant, mais nous n'avons débarqué que le soir. On nous a répartis dans deux camions, et l'on a fait l'appel de nos noms avant de nous diriger vers l'un ou l'autre véhicule. J'ai reconnu certains des noms. Puis les camions sont partis dans deux directions différentes, et nos gardiens nous ont indiqué que nous allions vers le sud. J'ai appris à me taire sur les années qui ont suivi, même si je n'en ai presque rien oublié. Ces années sont inscrites dans la langue du corps, et ce n'est pas une langue que je peux dire avec les mots. Quand je tombe sur des photographies d'êtres dans la détresse, l'image de leur malheur, de leur douleur, trouve en moi un écho et je souffre avec eux. Et cette image m'apprend à refouler le souvenir de mon oppression, parce qu'en fin de compte je suis encore là et en bonne santé, alors que Dieu sait où d'autres sont aujourd'hui. J'ai vu, tout récemment, l'une de ces photographies, une photographie ancienne. Elle montrait trois juifs à quatre pattes sur le sol – l'un portait un costume sombre et une cravate, les deux autres étaient en bras de chemise, l'un d'eux avec les manches retroussées. Ils frottaient à la brosse le pavé de Vienne. Tout autour, tout près, sur le trottoir derrière et devant eux, une foule réjouie les regardaient en curieux. Des gens de tous les âges, des mères, des pères de famille, des grands-pères, des enfants, certains appuyés sur une bicyclette, d'autres un cabas à la main, et qui se tenaient là, souriants, respectables, tandis qu'on humiliait trois hommes devant eux. Pas une croix gammée en vue, ce n'étaient que des gens ordinaires qui riaient de voir trois juifs humiliés. Dieu sait ce qu'il est advenu de ces trois hommes.

En tout, j'ai connu trois camps de détention gardés par des soldats, et n'ai que rarement été victime de punitions et de brutalités. Les soldats nous tenaient dans la peur d'éclats violents et imprévisibles. Tout était triste et incommode dans notre vécu. Nous mangions les légumes que nous cultivions, construisions nos latrines et les nettoyions, faisions la lessive des soldats, fabriquions des paniers, affaiblis, épuisés par la malnutrition, les maladies et l'ennui. Les piqûres d'insectes prenaient vilaine tournure, elles s'infectaient et refusaient de guérir. Nous souffrions en permanence des intestins, de la faim, de la constipation et des gaz que nous causait un régime quotidien à base de féculents, des diarrhées que provoquaient les infections et une eau impropre à la consommation. Mon ventre me tourmentait au point que j'étais parfois tout entier crispé sur lui. Nous nous acquittions des tâches quotidiennes avant de trouver le repos d'une nuit aride. Des nouvelles nous arrivaient parfois du dehors, à voix basse – rumeurs d'assassinat, d'arrestations ou d'une amnistie proche qui ne se matérialisait jamais, de guerres et de coups d'État. On ne nous autorisait ni radio ni lecture. Quelquefois, j'éprouvais tant de haine que les mots me manquent pour la dire. J'étais profondément secoué par tout cela, j'aurais pu m'anéantir de colère, me précipiter dans un brasier, me jeter du haut d'un immeuble ou d'une falaise, m'embrocher sur la lame luisante d'une épée, sur la pointe d'une baïonnette.

Au lieu de cela, nous priions : chaque jour, cinq fois par jour, comme Dieu l'a commandé. Il avait pris possession de nous tous, les meilleurs et les pires. Nous priions à heures fixes, ainsi que le voulait la tradition, ni un peu plus tard, ni le lendemain, ni pas du tout, comme c'est souvent le cas dans le quotidien d'une vie frivole et sans but. Nous priions à l'aube : entre le moment où le premier rayon de lumière perce à l'horizon et celui où le soleil apparaît, un intervalle plus bref qu'on ne l'imagine. À midi : à l'heure où un bâton planté verticalement dans le sol ne projette plus d'ombre, c'est l'instant précis qui suit le passage du soleil au-dessus de nos têtes. L'après-midi : en silence, quand la longueur de l'ombre est égale à celle du bâton. Au coucher du soleil : entre le moment où ce dernier passe derrière l'horizon et celui où s'éteignent ses derniers feux. La nuit : lorsqu'une obscurité profonde nous avait envahis, avant de nous étendre sur nos nattes pour dormir. Les prières emplissaient nos journées, tout comme la récitation de mémoire du Coran, selon les moyens de chacun. Tout cela imposait un ordre, conférait un but aux travaux de routine, nous inculquait un stoïcisme qui aurait été impensable autrement. Et puis nous nous racontions des histoires, que nous allions chercher dans nos souvenirs ou que nous inventions, et nous riions comme on le fait à l'âge où l'on vous les raconte pour la première fois.

J'ai été déplacé à deux reprises, la première parce que le paludisme avait atteint chez moi un stade critique et que j'urinais du sang. Quand ce sang est devenu noir, mes compagnons de détention ont lu *Ya Latif* au-dessus de moi, craignant le pire. J'avais alors perdu connaissance, mais je sais qu'ils ont fait tout ce qu'ils ont pu pour retrouver quels étaient les usages dans le traitement de la maladie, et j'ai guéri. J'étais affaibli, incapable de me lever pendant des jours, mais j'étais sauvé. Je ne peux décrire le bonheur que ce fut. Une fois remis, j'ai été transporté à Arusha à la demande du médecin. Celui-ci est arrivé sans prévenir dans une Jeep blanche, accompagné de ses deux assistants. Un Suédois au visage rougi, aux cheveux dorés par le soleil, en short brun et chemise claire. Ses lèvres charnues dessinaient un rictus de lassitude et de dégoût tandis que nous attendions en file indienne pour la visite médicale. Que faisait-il là ? Qui l'avait fait venir ? J'ignore pourquoi il a demandé mon transport, pourquoi il m'a envoyé si loin. Peut-être pour protester contre le caractère inhumain de nos conditions de vie, pour tenter de secourir au moins l'un d'entre nous. À moins qu'il n'ait pu s'empêcher de vouloir exercer l'autorité dont jouit un médecin européen dans un pays comme le nôtre. Dans tous les cas, ils m'ont installé dans leur Jeep blanche et ont recouvert mes haillons d'un plaid rouge qui sentait le désinfectant et la bienveillance. Ils m'ont déposé dans un camp de l'armée à quelques kilomètres de là, un camp dont nous ne connaissions même pas l'existence, puis un véhicule militaire m'a emmené jusqu'à Arusha.

J'ai été le seul à avoir été déplacé, et tout le temps que j'ai passé à Arusha au milieu de parfaits inconnus a été solitaire, mais contre toute attente très satisfaisant au bout d'un moment, quand j'ai appris à mieux cultiver les légumes et les fruits. Durant ce séjour, j'ai été traité avec une brutalité dépassionnée qui donnait un sens à chaque journée, à chaque minute de la journée. J'ai été déplacé pour la deuxième fois lorsque deux détenus ont succombé à une épidémie de choléra. Nous avons alors tous été envoyés dans un camp situé dans le nord-ouest du pays, peut-être pour que nous y mourions sans que les autres en soient incommodés. Mais il n'y a pas eu d'autres décès. C'était mon troisième camp de détention. Nous avons ensuite été répartis sur divers sites, et je suis pour ma part retourné dans le camp du sud où j'avais déjà été interné trois ans. J'y suis resté quatre autres années avant d'être libéré. Nous sommes presque tous tombés malades à cette époque. Deux de nos compagnons n'ont pas survécu, mais cela mis à part il n'y a pas eu de grands changements. Les gardiens se succédaient et cela parfois faisait une différence, mais sans modifier véritablement le fond des choses. Une équipe médicale nous rendait visite régulièrement à plusieurs mois d'intervalle, peut-être à la demande du Suédois. Les gens du voisinage venaient quelquefois nous observer à distance et piller la nuit notre potager. Quand nous nous sommes plaints, les gardiens nous ont répondu qu'il fallait s'en prendre aux animaux.

J'ai été libéré lors de l'amnistie de 1979, onze ans après mon arrestation dans les locaux du parti. L'amnistie fut étendue aux prisonniers qui avaient accompli plus de la moitié de leur peine et contre lesquels n'avait pas été retenue d'accusation pour meurtre ou trahison. Ceux qui avaient été condamnés pour trahison devaient être expulsés du pays. Il s'agissait de célébrer la victoire des forces armées de la nation sur la brutale dictature d'Idi Amin Dada en Ouganda. Tous les prisonniers qui, à la descente du bateau, avaient été transportés par cette nuit sombre dans le même camion que moi étaient libérables, tous ceux du moins qui avaient survécu, c'est-à-dire onze d'entre nous. La plupart pouvaient recouvrer la liberté à condition d'accepter un départ en exil immédiat. Autrement dit, mes compagnons étaient, dans leur majorité semble-t-il, en détention pour trahison, bien qu'il eût été difficile d'imaginer des traîtres à l'aspect si peu convaincant. Si la situation n'avait pas été aussi tragique, il y aurait eu de quoi rire d'avoir été détenu tout ce temps-là pour se retrouver ainsi privés des souvenirs auxquels on s'accroche au fil des ans. Personne ne s'était attendu à cette libération et n'avait en conséquence négocié d'entrée dans un autre pays. Tous ceux qu'on libérait en contrepartie de l'exil devaient donc attendre, pour sortir de prison, d'être en mesure de fournir un visa d'entrée quelque part. Mais étant enfermés, il leur était impossible d'obtenir ce visa, à moins que des parents ne fassent la démarche pour eux. C'est ainsi qu'il n'y eut pas de libération du tout, et que les trois d'entre nous qui n'avaient pas reçu d'ordre de bannissement choisirent de rester en détention jusqu'à ce que leurs camarades soient relâchés. Du moins savions-nous que nous avions purgé la moitié de notre peine, même si nous ignorions tout de la durée de cette peine.

Il n'y a plus eu de difficulté une fois que le personnel des Nations unies auprès des réfugiés est intervenu, et tous les détenus libérés ont obtenu l'asile dans les Émirats arabes unis. C'est ainsi qu'un jour de janvier 1980, les documents pour notre libération nous ont été remis. Un camion nous a emmenés jusqu'à la capitale où nous nous sommes séparés : les réfugiés ont été remis aux fonctionnaires de l'ONU, deux de mes camarades à leur famille en ville, tandis que pour ma part je gagnai le port. J'avais à présent tout loisir d'imaginer à quel point j'allais trouver Salha changée et ma fille Ruqiya grandie. J'ai pris le bateau du retour et j'ai débarqué à l'endroit où j'avais débarqué aux côtés de mon père une existence entière plus tôt. Personne ne m'a adressé la parole, personne ne m'a reconnu, et je gardais les yeux baissés lorsque quelqu'un approchait. Les maisons étaient délabrées et les boutiques désertées. En arrivant à proximité de mon ancien magasin j'ai croisé des visages connus, mais je n'ai pas voulu m'attarder, et puis, là non plus, personne apparemment ne me reconnaissait. Je me suis arrêté devant ma boutique dont l'entrée cadenassée avait été clouée de planches, j'étais stupéfait de lui trouver un air aussi familier, c'était comme si je l'avais quittée à peine un mois ou deux plus tôt. J'ai senti un bras se poser sur mon épaule, je me suis retourné et j'ai vu le cafetier dont j'avais ruiné l'affaire située de l'autre côté de la rue plusieurs années auparavant. Vieillard impotent, il se tenait là à côté de moi. C'est lui qui m'a appris la disparition de Salha, Dieu ait pitié de son âme, et annoncé que ma fille Ruqiya, ma fille Raiiya, l'avait précédée dans la mort de quelques jours. Dieu ait pitié de son âme à elle aussi. Elles avaient toutes deux disparu l'année où j'ai été emprisonné. Les parents chez lesquels Salha avait vécu après mon arrestation avaient quitté le pays. Le cafetier ne savait pas où ils étaient partis, mais quelqu'un d'autre peut-être le saurait. Je n'en dirai pas plus à ce sujet, si ce n'est que la mère et la fille avaient succombé à une brève maladie, la typhoïde pensait-on.

Le vieux cafetier, qui ne travaillait plus, m'a emmené voir le président de la branche locale du parti. Ce n'était plus l'homme qui m'avait accompagné au siège le jour qui avait précédé mon arrestation. Avec son autorisation, nous avons fait sauter la serrure de la boutique. Tout était resté en l'état où Nuhu et moi l'avions laissé, mis à part la poussière, les toiles d'araignée et les débris de plâtre sur le sol. Les voisins se sont réjouis de mon retour, et beaucoup m'ont offert de quoi manger et témoigné leur amitié. Il m'est impossible d'énumérer les bontés qu'on m'a prodiguées au cours des semaines qui ont suivi ma libération. J'ai vécu dans les locaux du magasin, j'avais nettoyé l'une des pièces de l'arrière. Je m'y suis installé avec l'idée de redémarrer dans les affaires, bien que différemment dorénavant. J'ai vendu tous les articles de valeur en ma possession et acheté, pour en faire commerce, des fruits et des légumes, auxquels j'ai petit à petit ajouté d'autres produits, des allumettes, du savon, des conserves de poisson. Personne ne m'a demandé de parler de la prison.

Tant de gens étaient partis, ou avaient été expulsés, ou bien étaient morts. Tant de difficultés et de malheurs avaient assailli ou assaillaient encore ceux qui restaient, personne n'avait le monopole de la souffrance et du deuil. J'ai donc ouvert mon magasin et me suis appliqué à mener une vie paisible, disant sans rancœur ce qu'il était nécessaire de dire, écoutant sans faillir les récits angoissés de cette existence qui était devenue notre lot. Les gens me traitaient comme quelqu'un que la prison et les drames personnels avaient anéanti, ils me parlaient avec douceur et tolérance, et je répondais avec une bonne volonté stupide et reconnaissante. Et puis, une fois seul dans l'obscurité de ma boutique croulante, je pleurais mes chers disparus dont la perte me causait tant de chagrin, et quand le chagrin s'émoussait, je m'attristais d'avoir gâché ma vie.

Oui, Rajab Shaaban Mahmud habitait à présent la maison où j'avais vécu. J'évitais cet endroit, et lorsqu'il passait devant la boutique, ce qu'il faisait tous les jours, je baissais les yeux, tandis qu'il me fixait d'un regard où la haine n'avait pas faibli. Il avait beaucoup changé, il ressemblait à un ascète fou, il portait des vêtements usés jusqu'à la corde et sales. Parfois je m'imaginais que c'était lui qui avait été en prison, pas moi. Car en dépit des apparences, je m'étais résolu à éviter d'autres indignités pour autant que je le pouvais, à éviter de mener l'existence dévastée à laquelle j'étais destiné, avec toute la maîtrise de moi dont j'étais capable et en reconnaissance muette de ces infimes signes de respect qu'on m'avait témoignés. Je crains de tenir ainsi les propos d'un homme pieux, les propos d'un saint homme, mais j'ai eu le temps de réfléchir dans ma prison et d'apprendre ce qu'est la gratitude. J'avais tout oublié de la maison et de Rajab Shaaban Mahmud pendant ces années de détention, et quand il a commencé à passer devant la boutique avec son regard de haine, je n'ai opposé aucune résistance, mais je n'ai pas non plus accepté les reproches qu'il me faisait.

Sa femme, Asha, n'était plus de ce monde. L'amant de celle-ci, le ministre de l'Énergie et du Développement, avait souffert quant à lui d'une sanglante répression politique dont nous avions eu l'écho en prison. Il avait été arrêté au cours des représailles qui avaient suivi l'assassinat du président et du secrétaire général du parti alors qu'ils siégeaient dans une juridiction du type de celles dont j'avais été victime, il y avait si longtemps. Il avait réussi à s'échapper et se trouvait quelque part en Scandinavie où il préparait, disait-on, la libération du pays. On m'a raconté que Rajab Shaaban Mahmud avait exulté dans les rues après l'humiliation d'Abdalla Khalfan et s'était ridiculisé en parlant en termes féroces de son cocufiage durant tant d'années, lui qui donnait à l'époque l'impression de ne rien savoir de ce qui se passait. Asha et Rajab Shaaban Mahmud vivaient alors dans notre vieille maison. C'est là qu'elle est morte, beaucoup plus tard, un an ou deux avant ma libération, mais personne n'a voulu me dire ce qui l'avait emportée. Elle était morte, un point c'est tout.

J'ai ainsi vécu pendant des années, déshérité et terrifié comme tout un chacun, dressant l'oreille aux déclarations malveillantes ou vindicatives de nos dirigeants, encore que la situation se soit un peu améliorée pour nous les dix dernières années. Non, je n'ai jamais songé à partir. Pour aller où ? Pour faire quoi ? Mon commerce suffisait à me nourrir et à m'habiller, et le temps passant, j'avais fini par mener une existence assez sûre et confortable. J'avais toujours en ma possession plusieurs des livres que j'avais acquis des décennies auparavant auprès de fonctionnaires coloniaux sur le départ – des livres en partie mangés aux vers, et que je lisais lentement. Certaines personnes ont essayé de me convaincre de porter plainte au sujet de la maison. Tant de gens avaient recouvré leurs biens par cette simple démarche. À aucun moment je n'avais été condamné en justice, et ceux qui m'avaient jugé étaient tous en disgrâce à présent ou avaient disparu, ils seraient donc dans l'incapacité de faire jouer leur influence contre moi. L'acte de propriété de la maison était toujours à mon nom, et le cadastre confirmerait, sans le moindre doute, mes droits sur ce patrimoine. Mais la maison ne m'intéressait pas, et je n'avais ni la force ni le désir de me battre. J'ai remercié d'un sourire ces personnes qui me voulaient du bien, et n'ai pas donné suite.

Rajab Shaaban Mahmud a disparu en 1994. Il vivait seul dans cette grande maison qui restait en permanence fermée. Ce n'est qu'au bout d'un jour ou deux qu'il a été retrouvé mort dans son lit. Dieu ait pitié de son âme. Des voisins qui ne le voyaient plus à la mosquée ont fini par entrer par une fenêtre, et ils ont découvert le corps qui commençait de se décomposer. Je me suis joint, comme beaucoup d'autres, aux prières que l'on récite à la mosquée après les funérailles, mais en restant dans la cour par crainte d'offenser.

Quelques mois plus tard, dans le courant de l'an dernier, comme par miracle, Hassan est revenu. Oui, Hassan est revenu. L'un de mes clients me l'a annoncé, s'exclamant que la disparition de ceux que Dieu aimait pouvait aussi avoir des effets heureux. Car la mort du père pieux avait amené le retour de son fils bien-aimé. Oui, Hassan est revenu pour faire valoir ses droits sur la maison qui appartenait à son père. Il est revenu, oui, après trente-quatre ans passés loin du pays, afin de réclamer ce misérable tas de décombres et de tristesse, alors qu'il n'avait pas une seule fois de tout ce temps songé à donner de ses nouvelles à son père. C'était un homme qui avait du bien à présent, un homme arrivé, cela se voyait, grand, portant la barbe et bien vêtu, sans plus rien du jeune amant rebelle qu'il avait été. Dans les jours qui ont suivi son arrivée, il était habillé dans le style du Golfe, ample kanzu long taillé dans une lourde toile, les poches gonflées par le portefeuille et le Filofax, la tête coiffée d'un calot, le visage encadré par des lunettes de soleil réfléchissantes. On l'avait accueilli avec stupéfaction, et il arpentait les rues en fils prodigue, comme Sindbad rentrant de son premier voyage, jubilant de ce retour joyeux, distribuant les présents, faisant l'aumône aux nécessiteux.

Nous marchions sur le front de mer quand j'ai lâché cela, et Latif Mahmud a cessé d'écouter, le regard perdu, tout à ses pensées. « Il est donc rentré au pays, a-t-il dit, souriant tristement en même temps que son front se plissait de contrariété. Je vous avais demandé si vous aviez des nouvelles de lui, et vous m'aviez répondu que non. Il vous fallait votre coup de théâtre, sans doute.

— Non, pas du tout. Je voulais simplement que vous puissiez imaginer le moment de son retour. Que vous découvriez ce que ce moment a été.

— Où était-il tout ce temps ? Le savez-vous ? »

J'ai haussé les épaules.

« Je l'ignore. Dans le Golfe, je pense, à sa façon de s'habiller, l'Arabie Saoudite, et la Chine pour autant que je sache. Il ne m'a rien dit, rien à ce sujet, et les gens avec lesquels je me suis entretenu ont évité de parler de lui en raison de ce manque de cœur à l'égard de votre père. Il donnait l'impression de quelqu'un qui connaît son affaire, Hassan, de qui a beaucoup voyagé et qui est de retour après toute une vie de prospérité, d'honneurs et de savoir. Il marchait en balançant les bras avec la liberté de celui qui conquiert le monde. On était loin du jeune homme secret qui s'était enfui avec Hussein à la fin du *mausim*.

— Au fait, qu'est-il advenu de lui ? a demandé Latif Mahmud, et j'ai senti dans sa question une pointe d'appréhension ou d'anxiété, sans cependant pouvoir cerner ce qu'il redoutait.

— Je l'ignore.

— Dites-moi, a-t-il insisté, les sourcils froncés, se retenant d'avancer la main vers moi pour exiger une réponse. Vous savez, n'est-ce pas ? Dites-moi.

— Je ne sais rien. Si ce n'est que votre frère Hassan a hérité de lui. Mais il n'a pas été le seul à hériter, il y a eu des parents, des enfants aussi. Hassan présentait même une certaine ressemblance avec Hussein. Votre père aurait été fier de le voir si triomphant.

— Mon père, oui, c'est terrible. J'ignorais

qu'il n'était mort que l'an dernier. Je les croyais disparus, ma mère et lui, depuis des années. Peut-être ai-je rêvé cette chose-là, l'ai-je fantasmée. Peut-être l'ai-je désirée, et j'ai pensé que c'était arrivé parce que je le désirais. Cela paraît inconcevable, contre nature de dire les choses ainsi. Il m'est arrivé de penser que j'étais responsable, que je les avais tués en souhaitant leur mort. Mais ils n'étaient pas morts, ils étaient bien vivants. Je ne leur ai jamais écrit, vous savez », a dit Latif Mahmud.

Nous avions repris notre marche sur la promenade. Il s'est arrêté et s'est tourné vers moi, un regard de mépris dans son visage aigu. « Quand j'ai fui la RDA, je ne les en ai pas tenus informés, afin qu'ils ne sachent pas où je me trouvais et ne puissent pas m'écrire. Je ne voulais plus rien avoir à faire avec eux, avec leurs haines, leurs exigences. Cette haine qu'ils avaient l'un pour l'autre et qui mettait mon père hors de lui, qui le faisait marmonner entre ses dents, qui le plongeait dans un silence destructeur. Je sais qu'on ne doit pas parler comme cela de ses parents, mais ce fut une chance pour moi que de pouvoir m'enfuir de RDA dans cette sorte d'anonymat, de pouvoir même changer de nom et de leur échapper. Repartir de zéro. Vous connaissez ce fantasme-là ?

— Les gens pourtant savaient où vous étiez, lui ai-je opposé prudemment, car je ne voulais pas ajouter à sa douleur. Nous avions entendu parler de vous.

— À ce qu'il paraît, a-t-il reconnu, souriant malgré sa tristesse. Ainsi Hassan est revenu… pour réclamer son dû. »

Je me suis étonné de la dureté de Latif Mahmud envers ses parents, non qu'une telle attitude ait été difficile à concevoir, la distance permettant d'opposer le silence à l'obligation d'entretenir des liens étroits, mais je me suis interrogé sur ce que lui avait coûté cette victoire aux effets pervers et sur ce qui, dans son visage douloureux, était dû à l'inévitable détresse et à la culpabilité qu'il éprouvait. J'ai ainsi été moins surpris de cet air de tristesse et de sévérité qui marquait ses traits, après la souffrance qu'il s'était infligée en osant cela.

« S'il doit hériter, vous devez quant à vous hériter de la moitié », ai-je dit. Et je l'ai vu ciller, ce qui m'a poussé à un peu plus de méchanceté. « Votre père n'ayant pas laissé de testament, la loi exige que ses biens soient répartis à parts égales entre ses deux descendants mâles.

— Insinuez-vous par là que je dois, moi aussi, retourner là-bas ? Pour réclamer mon dû ? » a-t-il demandé, affichant un large sourire plein de dérision.

J'ai haussé les épaules.

« J'ai simplement dit que si Hassan héritait, alors la moitié de la maison vous revenait. Mais c'est plus compliqué. Il s'avère que les services du cadastre n'ont pas enregistré le changement de propriété. Les documents que j'ai déposés au bureau du secrétaire général du parti ont disparu, de sorte que votre père n'a jamais eu de véritable titre en sa possession. Quand Hassan est revenu, il s'est installé dans la maison et m'a considéré comme un obstacle à l'obtention de ses droits. C'est ainsi qu'il a cherché à faire légaliser la décision prise au quartier général du parti il y a toutes ces années, à m'accuser de fraude, etc. Après son retour, il a cultivé les relations avec les puissants et, parce qu'il revenait un peu en héros aux yeux de tous, il avait toutes les chances d'avoir l'opinion pour lui. Un jour, il s'est présenté à la boutique, ma petite boutique du coin de la rue où je vendais des légumes, du sucre et des lames de rasoir. Ce n'était pas le magasin savamment illuminé où je faisais autrefois commerce de meubles de prix. Je dis cela afin que vous puissiez vous faire une idée de l'endroit. Il m'a demandé un verre d'eau, y a trempé les lèvres et, ayant sacrifié aux courtoisies d'usage, m'a réclamé l'ensemble des papiers relatifs à la maison. Je lui ai répondu qu'ils n'étaient pas en ma possession, que je les avais remis au secrétaire général du parti comme on me l'avait demandé il y a des années, mais que celui-ci avait aujourd'hui disparu, qu'il avait été assassiné lors des sanglants événements de 1972, ce dont je savais Hassan informé. Il a alors déclaré que la justice suivrait son cours, qu'il allait par ailleurs porter plainte contre moi car je devais de l'argent à son oncle Hussein. Non, non, ai-je répliqué, c'était Hussein qui me devait de l'argent. J'avais des documents qui le prouvaient.

Il a demandé à voir ces documents, et j'ai refusé de les lui montrer. Il a indiqué qu'une partie de ce qu'il avait hérité de son oncle correspondait aux sommes que je devais. Que lui aussi était en possession de documents, notamment d'une déclaration sous serment rédigée par Hussein à Bahreïn il y a quelques années, et que des personnes pouvaient témoigner de la transaction qui avait été conclue ici même pendant le *mausim* de 1960. J'ignorais totalement pourquoi Hussein et Hassan avaient monté cette manœuvre contre moi, et je l'ai dit à votre frère. Il a ri, du rire de l'homme prospère qu'il affichait être dans la rue, mais qui cachait fort mal la haine et la détermination qu'on lisait sur ses traits. Mon regard a fait le tour de ma boutique pour attirer son attention sur l'aspect misérable des lieux, et j'ai déclaré n'avoir pas d'argent pour le payer, même s'il avait le droit de son côté. "C'est ce que nous verrons", a-t-il répondu, les mâchoires serrées, les lèvres tremblantes de rage. Puis il a passé la porte du magasin et, devant les passants, m'a insulté publiquement de la façon dont votre père avait l'habitude de le faire de temps en temps. Il a réitéré ses accusations, après quoi il m'a menacé d'emprisonnement et pire encore lorsque l'affaire serait portée devant les tribunaux. J'étais assis derrière mon comptoir comme un qui reçoit le fouet, tandis qu'il allait et venait, s'agitant dans tous les sens autour de moi. Un attroupement s'est formé, les sourires s'épanouissaient à la vue du spectacle. J'ai pensé qu'il allait me frapper, jusqu'à ce qu'enfin quelqu'un s'approche de lui et le rappelle à l'honneur et à la bienséance, avant de l'éloigner en lui évitant de porter ainsi davantage atteinte à sa dignité. Je n'avais aucune confiance dans notre système judiciaire, et pas la force de reprendre les armes, j'ai donc emballé mon coffret d'*ud-al qamari* et je suis parti. »

Le vent du large soufflait fort à présent, et peut-être ai-je un rien titubé, car Latif Mahmud m'a pris par le coude et détourné du front de mer vers l'une des rues transversales qui mènent au centre-ville. « Pourquoi avez-vous emprunté son nom quand vous avez décidé de partir ? » a-t-il demandé après avoir marqué l'arrêt devant la circulation automobile puis s'être frayé un chemin dans la foule qui encombrait les trottoirs. Je me sentais si las que j'aurais aimé qu'il me prenne de nouveau par le coude et m'emmène m'asseoir dans l'un des cafés devant lesquels nous passions. Mais il marchait à un mètre devant moi, m'entraînant de son regard, de son corps tout entier, me tirant, semblait-il, contre ma volonté. « Je vous ai déjà posé la question l'autre jour. Cela me paraît être il y a des siècles. Je l'ai posée sans amabilité, car je craignais de la moquerie de votre part, de la malveillance à son égard, parce que vous l'aviez emporté au sujet de la maison. Je ne savais rien de votre arrestation, rien de votre épouse Bi Salha ni de votre fille Ruqiya, de votre fille Raiiya. Mais je sais à présent, et cela me paraît d'autant plus étrange que vous ayez choisi son nom.

— C'est une histoire ridicule, qui n'est cependant pas dépourvue de sentiment. L'une des conditions de mon amnistie était l'interdiction qui m'était faite de détenir un passeport, ai-je expliqué. Afin que je n'aille pas semer le trouble à l'étranger, j'imagine, encore que je soupçonne là une simple rancune. Dans le fatras d'objets que votre père a tenu à laisser dans la maison quand vous l'avez quittée… je ne voulais pas vous chasser, je voulais simplement la propriété des lieux. Mais je n'ai pas les mots pour dire ces choses-là, et plus j'insiste, plus je donne l'impression d'être un vieillard hanté par le remords et qui cherche le pardon. Ce qui est le cas, je cherche votre pardon et celui de tous ceux auxquels j'ai fait du tort par ma vanité et mon manque d'égards. Parmi les objets qu'il avait laissés, il y avait une boîte renfermant des papiers, et parmi ces papiers son acte de naissance. Rien d'autre qui ait eu quelque valeur à part cela, d'anciennes factures, de vieilles lettres, quelques prospectus et des modes d'emploi. C'est l'acte de naissance qui m'a intéressé et que j'ai conservé par malveillance, pensant que sa disparition lui causerait des ennuis. Je me suis débarrassé de tout le reste. Je ne voulais rien avoir à faire avec ce que vous aviez laissé en partant. Je voulais juste l'acte de naissance, et la table d'ébène, que j'ai gardée comme vous le savez. Je n'ai conservé que cette petite table très belle qui m'a été, les dernières années, un pénible rappel au quotidien de mon orgueil et de mon indignité. Quand Hassan s'est présenté à la boutique, j'ai pensé qu'il allait la voir, car c'est pour lui que Hussein l'avait achetée autrefois, mais à aucun moment il ne l'a remarquée. »

Latif Mahmud a hésité un instant, au point de presque s'arrêter de marcher.

« J'ai le souvenir de vous choisissant des objets, puis envoyant le reste à la salle des ventes. J'ai gardé ce souvenir, a-t-il dit. J'ai suivi la carriole qui est partie de notre maison, et j'ai gardé le souvenir de vous déambulant parmi les objets, choisissant ceux qui vous intéressaient. »

Je l'ai regardé, étonné.

« Non, ce n'est pas possible », ai-je répliqué d'une voix qui tremblait en entendant cette nouvelle accusation. J'ai pensé m'effondrer, épuisé par l'âge et la honte. J'ai montré un café à quelques pas de là, et nous sommes allés nous asseoir. « Quand vous avez quitté la maison, ai-je repris, j'ai su que du mobilier y était resté, j'ai envoyé un mot à votre père afin qu'il vienne le récupérer, mais il a répondu que nous pouvions le garder, qu'il n'en avait que faire. J'ai donc chargé Nuhu de débarrasser la maison et de vendre tout ce qu'elle contenait, puis j'ai envoyé le produit de la vente à votre père. Ni lui ni votre mère n'en ont voulu. J'ai alors demandé à Nuhu de le distribuer, je ne voulais plus entendre parler de cet argent. Après avoir vendu le mobilier, Nuhu a rapporté la boîte contenant les papiers et la table qu'il se souvenait d'avoir vue au magasin. Il m'a dit que le reste de ce qu'il avait trouvé dans la maison était sans grande valeur, et je n'ai pas voulu en savoir plus.

— Le Boukhara, ce magnifique tapis. Comment pouvez-vous dire qu'il n'avait pas de valeur ?

— Je suis désolé.

— J'ai ce souvenir de vous déambulant entre des entassements de meubles », a-t-il repris, curieusement obstiné. Il a commandé des cafés et des pâtisseries, puis il a détourné le regard en attendant que nous soyons servis, et j'ai pensé qu'il fouillait cette image du passé, se demandant si je lui mentais ou s'il était possible qu'il ait forgé ce souvenir dans la culpabilité. « Peut-être que j'ai voulu cela aussi, a-t-il dit pour finir, s'interrogeant, doutant encore. Une de ces idées folles qui me réconfortaient et visaient à faire de vous l'homme mauvais que nous considérions que vous étiez dans notre famille, où l'on entretenait la haine. Peut-être est-ce Faru que j'ai vu déambuler entre ces objets. Disons, en attendant mieux, que c'est là le produit de mon imagination… Mais c'est si étrange d'avoir cette image. De toute façon, vous usez trop des mots d'honneur, de courtoisie et de pardon. Ces mots ne veulent rien dire, ce ne sont que des mots. Tout au plus peut-on espérer un peu de bonté, me semble-t-il, si l'on a de la chance. Enfin, c'est ce que je crois. Ces grands mots font partie du double langage, ils servent à cacher l'inanité de l'existence que nous menons. Continuez, parlez-moi de cet acte de naissance, bien que je devine la suite.

— Quand je suis sorti de prison, j'ai retrouvé ce document, et je l'ai conservé sans penser m'en servir. Mais lorsque m'est venue l'idée de partir, je l'ai confié à un homme qui fait ces choses-là. Il récupère les papiers des défunts, souvent des enfants, et quand un candidat au voyage a besoin d'un passeport il utilise un acte de naissance sur lequel l'âge correspond à peu près – c'est-à-dire l'âge qu'aurait eu l'enfant mort s'il avait vécu – pour faire établir un passeport à ce nom. Après quoi, j'ai retiré l'argent qui me restait à la banque et l'ai remis à quelqu'un qui pouvait m'obtenir un billet. J'ai ensuite demandé l'asile ici. »

Il est resté avec moi si tard ce dimanche-là que j'ai fini par lui proposer de passer la nuit. Nous avons disposé des coussins sur le sol du séjour afin qu'il s'y installe. C'était étrange, après tant d'années, d'avoir quelqu'un qui dorme aussi près. J'ai eu l'impression d'avoir rajeuni. En raison de l'espace réduit, je pouvais l'entendre remuer dans la pièce d'à côté, et cela m'a rappelé l'époque où j'habitais la vieille maison, et un peu aussi la prison, bien qu'en prison le sommeil ait toujours été long à venir, alors que ce soir-là je me suis endormi sur-le-champ.

Au matin, j'étais debout le premier, ce qui l'a contrarié, je pense (enfin, c'est mon sentiment. Tant de précision, un homme de mots). Peut-être ne voulait-il pas que je le croie porté à trop s'écouter, à se faire plaisir, du style à traîner au lit dans une maison où il s'était invité. J'aurais pu lui dire qu'il est difficile de dormir tard quand on vieillit, que je m'étais levé parce que rester au lit m'épuise. Il a bu un café et s'est préparé au départ, il l'a pris noir, sans sucre et brûlant, comme je le fais pour moi, mais je ne m'attendais pas à ce qu'il le prenne ainsi. Cela m'a fait sourire de le voir grimacer en y trempant les lèvres.

« Il vous faut demander le téléphone, a-t-il dit au moment de partir, un bras sur le chambranle de la porte.

— Je ne suis pas pressé de le faire installer », ai-je répondu, et je l'ai vu sourire. J'ai cru savoir ce qu'il pensait. Il aurait aimé m'entendre répéter : Je préférerais ne pas le faire. Mais j'avais réfléchi aux propos de Rachel, et je voulais relire « Bartleby » avant de prononcer les mots de ce désespéré que j'admirais.

« Je vais donc devoir débarquer chez vous sans prévenir le week-end prochain », a-t-il lancé.

Ce qu'il a fait, et Rachel nous a emmenés en voiture dans un endroit nommé Water Valley, où les gens nagent dans des lacs et manœuvrent de drôles d'engins nautiques, tandis que d'autres volent avec des ailes de Nylon en s'élançant du haut des promontoires qui font face aux Downs. Puis elle nous a ramenés chez elle pour dîner et le lendemain Latif m'a attendu pendant que j'emballais quelques affaires afin d'aller passer deux jours à Londres avec lui. Il a insisté et déclaré que c'était un crime que d'être en

Angleterre depuis neuf mois (sept, en fait, mais cela ne l'a pas empêché de poursuivre) et de ne pas connaître Londres, alors que je n'étais qu'à une heure de trajet. Je devais, en conséquence, m'y rendre quelques jours avant lui. Il me montrerait la ville, me montrerait tous les lieux que les touristes veulent voir, m'en montrerait d'autres aussi dont j'ignorais l'existence mais qui pourraient me plaire davantage encore que ces cases d'un jeu de Monopoly. Bien que les bâtiments et les monuments du jeu de Monopoly soient des lieux très présents et puissants. Puis quand j'en aurais vu suffisamment, il me mettrait au train et Rachel viendrait m'attendre à l'arrivée, comme si j'étais un aïeul décrépit qu'ils se passaient de l'un à l'autre.

En découvrant l'appartement où il vivait, j'ai pensé à la pièce de mon magasin où j'avais dormi seul toutes les nuits pendant quinze ans. Cette pièce, elle aussi, dégageait des relents de solitude et de vide, ceux d'un lieu qu'on occupe en silence depuis longtemps. Le séjour était trop éclairé, et les murs nus, sans cadres ni décoration, sans même la présence d'une pendule. Les meubles étaient rares et de peu de prix, à l'exception d'un grand fauteuil face à la télévision. Sur le poste, un cendrier débordait de mégots à bouts filtres parmi la cendre. À côté, un verre conservait des traînées de vin rouge. « J'aurais dû faire le ménage », a-t-il dit en emportant le verre et le cendrier du côté de la cuisine. Il est revenu, a ramassé des journaux et des livres non lus, un cardigan tout chiffonné, une robe de chambre qui aurait eu besoin de passer au lavage, et il a tout déposé en tas dans un coin. Alors, les mains sur les hanches, il a paru satisfait d'avoir fait quelque chose pour lutter contre le désordre. Il a ensuite emporté dans la cuisine des tasses et une assiette sales, puis il a ouvert la fenêtre et allumé une cigarette. Il a inspecté l'intérieur du réfrigérateur et fait un pas en arrière avant d'annoncer qu'il allait descendre à l'épicerie d'à côté nous chercher quelque chose à manger, à moins que je ne préfère un plat cuisiné. J'ai haussé les épaules pour signifier que je m'en remettais à lui. Depuis des mois que j'étais en Angleterre, je n'avais jamais essayé ces plats à emporter, et j'ai espéré qu'il ferait ce choix-là. Ainsi, contraint et forcé, pourrais-je mine de rien goûter aux fameux « *takeaway* ». Avant que la question n'ait été résolue, le téléphone a sonné. C'était Rachel qui voulait savoir si tout s'était bien passé, et ils sont restés vingt minutes à parler, riant trop fort comme j'imagine qu'on le fait au début d'une amitié. J'ai déambulé dans l'appartement, explorant les coins et les recoins, ouvrant les placards et les portes, testant les fenêtres afin de voir si elles fermaient, cherchant à savoir où il travaillait, où il écrivait. J'ai essayé de deviner où j'allais dormir et, pendant que j'y étais, où j'allais bien pouvoir trouver des draps propres et des couvertures. Latif était encore au téléphone lorsque j'ai eu fini mon petit tour. Mes recherches discrètes et polies ne m'avaient pas permis de repérer une odeur de draps frais. Mais l'appartement n'était pas du genre à sentir les draps frais. Je me suis demandé si l'intérêt, le plaisir qu'il prenait – je l'entendais à sa voix – n'allait pas lui faire oublier de descendre chercher le repas. Je dînais léger de toute façon, et j'avais avec moi la serviette d'Alfonso pour parer au pire.

Table

ABDULRAZAK GURNAH
PRIX NOBEL DE LITTÉRATURE 2021

Aux Éditions Denoël

MÉMOIRE DU DÉPART, 2024.

LES VIES D'APRÈS, 2023.

ADIEU ZANZIBAR, 2022 (1re parution Galaade éditions, 2009).

PARADIS, 2021 (1re parution en 1995 ; Folio no 7263).

PRÈS DE LA MER, 2021 (1re parution Galaade éditions, 2006 ; Folio no 7413).

Tous les papiers utilisés pour les ouvrages des collections Folio sont certifiés et proviennent de forêts gérées durablement.

Composition Nord Compo
Impression Grafica Veneta
à Trebaseleghe, le 26 août 2024
Dépôt légal : septembre 2024

ISBN 978-2-07-305932-1 / Imprimé en Italie

627438